Le Serment du silence

Linda Castillo

Le Serment du silence

Traduit de l'anglais (États-Unis) par Séverine Quelet

Titre original : *Sworn to Silence*
publié par Minotaur Books, New York

Une édition du Club France Loisirs,
avec l'autorisation des Éditions Payot

Éditions France Loisirs,
123 boulevard de Grenelle, Paris
www.franceloisirs.com

Le Code de la propriété intellectuelle n'autorisant, aux termes des paragraphes 2 et 3 de l'article L. 122-5, d'une part, que les « copies ou reproductions strictement réservées à l'usage privé du copiste et non destinées à une utilisation collective » et, d'autre part, sous réserve du nom de l'auteur et de la source, que les « analyses et les courtes citations justifiées par le caractère critique, polémique, pédagogique, scientifique ou d'information », toute représentation ou reproduction intégrale ou partielle, faite sans le consentement de l'auteur ou de ses ayants droit ou ayants cause, est illicite (article L. 122-4). Cette représentation ou reproduction, par quelque procédé que ce soit, constituerait donc une contrefaçon sanctionnée par les articles L. 335-2 et suivants du Code de la propriété intellectuelle.

© 2009 Linda Castillo. Tous droits réservés.
© 2010, Éditions Payot & Rivages, pour la traduction française.

ISBN : 978-2-298-02767-9

J'ai la chance de faire partie de ces écrivains qui bénéficient d'un soutien inconditionnel pendant les longs et parfois difficiles mois du processus créatif. Je dédie ce roman à mon mari, Ernest, le héros de ma vie. À Jack et Debbie, également, pour ce merveilleux voyage en contrée amish. Je vous aime.

*Sitôt le Diable apparaîtra
Car à son nom il est là.*

Matthew Prior, *Hans Carvel.*

PROLOGUE

Elle ne croyait plus aux monstres depuis l'âge de six ans, lorsque sa mère, le soir, regardait sous son lit et dans le placard pour s'assurer qu'ils n'étaient pas tapis dans l'ombre. Pourtant, à vingt et un ans, ligotée, brutalisée et étendue nue sur le sol en ciment aussi froid qu'un lac gelé, elle se dit que les monstres existaient pour de vrai.

Enveloppée par l'obscurité, elle écoutait les battements précipités de son cœur. Elle était incapable de maîtriser les tremblements qui la secouaient tout entière, pas plus qu'elle ne pouvait empêcher ses dents de claquer. Le moindre son, aussi infime soit-il, faisait se contracter les muscles de son corps qui appréhendait le retour du monstre.

Au début, elle avait nourri quelque espoir de s'échapper ou de parvenir à convaincre son ravisseur de la laisser s'en aller. Mais elle était réaliste : elle savait au fond d'elle que ça ne se terminerait pas bien. Il n'y aurait ni négociation, ni sauvetage par la police, ni sursis de dernière minute. Le monstre allait la tuer. La question n'était pas *si*, mais *quand*. L'attente était presque aussi infernale que la mort elle-même.

Elle ignorait où elle se trouvait et depuis combien de temps elle y était. Elle avait perdu toute notion du temps et de l'espace. Tout ce qu'elle parvenait à distinguer de son environnement, c'était la puanteur de viande faisandée et l'écho caverneux que le moindre bruit répercutait.

Elle avait la voix rauque d'avoir tant hurlé. Elle était épuisée de s'être débattue, et les horreurs qu'il lui avait infligées avaient eu raison de son optimisme. Une petite partie d'elle-même ne souhaitait qu'une chose : que cette terrible lutte pour la vie prenne fin. Pourtant, Seigneur, comme elle voulait vivre…

— Maman, murmura-t-elle.

Jamais elle n'avait pensé à la mort. Trop de rêves l'habitaient. Son cœur était empli d'espoir pour l'avenir et elle croyait fermement que demain était un autre jour, meilleur. Étendue dans la flaque froide de sa propre urine, elle accepta le fait qu'il n'y aurait pas de lendemains. Il n'y avait pas d'espoir. Pas d'avenir. Ne restaient plus que la sombre appréhension de sa mort imminente et la douleur atroce que cette pensée provoquait.

Couchée sur le côté, elle avait ramené ses genoux sur sa poitrine. Le fil de fer qui lui maintenait les poignets dans le dos l'avait tourmentée au début mais, les heures passant, la douleur s'était atténuée. Elle s'efforça de ne pas penser aux choses qu'il lui avait faites. Le viol, d'abord. Mais même cet outrage n'était rien comparé aux ignominies subies ensuite.

Elle entendait encore le claquement électrique. Elle sentait le brusque courant parcourir son corps, secouer son cerveau dans son crâne. Ses propres hurlements, cris bestiaux, lui revenaient aux oreilles. Tout comme le grondement de son sang chargé d'adrénaline, les battements déchaînés de son cœur. Et puis le couteau était apparu.

Il avait œuvré en faisant preuve d'une concentration extrême, digne d'un artisan macabre. Il était si près d'elle qu'elle avait senti son souffle sur sa peau. Lorsqu'elle avait crié, il lui avait administré une décharge électrique. Lorsqu'elle s'était débattue, il avait recommencé. À la fin, elle s'était tenue tranquille et avait enduré son agonie en silence. Elle avait accepté la souffrance. Et pendant quelques brèves minutes, son esprit s'était envolé vers la plage de Floride où elle s'était rendue avec ses parents deux ans auparavant. Le sable blanc était brûlant sous ses pieds, le vent si chaud et humide sur sa peau qu'on aurait dit le souffle de Dieu sur son âme...

— Maman, aide-moi...

Le bruit des bottes contre le ciment la tira brutalement de sa rêverie. Elle souleva un peu la tête et regarda autour d'elle, essayant, en vain, de voir à travers le bandeau qui lui recouvrait les yeux. Elle entendait sa propre respiration, saccadée, siffler entre ses dents serrées, pareille à celle d'un animal traqué qu'on mènerait à l'abattoir. Elle le détestait. Elle haïssait ce qu'il était, ce qu'il lui avait fait. Si seulement elle parvenait à défaire ses liens et à s'enfuir...

— Ne t'approche pas de moi, espèce de fils de pute! hurla-t-elle. Ne t'approche pas!

Mais elle savait qu'il approchait.

Une main gantée la bâillonna. Se tortillant dans tous les sens, elle rua des deux pieds. Un bref sentiment de satisfaction l'envahit quand elle entendit son bourreau grogner. Et une décharge électrique déchira l'air comme un éclair, embrasant son corps d'une douleur fulgurante.

L'espace d'un instant, le monde demeura gris et silencieux. Elle eut vaguement conscience de mains qui s'activaient au niveau de ses pieds, du tintement lointain du métal contre le béton.

Une nouvelle terreur s'empara d'elle lorsqu'elle comprit que son agresseur avait enroulé une chaîne autour de ses chevilles. Le froid du métal glaça sa peau quand il resserra le lien. Elle essaya de donner des coups de pied, de libérer ses jambes pour tenter, une toute dernière fois, de se relever.

Mais il était trop tard.

Elle hurla jusqu'à manquer de souffle. Elle se débattit, rua, se tortilla, mais ses efforts restèrent vains. Au-dessus d'elle, le métal racla contre le métal. La chaîne soulevait lentement ses pieds du sol.

— Pourquoi faites-vous ça ? cria-t-elle. Pourquoi ?

La chaîne cliqueta, tirant ses chevilles vers le haut, toujours plus haut jusqu'à ce qu'elle soit complètement pendue par les pieds. Tout le sang de son corps afflua dans sa tête. Il lui montait au visage, battait à ses tempes. Elle lutta pour se redresser mais la gravité l'en empêchait, l'attirant vers le bas.

— À l'aide ! S'il vous plaît !

Une panique instinctive la gagna lorsque la main gantée lui saisit les cheveux. Un hurlement se fraya un chemin depuis ses poumons quand le monstre lui tira la tête en arrière. Alors, elle sentit la brusque chaleur de la lame lui entailler la gorge. Comme de loin, elle entendit un bruit d'eau gouttant au sol, le jet d'une douche se répercutant sur les parois carrelées. Fixant l'obscurité derrière le bandeau, elle écouta sa vie lui échapper. Ça ne pouvait pas arriver. Pas à elle. Pas à Painters Mill.

Comme si on venait de tourner un interrupteur, son esprit se brouilla. Son visage l'échauffa tandis que son corps se glaçait. La terreur se dissipa pour ne plus devenir qu'un bourdonnement sourd et régulier. La douleur s'évanouit dans le néant. Ses muscles se relâchèrent, ses membres la picotèrent.

Il ne me fera pas de mal, finalement, pensa-t-elle.

Alors elle s'évada vers la plage de sable blanc où des palmiers élancés ondulaient dans le vent comme des danseurs de flamenco. Et devant elle, aussi loin que pouvaient voir ses yeux, s'étalait le bleu infini de la mer.

1

La voiture de police illumina en rouge et bleu les branches dénudées des arbres malmenés par l'hiver. L'officier de police T.J. Banks gara son véhicule sur le bas-côté et brancha son projecteur, dirigeant son faisceau sur la lisière du champ où les tiges de maïs tremblaient dans le froid. À cinq mètres de lui, six vaches jersiaises paissaient dans le fossé.

— Satanées bêtes, marmonna-t-il.

Avec les poules, les vaches étaient sans doute les animaux les plus stupides de la terre.

Il attrapa sa radio.

— Central, ici 47.

— Quoi de neuf, T.J. ? lui demanda Mona, la standardiste de nuit.

— J'ai un 10-54. Le troupeau de Stutz s'est encore échappé.

— C'est la seconde fois cette semaine.

— Et toujours pendant mon service.

— Qu'est-ce que tu vas faire ? Il n'a pas le téléphone chez lui.

Un coup d'œil à l'horloge du tableau de bord lui apprit qu'il était presque 2 heures du matin.

— Ouais, ben j'ai pas envie de traîner dans ce froid pour regrouper ces foutus bestiaux.

— T'as qu'à leur tirer dessus.

— Me tente pas.

Il lâcha un soupir en regardant autour de lui. Du bétail sur la route à cette heure-là, c'était l'accident assuré. Pour peu qu'un conducteur arrive et prenne le virage un peu trop vite, il pourrait y avoir de la casse. Il pensa à toute la paperasse qu'un accident engendrerait et secoua la tête.

— Je vais installer quelques balises lumineuses et sortir cet Amish de son lit, reprit-il.

— Dis-moi si tu as besoin de renforts, ricana-t-elle.

Il remonta la fermeture Éclair de son manteau jusque sous son menton, attrapa dans le vide-poche sa lampe torche et sortit de la voiture. Le froid était si cinglant qu'il sentait les poils de son nez se congeler. La neige craqua sous ses bottes tandis qu'il s'approchait du fossé. Devant lui, son souffle créait de gros nuages de vapeur. Il détestait être de l'équipe de nuit presque autant qu'il haïssait l'hiver.

Il fit courir le faisceau de sa lampe sur la clôture. Aucun doute, six mètres plus loin, deux lignes de fil barbelé s'étaient décrochées de leur mince piquet de bois noueux. Des empreintes de sabots lui apprirent que plusieurs bêtes avaient profité de l'aubaine qui s'offrait à elles et s'étaient aventurées dans le fossé pour paître en douce.

— Satanées vaches.

T.J. retourna à sa voiture et ouvrit le coffre, d'où il sortit deux balises lumineuses qu'il installa sur la ligne blanche de la route pour prévenir les automobilistes. Il revenait sur ses pas quand un objet se détachant sur la neige de l'autre côté de la route attira son attention. Piqué par la curiosité, il traversa. Une chaussure de femme reposait, solitaire, sur le bas-côté. À en juger par son état et l'absence de neige sur sa surface, elle n'était pas là depuis longtemps. Des adolescents, sûrement. Cette partie isolée de la route était un lieu de prédilection pour fumer et s'envoyer en l'air. Ces ados étaient presque aussi bêtes que les vaches.

Sourcils froncés, T.J. poussa la chaussure de la pointe de sa botte. Il remarqua alors les sillons dans la neige, comme si un objet lourd avait été traîné par là. Du faisceau de sa lampe, il suivit la trace, qui passait la barrière et remontait dans le champ. Les poils de son cou se hérissèrent quand il aperçut le sang. Une mare de sang.

— Qu'est-ce que… ?

Il enjamba la clôture et découvrit de l'autre côté encore plus de sang, sombre et étincelant sur la blancheur virginale de la neige. Il ne lui en fallut pas plus pour avoir la trouille de sa vie.

Les sillons le menèrent à un bosquet de pommiers aux branches dégarnies dans un coin du champ de maïs. Il entendait sa respiration difficile et saccadée dans le murmure des épis qui l'entouraient. T.J. mit la main à son revolver et balaya tout autour de lui du faisceau de sa lampe. Ce fut à ce moment qu'il remarqua la chose dans la neige.

Il pensa d'abord qu'un animal avait été percuté par une voiture et s'était traîné jusque-là pour y mourir. Mais, alors qu'il s'en approchait, le faisceau de sa lampe mit autre chose en lumière. Une peau pâle. Une tignasse sombre. Un pied nu sortant de la neige. L'adrénaline lui contracta l'estomac.

— Bordel de merde.

Pendant un instant, il fut incapable de bouger. Il ne pouvait détacher son regard des cercles de sang sombres et de la peau livide. Se forçant à réagir, il s'agenouilla près du corps. Sa première pensée fut qu'elle était peut-être encore en vie. Brossant la neige, il posa une main sur l'épaule dénudée. La peau, sous ses doigts, était aussi froide que la glace mais il retourna le corps quand même. Il vit plus de sang encore, une peau terreuse et des yeux vitreux qui semblaient le fixer.

Sous le choc, il recula précipitamment. Les mains secouées de tremblements, il prit son micro déporté.

— Central, ici 47 !

— Quoi encore, T.J. ? Une de ces vaches t'a coursé ?

— J'ai un cadavre ici, dans le champ de Stutz.

— Quoi ?

La police de Painters Mill utilisait les codes chiffrés pour nommer les délits, mais impossible pour lui de se rappeler le code pour un mort. Jamais encore il n'avait eu à l'utiliser.

— J'ai dit : j'ai un cadavre.

— J'avais entendu la première fois, rétorqua Mona avant de marquer une pause étonnée tandis que les mots pénétraient son esprit. Quelle est ta position ?

— Dog Leg Road. Juste au sud du pont couvert.

Un silence, puis :

— Qui est-ce ?

À Painters Mill, tout le monde connaissait tout le monde, pourtant il n'avait jamais vu cette femme avant.

— Je ne sais pas. Une femme. Aussi nue que le jour de sa venue au monde et plus morte qu'Elvis.

— Une ivrogne ou quoi ?

— Ce n'est pas un accident.

Posant la main sur la crosse de son .38, T.J. scruta les ombres qui enveloppaient les arbres. Il sentait son cœur battre à tout rompre dans sa poitrine.

— Tu ferais mieux d'appeler le chef, Mona. Je crois qu'on a un meurtre sur les bras.

2

Je rêve de la mort.

Comme chaque fois, je me trouve dans la cuisine de la vieille ferme. Sur le plancher éraflé, le sang pourpre scintille. Les odeurs de levure boulangère et de foin fraîchement coupé se mêlent à la puanteur nauséabonde de ma propre terreur, une opposition que mon esprit ne parvient pas à concilier. La brise qui entre par la fenêtre au-dessus de l'évier fait gonfler les rideaux. Le tissu jaune est moucheté de gouttes de sang, le mur en est éclaboussé. Mes mains sont poisseuses.

Recroquevillée dans un coin, je pousse un gémissement animal que je ne reconnais pas ; il s'échappe de ma gorge comme un hurlement étouffé. Je sens la mort. L'obscurité m'enveloppe, s'insinue en moi. À quatorze ans, j'apprends que le mal existe dans mon petit monde préservé.

La sonnerie me tire brutalement du sommeil. Le cauchemar retourne se tapir dans son trou comme une créature nocturne. Je roule sur le côté et attrape le téléphone sur la table de nuit.

— Ouais.

Ma voix est comme un croassement.

— Chef, c'est Mona. Désolée de vous réveiller, mais je crois que vous feriez mieux de venir.

Mona est la régulatrice de nuit. Elle est généralement d'un sang-froid à toute épreuve, aussi l'angoisse qui perce dans sa voix retient-elle toute mon attention.

— Que se passe-t-il ?

— T.J. est chez Stutz. Il regroupait les vaches et il a trouvé un cadavre.

Tout à coup, je ne suis plus endormie. Je m'assois en écartant les cheveux de mon visage.

— Quoi ?

— Il a trouvé un corps. Il avait l'air plutôt remué.

Au ton de sa voix, je peux dire que T.J. n'est pas le seul à être secoué.

Balançant mes jambes hors du lit, j'attrape ma robe de chambre. D'un coup d'œil sur le réveil, je vois qu'il est presque 2 h 30.

— Un accident ?

— Juste un corps. Nu. Une femme.

Oublions la robe de chambre, ce qu'il me faut, ce sont mes vêtements. J'allume la lampe et la brusque lumière me pique les yeux. Je suis complètement réveillée à présent. J'essaye toujours de me faire à l'idée qu'un de mes agents a découvert un cadavre. À ma demande, Mona m'informe sur le lieu de la découverte.

— Appelle Doc Coblentz.

Doc Coblentz est l'un des six médecins exerçant à Painters Mill, Ohio, et accessoirement il sert de médecin légiste pour le comté de Holmes.

Je m'approche du placard et cherche soutien-gorge, chaussettes, leggings et sous-pull.

— Dis à T.J. de ne rien toucher et de ne pas déplacer le corps. Je serai là-bas dans dix minutes.

La ferme des Stutz s'étend sur trente-deux hectares bordés d'un côté par Dog Leg Road et de l'autre par la fourche nord de la rivière, Painters Creek. L'endroit que m'a indiqué Mona se trouve à huit cents mètres du vieux pont couvert, sur un tronçon de route isolé qui aboutit à la limite du comté.

Une forte envie de café me tenaille tandis que je me gare derrière le véhicule de patrouille de T.J. Mes phares découpent sa silhouette sur le siège conducteur. Je remarque avec plaisir qu'il a installé des balises lumineuses et laissé son gyrophare en marche. Ma lampe torche à la main, je m'extirpe de mon 4 × 4 Explorer. Le froid glacial me saisit instantanément et je m'enfonce un peu plus dans ma parka, regrettant d'avoir oublié mon couvre-chef. T.J. semble ébranlé, à mon arrivée.

— Qu'est-ce qu'on a ?
— Un cadavre. Une femme.

Il fait son possible pour garder une attitude professionnelle, mais ses mains tremblent quand il pointe un doigt pour désigner le champ. Je sais que le froid n'y est pour rien.

— À moins de dix mètres, près du bosquet d'arbres.
— Tu es sûr qu'elle est morte ?

La pomme d'Adam de T.J. fait un aller-retour dans sa gorge.

— Le corps est froid. Pas de pouls. Il y a du sang partout autour.
— Allons jeter un œil, dis-je en avançant vers les arbres. Tu as touché à quelque chose ? Contaminé la scène de crime ?

Il baisse légèrement la tête, preuve que oui.

— Je pensais que peut-être elle était... vivante. Je l'ai retournée pour vérifier.

Ce n'était pas la chose à faire, mais passons. T.J. Banks a ce qu'il faut pour devenir un bon flic. Il est sérieux et appliqué quand il s'agit de son travail. Mais c'est sa première affectation dans les forces de l'ordre. Il a beau être à mon service depuis six mois, il reste un bleu. Je tiens le pari que c'est son premier cadavre.

Nous avançons péniblement dans la neige qui nous monte jusqu'aux chevilles. Une pointe de frayeur me traverse quand j'aperçois le corps. J'aimerais qu'il fasse jour, mais il va falloir attendre des heures avant que mon vœu soit exaucé. Les nuits sont longues à cette période de l'année. La victime est nue. La vingtaine. Des cheveux blond foncé. Une flaque de sang de soixante centimètres de diamètre entoure sa tête. Elle était jolie autrefois, mais dans la mort, son visage est figé dans une expression aussi grotesque que lugubre. À l'origine, elle était visiblement étendue sur le ventre : la lividité s'est installée, teintant de violet un côté de son visage. Ses yeux vitreux sont à moitié ouverts. Sa langue gonflée pousse contre ses lèvres enflées. Des cristaux de glace perlent dessus.

Je m'agenouille près du corps.

— On dirait qu'elle est là depuis quelques heures à peine.

— La peau commence à s'oxyder, fait remarquer T.J.

J'ai beau avoir patrouillé à Columbus pendant six ans et avoir été inspectrice à la criminelle pendant deux autres années, je me sens complètement dépassée. Columbus n'est pas franchement la capitale mondiale du crime, même si, comme toutes les villes, elle possède sa face cachée, son côté obscur. Des morts, j'en ai vu. Et malgré ça, je suis choquée par la brutalité flagrante de ce crime. Je voudrais croire que ce genre de meurtre violent n'arrive pas dans des villes comme Painters Mill.

Mais je sais que si.

Je me rappelle qu'il s'agit d'une scène de crime. Je me relève et balaye le périmètre de ma lampe torche. À part les nôtres, aucune trace n'est visible. Avec angoisse, je me rends compte que nous avons contaminé les indices éventuels.

— Appelle Glock et dis-lui de se ramener ici.

— Il est en vac...

Le regard que je lui jette l'empêche de terminer sa phrase.

Les services de police de Painters Mill se composent de moi-même, de trois agents à plein temps, deux standardistes et un auxiliaire. Rupert «Glock» Maddox est un ancien marine. Il est en outre mon agent le plus expérimenté. Son surnom lui vient de sa passion pour son arme de service. En vacances ou pas, j'ai besoin de lui.

— Demande-lui d'apporter des bandes jaunes pour délimiter le périmètre, dis-je en réfléchissant à ce qu'il va nous falloir d'autre. Fais venir une ambulance. Préviens l'hôpital de Millersburg. Dis-leur que nous amenons un corps à la morgue. Oh, et puis dis à Glock d'apporter du café. Des litres de café. On risque de traîner un moment dans le coin.

Le crâne chauve et une bedaine impressionnante, le Dr Ludwig Coblentz est un homme grassouillet.

Je le retrouve sur le bas-côté quand il descend de son 4 × 4.

—J'ai entendu dire qu'un de vos hommes s'était retrouvé nez à nez avec un cadavre, dit-il d'un ton grave.

—Un cadavre assassiné.

Il porte un pantalon kaki et une veste de pyjama écossais rouge sous sa parka. Je le regarde attraper sur le siège passager un sac noir qu'il tient précieusement. À son expression, je comprends qu'il est prêt à se mettre au boulot.

Je le conduis jusqu'au fossé. La marche jusqu'à la dépouille n'est pas très longue mais il a déjà le souffle court lorsque nous escaladons la clôture.

—Comment diable ce corps s'est-il retrouvé là ? grommelle-t-il.

—Quelqu'un l'a balancée ici, ou alors elle s'y est traînée toute seule avant de mourir.

Il me jette un coup d'œil interrogateur mais je ne relève pas. Je ne veux pas qu'il ait des idées préconçues avant de voir le cadavre. Les premières impressions sont primordiales dans une enquête.

Nous plongeons sous la bande jaune que Glock a déroulée entre les arbres. T.J. a suspendu à une branche au-dessus du corps un projecteur portatif à piles. La lumière diffusée est faible, mais ce système vaut mieux que les lampes torches et nous libère les mains. J'aurais préféré disposer d'un groupe électrogène.

—La scène de crime est sécurisée.

Glock approche, deux tasses de café dans les mains. Il m'en tend une.

—Vous m'avez l'air d'en avoir besoin.

Je prends le gobelet en polystyrène, ôte le couvercle et avale une gorgée.

— Mince, ça fait du bien.

— Vous croyez qu'on l'a balancée ici ? demande-t-il.

— On dirait bien.

T.J. nous rejoint, jetant un coup d'œil au cadavre.

— Bon sang ! chef, ça me plaît pas de la voir étendue là comme ça.

Moi non plus, ça ne me plaît pas. De là où nous nous tenons, j'ai vue sur sa poitrine et ses poils pubiens. La femme en moi se sent agressée par cette vision. Mais je ne peux rien faire contre ça : impossible de la couvrir ou de la déplacer avant l'examen préliminaire.

— L'un de vous la reconnaît ?

De concert, les deux hommes secouent la tête.

J'étudie la scène tout en sirotant mon café, essayant de déterminer ce qui a pu se passer.

— Glock, tu as toujours ce vieux Polaroid ?

— Dans le coffre de ma voiture.

— Prends quelques clichés du corps et de la scène de crime.

Je me reproche alors intérieurement d'avoir piétiné le sol avec T.J. Une empreinte de botte aurait été un indice précieux.

— Je veux aussi des photos des sillons, dis-je avant de m'adresser aux deux hommes. Quadrillez le périmètre et inspectez-le, en commençant au niveau des arbres. Mettez dans un sac tout ce que vous trouverez, même si vous croyez que c'est sans importance. Pensez bien à tout photographier avant de le ramasser. Recherchez des empreintes de bottes, ou des vêtements, ou un portefeuille.

— Entendu, chef.

Glock et T.J. se dirigent vers le bosquet.

Me tournant vers Doc Coblentz, je demande :

— Vous savez qui c'est ?

— Je ne la reconnais pas.

Il retire ses moufles et glisse ses doigts dodus dans des gants en latex. Il pousse un grognement tout en s'agenouillant.

— Une idée de l'heure de la mort ?

— C'est difficile à dire à cause du froid.

Il soulève un des bras de la victime. Des lacérations rouges entaillent son poignet. La peau autour des marques est meurtrie et tachée de sang.

— Elle avait les mains ligotées, dit-il.

Sa peau marbrée est la preuve qu'elle s'est violemment débattue pour se libérer.

— Avec du fil de fer ?

— C'est ce que je crois.

À ses ongles vernis, je devine qu'elle n'est pas amish. Deux d'entre eux, à la main droite, sont cassés jusqu'au sang. Elle s'est défendue. Il faudra que je pense à récupérer des échantillons sous ses ongles.

— La rigidité cadavérique s'est installée, continue Doc. Elle est morte depuis au moins huit heures. Peut-être même dix, d'après les cristaux de glace sur ses muqueuses. Je prendrai sa température interne à l'hôpital et pourrai vous donner une heure plus précise.

Il repose la main de la victime et fait voleter ses doigts au-dessus de la peau violette de la joue avant de poursuivre.

— La lividité cadavérique a gagné cette partie du visage.

Il lève le regard sur moi. Ses lunettes sont embuées. Derrière ses verres à double foyer, ses yeux paraissent immenses.

— Quelqu'un l'a déplacée ? demande-t-il.

Je hoche la tête sans pour autant lui révéler le nom du responsable.

— Et la cause de la mort ?

Le médecin sort une lampe stylo de sa poche intérieure puis soulève une paupière avant de braquer la lumière sur la pupille.

— Pas d'hémorragies pétéchiales.
— Elle n'a donc pas été étranglée.
— Exact.

Doucement, il pose une main sous le menton de la fille et lui tourne la tête vers la gauche. Ses lèvres s'ouvrent et je remarque que deux de ses dents sont cassées au niveau de la gencive. Il tourne sa tête vers la droite et l'entaille de sa gorge s'ouvre comme une bouche ensanglantée.

— On lui a tranché la gorge, déclare Doc.
— Avec quel genre d'arme, à votre avis ?
— Une lame bien aiguisée, sans denture. La peau n'est pas déchirée. Ce n'est pas une simple balafre, sinon la coupure serait plus longue et moins profonde aux extrémités. C'est difficile à dire avec cette lumière.

Tout en douceur, il la fait rouler sur le flanc.

Je scrute le corps. Son épaule gauche est couverte d'écorchures cramoisies, peut-être des brûlures. Les mêmes plaies sont visibles sur la fesse gauche. Ses deux genoux sont écorchés, tout comme le dessus de ses pieds. Sur ses chevilles, de la couleur d'une aubergine trop mûre, la peau n'est pas entaillée comme celle des poignets, mais la victime a sans aucun doute été également ligotée par les pieds.

Mon cœur manque se décrocher lorsque je remarque une abondance de sang sur son abdomen, juste en dessous du nombril. Noyée dans la sombre tache, apparaît une marque que j'ai déjà vue. Une marque qui a hanté mes cauchemars des milliers de fois.

— Et ça ?

— Bon Dieu, lance-t-il d'une voix tremblante. On dirait que c'est gravé dans sa peau.

— Difficile de voir ce que c'est.

Pourtant, à cet instant précis, je suis convaincue que nous savons tous les deux de quoi il s'agit. Aucun d'entre nous ne veut le dire à voix haute.

Doc Coblentz se penche plus en avant, le visage à moins d'un centimètre de la blessure.

— On dirait deux X et trois I.

— Ou le chiffre romain vingt-trois, dis-je.

Il lève les yeux vers moi, et je vois alors dans son regard la même horreur et la même incrédulité qui m'habitent. Je sens ma poitrine se serrer.

— Ça fait seize ans que je n'ai pas vu une chose pareille, murmure-t-il.

Les yeux fixés sur le signe sanglant gravé sur le corps de la jeune femme, je suis envahie par une vague de dégoût si intense que j'en tremble.

Au bout d'un moment, Doc Coblentz se rassoit sur ses talons. Secouant la tête, il désigne d'un geste de la main les traces sur les fesses, les ongles et les dents cassés.

— Le meurtrier s'est vraiment acharné sur elle.

— A-t-elle été agressée sexuellement ?

Peur et indignation m'étreignent tandis qu'il dirige sa lampe stylo vers le pubis.

— À première vue, oui. J'en saurai plus quand je l'examinerai à la morgue. Avec un peu de chance, cet enfant de salaud nous aura laissé de l'ADN.

Baissant les yeux sur le cadavre, je me demande quel genre de monstre est capable de faire ça à une si jeune femme. Le café a laissé un goût amer dans ma bouche. Je n'ai plus froid. Je suis furieuse et profondément outrée par la violence qui s'étale devant mes yeux. Pire, je suis terrifiée.

— Vous voulez bien emballer ses mains, Doc?
— Bien sûr.
— Quand pourrez-vous pratiquer l'autopsie?

Coblentz se redresse d'un air las.

— Je déplacerai quelques rendez-vous et ferai l'autopsie aujourd'hui.

Nous restons debout dans le froid et le vent, essayant en vain de ne pas penser à ce que cette femme a enduré avant de mourir.

— Il l'a tuée ailleurs, dis-je en regardant les traces dans la neige. Pas de signe de lutte. Et s'il l'avait égorgée ici, il y aurait plus de sang.

Doc acquiesce.

— L'hémorragie s'arrête quand le cœur cesse de battre. Elle était sans doute déjà morte quand il l'a abandonnée ici. C'est certainement du sang résiduel de sa blessure à la gorge que l'on a ici.

Mes pensées se tournent vers les personnes qui l'ont aimée. Ses parents. Un mari. Des enfants, peut-être. La tristesse me submerge.

— Ce n'est pas un crime passionnel.

— Celui qui a fait ça a pris son temps, réplique le médecin en me regardant dans les yeux. C'est calculé. Prémédité.

Je sais ce qu'il pense. Je le lis au fond de ses yeux. Je le sais parce que je pense la même chose.

— C'est exactement comme avant, termine-t-il.

3

Les flocons de neige virevoltent dans le faisceau de mes phares tandis que j'engage l'Explorer sur le long et étroit chemin menant à la ferme des Stutz. Assis sur le siège passager, T.J. est complètement éteint. À tout juste vingt-quatre ans, il est le plus jeune de mes agents. Et il est aussi bien plus sensible qu'il ne voudra jamais l'admettre. Non pas que la sensibilité soit une mauvaise chose pour un flic, mais la découverte de ce corps l'a sérieusement secoué.

— Sacrée façon de commencer la semaine, dis-je en me fendant d'un sourire.

— Ça, c'est sûr.

Je voudrais le sortir de sa coquille, mais je ne suis pas très douée en babillage.

— Bon, est-ce que ça va ?

— Moi ? Oui, ça va.

On dirait que ma question le gêne tout autant que le perturbent les images qui, je le sais, continuent de défiler dans sa tête.

— Voir un truc pareil..., dis-je en lui lançant un regard entendu de flic à flic, ça peut être très pénible.

— J'ai déjà vu ce genre d'horreur, se défend-il. J'étais le premier sur les lieux quand Houseman a pété les plombs et assassiné cette famille de Cincinnati.

J'attends, espérant qu'il se livre davantage.

Le visage tourné vers la fenêtre, il s'essuie les paumes sur son pantalon d'uniforme. Du coin de l'œil, je le vois me jeter un regard.

— Vous avez déjà vu un truc pareil, chef ?

Sa question concerne mes huit années de service à Columbus.

— Rien d'aussi moche.

— Il lui a cassé les dents, l'a violée, lui a tranché la gorge, dit-il en lâchant un soupir qui ressemble au sifflement d'une Cocotte-Minute. Merde alors !

Du haut de mes trente ans, je ne suis pas beaucoup plus âgée que T.J. Pourtant, alors que je détaille son profil juvénile, je me sens plus vieille que jamais.

— Tu as fait ce qu'il fallait.

Il regarde par la vitre et je sais que c'est pour dissimuler l'expression de son visage.

— J'ai foutu en l'air la scène de crime.

— Tu ne savais pas que tu allais trouver un cadavre.

— Des empreintes de pas auraient pu nous être très utiles.

— On peut toujours découvrir quelque chose, dis-je en faisant preuve d'un optimisme exagéré. J'ai moi aussi marché dans les sillons. Ce sont des choses qui arrivent.

— Vous croyez que Stutz sait quelque chose au sujet de ce meurtre ?

Isaac Stutz et sa famille sont amish. Une culture que je connais intimement puisque je suis née amish, dans cette même ville, il y a une éternité.

Je fais mon possible pour ne pas laisser mes préjugés affecter mon jugement. Mais je connais Isaac personnellement et je l'ai toujours considéré comme un homme honnête et travailleur.

— Je ne pense pas qu'il soit mêlé à ce meurtre, mais peut-être qu'un des membres de sa famille a vu quelque chose.

— Alors, on va juste l'interroger ?

— Je vais l'interroger.

— Bien sûr, dit-il avec un sourire.

Le chemin fait un virage à gauche et une ferme en bois apparaît. Comme la plupart des habitations amish de la région, celle-ci est simple mais bien entretenue. Une palissade de rondins sépare la cour du poulailler. Un splendide cerisier qui donnera des fruits au printemps devance une vaste grange. Le silo à grain et le moulin à vent se découpent dans le ciel d'avant l'aurore.

Il n'est pas encore 5 heures mais la lueur jaune d'une lampe brille déjà derrière la fenêtre. Je me gare à côté d'un buggy[1] avant d'éteindre le moteur. La neige a été dégagée de l'allée qui mène à la porte d'entrée.

Celle-ci s'ouvre avant même que nous ayons frappé. La quarantaine, Isaac Stutz arbore la barbe traditionnelle de l'époux amish. Il porte un pantalon sombre et des bretelles sur une chemise de travail bleue. Son regard court de moi à T.J. avant de revenir se poser sur moi.

— Je suis désolée de vous déranger de si bonne heure, monsieur Stutz, dis-je en guise de préambule.

— Chef Burkholder, fait-il en inclinant légèrement la tête avant de reculer pour ouvrir plus largement la porte. Entrez, je vous en prie.

---

1. Voiture à cheval, transport traditionnel des Amish. *(N.d.T.)*

J'essuie mes pieds sur le paillasson avant de pénétrer dans la maison. À l'intérieur, l'air embaume le café et le *scrapple*, le petit déjeuner amish traditionnel, bouillie constituée de porc et de farine de maïs frite. Une douce chaleur règne dans la cuisine faiblement éclairée. Une pendule et deux lampes reposent dans une niche du mur. Plus bas, trois chapeaux de paille sont accrochés à des chevilles en bois. Derrière Isaac, j'aperçois sa femme, Anna, debout près du poêle en fonte. Elle porte la traditionnelle *kapp*[1] en organdi ainsi qu'une longue et sobre robe noire. Elle me jette un coup d'œil par-dessus son épaule et détourne rapidement le regard quand je le croise. Il y a vingt ans, nous jouions ensemble. Aujourd'hui, je suis une étrangère pour elle.

Les Amish forment une communauté très unie, dont les valeurs sont fondées sur le culte, le dur labeur et la famille. Alors que quatre-vingts pour cent des enfants amish choisissent d'adhérer à l'Église quand ils atteignent leurs dix-huit ans, je suis une des rares à ne pas l'avoir fait. En conséquence de quoi, j'ai été bannie. Contrairement à ce qu'on pourrait croire, le bannissement n'est pas une punition. Dans la plupart des cas, il s'agit plutôt d'une tentative de rédemption. Une sorte d'amour intransigeant. Mais ça ne m'a pas ramenée. À cause de ma défection, bon nombre d'Amish ne veulent plus rien avoir à faire avec moi. J'accepte cette situation car je comprends cette idéologie, et leur attitude ne m'inspire aucune rancœur.

---

1. Sorte de bonnet, coiffe traditionnelle des femmes amish. *(N.d.T.)*

T.J. et moi entrons dans la maison. Toujours respectueux, le jeune homme ôte son chapeau.

—Désirez-vous du thé ou du café bien chaud ?

Je donnerais n'importe quoi pour une tasse de café chaud. Je décline cependant l'offre.

—J'aimerais vous poser quelques questions concernant un événement survenu cette nuit.

—Venez vous asseoir près du poêle, m'invite-t-il avec un geste vers la cuisine.

Nos bottes résonnent lourdement sur le plancher tandis que nous nous avançons tous les trois dans la pièce. Une table en bois, drapée d'une nappe à carreaux bleus et blancs, trône au milieu. La lampe placée en son centre diffuse une lumière vacillante sur nos visages. Une odeur de pétrole flotte dans l'air, réveillant mes souvenirs d'enfance et, l'espace d'un instant, cette sensation me réconforte.

Les pieds des chaises raclent le sol à l'unisson quand nous les tirons pour nous asseoir.

—La nuit dernière, nous avons reçu un appel concernant votre bétail, dis-je.

—Ah ! Mes vaches laitières.

Isaac secoue la tête en signe de désapprobation. Pourtant, je vois à son expression qu'il sait que nous ne sommes pas venus le trouver à 5 heures du matin pour lui faire la leçon pour quelques bêtes indisciplinées.

—J'avais déjà réparé cette clôture, poursuit-il.

—Ce n'est pas au sujet du bétail.

Isaac me dévisage sans mot dire.

—Nous avons trouvé le cadavre d'une jeune femme dans votre champ, cette nuit.

—*Mein Gott*, hoquette Anna à l'autre bout de la pièce.

Je ne la regarde pas. Mon attention est concentrée sur Isaac. Sa réaction. Le langage de son corps. Son expression.

— Quelqu'un est mort ? demande-t-il, les yeux écarquillés. Dans mon champ ? Qui est-ce ?

— Nous ne l'avons pas encore identifiée.

Je vois son cerveau tourner à toute allure tandis qu'il enregistre l'information.

— Est-ce un accident ? Est-elle morte de froid ?

— Elle a été assassinée.

Il se recule sur sa chaise, comme poussé par une force invisible.

— *Ach ! Yammer.*

Je tourne les yeux vers sa femme. Cette fois-ci, elle me rend mon regard, une expression de frayeur sur le visage.

— L'un d'entre vous a-t-il remarqué quoi que ce soit d'inhabituel cette nuit ?

— Non, répond-il pour eux deux.

Les Amish sont une société patriarcale. Il n'y a pas forcément d'inégalités entre les deux sexes, mais le rôle de chacun est parfaitement défini et délimité. En général, je ne m'offusque pas de cela. Mais ce matin, cela m'agace. Les conventions amish ne devraient pas s'appliquer lorsqu'il est question de meurtre, et c'est mon boulot de clarifier les choses. Je regarde Anna droit dans les yeux.

— Anna ?

Elle s'approche en essuyant sur son tablier ses mains gercées. À peu près de mon âge, elle est jolie, avec de grands yeux noisette et un nuage de taches de rousseur sur le nez. La simplicité lui sied à ravir.

— Est-elle amish ? demande-t-elle en allemand pennsylvanien, le dialecte amish.

Je connais cette langue pour l'avoir parlée, mais je lui réponds en anglais :

— Nous l'ignorons. Avez-vous vu des étrangers dans les parages ? Un véhicule ou un buggy que vous ne connaissiez pas ?

— Je n'ai rien vu, répond Anna en secouant la tête. Il fait nuit très tôt à cette période de l'année.

Ce qui est vrai. Le mois de janvier est froid et sombre dans le nord-est de l'Ohio.

— Pourrez-vous interroger vos enfants à ce sujet ?

— Bien sûr.

— Vous croyez que l'un des nôtres est responsable de ce péché ?

Une pointe de défense perce dans la voix d'Isaac.

Les Amish sont fondamentalement pacifistes. Travailleurs, religieux et tournés vers la famille. Je sais cependant que des anomalies surviennent. Je suis l'une d'elles.

— Je l'ignore, dis-je en me levant et en jetant un regard à T.J. Merci à tous les deux de nous avoir accordé un peu de votre temps. Nous connaissons le chemin.

Isaac nous suit dans le salon et nous ouvre la porte. Alors que je sors sur le porche, il me murmure :

— Est-ce qu'il est de retour, Katie ?

La question m'ébranle, quand bien même je sais que je vais l'entendre encore et encore dans les jours à venir. C'est une question que je n'ai pas envie de me poser. Isaac se souvient des événements qui se sont déroulés il y a seize ans. Je n'avais que quatorze ans à l'époque, mais je me les rappelle très bien aussi.

— Je n'en sais rien.

Mensonge. Je sais pertinemment que celui qui a tué cette jeune fille n'est pas l'homme qui a violé et assassiné quatre femmes il y a seize ans.

Je le sais parce que je l'ai tué.

De gros nuages cerclés de pourpre pointent à l'est lorsque je me gare sur le bas-côté derrière le véhicule de T.J. La bande jaune délimitant la scène de crime semble incongrue au milieu des arbres, des piquets et du fil barbelé. L'ambulance est partie. De même que l'Escalade de Doc Coblentz. Glock se tient près de la clôture, les yeux perdus vers le champ comme si la couche de neige qui recouvre la terre accidentée lui murmurait les réponses dont nous avons tous si désespérément besoin.

— Rentre chez toi et repose-toi un peu, dis-je à T.J.

Il a pris son service à minuit. Avec ce meurtre sur les bras, le sommeil va devenir une denrée rare pour nous tous.

J'éteins le moteur. L'habitacle devient soudainement silencieux sans le ronronnement du chauffage. Il pose la main sur la poignée de la portière.

— Chef ?

Je me tourne vers lui. Son regard de petit garçon est voilé.

— Je veux attraper ce type, déclare-t-il.

— Moi aussi, dis-je en ouvrant ma portière. Je t'appelle dans quelques heures.

Il acquiesce et nous sortons de l'Explorer. Je me dirige vers Glock, l'esprit toujours tourné vers T.J.

J'espère qu'il tiendra le coup. J'ai le terrible pressentiment que le corps qu'il a découvert cette nuit ne sera pas le dernier.

Derrière moi, je l'entends démarrer sa voiture et partir. Glock se tourne pour m'accueillir. Il n'a même pas l'air d'avoir froid. Je demande sans préambule :

— Alors ?

— Pas grand-chose. On a trouvé un emballage de chewing-gum, mais il a l'air vieux. Et quelques cheveux sur la barrière. De longues mèches. Ceux de la fille, sans doute.

À peu près de mon âge, Glock a une coupe militaire et peut-être deux pour cent de graisse. Son physique ferait pâlir de jalousie Arnold Schwarzenegger. Je l'ai engagé il y a deux ans, lui offrant l'honneur d'être le premier policier afro-américain de Painters Mill. Ancien membre de la police du corps des marines, c'est un fin tireur, ceinture marron de karaté. Et surtout, il ne se laisse emmerder par personne, même pas par moi.

— Des empreintes de pas ou de pneus ?

Il secoue la tête.

— La scène a été pas mal piétinée. Je vais essayer de voir si je peux relever des traces, mais ça ne me paraît pas très prometteur.

— Tu sais comment procéder ?

— Je dois d'abord aller chercher le matériel au bureau du shérif.

— Vas-y. Je vais rester jusqu'à ce que Skid arrive.

Chuck « Skid » Skidmore est le troisième de mes agents.

— La dernière fois que je l'ai vu, il était étendu sur le billard du McNarie avec une blonde, fait Glock avec un sourire. Gueule de bois, sans doute.

— Sans doute.

Skid apprécie la tequila bon marché autant que Rupert aime son Glock. Notre interlude de frivolité est de courte durée.

— Quand tu auras relevé les empreintes sur la scène, prends celles de tous ceux qui étaient là. Envoie le tout au labo du BCI. Qu'ils lancent une recherche et voient si quelque chose en sort.

Le BCI, c'est le Bureau d'identification et d'investigation criminelles. Il est situé à Londres, une banlieue de Columbus. Géré par le ministère de la Justice, il est doté d'un labo ultramoderne avec équipement de pointe, accès aux bases de données des forces de police et une multitude d'autres ressources que peuvent utiliser les commissariats locaux.

— Autre chose ? demande Glock après avoir acquiescé.

Je souris, mais l'expression est artificielle sur mon visage.

— Tu crois que tu pourrais décaler tes vacances ?

Il me renvoie mon sourire, et chez lui c'est un sourire tendu. Si quelqu'un mérite ses congés, c'est bien Glock. Il n'a pas eu de véritable jour de repos depuis que je l'ai embauché.

— LaShonda et moi n'avons pas prévu grand-chose, dit-il en parlant de son épouse. On comptait finir la chambre du bébé. D'après le toubib, c'est une question de jours maintenant.

Dans un silence amical, nous observons la scène de crime. En dépit des deux paires de chaussettes que je porte dans des bottes imperméables, j'ai les pieds gelés. Je suis épuisée, découragée et dépassée. Je sens le poids du temps peser sur mes épaules. Tous les flics savent que les premières vingt-quatre heures qui suivent le crime sont primordiales, voire vitales, dans sa résolution.

— Je ferais mieux d'aller récupérer le matériel, lâche Glock au bout d'un moment.

Il traverse le fossé, se glisse dans sa voiture et s'éloigne. Je me tourne de nouveau vers le champ, où des bourrasques de neige font chuchoter la terre gelée. De là où je me tiens, je ne distingue que la tache de sang laissée par la victime, cercle rouge vif contrastant sur le blanc virginal. La bande jaune bat dans la brise en provenance du nord, les branches des arbres s'entrechoquent comme des dents qui claquent.

— Qui es-tu, espèce de fils de pute ? dis-je tout fort.

Ma voix sonne étrangement dans le silence qui précède l'aube.

Pour toute réponse, je n'entends que le murmure du vent dans les branches et l'écho de ma propre voix.

Vingt minutes plus tard, Skidmore arrive sur la scène de crime. Il sort de son véhicule sans bruit, deux gobelets de café dans une main, un beignet à moitié entamé dans l'autre et une expression signifiant « Me cherchez pas » sur le visage.

— Pourquoi les gens se font pas assassiner quand il fait vingt degrés et que le soleil brille ? marmonne-t-il en me tendant un café.

— Ce serait trop facile.

Je prends le gobelet et ôte le couvercle tout en lui résumant le peu que nous savons.

Quand j'ai fini, il contemple les lieux puis me regarde comme s'il s'attendait à ce que je lui crie que tout ça n'est qu'une blague de très mauvais goût, ha ha.

—Foutu truc à découvrir ici au beau milieu de la nuit, fait-il en sirotant son café. Comment va T.J.?

—Ça va aller, je crois.

—Il va en faire des cauchemars, le môme.

Ses yeux sont injectés de sang et, comme l'avait prédit Glock, il a la gueule de bois.

—La soirée a été difficile?

Des grains de sucre sont accrochés à son menton et son sourire est de travers.

—J'aime bien plus la tequila qu'elle ne m'aime, répond-il.

Ce n'est pas la première fois que j'entends ça. Originaire d'Ann Arbor dans le Michigan, Skid y a perdu son poste dans les forces de police à cause d'une conduite en état d'ivresse, en dehors des heures de service. Tout le monde sait qu'il aime un peu trop la bouteille, mais c'est un bon flic. J'espère pour lui qu'il saura gérer son problème. J'ai vu beaucoup de vies détruites par l'alcool et je détesterais que la sienne s'y ajoute. Je l'ai averti le jour où je l'ai engagé que si je le prenais en train de boire pendant le service, je le virais sur-le-champ. C'était il y a deux ans et, jusqu'à présent, il n'a jamais franchi la ligne.

—Vous croyez que c'est le même gars qu'au début des années 1990? demande-t-il. Comment ils l'appelaient, déjà? Le Boucher, non? L'affaire n'a jamais été résolue, pas vrai?

À l'évocation du sobriquet, j'ai la chair de poule. La police et le FBI avaient continué l'enquête des années après le dernier meurtre. Mais la piste refroidissait et l'intérêt du public faiblissait, aussi avaient-ils relâché leurs efforts.

— Ça ne colle pas, dis-je d'un ton évasif. Difficile d'expliquer une pause de seize ans dans ces meurtres.

— Sauf si le type a changé d'endroit.

Je ne réponds pas, je ne veux pas spéculer. Indifférent à mon manque de réaction, Skid poursuit :

— Ou alors il était en prison pour un délit quelconque et vient d'être libéré. J'ai déjà vu ça quand j'étais un bleu.

N'aimant pas plus les questions que les spéculations et sachant que ce n'est pas ce qui va manquer dans les jours à venir, je me contente d'un haussement d'épaules.

— C'est peut-être un imitateur.

Il renifle bruyamment.

— Ça serait quand même bizarre dans une ville de cette taille. Après tout, quelles sont les chances que ça arrive ?

Il a raison, alors je ne réponds pas. Émettre des hypothèses est un jeu dangereux quand on en sait plus qu'on ne devrait. J'avale le reste de mon café et écrase le gobelet.

— Surveille les lieux jusqu'à ce que Glock revienne, d'accord ?

— D'ac.

— Et file-lui un coup de main pour le relevé des empreintes. Je vais au poste.

J'ai hâte de retrouver la chaleur de l'Explorer. Mes oreilles et mon visage me brûlent à cause du froid et mes doigts sont engourdis. Pourtant, mon esprit est branché sur autre chose que ces désagréments physiques. Je ne peux pas m'empêcher de penser à cette jeune femme. Et je ne peux ignorer l'étrange parallèle entre ce meurtre et ceux perpétrés il y a seize ans. Tandis que je mets le contact et m'engage sur la route, un sombre pressentiment me tenaille. Le tueur n'en a pas fini.

Le centre-ville de Painters Mill consiste en une rue principale, à juste titre appelée Main Street, bordée d'une douzaine de commerces dont la moitié sont des boutiques amish pour les touristes qui vendent de tout et n'importe quoi, du carillon éolien au nichoir en forme de maison en passant par les complexes couvertures en patchwork faites main. Un rond-point ponctue l'extrémité nord de la rue. Une énorme église luthérienne délimite la partie sud de la ville. À l'est, se dressent le tout nouveau lycée, un lotissement prometteur appelé Maple Crest et quelques bed-and-breakfast qui ont fait leur apparition ces deux dernières années pour faire face à l'industrie florissante de la ville : le tourisme. À l'ouest, juste de l'autre côté des voies ferrées et du terrain de maisons préfabriquées, se trouvent l'abattoir et le centre d'équarrissage, les bureaux de négoce des fermiers et un imposant silo à grain.

Depuis ses origines en 1815, la population de Painters Mill avoisine les cinq mille trois cents âmes, dont un tiers sont amish. Même si ceux-ci vivent en grande partie en autarcie, personne n'est vraiment un étranger ici et chacun connaît les affaires de tous les autres. C'est une ville saine et tranquille. Un endroit charmant pour vivre et élever des enfants. Un secteur sympa pour être chef de la police. Sauf, bien sûr, quand un meurtre violent et non résolu vous tombe sur les bras.

Pris en sandwich entre la pharmacie Kidwell et la caserne de pompiers volontaires, le poste de police ressemble à une cave pleine de courants d'air taillée dans un bâtiment centenaire qui servait autrefois de salle de bal. Mona Kurtz, une de mes deux régulatrices, m'accueille lorsque je franchis le seuil de la réception. Elle lève les yeux de son ordinateur, me lance rapidement par-dessus le comptoir un sourire étincelant et me fait un geste de la main.

— Salut, chef!

La vingtaine, elle arbore une crinière rousse et une vivacité qui ferait passer le lapin de la pub Energizer pour le pire des fainéants. Elle parle si vite que je ne comprends jamais la moitié de ce qu'elle dit, ce qui n'est pas forcément une mauvaise chose vu qu'elle divulgue en général plus d'informations que je n'en ai besoin. Cependant, elle adore son boulot. Célibataire et sans enfants, elle se moque de travailler de nuit et fait preuve d'un intérêt authentique pour le travail policier. Même si cet intérêt lui vient des épisodes trop souvent regardés des *Experts*, il m'a convaincue de l'embaucher l'année dernière. Elle n'a pas manqué un seul jour depuis.

À la vue des papiers roses glissés dans sa main et de la ferveur qui brille dans ses yeux, je regrette de ne pas avoir attendu la fin de son service pour arriver au poste. J'aime beaucoup Mona et j'apprécie son enthousiasme, mais je manque de patience ce matin. Je me dirige vers mon bureau sans m'arrêter.

Pas découragée pour un sou, elle traverse la pièce pour me rejoindre et me fourre une dizaine de messages dans la main.

— Le téléphone n'arrête pas de sonner. Les gens posent des questions au sujet du meurtre, chef. Mme Finkbine veut savoir s'il s'agit du même tueur qu'il y a seize ans.

Je grogne intérieurement devant la puissance et la rapidité du moulin à potins de Painters Mill. Les yeux baissés sur le billet suivant, elle fronce les sourcils.

— Phyllis Combs a perdu son chat et elle a peur que ce ne soit le même type, dit-elle en me fixant de ses grands yeux bruns. Ricky McBride m'a dit que la victime était... décapitée. C'est vrai ?

Je résiste à l'envie de me frotter les yeux pour chasser la douleur qui pique mes orbites.

— Non. J'apprécierais que tu fasses ton possible pour tuer les rumeurs dans l'œuf. Elles vont fuser dans les jours à venir.

— Pas de problème.

Je baisse les yeux sur les bouts de papier roses et décide d'utiliser son enthousiasme à bon escient.

— Rappelle tous ces gens et explique-leur que les services de police de Painters Mill enquêtent d'arrache-pied sur ce crime affreux et que je ferai une déclaration dans la prochaine édition de l'*Advocate*.

L'*Advocate* est la gazette hebdomadaire de Painters Mill, tirée à quatre mille exemplaires.

— Si les journalistes t'interrogent, poursuis-je, dis-leur que tu leur faxeras le communiqué de presse dans l'après-midi. Pour tout le reste, tu réponds « Pas de commentaires », compris ?

Elle boit mes paroles, suspendue à chacune d'elles, paraissant un peu surexcitée, un peu trop intéressée.

— J'ai compris, chef. « Pas de commentaires. » Autre chose ?

— Je ne dirais pas non à une tasse de café.

— J'ai ce qu'il vous faut.

Dans ma tête surgit l'image de sa concoction chocolat-espresso-lait de soja et je hausse les épaules.

— Rien que du café, Mona. Et de l'aspirine, si tu en as.

Je me dirige vers le calme de mon bureau pendant que Mona poursuit derrière moi :

— Oui, bien sûr. Lait et sans sucre. Du Tylenol, ça ira ?

À la porte de mon bureau, une question me vient à l'esprit. Je m'arrête et pivote vers elle.

— Quelqu'un a-t-il signalé une personne disparue, une jeune femme, ces derniers jours ?

— Je n'ai rien vu dans les rapports.

Il est encore tôt, c'est vrai. Je sais pourtant que cet appel viendra.

— Vérifie auprès de la police de la route et du bureau du shérif du comté de Holmes, d'accord ? Une femme blanche. Yeux bleus, cheveux châtain clair. Entre quinze et trente ans.

— Je m'en occupe.

J'entre dans mon bureau, referme la porte derrière moi et me retiens de la verrouiller carrément. La petite pièce est occupée par une table de travail métallique déglinguée, un antique classeur à tiroirs mangé par la rouille, et un ordinateur poussif et bruyant. L'unique fenêtre offre une vue pas si imprenable que ça sur les pick-up et les voitures garés le long de Main Street.

Je retire mon manteau, le pose sur le dossier de ma chaise, allume l'ordinateur et me dirige directement vers le classeur à tiroirs. Je le déverrouille, ouvre le tiroir du bas et fouille parmi les dossiers. Disputes conjugales, banales agressions, vandalisme. Le genre de crimes auxquels on peut s'attendre dans une bourgade comme Painters Mill. Celui que je recherche se trouve tout au fond. Mes doigts marquent un arrêt avant de se poser dessus. Quand je suis devenue chef de la police, il y a deux ans, j'ai profité de mes nouvelles fonctions pour assouvir le besoin irrépressible de savoir, de me rassurer peut-être, qui m'habitait depuis longtemps. Une seule et unique fois, j'ai consulté le rapport de l'affaire. L'horreur macabre des clichés et des descriptions des victimes n'a en rien atténué ma culpabilité, mais je me suis juré de ne plus jamais ouvrir ce dossier. Ce matin, pourtant, je n'ai pas le choix.

La chemise cartonnée est épaisse, marron, avec des coins écornés, et son fermoir en métal est cassé à force d'avoir été ouvert et fermé. L'étiquette sur la couverture annonce : *Le Boucher, comté de Holmes, janvier 1992*. Je prends le dossier, m'installe à mon bureau et l'ouvre.

Mon prédécesseur, Delbert McCoy, était très à cheval sur les détails et il le prouve dans sa façon d'archiver ses dossiers. Un rapport de police tapé à la machine comportant les dates, les heures et les lieux apparaît devant mes yeux. Je vois les noms des témoins, complétés de leurs coordonnées et du résumé de leurs antécédents. Visiblement, chaque étape de l'enquête a été soigneusement documentée. À l'exception d'un incident dont la police n'a jamais eu connaissance...

Je feuillette le dossier, enregistrant les grandes lignes. Il y a seize ans, un tueur a rôdé dans les rues paisibles de Painters Mill. En deux ans, il a assassiné quatre femmes avec une sauvagerie furieuse. En raison du mode opératoire du meurtrier, l'exsanguination, qui rappelait les saignées infligées au bétail à l'abattoir, un journaliste a fait la une en le surnommant « le Boucher » et le nom est resté.

La première victime, Patty Lynn Thorpe, dix-sept ans, a été violée et torturée avant d'avoir la gorge tranchée. Son corps a été abandonné sur Shady Grove Road, à un peu plus de trois kilomètres de l'endroit où T.J. a fait sa macabre découverte cette nuit. Un frisson remonte le long de ma colonne vertébrale tandis que je parcours le rapport d'autopsie.

DIAGNOSTIC ANATOMIQUE RETENU :

1. Blessure par incision au cou : entaille transversale de l'artère carotide primitive.

Je passe les *Notes et Procédures*, l'*Examen externe* et autres détails pour aller directement à ce qui m'intéresse.

DESCRIPTION DE LA BLESSURE PAR INCISION AU COU :

La blessure par incision au cou mesure huit centimètres de long. Ladite incision est transversale à la trachée et présente une légère inclinaison vers l'oreille gauche. L'artère carotide primitive est tranchée et la présence de sang séché est à noter autour de la carotide. Saignements et hématomes sont visibles tout autour de la blessure.

OPINION :

La mort est due à une incision fatale ou une blessure par objet tranchant combinée à l'entaille transversale de l'artère carotide primitive suivie d'une exsanguination.

La ressemblance avec la blessure du corps découvert cette nuit est frappante. Je poursuis ma lecture.

DESCRIPTION DE LA SECONDE BLESSURE PAR ARME BLANCHE :

Une deuxième blessure, située à l'abdomen, en dessous du nombril, est à noter. La blessure présente une forme irrégulière, mesure cinq centimètres de haut sur quatre de large et une profondeur minimale de 1,5 centimètre. Du sang séché, présent sur les bords de la blessure, a pénétré la peau et les tissus sous-cutanés alors que la lame utilisée pour trancher la chair n'a pas touché les muscles. La blessure est *ante mortem*.

OPINION :

La blessure est superficielle et non fatale.

Encore une fois, la blessure est similaire à celle remarquée sur la victime trouvée cette nuit.
Je prends le rapport de police, sur lequel le chef McCoy a griffonné quelques remarques.

La blessure abdominale se révèle être la lettre V et la lettre I ou peut-être le chiffre romain VI. La lacération sur le cou de la victime n'est pas le fait d'un tueur fou, mais l'incision calculée et réfléchie de quelqu'un qui sait ce qu'il fait et recherche un résultat spécifique. L'auteur a utilisé un couteau avec une lame non dentelée. Les marques gravées sur l'abdomen de la victime n'ont pas été rendues publiques.

Plus bas, le rapport indique que la victime présente des traumatismes du rectum et du vagin. Mais les prélèvements envoyés au labo n'ont pas relevé d'ADN autre que le sien.

Je feuillette encore plusieurs pages et m'arrête sur les notes manuscrites du chef McCoy.

Aucune empreinte. Pas d'ADN. Aucun témoin. Pas grand-chose pour avancer. Nous poursuivons l'enquête et suivons chaque piste mais mon intime conviction est que ce meurtre est un acte isolé. Commis par un vagabond, sans doute.

Ces mots reviendraient le hanter.

Quatre mois plus tard, le corps de Loretta Barnett, seize ans, était découvert par des pêcheurs sur les rives boueuses de Painters Creek. Elle avait été abordée chez elle, agressée sexuellement, conduite dans un endroit inconnu où on lui avait tranché la gorge. Il avait ensuite été établi que son corps avait été jeté du haut du pont couvert, à l'ouest de la ville.

McCoy avait alors contacté le FBI et leur avait demandé leur aide. L'expertise médico-légale avait laissé entendre que le tueur avait utilisé un pistolet électrique pour soumettre ses victimes. Toutes deux présentaient des traumatismes génitaux, mais aucun ADN ne fut retrouvé, ce qui, selon l'agent spécial Frederick Milkowski, indiquait soit que le tueur portait un préservatif, soit qu'il s'était servi d'objets pour les violer. Le tueur pouvait en plus s'être rasé tout le corps.

Les hématomes aux chevilles de la victime indiquaient qu'elle avait été suspendue par les pieds jusqu'à ce qu'elle se soit vidée de son sang. Encore plus perturbante était la découverte du chiffre romain VII gravé sur son abdomen.

À ce moment-là, il était devenu évident que la police avait affaire à un tueur en série. En raison de l'exsanguination, pratique associée aux méthodes des abattoirs, McCoy et Milkowski s'étaient intéressés à ceux des environs pour trouver des indices.

Je me penche sur les notes de McCoy prises au cours de l'enquête.

Lors d'un entretien informel, J.-R. Purdue, des Entreprises Purdue-Honey Cut, la société possédant et dirigeant le complexe de conditionnement de viande Honey Cut, a déclaré : « Les blessures sont en accord avec le type d'incisions pratiquées pour saigner le bétail, à une échelle moindre cependant... »

On avait interrogé et relevé les empreintes de chaque personne ayant un jour travaillé pour le complexe de conditionnement de viande Honey Cut. On avait prélevé des échantillons d'ADN sur tous les employés masculins. Rien de tout ça n'avait abouti, et le tueur avait continué...

À la fin de l'année suivante, on comptait quatre victimes. Chacune par exsanguination. Chacune ayant subi des tortures inimaginables. Et chacune avait un chiffre romain gravé sur le ventre comme si le tueur tenait une macabre comptabilité de son carnage.

La sueur perle sur ma nuque lorsque mes yeux se posent sur les photos des scènes de crime et des autopsies. Les similitudes entre ces meurtres et celui de cette nuit sont indéniables. Je sais ce que les habitants de Painters Mill vont se dire. Le Boucher est de retour. Il n'y a sur cette terre que trois personnes qui savent qu'une telle chose est impossible, et l'une d'entre elles, c'est moi.

Un coup frappé à la porte me fait sursauter.

—C'est ouvert !

Mona entre dans le bureau et pose une tasse de café accompagnée d'un tube de Tylenol format familial sur mon bureau.

—Il y a une femme du comté de Coshocton sur la ligne 1. Sa fille n'est pas rentrée hier soir. Et Norm Johnston attend sur la 2.

Norm Johnston est l'un des six membres du conseil municipal. C'est un arriviste, un connard intéressé et un véritable emmerdeur. Il me déteste depuis que je l'ai coincé l'été dernier pour conduite en état d'ivresse et que j'ai réduit à néant ses chances de grimper l'échelle politique de Painters Mill et de devenir maire.

—Préviens Norm que je le rappelle, dis-je en prenant la ligne 1.

—Je m'appelle Belinda Horner. Je n'ai pas de nouvelles de ma fille Amanda depuis qu'elle est sortie avec son amie samedi soir.

La femme parle trop vite. Elle a le souffle court, la voix hachée et rendue rauque par la nervosité.

—Je pensais qu'elle avait passé la nuit avec Connie, reprend-elle. Ça lui arrive de temps en temps. Mais elle ne m'a pas appelée ce matin. J'ai découvert que personne ne l'avait vue depuis samedi soir. Je suis vraiment très inquiète.

Nous sommes lundi. Je ferme les paupières, priant silencieusement pour que le corps qui repose en ce moment sur une table froide à la morgue de Millersburg ne soit pas celui de sa fille. Mais un mauvais pressentiment me tenaille le ventre.

—Est-elle déjà restée aussi longtemps absente auparavant, madame ? Est-ce un comportement inhabituel de sa part ?

—Elle m'appelle toujours quand elle ne rentre pas.

—Quand est-ce que son amie l'a vue pour la dernière fois ?

—Samedi soir. Connie peut se montrer incroyablement irresponsable parfois.

—Avez-vous contacté la police de la route ?

—Ils m'ont conseillé de vérifier auprès des services de police locaux. J'ai peur qu'elle n'ait eu un accident ou autre chose. Je vais appeler les hôpitaux ensuite.

J'attrape un stylo et un calepin.

—Quel âge a votre fille, madame ?

—Vingt et un ans.

—À quoi ressemble-t-elle ?

Elle me dépeint alors une jolie jeune fille dont la description colle parfaitement à celle de la victime.

—Auriez-vous une photo ?

—Oui, plusieurs.

—Pourriez-vous me faxer la plus récente ?

—Heu… Je n'ai pas de fax, mais mon voisin possède un ordinateur et un scanner.

—Ça fera l'affaire. Scannez la photo et envoyez-la par mail en pièce jointe. Vous pouvez faire ça ?

—Je crois, oui.

Tandis que je note ses coordonnées, mon téléphone émet des bips sonores. En baissant les yeux, je vois que les quatre lignes clignotent simultanément. Je les ignore et lui communique mon adresse électronique.

J'ai l'estomac noué quand je raccroche, mais j'ai l'intime conviction que Belinda Horner va passer une journée bien pire que la mienne.

Mona toque et passe la tête par la porte.

—J'ai la police de la route sur la 1, Canal 7 sur la 2 et Doc Coblentz sur la 3.

Je prends la ligne 3 en énonçant mon nom d'une voix sèche.

—Je vais commencer l'autopsie, m'apprend-il. Je me disais que vous voudriez peut-être y assister.

—Je suis là dans quinze minutes.

—Vous avez son identité?

—Je suis dessus en ce moment.

—Que Dieu vienne en aide à sa famille.

Que Dieu nous vienne en aide à tous, j'ajoute silencieusement.

Je passe les dix minutes suivantes à retourner les appels puis ouvre enfin ma messagerie Internet. Dans ma boîte de réception, je trouve un message avec une pièce jointe.

Le fichier s'ouvre sur le portrait d'une ravissante jeune femme aux yeux bleus, aux cheveux châtains et au sourire éblouissant. La ressemblance est frappante. Et je sais qu'Amanda Horner ne sourira plus jamais de cette manière.

J'appuie sur la touche d'appel rapide de Doc Coblentz et attend avec impatience qu'il décroche.

—Attendez pour l'autopsie.

—Je croyais que c'était urgent.
—Ça l'est, mais je pense que ses parents préféreront la voir avant que vous ne commenciez à la charcuter, dis-je en lançant l'impression de la photo.

Coblentz pousse un soupir de sympathie.

—Je ne vous envie pas votre boulot.

À cet instant, je hais mon travail à un point tel que les mots n'existent pas pour le décrire.

—Je vais aller à Coshocton rendre visite à la mère. Pourriez-vous appeler l'aumônier de l'hôpital et lui demander de nous rejoindre à la morgue ? Nous allons avoir besoin de lui.

4

Les Horner habitent le lotissement de mobile homes de Sherwood Forest sur l'autoroute 83, entre Keene et Clark. Le ciel est aussi gris et compact que du ciment lorsque je tourne sur la route gravillonnée. À côté de moi, Glock étudie la carte que j'ai imprimée avant de partir.

— Voilà Sebring Lane, dit-il en pointant le doigt.

Sur ma droite, une dizaine de mobile homes s'alignent comme des petites voitures de chaque côté de la rue.

— C'est à quel numéro ?
— 35. C'est au bout.

Je gare l'Explorer devant une caravane bleu et blanc. Une extension, le salon, fait saillie sur le côté, donnant à l'ensemble un aspect un peu biscornu. Mais le terrain et l'habitation semblent bien entretenus. Un pick-up neuf est garé dans l'allée. Des rideaux verts pendent à la fenêtre de la cuisine. Des reliquats de décorations lumineuses de Noël entourent la double porte. Une poubelle métallique déborde sur le trottoir. Un foyer ordinaire sur le point d'être dévasté.

Je préférerais plutôt me couper la main que de regarder Belinda Horner dans les yeux en lui demandant d'identifier un corps que je sais être celui de sa fille. Mais c'est mon boulot. Je n'ai pas le choix.

Je sors de la voiture et me dirige vers la caravane. Le vent s'engouffre dans ma parka et des pointes glacées pénètrent ma peau. Je monte les marches et frappe à la porte en frissonnant. Derrière moi, Glock maudit le froid. La double porte s'ouvre d'un coup comme si on nous attendait. Je me retrouve face à une femme d'âge mûr aux cheveux blonds décolorés et aux yeux cernés. On dirait qu'elle n'a pas dormi depuis une semaine.

— Madame Horner ? dis-je en sortant mon badge. Je suis Kate Burkholder, chef de la police de Painters Mill.

Ses yeux courent de Glock à moi, s'attardent sur nos plaques. Je vois l'espoir traverser son regard, mais cet espoir est réfréné par la peur. Elle sait qu'une visite en personne de la police n'est jamais bon signe.

— C'est à propos d'Amanda ? Vous l'avez trouvée ? Elle est blessée ?

— Pouvons-nous entrer ?

Elle fait un pas en arrière et ouvre la porte un peu plus grand.

— Où est-elle ? Est-ce qu'elle a des problèmes ? Elle a eu un accident ?

L'intérieur de la maisonnette est surchauffé et garni d'une dizaine de meubles dépareillés. Je sens encore l'odeur du bacon du petit déjeuner et celle du pain de viande du dîner d'hier. La télévision est allumée et, à l'écran, le concurrent chanceux d'un jeu fait des enchères sur un juke-box.

— Vous êtes seule, madame ?

Elle me fixe en clignant des yeux.

— Mon mari est au travail, répond-elle. De quoi s'agit-il ? Qu'est-ce que vous faites ici ?

— Madame, je crains d'avoir de mauvaises nouvelles.

La fureur traverse son regard, signe terrible précédant le chagrin. Elle sait ce que je m'apprête à lui annoncer.

— Nous pensons avoir trouvé votre fille, madame. Une jeune femme correspond à sa description...

— Trouvé ? répète-t-elle tandis qu'un rire hystérique s'échappe de sa gorge. Qu'est-ce que vous voulez dire ? Pourquoi n'est-elle pas ici ?

— Je suis navrée, madame, mais la jeune femme que nous avons trouvée est décédée.

— Non !

Elle lève une main pour me repousser. Son expression dure suffirait à arrêter un train.

— Vous vous trompez. Ce n'est pas vrai. Quelqu'un a fait une erreur.

— Nous aurions besoin que vous veniez à l'hôpital de Millersburg pour l'identifier.

— Non, réplique-t-elle d'une voix étranglée à la fois par un sanglot et un gémissement. Ce n'est pas elle. Ça ne peut pas être elle.

Je baisse les yeux au sol pour lui laisser le temps de se reprendre. Je profite de ces précieuses secondes pour réprimer mes propres émotions et ne pas penser à quel point il est intolérable d'être là à détruire le monde de cette femme.

— Y a-t-il quelqu'un que nous pourrions appeler, madame ? Votre mari ou un autre membre de votre famille ?

— Je n'ai besoin de personne. Amanda n'est pas morte.

— Je suis désolée.

Mes paroles sonnent creux à mes propres oreilles. Pourtant, je suis obligée de poursuivre.

— Elle n'a pas été formellement identifiée mais nous pensons que c'est elle. Je suis vraiment désolée.

Elle nous tourne le dos et se met à faire les cent pas à l'autre bout de la pièce. Je jette un coup d'œil à Glock. Le hochement de tête qu'il m'adresse me redonne du courage.

— Madame Horner, commence alors Glock qui prend pour la première fois la parole, je sais que c'est une épreuve difficile mais nous aurions besoin de vous poser quelques questions.

Elle pivote vers lui, les yeux brillant de larmes.

— Comment est-elle…

Sachant que le pire reste à venir, elle ne parvient pas à terminer sa question.

— La jeune femme que nous avons trouvée a été assassinée, dis-je en réponse.

Belinda Horner laisse échapper un cri, mélange de hurlement et de grognement. Elle me dévisage comme si elle voulait m'attaquer, moi le messager des mauvaises nouvelles. Pourtant, elle ne bouge pas d'un pouce. Pendant plusieurs interminables secondes, comme pétrifiée sur place, elle reste immobile. Puis son visage s'empourpre.

— Non ! crie-t-elle les lèvres tremblantes. Vous mentez ! Tous les deux !

Incapable de croiser son regard dévasté, je me concentre sur une tache de la moquette. Au bout d'un moment, un son animal sorti de sa gorge me fait sursauter. Levant les yeux, je la vois se plier en deux comme si elle venait de recevoir un coup dans l'estomac.

— S'il vous plaît, dites-moi que ce n'est pas vrai.

Ce n'est pas la première fois que je viens annoncer de mauvaises nouvelles. Il y a deux ans, alors que je n'étais à ce poste que depuis une semaine, j'ai dû annoncer à Jim et Marilyn Stettler que leur fils de seize ans avait écrasé sa nouvelle Mustang contre un poteau téléphonique, se tuant et tuant sa petite sœur de quatorze ans. C'était une des choses les plus difficiles que j'aie eu à faire au cours de ma carrière dans les forces de police. C'est la première fois que j'ai bu seule. Pas la dernière.

Je m'approche de Belinda Horner et pose une main qui se veut réconfortante sur son épaule.

— Je suis vraiment désolée.

— Comment est-ce possible ? demande-t-elle en me repoussant.

Elle hurle à présent, succombant au chagrin et à la rage impuissante qui va devenir incontrôlable.

— Oh, Seigneur ! Harold. Il faut que j'appelle Harold. Comment vais-je lui dire que notre bébé est parti ?

Repérant un téléphone sur le plan de travail, je m'en approche et décroche le combiné.

— Madame Horner, je vais l'appeler. Donnez-moi son numéro, d'accord ?

Elle s'essuie les yeux du dos de la main, laissant une traînée de mascara sur ses joues. Elle me récite d'une voix tremblante le numéro qu'elle connaît par cœur.

Harold répond dès la première sonnerie. Après m'être présentée, je lui explique qu'il y a une urgence chez lui. Il s'inquiète d'abord pour sa femme et je le rassure. Quand il m'interroge sur sa fille, je lui demande simplement de venir au plus vite et raccroche.

Belinda Horner se tient devant la fenêtre, les bras croisés sur la poitrine. Près de la porte, Glock contemple le paysage désolé au-dehors. Son front brille de transpiration. Je sens la même affreuse moiteur sur mes omoplates.

— Madame Horner, quand avez-vous vu Amanda pour la dernière fois ?

La question provoque un regard qui me fait frissonner.

— Je veux la voir, dit-elle d'une voix blanche. Où est-elle ? Où est mon bébé ?

Avant que je ne puisse répondre, ses jambes cèdent. Je me précipite vers elle, mais Glock est plus rapide et la rattrape sous les bras au moment où ses genoux touchent le sol.

— Du calme, madame.

Glock et moi l'aidons à gagner le canapé.

— Je sais que c'est dur, dis-je. S'il vous plaît, essayez de vous calmer.

— Où est-elle ? répète-t-elle, les yeux brillants de larmes.

— À l'hôpital de Millersburg. L'aumônier vous y attend si vous avez besoin de lui.

— Je ne suis pas très religieuse. Je veux seulement la voir.

— Vous la verrez, dis-je avant d'essayer une nouvelle fois d'obtenir l'information dont j'ai besoin. Madame Horner, quand avez-vous vu votre fille pour la dernière fois ?

— Il y a deux jours. Elle… était de sortie. Elle venait de se faire couper les cheveux. D'acheter un nouveau pull au centre commercial. Marron avec des paillettes sur le col. Elle était si jolie.

— Quelqu'un l'accompagnait-il ?
— Son amie, Connie. Elles allaient dans une nouvelle boîte.
— Quelle nouvelle boîte ?
— Le *Brass Rail*.

Mes équipes avaient été appelées là-bas plus d'une fois. L'endroit attirait une population jeune bourrée d'hormones et d'alcool, et de Dieu sait quoi d'autre encore.

— Quel est le nom de famille de Connie ?
— Spencer.

Je sors mon calepin de ma poche et note le nom.

— À quelle heure Amanda est-elle partie d'ici ?
— 19 h 30, par là. Elle était toujours en retard. Elle attendait toujours le dernier moment pour faire les choses.

Elle ferme les yeux et laisse échapper un sanglot.

— Je n'arrive pas à y croire.
— Amanda avait-elle un petit ami ?
— Non. C'était une fille si gentille. Si jeune et si belle. Intelligente, aussi. Bien plus que son père et moi réunis, dit-elle en me regardant les lèvres tremblantes. Elle devait retourner à la fac cet automne.

Les mots me manquent pour la consoler.

— Ça vous ennuie si je jette un œil à sa chambre ?

Elle me lance un regard lointain.

— Pourriez-vous nous montrer sa chambre, madame ? intervient Glock d'une voix douce.

Dans un faible gémissement, elle se traîne vers le vestibule. Je la suis de près. Nous passons devant une minuscule salle de bains où j'aperçois des serviettes roses bordées de dentelle et un rideau de douche de la même couleur. Elle s'arrête devant la porte voisine et la pousse lentement.

— Voilà sa chambre. Ses affaires, dit-elle avant de sangloter. Oh, mon bébé. Mon pauvre petit bébé.

Je passe devant elle et essaye d'évaluer ce que je vois avec les yeux d'un flic. Pas facile à faire quand le chagrin qui envahit la pièce est si palpable qu'il en devient difficile de respirer.

Le lit double est défait, les draps roses à dentelle sont en harmonie avec l'édredon. Du linge de lit de petite fille. Elle les avait probablement depuis l'enfance.

Une lampe, un réveil et plusieurs photographies encadrées sont disposés sur la table de nuit. Je traverse la chambre et prends une photo représentant Amanda et un jeune homme.

— Qui est-ce ?

— Donny Beck, répond Belinda en clignant des yeux pour chasser ses larmes.

— Un petit ami ?

Elle acquiesce puis précise :

— Un ex. Il était fou d'Amanda.

— Est-ce que c'était sérieux pour elle ?

— Elle l'aimait beaucoup mais pas autant que lui l'aimait.

J'échange un regard avec Glock. Un autre cliché montre Amanda sur un alezan, souriant comme si elle venait de gagner le derby du Kentucky.

— Elle adore les chevaux.

Belinda Horner semble avoir pris dix ans en cinq minutes. Ses yeux et ses joues sont creusés, son visage est barbouillé de maquillage.

— Harold et moi lui avons offert des leçons d'équitation pour son diplôme de fin d'études. Nous ne pouvions pas vraiment nous le permettre, mais ça lui plaisait tellement.

Je remets le cadre en place.

— Est-ce qu'elle tenait un journal intime ?

— Pas que je sache.

Je balaye la chambre du regard, espérant tomber sur quelque chose – n'importe quoi – qui m'en apprendrait davantage sur Amanda Horner. M'efforçant de me montrer aussi discrète que possible, je fouille dans la table de nuit. Rien. Je me dirige vers l'armoire et inspecte rapidement les T-shirts et les jeans, les chaussettes et les sous-vêtements.

Le bruit d'une portière qu'on claque au-dehors m'apprend qu'Harold est rentré. Sans un mot, Belinda se précipite hors de la pièce.

— Harold ! Harold !

— Bon sang, dis-je en m'adressant à Glock.

— Mouais, fait-il en secouant la tête.

J'entre dans le salon au moment où la porte d'entrée s'ouvre brutalement.

— Je suis venu aussi vite que j'ai pu.

Harold Horner est un homme imposant. Avec sa chemise en flanelle rouge et sa veste en jean il ressemble à un bûcheron. Il a le crâne dégarni et ses mains rugueuses sont celles d'un homme habitué aux travaux pénibles. Ses yeux sont de la même couleur que ceux de sa fille. Il parcourt les visages présents dans la pièce.

— Où est Amanda ?

Je me présente tout en lui montrant mon badge.

— J'ai peur d'avoir de mauvaises nouvelles au sujet de votre fille, monsieur.

— Oh, mon Dieu ! Qu'est-il arrivé ?

— Elle est morte, laisse échapper Belinda Horner. Notre bébé est mort. Oh, Harold !

Il s'avance vers elle et elle s'effondre dans ses bras.

— Notre petite fille est partie et elle ne reviendra jamais.

Je dépose Glock au poste avec pour instruction de se rendre au *Brass Rail*. Je préférerais m'en charger, je n'ai jamais été très douée pour déléguer, mais je dois m'entretenir avec Doc Coblentz. Retourner voir le corps est une responsabilité que je ne peux pas imposer à mes hommes.

Un peu plus tôt, Glock s'est chargé de la tâche fastidieuse de relever empreintes et traces sur la scène de crime. Mona a joué les coursiers et transmis les éléments récoltés au labo du BCI de Londres, à plus de cent soixante kilomètres de Painters Mill. Les frais pour un coursier n'entrent pas dans notre budget mais je n'ai pas d'agent disponible, j'ai besoin de tout le monde. S'il le faut, je paierai de ma poche.

Le labo va scanner les empreintes et lancer une recherche comparative, les confronter à celles des premières personnes arrivées sur les lieux. Avec un peu de chance, l'une d'elles sortira du lot et nous offrira notre premier indice pour identifier le meurtrier.

Il est presque midi lorsque je me gare près de l'entrée principale de l'hôpital Pomerene de Millers-burg. Je passe devant l'accueil et me dirige vers l'ascenseur menant au sous-sol. Le logo jaune et noir du risque biologique me fait face tandis que j'ouvre les portes battantes. Doc Coblentz est assis à sa table de travail dans son bureau vitré dont les stores sont ouverts.

Il se lève quand il remarque ma présence. Avec sa blouse blanche et son baggy couleur terre de Sienne, il me fait penser à un dessin de bonhomme de neige vieillissant.

—Chef, dit-il en tendant une main que je serre. Les parents étaient là il y a une minute. Ils l'ont identifiée.

Il secoue la tête d'un air peiné avant de reprendre :

—Gentille famille. C'est bien triste de voir une chose pareille arriver.

—Ils ont vu l'aumônier ?

—Le père Zimmerman les a conduits à la chapelle.

Après un hochement de tête, il est prêt à passer aux choses sérieuses.

—Je n'ai pas encore pratiqué l'autopsie. Tout ce que j'ai pour vous, c'est l'examen préliminaire.

—Je prends ce que vous avez.

L'idée de voir le corps d'Amanda Horner me donne la chair de poule, mais mon besoin de faits concrets l'emporte sur cette faiblesse humaine. Pour l'instant, l'information est mon arme la plus précieuse. Je veux choper l'enfant de salaud qui a fait ça. Une part de moi a envie de dégainer mon arme et de lui exploser la tête pour qu'il ne puisse plus jamais faire traverser à qui que ce soit l'horreur dans laquelle il a plongé la famille Horner.

C'est ce besoin qui me pousse à emboîter le pas au médecin lorsque celui-ci se dirige vers une alcôve.

—Prenez une blouse et des chaussons sur l'étagère, ici, dit-il. Je m'occupe de votre manteau.

À contrecœur, j'abandonne ma parka. Il la suspend à une patère accrochée à la porte. Je me dépêche d'enfiler une blouse stérile, les chaussons pour recouvrir mes bottes et quitte l'alcôve.

Doc Coblentz se dirige vers une pièce voisine flanquée d'un signe de risque biologique encore plus gros que l'autre.

— Ce n'est pas joli à voir, prévient-il.
— Un meurtre ne l'est jamais.

Nous passons une autre paire de portes battantes et pénétrons dans la salle d'autopsie. La pièce a beau disposer de son propre système de ventilation, indépendant du reste du bâtiment, je distingue l'odeur du formol et d'autres, plus sombres encore, que je préfère ne pas identifier. Quatre chariots en métal sont rangés contre le mur du fond. Une énorme balance servant à peser les corps est installée au milieu de la pièce. Une plus petite, pour la pesée des organes, est posée sur le comptoir métallique à côté d'un assortiment de plateaux, bouteilles et instruments divers.

Doc attrape un bloc sur l'étagère et me conduit vers le cinquième chariot, le seul à être utilisé. Il retire le drap, et le visage d'Amanda Horner m'apparaît. À présent, sa peau est grise. Quelqu'un lui a fermé les paupières mais la gauche s'est relevée. Un film poisseux recouvre son globe oculaire.

Doc Coblentz secoue la tête en soupirant.

— Cette pauvre enfant a subi une mort affreuse, Kate.
— Des tortures ?
— Oui.

Je m'arme de courage devant une montée d'indignation.

— Vous connaissez la cause de la mort ?
— Exsanguination, selon toute probabilité.

— Une idée sur le genre de couteau utilisé ?
— Une lame foutrement aiguisée. Lisse, sans dents. Certainement assez courte.

À l'aide d'un long Coton-Tige, il me montre l'entaille sur son cou.

— Voilà la blessure fatale. Par arme blanche, c'est clairement visible. La plaie est plutôt courte. Quatre-vingts millimètres, ajoute-t-il après avoir jeté un œil à son bloc-notes.
— Qu'est-ce que ça nous apprend ?
— Qu'il savait où trancher pour atteindre l'artère.
— Expérience médicale ?
— Ou alors il a déjà fait ça.

N'ayant aucune envie d'aborder ce sujet, je passe directement à ma question suivante.

— Comment s'y est-il pris pour la maîtriser au départ ? Il l'a droguée ?
— Je vais faire une recherche toxicologique, dit-il en me regardant par-dessus son bloc. Mais je pencherais pour un pistolet électrique.
— Qu'est-ce qui vous fait croire ça ?

Après avoir glissé ses mains potelées dans des gants en latex, il baisse le drap jusqu'à l'abdomen d'Amanda Horner.

Je suis flic depuis presque dix ans. J'ai vu des fusillades, des disputes conjugales, d'épouvantables accidents de la route, et ça me perturbe encore de voir la mort de si près, de façon si intime. Peu importe le nombre d'horreurs auxquelles j'ai pu être confrontée, je ne m'y habituerai jamais.

— Vous voyez ces marques rouges ? demande-t-il.

Je suis des yeux le Coton-Tige et vois sans conteste deux petites écorchures rondes gâcher la peau de son épaule gauche. Deux autres sont visibles sur sa poitrine, au-dessus de son sein droit, ainsi que sur son biceps gauche. Si je ne regardais pas le corps d'une victime de meurtre, je pourrais me convaincre que j'ai sous les yeux les cicatrices de la varicelle ou les traces d'une imperfection dermatologique. Mais, en tant que flic, je connais la signification bien plus sinistre de ces marques.

— Des abrasions ? dis-je en m'approchant pour regarder de plus près. Des brûlures ?

— Des brûlures.

— La plupart des pistolets électriques ne laissent pas de traces.

— C'est vrai, m'accorde-t-il. En particulier si on les applique à travers les vêtements.

— Alors elle était nue quand il l'a immobilisée avec ?

— Probablement, dit-il en haussant les épaules. Mais ces marques ne sont pas en accord avec ce que j'ai vu par le passé.

— Où voulez-vous en venir ?

— Ces brûlures-là sont plus importantes. Je pense que le voltage du pistolet électrique a été trafiqué.

J'observe les marques en réprimant un frisson. Il y a dix ans, lors d'un exercice d'entraînement à l'école de police à Columbus, chaque cadet suffisamment courageux pour se porter volontaire s'était pris une décharge de pistolet électrique. Curieuse, j'avais avancé d'un pas. Le voltage avait beau être très bas, le coup m'avait mise à terre. Il m'avait paralysée pendant une minute entière et une douleur fulgurante m'avait secoué le corps. Je n'ose imaginer l'horreur et la souffrance d'être à la merci d'un psychopathe muni d'un pistolet électrique débridé.

— Vous croyez qu'il est de fabrication artisanale ?

— Ou qu'il a été modifié, approuve Doc. Dans tous les cas, elle a été touchée avec à plusieurs reprises.

Je m'intéresse ensuite à la peau éraflée de ses poignets. Je frissonne en remarquant le blanc de l'os.

— Avec quoi l'a-t-il attachée, nom de Dieu ?

— Un genre de fil métallique. Et pendant un bon moment, de toute évidence. Elle s'est débattue, fait-il en secouant vigoureusement la tête.

Painters Mill est située au cœur de la campagne agricole. Bon nombre de fermiers font les foins et possèdent du fil métallique pour le mettre en balles. Même si nous parvenions à identifier le modèle de fil utilisé, il serait impossible de remonter sa piste.

Le médecin soulève le drap.

— Il a utilisé une sorte de chaîne pour ses chevilles. Des liens épais et rouillés. À en juger par ces hématomes, il l'a pendue par les pieds alors qu'elle était toujours en vie.

L'image que mon esprit fait apparaître devant mes yeux est trop abominable pour que je m'y attarde. La seule pensée qui me vient, c'est que nous n'avons pas affaire à un être humain. Même pas à un animal. Je ne vois que le diable pour infliger ce genre de supplices.

Avec l'enthousiasme froid dont seuls les scientifiques comme lui savent faire preuve, Doc retire le drap en entier. Je prends mon courage à deux mains quand le corps d'Amanda m'apparaît. De multiples brûlures et abrasions meurtrissent sa peau grise. Je ne suis pas une petite nature, mais mon estomac se retourne à cette vision. Les battements de mon cœur s'accélèrent, la bile me monte à la gorge. Je sais ce que Doc va dire ensuite et mes yeux se dirigent inexorablement vers les chiffres gravés sur son ventre, au-dessous du nombril.

La blessure a été nettoyée. Le XXIII gravé dans sa peau apparaît nettement. Je me rends compte que je retiens ma respiration et pousse un soupir.

—Vous voulez de l'eau, Kate ?

La question m'embarrasse et je préfère l'éluder.

—Vous avez pris des photos ?

—Oui.

Mon regard glisse sur les contusions à l'intérieur de ses cuisses.

—A-t-elle été agressée sexuellement ?

—Il y a un léger déchirement vaginal. Une déchirure anale aussi. J'ai fait des prélèvements mais je ne crois pas qu'il ait laissé du sperme.

—Et pour les fibres ou les cheveux et poils ?

—Rien de tout ça.

—Il portait un préservatif.

—Et d'après les examens, un préservatif lubrifié, pour être exact.

J'étudie ce nouvel élément.

—Comment un type peut-il s'approcher suffisamment de sa victime pour la violer et ne laisser aucune trace derrière lui ?

—J'ai deux hypothèses à ce sujet.

—Je vous écoute.

—Il peut s'être rasé le corps. Ça ne serait pas la première fois qu'un violeur en série irait jusque-là pour éviter de laisser de l'ADN.

—Et la seconde ?

— Il peut l'avoir violée à l'aide d'objets. J'en saurai peut-être plus quand mes prélèvements reviendront du labo.

— Donc, notre homme s'y connaît en preuves et en médecine légale.

— Qui ne s'y connaît pas de nos jours ? demande-t-il avec un haussement d'épaules. Les gens regardent *Les Experts* à la télé et se prennent ensuite pour des caïds de la médecine légale.

— Mettez la pression au labo, d'accord ?
— Évidemment.

La tension qui m'étreint se relâche un peu lorsque le médecin replace le drap sur le corps.

— Et pour l'heure de la mort ?

— J'ai pris la température interne dès que je suis arrivé ici, c'est-à-dire à 3 h 53 ce matin, déclare Doc en étudiant son bloc-notes. La température du foie était de 28,3 degrés. J'estime l'heure de la mort entre 16 et 19 heures hier.

Belinda Horner m'a appris qu'elle a vu sa fille pour la dernière fois vers 19 h 30 samedi soir. Elle a donc été enlevée après ce moment-là.

— S'il l'a enlevée samedi soir, il l'a gardée un bon moment avant de la tuer.

Cette pensée me donne la nausée et l'envie de mettre mes mains autour du cou de ce cinglé en oubliant que je suis flic.

— J'en ai bien peur, réplique-t-il avant de faire un geste vers le corps. Celui qui a fait ça a pris son temps avec elle, Kate.

— Donc, dis-je en m'efforçant de garder un ton égal, il l'a emmenée dans un endroit où il se sentait en sécurité. Un endroit où on ne l'entendrait pas.

La campagne regorge de coins de ce genre. Les fermes sont souvent situées à plus de trois kilomètres les unes des autres.

— Doc, a-t-elle été bâillonnée ?

— Apparemment pas. Il n'y a pas de résidu de bande adhésive. Pas de fibres dans la bouche. Elle s'est mordu la langue, ajoute-t-il avec une grimace.

Il a écouté ses hurlements.

— Il dispose donc d'un lieu tranquille où il peut aller et venir à sa guise. Un endroit si isolé que personne ne pouvait l'entendre.

— Ou alors une maison avec un sous-sol et une pièce insonorisée.

Le besoin de bouger, de résoudre cette affaire me tenaille avec une intensité presque obsessionnelle. Mon esprit bouillonne de toutes les choses que je dois faire. Les personnes que je dois interroger. Il faut que je décide quelles tâches je vais déléguer et quelles tâches je vais moi-même prendre en charge. Je vais avoir besoin de l'aide de tous mes agents. Même de mon auxiliaire. L'épuisement qui m'envahissait plus tôt m'a quittée. À sa place, il y a maintenant la ferme détermination à trouver ce monstre.

Comme s'il comprenait que j'en ai fini ici, Doc fait claquer ses gants en latex.

— Je vous appelle dès que j'ai terminé.

— Merci, Doc. Vous avez été d'une grande aide.

Je suis à mi-chemin de la porte lorsqu'une autre question me vient à l'esprit.

— Vous avez les rapports d'autopsie complets des victimes du début des années 1990 ? Je n'ai que les conclusions.

— Ils doivent être aux archives. Je les chercherai.

— Pourriez-vous rassembler tout ce que vous avez et en envoyer des copies à mon bureau aussi vite que possible ?

Il soutient mon regard et son expression s'assombrit.

— Je venais juste de finir mon internat à cette époque, Kate, et j'ai assisté le Dr Kours sur les quatre autopsies.

Il lâche un gros rire dénué du moindre humour.

— J'ai failli me tourner vers la médecine dentaire après avoir vu ces corps. Quand on voit une chose pareille, ça nous colle à la peau, poursuit-il en traversant la pièce. Amanda Horner est morte exactement de la même manière que ces filles.

J'ai beau avoir anticipé ce moment, ses paroles me glacent le sang.

— Je suis sûr que vous avez remarqué que le nombre gravé sur le ventre de la victime est passé de neuf à vingt-trois, dit le médecin. Ça m'inquiète.

— Nous ne sommes même pas sûrs qu'il s'agisse du même meurtrier. Ça pourrait être un imitateur.

Il jette ses gants dans la poubelle de déchets biologiques.

— J'ai déjà du mal à croire qu'il existe un homme capable de ce genre d'atrocités, alors deux ! Et je ne veux certainement pas croire qu'ils viennent de notre ville.

Il retire ses lunettes et s'essuie l'arête du nez avec un mouchoir. Je me rends alors compte que ce vieux de la vieille est bouleversé par ce qu'il a vu aujourd'hui.

— C'est sa signature, dit-il. Je jouerais ma carrière là-dessus.

Je le regarde en me disant qu'il se trompe. Mais pour la première fois, un léger soupçon de doute m'assaille. Une petite voix dans un coin sombre de ma tête exige de savoir si, au milieu de l'hystérie et de l'horreur ambiantes de cette terrible journée seize ans auparavant, le fusil a bien fait son boulot.

J'ai passé la moitié de ma vie à croire que j'avais tué un homme. Je me suis pardonné et j'ai demandé à Dieu d'en faire autant. J'ai rationalisé mon acte, le silence de ma famille. D'une manière ou d'une autre, j'ai appris à vivre avec. Ce meurtre m'oblige à remettre tout cela en question.

— Kate ?

L'inquiétude du médecin est perceptible dans le froncement de ses sourcils blancs et broussailleux.

— Je vais bien.

J'ai répondu un peu trop vite, mais je me dirige vers la porte sans un regard en arrière. Je sens celui de Doc peser sur moi tandis que j'ouvre brusquement la porte. Le temps que je regagne le hall, je suis trempée de sueur sous mon uniforme.

Il n'y a qu'une façon de savoir si l'homme que j'ai abattu il y a des années est mort. Mais pour cela, je dois parler à deux personnes à qui j'ai à peine adressé la parole depuis. Deux personnes qui étaient là le jour où ma vie a irrévocablement changé à cause de la violence. Le jour où une Amish de quatorze ans a saisi le fusil de son père et tué un homme.

5

Je reste assise dans ma voiture garée sur le parking de l'hôpital pendant cinq bonnes minutes avant de recouvrer mes esprits. Mes mains tremblent encore lorsque j'appelle le central. Mona décroche à la première sonnerie et je lui lance sans préambule :

— Je veux que tu me dresses la liste des maisons abandonnées, des propriétés ou des usines désaffectées à Painters Mill et dans ses environs. Disons dans un rayon de quatre-vingts kilomètres.

— Vous recherchez quelque chose en particulier ?

— Contente-toi de faire cette liste. Je te donnerai les détails quand je serai au poste.

Je mets le contact et me dirige vers l'autoroute en m'efforçant de ne pas trop penser à ce que je m'apprête à faire.

Mon frère Jacob, sa femme Irene et leurs deux enfants, Elam et James, vivent dans une ferme de vingt-six hectares au bout d'un chemin de terre, à quinze kilomètres à l'est de la ville. La propriété est celle de la famille Burkholder depuis huit décennies. Suivant la tradition amish, Jacob, l'aîné et seul enfant de sexe masculin de notre famille, a hérité de la ferme au décès de ma mère, il y a deux ans.

À l'entrée du chemin, j'enclenche l'Explorer en quatre roues motrices et l'engage dans l'épaisse couche de neige, croisant les doigts pour ne pas m'y embourber. L'aspect familier de la ferme me frappe tandis que je m'approche à une allure trop vive. Un petit verger planté de pommiers s'étend sur ma droite. Depuis leur blanc linceul hivernal, les branches dénudées des arbres semblent me juger avec sévérité.

Je suis une étrangère ici, une inconnue s'introduisant sans autorisation sur une terre sacrée. Cette évidence me frappe de plein fouet tandis que je pénètre dans le monde de mon passé. Je suis une étrangère pour ceux que je connaissais auparavant intimement. Je leur rends rarement visite. Je connais à peine mes deux neveux. Ça fait mal de savoir qu'ils vont grandir sans jamais me connaître. Mais ai-je le choix? Il y a des gouffres trop dangereux et trop profonds pour être traversés.

Sur ma gauche, six vaches laitières sont attroupées autour de la mangeoire remplie de foin rendu craquant par la neige. Devant, le chemin vire sur la droite. Le paysage enneigé est celui d'une carte postale et, pendant un court instant, le souvenir d'une époque plus simple m'envahit. Un temps où ma sœur, mon frère et moi courions pieds nus et insouciants dans les champs de blé et jouions à cache-cache au milieu des épis. Je me rappelle les journées hivernales passées à faire du hockey sur l'étang glacé en compagnie de nos cousins. Je me souviens d'un temps où nos seules responsabilités consistaient à traire les vaches et les chèvres, à nourrir les poules, à aider *mamm* à écosser les pois et, bien sûr, à pratiquer le culte.

Cette enfance bénie a pris fin brutalement l'été de mes quatorze ans. Le jour où un homme du nom de

Daniel Lapp est venu chez nous, des idées de meurtre dans la tête. J'ai perdu mon innocence ce jour-là. J'ai perdu ma faculté à faire confiance aux autres, à pardonner. Ma foi en Dieu et en ma famille. J'ai presque perdu la vie, et durant les semaines qui ont suivi, j'ai plusieurs fois regretté que ce ne soit pas le cas.

Je n'ai pas remis les pieds ici depuis les funérailles de *mamm*, il y a deux ans. La plupart des Amish pensent certainement que la façon dont j'évite mon frère et ma sœur est honteuse. Mais j'ai mes raisons.

Je ne serais sans doute jamais revenue à Painters Mill si ma mère n'avait pas eu un cancer du sein. *Mamm* et moi avions toujours été très proches et partageons un lien spécial. Elle m'a soutenue lorsque les autres m'abandonnaient, en particulier lorsque j'ai annoncé à ma famille que je ne rejoignais pas l'Église. Je n'ai pas été baptisée après mon *rumspringa*, la période pendant laquelle les Amish sont autorisés à découvrir le monde. *Mamm* n'a pas approuvé mais ne m'a pas jugée pour autant. Et surtout, elle n'a jamais cessé de m'aimer.

À dix-huit ans, je suis partie pour Columbus et j'ai passé l'année fauchée, malheureuse et plus perdue que jamais. Une amitié improbable et, finalement, un boulot encore plus inattendu, m'ont sauvée. Gina Colorosa m'a appris à ne plus être amish et m'a donné un cours intensif sur les façons perverses d'être une English. Assoiffée de nouvelles expériences, j'étais une élève studieuse. Au bout d'un mois, nous partagions un appartement, nous nourrissant de fast-food, d'Heineken et de Marlboro Lights. Elle travaillait comme régulatrice au commissariat de Columbus et m'a aidée à trouver un boulot de standardiste dans une antenne de la police en centre-ville. Les semaines qui ont suivi, ce poste rémunéré au salaire minimal est devenu mon monde – et ma planche de salut.

Gina et moi nous sommes inscrites à la fac, visant toutes les deux un diplôme en droit pénal. C'est l'une des périodes les plus excitantes et satisfaisantes de ma vie. *Mamm* a pris le bus jusqu'à Columbus pour la remise des diplômes. Voyager en véhicule motorisé est une violation directe de l'Ordnung, le livre des lois de notre Église, mais ma mère l'a quand même fait. Je lui serai éternellement reconnaissante de ce geste. Je lui ai présenté Gina et lui ai appris que nous voulions intégrer l'école de police. *Mamm* n'a pas compris mais ne m'a pas condamnée pour autant. Je ne l'ai plus revue avant que le diagnostic de son cancer ne tombe. *Datt* est décédé brutalement d'une attaque six mois après la remise des diplômes. Je ne suis pas rentrée assister à son enterrement. Mais je suis revenue pour *mamm*. Pour être avec elle dans les derniers instants. Pour l'aider à la ferme. C'est ce que je me suis dit en tout cas.

Mais, pour être tout à fait honnête, mes racines m'appelaient depuis un petit moment. Avec le recul, j'ai compris que c'était ça, plus que la mort imminente de ma mère, qui m'avait fait revenir. Au fond de moi, je savais que l'heure était venue pour moi d'affronter ma famille et ce passé que je fuyais depuis plus de dix ans.

Une semaine après la mort de *mamm*, alors que ma sœur Sarah et moi triions ses affaires, deux conseillers municipaux sont venus à la maison. Norm Johnston et Neil Stubblefield m'ont informée du prochain départ en retraite du chef de la police, Delbert McCoy. Ils voulaient savoir si son remplacement m'intéressait.

Leur demande m'a complètement décontenancée : moi, une ancienne Amish et une femme par-dessus le marché ! Mais j'ai aussi été très flattée. Sacrément plus que la décence ne me l'autorisait. Je n'ai compris que plus tard, après avoir pris le temps de remettre les choses en perspective : la proposition tenait plus d'une politique propre aux petites villes qu'à moi ou mon expérience dans les forces de police. Painters Mill est peut-être une ville idyllique, mais elle n'est pas parfaite. Il existe de sérieux problèmes culturels entre les Amish et les English. Avec le tourisme comme part intégrante de l'économie régionale, le conseil municipal voulait une personne capable de caresser les gens dans le sens du poil, qu'ils soient amish ou non.

J'étais la candidate parfaite : j'avais huit ans d'expérience dans la police et un diplôme en droit pénal, et j'avais grandi dans cette ville. Encore mieux, j'avais autrefois été amish. Je parlais l'allemand pennsylvanien couramment, je comprenais la culture amish et j'étais familière de leur façon de vivre.

Une semaine plus tard, j'acceptais le poste. J'ai quitté la police de Columbus, acheté une maison, chargé tout ce que je possédais dans une remorque et suis rentrée chez moi. C'était il y a deux ans et je n'ai jamais regretté ma décision. Jusqu'à aujourd'hui.

La maison où j'ai grandi est une simple bâtisse blanche pourvue d'un large porche et de fenêtres qui ressemblent à de grands yeux tristes. Derrière, au centre de la propriété, s'élève la grange d'un rouge vif. À côté, le silo à grain se dresse de toute sa hauteur dans le ciel brumeux de l'hiver.

Je me gare dans l'allée et éteins le moteur. De là où je me tiens, j'aperçois le jardin de derrière. L'érable que mon père et moi avons planté quand j'avais douze ans est à présent plus haut que la maison. Je suis toujours étonnée de constater à quel point cet endroit reste le même alors que ma propre vie a si dramatiquement changé.

De toutes les choses que j'ai à faire aujourd'hui, celle-ci est la plus difficile. Que je puisse regarder le cadavre torturé d'une jeune femme plus facilement que d'affronter ma propre famille n'est pas franchement une pensée rassurante. J'ai honte, mais je dois admettre que je pourrais sans problème passer le reste de ma vie sans plus jamais revoir mon frère et ma sœur.

Je m'oblige à sortir de la voiture. Tout comme chez les Stutz, l'allée a été déblayée, pas par un chasse-neige motorisé mais à la main, à la façon traditionnelle des Amish. J'ai les jambes qui tremblent tandis que je marche sous le porche et m'avance vers la porte d'entrée. Je voudrais mettre mes tremblements sur le compte d'un trop-plein de café ou du stress ou encore du froid, mais les frissons qui me parcourent n'ont rien à voir avec la caféine ou la température, et tout avec l'homme que je m'apprête à affronter et le secret qui nous lie.

Je toque et patiente. J'entends des pas et la porte s'ouvre. Ma belle-sœur, Irene, est plus jeune que moi, de plusieurs années. Elle a une jolie peau claire et des yeux noisette. Ses cheveux sont rassemblés en chignon sur sa nuque et elle porte la traditionnelle *kapp*. Dans sa robe verte au tablier blanc, elle est la femme que j'aurais pu être si le destin n'était pas intervenu pour tout bouleverser.

—Bonjour, Katie, dit-elle en allemand pennsylvanien.

Son ton est amical mais dans ses yeux j'arrive à voir la méfiance qu'elle ne peut dissimuler. Elle fait un pas de côté et ouvre la porte plus largement.
— *Wie geht's ?*
« Comment vas-tu ? »
L'odeur d'une tourte au saindoux en train de cuire et de la rhubarbe m'accueille lorsque j'entre dans le salon. La maison est chaleureuse, pourtant je sais que les pièces sont pleines de courants d'air lorsque la température tombe en dessous de zéro.
Je ne perds pas de temps en courtoisie.
— Jacob est ici ?
Irene ne comprend pas mon incapacité à communiquer avec ma famille. Je ne l'ai rencontrée que quelques fois mais j'ai toujours eu l'impression qu'elle pensait que ma brusquerie était le résultat de mon bannissement. Elle ne pourrait pas être plus loin de la vérité. Je respecte sincèrement les Amish et leur mode de vie. Qu'ils souhaitent et essayent de me ramener dans le droit chemin ne me pose pas de problème, mais je n'ai aucune intention d'éclairer Irene sur les raisons de mon éloignement.
— Il est dans la grange, il répare le tracteur, dit-elle.
Je souris presque à la mention du tracteur. Mon père n'utilisait que des charrues à chevaux. Jacob, considéré comme un libéral par nombre des anciens, a acheté ce véhicule l'année dernière.
— Tu veux que j'aille le chercher ? propose Irene.
— Je vais aller le retrouver là-bas.
Je voudrais demander comment vont mes neveux, mais je n'arrive pas à m'y résoudre. En vérité, j'ignore comment établir le contact.

Tirant sur son tablier, Irene regagne la cuisine.
— J'étais en train de préparer une tarte à la rhubarbe. En veux-tu une part, Katie ? Veux-tu une tasse de thé bien chaud ?
— Non.

Mon estomac crie famine, pourtant je n'ai aucun appétit lorsque j'entre à mon tour dans la cuisine. La pièce est surchauffée à cause du poêle. Les murs sont d'une autre couleur que la dernière fois que je suis venue. De nouvelles étagères montant jusqu'au plafond et remplies de bocaux s'alignent sur le mur à ma droite. Pourtant, aucune des modifications décoratives de cette pièce ne pourra effacer les souvenirs qui la hantent.

Pareils à des serres, ces souvenirs s'agrippent à moi tandis que je me dirige vers la porte de derrière. Mon cœur se serre quand je passe devant l'évier. Dans ma tête, je vois le sang, rouge et brillant sur la porcelaine blanche. Sur le sol, sur mes mains. Poisseux entre mes doigts.

J'essaye sans y parvenir de prendre une profonde inspiration. Mes lèvres et mes joues commencent à trembler. J'entends vaguement Irene me parler, mais je suis tellement plongée dans mes pensées que je ne réponds pas. Je tourne la poignée, ouvre la porte. Le froid m'arrache brutalement au sombre tunnel de mon passé. Les souvenirs reculent à chaque pas que je fais en direction de la grange. Quand j'y arrive enfin, les tremblements ont disparu. Tant mieux, car je vais avoir besoin de toutes mes forces pour discuter avec mon frère.

La porte de la grange s'ouvre sur un atelier propre et bien entretenu. Les bottes de mon frère dépassent de sous le châssis du tracteur soulevé par deux crics démodés.

— Jacob ?

Il sort de sous le véhicule et s'assoit. Son regard croise le mien tandis qu'il se lève tout en brossant la poussière de son pantalon et de son manteau. Il est surpris de me voir. Sans être hostile, l'expression de son visage n'en est pas pour autant amicale.

— Katie. Bonjour.

À trente-six ans, mon frère a déjà une barbe piquée de gris. Ses lèvres qui autrefois me souriaient avec une tendresse sincère sont désormais pincées en permanence en un froncement sévère.

— Que fais-tu ici ? demande-t-il en retirant ses gants avant de les jeter sur le siège du tracteur.

Dans un coin de ma tête, je me demande s'il est déjà au courant du meurtre. Les Amish aiment à penser qu'ils sont une communauté à part des English, mais je sais que ce n'est pas entièrement vrai. Ma sœur travaille au Carriage Stop Country Store, une boutique fréquentée tant par les touristes que par les habitants, des English. C'est une petite ville et le bouche à oreille y est une activité frénétique. Si vous avez des oreilles, vous entendez des choses. Même si vous êtes amish.

Plongeant mes mains dans mes poches, je m'enfonce plus profondément dans l'obscurité de la grange, prenant un moment pour rassembler mes idées. L'odeur terreuse du fumier me rappelle mon enfance et les journées passées ici. Devant moi, quatre vaches jersiaises, leurs pis roses gonflés de lait, attendent. Sur ma droite, une dizaine de boîtes aux lettres rouge et blanc en forme de fermes s'alignent sur des étagères de parpaings et de planches. À la vue des nichoirs et des chevaux à bascule à la fabrication complexe, je comprends que Jacob est aussi doué de ses mains que l'était notre père.

—Une fille a été assassinée à Painters Mill, cette nuit, dis-je en me tournant vers lui.

Il se tient à moins d'un mètre de moi, la tête inclinée, une expression circonspecte sur le visage.

—Assassinée ? Qui ça ?

—Une jeune femme qui s'appelle Amanda Horner.

—Une Amish ?

Ça me gêne que ce soit important pour lui, mais je garde mes sentiments pour moi.

—Non.

—Qu'est-ce que ce meurtre a à voir avec ma famille et moi ?

Je décoche à mon frère un regard dur.

—Cette femme a été assassinée exactement de la même manière que les filles tuées au début des années 1990.

Sa brève inspiration n'est qu'un murmure dans le silence de la grange.

—Comment est-ce possible ? demande-t-il au bout d'un moment.

La même question tournoie en moi comme un orage. Je n'ai pas la réponse, alors je le fixe en faisant mon possible pour ne pas trembler.

—Je crois que c'est peut-être le même homme.

Je vois Jacob retourner en pensée à cette terrible journée. Celle qui a dévasté toute notre famille et m'a anéantie. Il secoue la tête.

—C'est impossible. Daniel Lapp est mort.

Je ferme les yeux pour contrer les mots auxquels je crois depuis seize ans. Des mots qui m'ont causé une souffrance et une culpabilité insurmontables pendant la moitié de ma vie. Lorsque j'ouvre les paupières, je croise le regard de mon frère. Il sait ce que je suis en train de penser.

—Je dois être sûre, dis-je. Je dois voir le corps.

Il me dévisage comme si je venais de lui demander de renoncer à Dieu.

Ce n'est que plusieurs semaines après l'incident que j'ai appris que Jacob et mon père avaient enterré le corps. Des cauchemars abominables hantaient mes nuits. Une fois, je m'étais réveillée en hurlant, convaincue que l'homme qui avait essayé de me tuer se trouvait dans ma chambre. Alors mon grand frère m'avait rejointe. Jacob m'avait aidée et, blottie dans la chaleur réconfortante de ses bras, je l'avais écouté me révéler que *datt* avait enterré le corps dans un silo à grain abandonné du comté voisin et qu'il ne ferait plus jamais de mal à personne.

—Tu sais où il est enterré, répond Jacob. Je te l'ai dit.

Je connais l'endroit, c'est vrai. Le vieux silo à grain est à l'abandon depuis une vingtaine d'années. J'ai roulé jusque là-bas des centaines de fois, mais je ne m'y suis jamais arrêtée. Je ne me suis jamais approchée. Je m'autorise rarement à penser aux secrets enterrés là-bas.

—Il faut que tu m'aides.
—Je ne peux pas, réplique mon frère.
—Viens avec moi. Ce soir. Montre-moi où c'est.

Il écarquille des yeux emplis de peur.

— Katie, *datt* ne m'a pas laissé entrer. Je ne sais pas où...

— Je n'y arriverai pas toute seule. Le silo est immense, Jacob. Je ne sais pas où regarder.

— Daniel Lapp ne peut pas avoir fait ça, dit-il.

— Quelqu'un a tué cette fille. Quelqu'un qui connaissait sur ces meurtres des détails que la police a dissimulés au public. Comment expliques-tu cela ?

— Je ne sais pas. Mais j'ai vu... son corps. Il y avait du sang... trop pour qu'il puisse survivre.

— Est-ce qu'il perdait encore du sang quand *datt* l'a enterré ?

Les morts ne saignent pas. Si Daniel Lapp se vidait encore de son sang à ce moment-là, c'est qu'il était vivant. Il aurait pu trouver le moyen de s'extirper de sa tombe et survivre...

— Je ne sais pas. Je ne veux pas prendre part à ça.

— Tu en fais déjà partie.

Je fais un pas vers mon frère, envahissant son espace. Surpris, il recule, comme pour fuir un chien galeux. Je lève mon index et le lui colle à un centimètre du nez.

— Il faut que tu m'aides, bon sang ! Je dois retrouver ses ossements. Il n'y a pas d'autre moyen.

Il demeure aussi immobile et silencieux qu'une statue.

— Si je n'arrête pas cet enfant de salaud, il tuera encore.

Mon langage fait grimacer Jacob et une petite pointe de satisfaction me parcourt.

— Je t'interdis d'apporter tes manières d'English dans ma maison.

— Ça n'a rien à voir avec les Amish ou les English, dis-je en aboyant. Il est question de sauver des vies.

Si tu gardes la tête enfoncée dans le sable, d'autres personnes vont mourir. C'est ce que tu veux ?

Mon frère baisse les yeux sur le sol poussiéreux, les mâchoires serrées. Lorsqu'il les relève sur moi, son regard semble vieux et fatigué.

— Pendant seize ans, j'ai prié Dieu de m'accorder son pardon. J'ai essayé d'oublier ce que nous avons fait.

— Tu veux dire ce que j'ai fait, c'est ça ?

— Ce que nous avons tous fait.

Le silence tombe dans la grange comme en hommage au secret qui vient d'être révélé. Je savais qu'il se montrerait réticent, qu'il me faudrait lui forcer la main, mais je n'avais pas prévu un refus catégorique.

Les mots que je dois prononcer restent coincés dans ma gorge comme une lame de rasoir émoussée. Je sens les veines de ma nuque se gonfler et battre, mes joues s'empourprer. Je me rappelle que je suis un policier en train d'enquêter. Mais au fond de moi, je suis toujours une enfant tremblant de peur devant une brutalité insondable. Une fille écrasée par le poids d'un secret que personne ne devrait avoir à porter. Une adolescente choquée par sa propre violence.

— Si tu vas en enfer, ce ne sera pas à cause de ce que tu as fait ce jour-là, dis-je d'une voix tremblante. Mais à cause de ce que tu n'auras pas fait aujourd'hui.

— Dieu seul me jugera. Pas toi.

Une vague de rage brûlante envers lui me submerge.

— S'il tue une nouvelle fois, tu auras une autre mort sur la conscience. Une femme innocente va subir d'inimaginables tortures avant d'avoir la gorge tranchée. Pense à ça ce soir quand tu essaieras de dormir.

Je tourne les talons et me dirige vers la porte. J'ai envie de défoncer les jolies boîtes aux lettres et les nichoirs que mon frère a si minutieusement fabriqués. J'ai envie de le frapper et de lui faire mal comme lui m'a blessée. Je me raccroche à ce que je peux pour garder mon sang-froid en essayant de me convaincre que je pourrais y arriver toute seule.

J'ouvre violemment la porte de la grange des deux paumes. Je suis à mi-chemin sur l'allée quand j'entends Jacob derrière moi.

— Katie.

En d'autres circonstances, j'aurais poursuivi mon chemin. Ou alors je lui aurais servi quelques mots bien sentis qui lui auraient prouvé à quel point je m'étais éloignée de mes racines amish. Je m'arrête et pivote uniquement parce que je n'ai pas d'autre espoir. Parce que j'ai peur. Parce que je ne veux pas que quelqu'un d'autre meure.

— Je le ferai, dit-il alors que ses yeux n'expriment que réticence. Je t'aiderai.

Ses mots font monter des larmes brûlantes à mes yeux. Des émotions que je refuse de ressentir m'envahissent. Je ne veux pas qu'il voie ces faiblesses, alors je me retourne et me remets en marche vers ma voiture.

— Je viendrai te chercher à la tombée de la nuit, dis-je par-dessus mon épaule, et je sens son regard sur moi tandis que je m'éloigne.

6

Les rideaux de la cuisine s'écartent au moment où je me glisse dans l'Explorer. J'aperçois Irene dans sa robe simple et coiffée de sa *kapp*, debout dans sa cuisine surchauffée. Je pense à mes neveux et, tout à coup, je me sens déprimée. Irene me fait un signe de la main mais je démarre sans le lui retourner. Je voudrais, mais j'en suis incapable.

Je peux à nouveau respirer lorsque je m'engage dans l'allée. Ce n'est qu'à ce moment que l'énormité de la situation me percute. J'ai peur de mes secrets et de ce que je suis capable de faire pour les garder. Mais c'est l'idée de ne pas être en mesure d'arrêter ce meurtrier avant qu'il ne frappe à nouveau qui me remplit de terreur.

En chemin pour l'appartement de Connie Spencer, j'appelle T.J. Il répond d'une voix rauque.

— Mouais?

— C'est moi, dis-je en me rendant compte que je le réveille. Tu as pu dormir?

— Un peu. Du nouveau?

— Doc Coblentz dit que notre tueur portait un préservatif lubrifié. Je veux que tu fasses les épiceries, les pharmacies et cette boutique sur l'autoroute 82 et que tu voies si les vendeurs se rappellent un client qui aurait acheté des préservatifs lubrifiés.

— Pourquoi c'est toujours moi qui écope des tâches les plus sympas ? demande T.J., loin d'être ravi.

À ma grande surprise, cette idée me fait sourire. Mais je me rappelle que je suis un flic et pas une gamine de quatorze ans impuissante.

— Vois si on a utilisé une carte de crédit.

Il y a deux épiceries, deux pharmacies et une supérette dans et autour de Painters Mill.

— Je crois que la supérette est équipée d'une caméra de surveillance. S'ils ont vendu des capotes la semaine dernière, récupère la bande vidéo.

— Je m'en occupe, chef.

— Je te retrouve au poste, dis-je avant de raccrocher.

L'appartement de Connie Spencer est situé au-dessus d'un magasin d'ameublement sur Main Street. Mes bottes résonnent lourdement dans le vieil escalier tandis que je gravis les marches jusqu'au premier étage. Je frappe mais personne ne répond. Debout dans le couloir froid et humide, des odeurs de vieux bois et de moisissures dans les narines, je me rends compte qu'elle est sans doute au travail.

De retour à ma voiture, j'appelle Glock.

— Tu as trouvé quelque chose au bar ?

— La Mustang d'Amanda Horner sur le parking.

Mon cœur fait un bond.

— Tu as regardé à l'intérieur ?

— Ouais, mais y a rien.

— Merde.

De frustration, je frappe le volant de la paume de la main.

— Examine la voiture, on ne sait jamais.
— OK.
— Tu as interrogé le barman ?
— Il se rappelle lui avoir servi des Cosmos.
— Elle était accompagnée ?
— Il dit que le bar était bondé, soupire Glock. Et avec la copine ?
— Je suis chez elle, là. Mais elle est absente.
— Vous devriez essayer au grill. La dernière fois que j'y suis allé, elle a fait cramer mes pommes de terre sautées.

J'appelle le poste pendant que je roule vers *LaDonna's Diner*, le restau où travaille Connie Spencer. Lois, ma standardiste de jour, répond à la deuxième sonnerie et me met en attente avant que j'aie pu dire quoi que ce soit. Lorsqu'elle reprend enfin la ligne, je bous de colère.

— Désolée, chef, mais le téléphone n'arrête pas de sonner, c'est de la folie.

Elle a l'air stressée. Rien n'enflamme plus les lignes téléphoniques qu'un crime, me dis-je d'humeur sombre.

— Des messages ?
— Des tas de gens appellent à propos du meurtre.

Je me souviens tout à coup que j'étais censée faire une déclaration cet après-midi. Le temps me manque. J'aimerais pouvoir l'arrêter.

— Dis à tous ceux qui demandent que je ferai une déclaration plus tard dans la journée.
— Norm Johnston a appelé trois fois. Il avait l'air énervé.
— Dis-lui que je le contacterai plus tard. Je suis plutôt occupée pour l'instant.

— Ça marche.

Je raccroche, sachant que je ne pourrai pas tenir Norm à distance encore longtemps.

L'horloge sur le tableau de bord indique 15 heures lorsque je me gare sur le parking du restaurant. Bien que le coup de feu du déjeuner soit passé depuis un moment, l'endroit est bondé. Le cœur du bouche à oreille de Painters Mill.

À mon entrée, je suis assaillie par les odeurs de graisse et de pain grillé. Le cliquetis de la vaisselle couvre le brouhaha des conversations. Je sens les regards me suivre tandis que j'avance vers le comptoir. Une serveuse dans son uniforme rose et surmontée d'une choucroute sourit à mon arrivée.

— Bonjour, chef. J'peux vous servir une tasse de café ?

Je l'ai déjà rencontrée, sans jamais lui avoir dit autre chose que bonjour.

— Ce serait sympa.

— Vous voulez un menu ou je vous sers le plat du jour ?

Je suis affamée, mais si je déjeune ici je vais me retrouver harcelée par des clients avides de connaître quelques détails croustillants.

— Un café suffira.

Je me glisse sur un tabouret et la regarde verser le café, priant pour qu'il ne soit pas réchauffé.

— Connie Spencer est là ?

— Elle est en pause, répond la serveuse en faisant glisser la tasse vers moi. La pauvre, elle a été sur les nerfs toute la matinée. Le meurtre d'Amanda lui a vraiment foutu les jetons. Vous savez qui a fait ça ?

Je secoue la tête.

—Où est-elle?

—Derrière. Elle fume clope sur clope aujourd'hui.

—Merci.

Je délaisse la tasse de café et me dirige vers les cuisines. À travers la fumée qui monte de son gril, le cuisinier me dévisage. Depuis le lave-vaisselle de taille industrielle, un gamin boutonneux m'observe avant de vite détourner les yeux. Au fond, je repère la porte.

Connie Spencer est assise sur une marche en béton à l'extérieur. C'est une femme menue, aux épaules minces et aux petites mains vives. Ses yeux, maquillés d'un trait de crayon bleu, sont de la couleur de la boue. Du blush rose s'étale en traînées sur ses pommettes inexistantes et ses lèvres sont gercées par le froid. Blottie dans un manteau en fausse fourrure, elle tire sur une longue cigarette brune.

La porte se ferme dans un claquement derrière moi. Elle se retourne et me jette un regard noir, arrogant. J'ai eu un aperçu de cette tactique plus d'une fois, quand un dur à cuire essaye de dissimuler sa nervosité.

—Je me demandais quand est-ce que vous alliez vous pointer, fait-elle en jetant un coup d'œil à sa montre. Il vous a fallu le temps.

D'entrée de jeu, son attitude me déplaît.

—Qu'est-ce qui vous faisait croire que je voudrais vous parler?

—Parce que j'étais avec Amanda samedi soir et qu'elle est morte.

—Vous n'avez pas l'air particulièrement triste.

Elle passe la langue sur la gerçure de sa lèvre.

—J'imagine que je suis encore sous le choc. Amanda était si… vivante. Je n'arrive pas à y croire.

— Quand est-ce que vous l'avez vue pour la dernière fois ?

— Samedi soir. Nous sommes sorties, on a pris quelques verres.

— Où ça ?

— Au *Brass Rail*.

— Vous êtes allées ailleurs ?

— Non.

— Il s'est passé quelque chose de particulier quand vous étiez là-bas ?

— Particulier comment ?

— Un type se montrant un peu trop pressant avec elle. Un inconnu qui lui offre un verre. S'est-elle disputée avec quelqu'un ?

— Pas que je m'en souvienne, fait-elle avant de lâcher un gros rire. Mais j'avais pas mal picolé.

— Vous connaissez quelqu'un qui aurait pu vouloir du mal à Amanda ? Avait-elle des ennemis ?

Pour la première fois, elle m'accorde toute son attention. Son arrogance s'évanouit un peu et j'arrive à apercevoir la jeune femme derrière la façade vulgaire.

— C'est ce que je n'arrive pas à comprendre, dit-elle. Tout le monde aimait Amanda. C'était quelqu'un… de gentil, toujours de bonne humeur. Toujours en train de rire.

Un sourire bien trop fatigué et mature pour ses vingt et un ans étire ses lèvres.

— C'est moi que les gens n'aiment pas, en général, dit-elle.

J'envisage de lui conseiller de changer d'attitude pour remédier à cela, mais je ne suis pas là pour éclairer la lanterne ou faciliter la vie sociale d'une grande gueule. Je suis ici pour découvrir qui a tué Amanda Horner.

— Elle avait un petit ami ?

Elle lève une épaule, la laisse retomber.

— Elle est sortie avec Donny Beck, mais ils ont cassé y a deux mois.

Mon alarme de flic se met à sonner : c'est la seconde fois que le nom de Beck est mentionné.

— Comment s'est passée la rupture ?

— Amanda ne se l'est pas jouée salope. Non, elle lui a exposé clairement la situation et il l'a écoutée.

— Parlez-moi de lui.

— Y a pas grand-chose à en dire. Il est vendeur au magasin d'outillage. Il aime Copenhague, la Bud et les blondes à gros nichons. Son but dans la vie, c'est de diriger le magasin. Amanda est bien trop intelligente pour se coltiner un mec de ce genre. Elle sait que la vie a autre chose à offrir que des vaches et du maïs.

Je remarque qu'elle parle d'Amanda au présent.

— D'autres ruptures douloureuses ou compliquées dans le passé ?

— Je ne crois pas.

— Est-ce que vous voyez quelqu'un qui pourrait en vouloir à Amanda pour une raison quelconque ?

— Non.

Elle et moi savons que je tourne en rond. Une bourrasque se faufile autour du bâtiment, faisant tournoyer des flocons de neige avec elle.

— À quelle heure avez-vous vu Amanda pour la dernière fois ?

Ses sourcils trop épilés se froncent.

— 23 h 30. Minuit, peut-être.

— Vous avez quitté le bar ensemble ?

Elle secoue la tête en recrachant la fumée.

—On était venues à deux voitures. Je n'aime pas devoir compter sur quelqu'un d'autre pour me déplacer. Des fois que l'un veuille partir quand l'autre veut rester…, explique-t-elle en laissant le dernier mot s'étirer. Ça peut être emmerdant des fois.

Je suis gênée par son manque d'émotion. Amanda était censée être sa meilleure amie. Pourquoi cette fille n'est-elle pas plus bouleversée que cela ?

Elle se lève et brosse le bas de son manteau.

—Je dois retourner bosser.

—Je n'ai pas fini.

—Vous allez me payer ou quoi ? lance-t-elle en se dirigeant vers la porte. Sûr qu'eux, ils me paieront pas si j'y retourne pas.

—On peut faire ça ici et maintenant ou bien au poste de police, dis-je. C'est vous qui voyez.

Elle fronce les sourcils comme une ado irascible puis se rassoit en se laissant tomber bruyamment sur la marche.

—C'est un tas de conneries.

—Il faut que vous me disiez tout ce qu'il s'est passé samedi. N'oubliez rien.

Le sarcasme teinte sa voix tandis qu'elle me relate leur nuit de beuverie, de danse et de drague.

—On a commandé une pizza et un pichet de bière et on a discuté.

Elle tire plus fort sur sa cigarette ; ses mains tremblent.

—Après, on a joué un peu au billard et parlé à des gens qu'on connaît. Des gars nous ont draguées. J'avais envie de me faire sauter mais c'était que des nullos.

—Qu'est-ce que vous voulez dire par « nullos » ?

Dans ma tête, j'imagine une bande de mecs bourrés qui vendent de la drogue et cherchent les problèmes.

Elle me regarde comme si j'étais débile.

—Des fermiers. Un tas de trouduc'. Des gars du genre «je vais vivre dans le trou-du-cul du monde le reste de ma vie». Je pouvais presque sentir la merde des cochons sous leurs bottes.

—Que s'est-il passé ensuite?

—Je suis partie.

—Il me faut les noms de tous ceux à qui Amanda et vous avez parlé.

Avec un soupir, elle me récite plusieurs noms.

Je sors mon calepin pour les noter.

—À quelle heure êtes-vous partie?

—Je vous l'ai dit. 23 h 30, minuit, répète-t-elle avec un sourire forcé. Qu'est-ce que vous essayez de faire? Me piéger?

—Le seul moment où les gens se font piéger, c'est quand ils mentent. Est-ce que vous me mentez, Connie?

—Je n'ai aucune raison de le faire.

—Alors arrêtez de jouer à la conne et répondez à mes questions.

Elle roule des yeux.

—Pour une Amish, vous jurez drôlement.

En d'autres circonstances, j'aurais pu rire de sa remarque, mais je n'aime pas cette fille. J'ai froid, je suis fatiguée et j'ai désespérément besoin de trouver un indice qui me mettra sur la piste du meurtrier.

—Amanda était toujours au bar quand vous êtes partie?

—Je l'ai cherchée pour lui dire que je m'en allais, mais je ne l'ai pas trouvée. Je me suis dit qu'elle devait être aux chiottes ou en train de discuter dehors. La pizza ne me réussit pas, alors je suis rentrée tôt.

— Vous l'avez aperçue avec quelqu'un avant de partir ?

— La dernière fois que je l'ai vue, elle était à la table de billard. Elle jouait avec une nana et deux mecs.

— Leurs noms sont sur la liste ?

— Ouais, fait-elle avant de répéter trois noms.

De mes doigts raidis par le froid, je les entoure au stylo.

— Y a-t-il autre chose d'important que vous pourriez m'apprendre ?

Elle secoue la tête.

— C'était une soirée normale, ennuyeuse, comme d'hab.

Elle tire une bouffée de sa cigarette, jette d'une chiquenaude le mégot sur la marche et l'écrase sous sa chaussure.

— Comment est-elle morte ?

Ignorant la question, je range le calepin dans ma poche et lance à Connie Spencer un regard noir.

— Ne quittez pas la ville.

— Pourquoi ? Je vous ai dit tout ce que je savais.

Pour la première fois, elle semble inquiète. Je ne l'aime pas et elle le sait. Elle se lève pendant que je me tourne vers la porte.

— Je ne suis pas soupçonnée, si ? demande-t-elle dans mon dos.

Je claque la porte derrière moi sans lui répondre.

Je suis accueillie par la neige à ma sortie du restaurant. Le ciel est bas et sombre, tout comme mon humeur. Je sais que l'indifférence de Connie Spencer ne devrait pas m'atteindre, pourtant j'ai les nerfs en pelote quand je regagne l'Explorer. Elle n'est probablement pas impliquée mais j'ai vraiment envie de faire disparaître ce sourire arrogant de son visage.

Une fois installée derrière le volant, j'appelle Lois.

— J'ai besoin d'un service.

Avec Lois, si on fait preuve de gentillesse, on obtient toujours une meilleure coopération. Elle n'est pas exactement la personne la plus serviable qui travaille pour moi, mais elle a un profond sens de l'éthique professionnelle, de solides compétences en organisation et elle tape plus vite que son ombre.

— Glock vient juste de me donner une année de dossiers et ce fichu téléphone n'arrête pas de sonner, soupire-t-elle. Quoi de neuf?

— Il me faut une salle de réunion où nous pourrons nous rassembler avec les agents qui enquêtent sur cette affaire. Je pense que la salle d'archives à côté de mon bureau devrait faire l'affaire. Qu'en penses-tu?

— Elle est petite et pleine à craquer.

À son ton, je comprends qu'elle est ravie de faire partie du processus de décision.

— Tu crois que quelqu'un pourrait te donner un coup de main pour débarrasser un peu la pièce et y installer la table pliante et les chaises? dis-je, avant d'ajouter, devant son hésitation: Appelle Pickles. Dis-lui qu'il est de service et que c'est effectif immédiatement. Il t'aidera à transporter la vieille armoire à archives.

Roland « Pickles » Shumaker a soixante-quatorze ans et il est mon unique auxiliaire. Le conseil municipal a voulu me forcer à le renvoyer l'année dernière après qu'il avait tiré sur la poule naine primée de Mme Offenheimer qui l'avait attaqué. Mais Pickles est flic à Painters Mill depuis plus de cinquante ans. Dans les années 1980, il a à lui tout seul démantelé le plus gros labo d'amphètes de l'État. Je ne voulais pas que sa carrière se termine sur une affaire de poulet mort, alors je lui ai demandé d'accepter un poste d'auxiliaire. Ce qu'il a fait, connaissant l'alternative. C'est un vieux cochon ronchon qui fume comme un pompier, se colore les cheveux d'une étrange teinte marron et ment constamment sur son âge, mais c'est un bon flic. Avec un meurtre à résoudre et une horloge qui tourne, j'ai besoin de lui.

— Pickles va être content que je l'appelle, chef. Il vient aux nouvelles tous les jours. Il rend Clarisse complètement folle depuis qu'il s'est fait virer. Elle supporte pas de le voir traîner à la maison toute la journée.

— Il va nous être très utile, dis-je en pensant à ce dont j'ai besoin pour la salle de réunion. Commande un tableau blanc, un tableau à feuilles et un panneau en liège, d'accord ?

— Autre chose ?

— Ça suffira pour l'instant, dis-je en entendant son téléphone sonner. Je serai là dans dix minutes pour briefer tout le monde. Tiens bon, en attendant.

— Je vais essayer !

Dans la foulée, j'appelle Glock et lui demande de me faire le topo sur Connie Spencer. Typique de Glock : il est déjà dessus.

—Elle s'est fait arrêter pour conduite en état d'ivresse à Westerville l'année dernière et une autre fois pour possession de substance contrôlée, mais elle n'a jamais été inculpée.

—C'était quoi, la substance contrôlée ?

—De l'hydrocodone. Appartenant à sa mère. Le juge l'a laissée partir.

—Continue de creuser, essaie de trouver autre chose.

Je lui parle ensuite de Donny Beck et lui donne la liste des noms cités par Connie Spencer.

—Je veux les antécédents de toutes ces personnes.

—C'est lancé.

Je raccroche et appelle T.J. pour savoir comment ça se passe sur le front du préservatif.

—J'ai l'impression d'être un sale pervers, répond-il sur un ton qui laisse entendre que sa journée vaut la mienne.

—Non, tu es un flic avec un badge qui enquête sur un meurtre.

Apaisé, il en vient au cœur de nos affaires.

—La caisse enregistreuse de la supérette utilise un logiciel de gestion des stocks. Le directeur a parcouru le fichier. Ils ont vendu deux boîtes de préservatifs lubrifiés vendredi. Une autre samedi.

—On a les noms des clients ?

—L'un des types a payé en liquide. Les deux autres par chèque. J'ai donc deux noms. Je suis en route pour interroger l'un d'entre eux, là.

—Beau travail, fais-je en pensant au type qui a payé en liquide. Est-ce qu'un des vendeurs a reconnu le troisième client ?

—Non.

— Est-ce que le magasin est équipé de caméras de surveillance ?
— Il y en a deux. Une dans le bureau et l'autre donnant sur le parking. Celle à l'intérieur n'est pas positionnée de manière à filmer le visage des clients, mais celle du parking mérite qu'on y jette un œil.
— Est-ce qu'on sait à quelle heure est venu le type qui a payé en liquide ?
À l'autre bout de la ligne, j'entends des pages qu'on tourne.
— À 20 heures, vendredi.
Le timing correspond.
— Récupère la bande vidéo. On verra si on peut identifier ce type.
— OK.
— Je suis en route pour le poste. Tu peux venir pour une réunion rapide ?
— J'y serai dans dix minutes.
— À tout à l'heure.
Je raccroche et jette le téléphone sur le siège passager. L'horloge du tableau de bord indique 16 heures. La course du temps m'effraie. Quatorze heures sont passées depuis la découverte du corps d'Amanda et l'enquête n'a pas avancé d'un pouce.
Tandis que je fonce vers le poste, j'essaye de ne pas penser à mon frère et à nos projets de ce soir. En toute honnêteté, j'ignore si j'espère trouver un corps enterré dans ce silo à grain ou si je prie pour qu'il n'y ait rien.

7

John Tomasetti sut qu'il était dans une merde noire à l'instant où il entra dans le bureau de son supérieur, l'agent spécial Denny McNinch, et vit le directeur adjoint Jason Rummel debout devant la fenêtre. La dernière fois qu'il avait vu Rummel, c'était quand l'agent Bryan Grant avait été abattu lors d'une perquisition à Toledo six mois plus tôt. Le bruit courait parmi les agents que le directeur adjoint ne s'aventurait hors de son bureau que pour embaucher, virer et assister aux enterrements. Inutile de se demander laquelle de ces trois situations valait une visite à John.

Assise à la table de conférence dans son tailleur Kasper de rigueur avec devant elle un gobelet Starbucks, la directrice des ressources humaines, Ruth Bogart, feuilletait un dossier marron à soufflets. Un dossier bien épais à cause des trop nombreux formulaires glissés dedans, et bien usé par tous les doigts bureaucratiques qui l'avaient parcouru. Un dossier sur lequel, John en aurait mis sa main à couper, son nom était inscrit.

Il aurait dû s'inquiéter pour son job. Tout du moins, il aurait dû s'inquiéter de perdre son salaire et sa couverture sociale. Sans parler de l'inquiétude qu'aurait dû lui causer le fait d'assister à la fin d'une carrière qu'il avait mis vingt ans à construire.

Le problème, c'était que John s'en foutait complètement. En fait, ces derniers temps, il se foutait de pas mal de choses. Ça s'appelait de l'autodestruction, il le savait. Et ce n'était pas la première fois. Mais pour le moment, tout ce qu'il ressentait, c'était un léger agacement dû au fait qu'on l'avait éloigné de son muffin à la canneberge et de sa tranche de rôti.

— Vous vouliez me voir ? lança-t-il sans s'adresser à personne en particulier.

— Asseyez-vous, je vous en prie.

Denny McNinch fit un geste en direction de l'un des quatre sièges en cuir lisse qui entouraient la table. C'était un homme à la carrure imposante qui portait ses costumes trop serré et ne retirait jamais son veston.

Deux ans auparavant, lorsque John avait rejoint le BCI de l'Ohio, Denny était agent de terrain. Il faisait de la muscu et courait avec un poids de vingt-deux kilos sur le dos. C'était un remarquable tireur d'élite et une ceinture noire de karaté. Personne ne cherchait des crosses à Denny McNinch. À l'époque, c'était un vrai botteur de culs. Puis il avait entamé la pénible ascension de l'échelle politique. Quelque part en route, il s'était plus intéressé aux apparences qu'aux actes. Il avait arrêté le tir, la course. Trop de travail de bureau avait changé ses muscles fermes en chair flasque, le respect de ses pairs en dédain. John n'éprouvait aucune sympathie pour lui, Denny avait fait son choix. Il y avait pire comme destin pour un homme.

Rummel, d'un autre côté, était un gratte-papier de la première heure. Petit et sec, il portait une moustache à la Hitler qui avait plus d'une fois fait sourire les agents aux moments les plus inopportuns. Mais, en général, ils ne souriaient pas une seconde fois. Pour compenser ses faiblesses physiques, il se comportait en véritable enfoiré. À cinquante ans, il était au sommet de la chaîne alimentaire politique du BCI. C'était un prédateur aux crocs acérés, qui avait bousillé des carrières dans le simple but de s'éclater.

—Alors, qu'est-ce qu'on fête ? demanda John en tirant une chaise. Un anniversaire ?

McNinch prit le siège à côté de lui sans un regard. Mauvais signe.

—Ne joue pas les grandes gueules, murmura-t-il.

Rummel resta debout. Le nain s'efforçait de grandir. Il s'avança jusqu'à la table et baissa les yeux sur John.

—Agent Tomasetti, votre carrière dans les forces de police est remarquable.

—Remarquable n'est pas l'adjectif que la plupart des gens utilisent, ironisa John.

—Vous avez rejoint le BCI avec les plus hautes recommandations.

—Je parie que vous regrettez ce jour depuis.

—Ce n'est pas vrai, sourit Rummel.

L'un après l'autre, John étudia les trois visages.

—Écoutez, je crois que tout le monde dans cette pièce sait que vous ne m'avez pas fait venir pour me donner une tape dans le dos en me disant à quel point je suis remarquable.

McNinch poussa un soupir.

—Ton examen toxicologique est revenu positif, John.

—Je suis un traitement, tu le sais.

C'était la vérité, il avait une ordonnance. Plusieurs, même. Bien trop, pour être honnête. Il n'avait pas envie de se montrer honnête.

Ruth Bogart prit la parole.

— Pourquoi ne pas l'avoir précisé sur le formulaire lorsque vous avez fourni votre échantillon d'urine ?

John lui jeta un regard noir.

— Parce que les médicaments que je prends ne regardent personne d'autre que moi.

Sous son maquillage Estée Lauder, le visage de Bogart s'empourpra.

McNinch se tortilla, mal à l'aise, sur son siège.

— Écoute, John. Ton médecin pourrait peut-être vérifier l'examen ? demanda-t-il avec raison.

Denny McNinch, le médiateur. L'homme œuvrant pour la paix. L'homme qui était exactement comme John, avant que la paperasse ne le change en un autre gros lard en costard qui comptait pour que dalle.

— Je suis sûr que oui.

Nouveau mensonge. Mais ça lui ferait gagner un peu de temps. C'était ce qu'il pouvait espérer de mieux à ce stade.

Bogart se manifesta une nouvelle fois, furieuse ce coup-ci car John l'avait humiliée devant ses collègues.

— Il me faut le nom et le numéro de téléphone de votre médecin.

— Lequel ? J'en ai plusieurs.

— Celui qui vous a prescrit les médicaments.

— Ils m'ont tous prescrit des médicaments.

Bogart secoua la tête.

— Donnez-moi ces noms, John.

À son expression, il sut qu'elle aurait voulu l'appeler « connard » plutôt que John mais qu'elle n'en avait pas le cran. Ruth Bogart était bien trop politiquement correcte pour dire ce qu'elle pensait vraiment. Elle attendait que vous ayez le dos tourné pour planter son couteau, bien profondément.

John lui récita les noms de trois médecins ainsi que leurs numéros de téléphone.

Il y en avait plus – il s'était fourni un peu partout – mais il préféra s'arrêter là.

Puis il se rencogna dans son siège.

—Si vous voulez ma peau, vous feriez mieux de me faire venir au sujet de mes performances ou de mon assiduité plutôt que pour cette connerie de test. Compte tenu de ma carrière au BCI et dans la police de Cleveland, une résiliation de contrat à cause d'une analyse d'urine pourrait être délicate, fit-il avant de baisser la voix. Les gens détestent que le gentil se fasse saquer. Je ne suis pas sûr que vous ayez besoin de ce genre de publicité négative. C'est vrai, merde ! Si on amène cette affaire devant un tribunal...

Il termina par un haussement d'épaules.

McNinch eut l'air effrayé.

—John, personne ne veut ta peau.

—Et personne ne souhaite que cela se termine devant un tribunal, ajouta Bogart.

John ne crut aucun des deux.

Rummel posa sur la table un carnet relié en cuir et s'assit.

—Y a-t-il un lien entre ces médicaments et votre assiduité ?

John ne put s'en empêcher : il éclata de rire. Pourtant, avec sa carrière foutue en l'air, sa vie perso déjà anéantie, il n'y avait pas franchement de quoi se marrer. Sauf, peut-être, de la moustache ridicule de Rummel...

Le directeur adjoint décocha un regard de biais à Bogart. Elle lui tendit une liasse de feuilles que Rummel posa sur la table sans y jeter un œil.

— Vous avez été absent dix jours cette année. Et nous ne sommes qu'en janvier.

— J'ai eu la grippe.

— Pendant dix jours ?

— C'était une méchante grippe.

Du coin de l'œil, John vit Bogart rouler des yeux.

— John, fit Rummel en fronçant les sourcils, vous êtes tenu de suivre le règlement comme n'importe quel autre employé.

— Vous devrez nous fournir un certificat de votre médecin, interrompit Bogart.

— Je suis allé dans une clinique.

— Une facture fera l'affaire, dit-elle. Comme justificatif.

John les dévisagea un à un, son cœur s'emballa. Deux ans plus tôt, il nourrissait de grands espoirs pour son poste d'agent de terrain au sein du BCI. Il avait espéré qu'un nouveau boulot dans une nouvelle ville lui permettrait de repartir de zéro. Que ça le sauverait de l'abîme dans lequel il s'enfonçait depuis le désastre de Cleveland. Ou que peut-être ça le sauverait de lui-même. Le BCI n'était pas une agence de premier ordre. Son boulot d'agent de terrain était loin de celui qu'il avait eu aux stups. Ses tâches étaient plus variées. Il passait moins de temps dans les rues. Il était moins stressé. Les gens étaient sympas. OK, à part Rummel.

Mais, tel un randonneur au sac à dos rempli de pierres, John avait emporté avec lui ses problèmes à Columbus. La rage. Le chagrin. Sa réputation et ses stigmates. Une fois à Columbus, coupé du peu d'amis qu'il avait, il s'était encore plus renfermé, isolé. Le nouveau départ qu'il avait espéré s'était transformé en cauchemar permanent avec toute la panoplie. Médecins différents mais problèmes identiques, médicaments identiques, et même bouteille de Chivas. Le nouveau boulot était devenu un nouvel échec. Son déménagement n'avait rien changé autour de lui sinon les noms.

Et maintenant, les grands pontes du BCI voulaient le voir partir. À quarante-deux ans, John était confronté à la préretraite. Ou alors, c'était un boulot de vigile au supermarché du coin qui l'attendait. Mais John n'était pas prêt à en rester là. La triste vérité, c'était qu'il n'y avait pas grand-chose pour un ancien inspecteur traînant des problèmes psychologiques, une réputation de flic solitaire et le dossier professionnel d'un étudiant défoncé. Le grand jury de Cleveland avait peut-être prononcé un non-lieu, les stigmates le suivraient le reste de sa vie.

Rummel le fixa sans ciller.

— Avez-vous pensé à une retraite anticipée ? En prenant en compte vos années de service au sein de la police de Cleveland, nous pourrions trouver un arrangement.

John savait que le mieux à faire, c'était sauter sur l'occasion. Achever le cheval et mettre fin à son supplice. Mais nom de Dieu, il n'avait aucune envie de laisser tomber sa carrière. Autant être mort. Cette éventualité lui avait traversé l'esprit une fois ou deux, mais il n'en avait pas le courage.

— Quel genre d'arrangement ? demanda-t-il.

Rummel s'avança sur son siège, ses petits yeux de rongeur brillant d'excitation.

— Au cas où vous n'arriviez pas à lire entre les lignes, John, ce n'était pas une proposition.

— Accepte, dit doucement McNinch.

— C'est plus que convenable, intervint Bogart. Intégralité des allocations. Voiture de fonction.

John fut pris d'un accès de rage. Le mépris grandissant qu'il éprouvait pour ces gens s'insinuait sous sa peau comme un serpent prêt à mordre.

— Convenable n'est peut-être pas le mot adéquat, si ?

— Nous savons ce que vous avez traversé, dit Bogart d'un ton qui se voulait rassurant.

— J'en doute sérieusement.

John avait prononcé ces mots entre des dents si serrées que ses mâchoires grincèrent.

— Nous compatissons à votre… situation.

Cette dernière réplique venait de Rummel.

Combien de fois, se demanda John, cet homme avait-il prononcé ces paroles creuses à des agents qui avaient perdu leur coéquipier ou des êtres chers ? Ce sale hypocrite devait jubiler.

En silence, John compta jusqu'à dix afin de recouvrer son calme, ainsi que son fournisseur de médecin le lui avait appris. Ça ne l'aida pas beaucoup.

— Je vais y réfléchir, grogna-t-il.

— John, je t'en prie…, gémit Denny.

Se reculant brutalement de la table, John se leva.

— Si vous voulez me faire dégager, je vous suggère de rassembler vos cartes et de vous trouver des couilles.

Il se dirigea vers la porte sans attendre de réponse.

— John ! l'appela McNinch.

Il ne s'arrêta pas, ne jeta pas un regard en arrière.

— Laissez-le partir, dit doucement Rummel.

John poussa la porte des deux mains, l'ouvrant à la volée. Elle cogna si violemment contre le mur qu'elle fit vibrer la photo encadrée du procureur général dans le couloir. Les claviers se turent, les têtes se tournèrent vers lui. De jolies assistantes administratives, un agent avec un beignet à la main. Le type du courrier avec son chariot débordant d'enveloppes.

John sentait les regards méfiants le brûler tandis qu'il gagnait son bureau à grandes enjambées et en ouvrait la porte d'un coup sec. À l'intérieur, il se ressaisit. Qu'est-ce qu'il était en train de foutre ? Il aurait dû accepter cette offre. Il aurait dû garder son calme. Maintenant, si ça ne tenait qu'à Rummel, ils allaient le virer. Et il leur avait donné de bonnes raisons. Déjeuners composés uniquement d'alcool, après-midi passés à cuver. Et ça, c'était quand il prenait la peine de se pointer. Sa tendance à se faire prescrire des médicaments, ça n'était que le haut de l'iceberg.

Mais bon sang, il ignorait ce qu'il aurait fait sans les médocs. Il ignorait comment il aurait survécu à une seule journée ou à une seule putain de nuit. Tu parles d'un foutoir.

Il avança jusqu'à la fenêtre derrière son bureau et observa le trafic sur Broad Street, quatorze étages plus bas. L'idée d'en finir lui traversa de nouveau l'esprit. Il pourrait rentrer chez lui. Boire un verre ou deux. Trouver le courage. En finir avec tout ça. Mais s'il était complètement au fond du trou, il n'en était pas au point de se faire sauter la cervelle.

Pas encore, en tout cas.

Avec un soupir, il se détourna de la fenêtre et s'assit à son bureau. Il pensa à Nancy, à Donna, à Kelly, et la honte de ce qu'il était devenu le submergea. L'envie de sortir les photos était forte, pourtant il résista. Voir leur visage ne lui faisait aucun bien. Il ne se les rappelait pas telles qu'elles étaient. Lorsqu'il pensait à sa femme et à ses deux petites filles, il les voyait telles qu'il les avait trouvées ce terrible soir...

Un léger coup frappé à la porte le tira de ses sombres pensées.

— C'est ouvert.

McNinch entra dans son bureau, une expression contrite sur le visage.

— Désolé de ce qui vient de se passer.
— Typique.
— Rummel sait que tu es un bon agent.
— Rummel ne sait foutre rien de moi.

McNinch se glissa sur le siège réservé aux visiteurs et feignit de s'intéresser aux plaques, diplômes encadrés et autres recommandations accrochés au mur.

— C'est un bon arrangement, lâcha-t-il au bout d'un moment.
— Je ne suis pas prêt à prendre ma retraite.
— Il y a un tas de choses que tu pourrais faire, John. Des boulots moins stressants.

Le sourire qui lui étira les lèvres lui parut fragile.

— Du genre agent de sécurité ?
— Ben, fit McNinch en fronçant les sourcils, j'en sais rien. Détective privé. Un de mes copains de Houston, un ancien flic, a été embauché comme vigile pour une grosse entreprise de pizza. Ça paye bien. Une autre de mes connaissances est devenu juge de paix.
— Tant mieux pour eux.

— Tu dois faire quelque chose, mec. Rummel veut que tu dégages. On dirait un chien et tu es son putain d'os à ronger. Pour l'instant, tu peux encore choisir de quelle façon tu franchiras cette porte. Dans six mois, tu n'auras peut-être plus ce luxe.

John lui décocha un regard noir.

— Rien de tout ça n'est franchement du luxe.

— Hé, je sais que tu as traversé une période difficile…

— Je n'ai pas « traversé une période difficile », aboya-t-il. Bon Dieu, dis-le. Arrête avec ces foutus euphémismes.

Avec une grimace, Denny baissa les yeux sur ses mains.

— Je suis de ton côté.

— Tu es du côté qui t'arrange. Mais j'ai compris, Denny. Je suis ici depuis assez longtemps pour savoir comment ça marche.

— Je suis désolé que tu le prennes comme ça.

— Ouais, moi aussi.

McNinch se leva et se dirigea vers la porte.

Rencogné dans son siège, John le regarda partir. Lorsque la porte se referma, il ouvrit son tiroir à fournitures et en sortit sa flasque en argent terni. Chaque fois qu'il buvait à cette flasque, l'ironie de la situation le frappait de plein fouet : c'était sa femme qui la lui avait offerte.

Il attrapa sa mallette qu'il posa sur ses genoux avant de l'ouvrir. Il plongea la main dans la poche latérale et ressentit un vif soulagement lorsque ses doigts rencontrèrent le tube de médicaments. John haïssait ce qu'il était devenu. Une parodie maladive de l'homme qu'il avait un jour été. Un putain de junkie. Tout ce qu'il méprisait.

Faible. Dépendant. Pathétique. La faute aux médecins, voulait-il croire. Après tout, c'étaient eux qui étaient si enclins à prescrire. Mais, deux ans auparavant, John était une épave. Un homme au bout du rouleau. Suicidaire. Il était allé jusqu'à s'enfoncer son flingue dans la bouche. Il avait senti le goût de l'huile du pistolet et celui de sa propre peur aussi, le métal froid avait ripé contre ses dents.

Faisant sauter le capuchon, il fit sortir deux Xanax et un Valium. Il n'était pas censé les prendre ensemble, mais il avait découvert, à force d'essais, d'erreurs et d'expérimentations, que ce cocktail de médocs lui procurait ce qui lui était nécessaire pour tenir une journée.

Il sortit la photographie dans son cadre et souffla dessus pour en ôter la poussière et les copeaux de crayon. Sa femme, Nancy, et ses deux petites filles, Donna et Kelly, lui souriaient comme si le monde était merveilleux. Les regarder ne devenait pas plus facile avec le temps. Il aurait dû être capable de les protéger.

Installant le cadre sur son bureau, il fourra les cachets dans sa bouche et leva sa flasque.

— À toi, Nancy! murmura-t-il avant de faire couler les cachets avec son whisky pur malt.

8

Lorsque j'arrive au poste, les six places de parking – dont la mienne – sont prises. Je suis tentée d'aligner celui qui a osé se garer sur mon emplacement mais, heureusement pour lui, j'ai plus important à faire. À la vue d'une Crown Vic munie de l'attirail de rigueur, je sais que le bureau du shérif du comté de Holmes a débarqué. Toute l'aide dont je pourrai bénéficier est la bienvenue, pourtant j'avoue n'avoir aucune envie de voir Nathan Detrick participer à l'enquête ni profiter des répercussions politiques de l'affaire pour s'assurer une réélection au poste de shérif à l'automne prochain.

Je me gare à côté d'une bouche d'incendie et me dirige vers la porte principale. À l'intérieur, le volume sonore rivalise avec celui d'une cantine de lycée à l'heure du déjeuner. Au standard, Lois semble aussi lessivée que ses cheveux trop décolorés. Une femme d'âge mûr portant une parka rose et de grandes boucles d'oreilles en perles tourne autour d'elle. Je pousse un gémissement silencieux lorsque, en la scrutant de plus près, je reconnais Janine Fourman.

Janine est la présidente du club féminin de Painters Mill, la propriétaire du Carriage Stop Country Store et d'une boutique de thé et bougies. Conseillère municipale et membre fondateur du cercle historique de la ville, c'est une fouineuse et une commère professionnelle.

Glock et un adjoint du shérif aux muscles hypertrophiés s'interrompent à mon arrivée. Le clin d'œil discret de la part de Glock m'apprend que le message que j'avais pour le shérif est passé : Aidez-nous mais ne tirez pas toute la couverture à vous.

L'adjoint me jette un rapide coup d'œil – comme s'il s'attendait à trouver une modeste femme avec une *kapp* – et tend sa main à mon approche.

— Je suis le shérif adjoint Hicks.

Il est charpenté, avec des bras et un cou aussi épais que des poteaux téléphoniques. Je l'ai déjà rencontré, mais impossible de me rappeler où et quand. Je lui serre la main, ses paumes sont moites et sa poigne trop ferme.

— Merci d'être venu.

— Le shérif Detrick m'envoie vous dire que nous sommes là si vous avez besoin d'aide.

— J'apprécie l'offre, merci.

Il regarde Glock comme s'ils étaient de vieux copains.

— L'agent Maddox me mettait au courant du dossier. Sacrée affaire.

Je pense à Belinda Horner.

— C'est pour la famille que c'est le plus dur.

— Vous avez déjà un suspect ?

— Nous vérifions les antécédents de quelques personnes. Nous attendons les conclusions de l'autopsie et les résultats du labo.

— Vous pensez que c'est le même gars ?

Je prends soudain conscience du silence qui a envahi l'accueil. Les gens écoutent, observent, les yeux rendus brillants par l'anticipation. Ils attendent les détails qui titilleront le côté malsain de leur imagination, le réconfort qui calmera leurs peurs pour qu'ils puissent continuer leur vie sans s'inquiéter d'un tueur fou furieux qui agirait dans leur ville.

— Nous n'avons aucun élément concret qui nous permette de confirmer cette hypothèse, dis-je.

— Mais ça ne peut être que lui, non ?

Il semble sincèrement curieux. Un flic qui aime les bonnes histoires de meurtre avec un surprenant retournement de situation à la fin.

— C'est vrai, reprend-il. Quelles sont les chances qu'il y ait deux meurtriers au mode opératoire identique dans une ville de cette taille ?

Plutôt que de lui répondre, je le fixe droit dans les yeux de la même façon que je le fais avec un suspect qui se serait un peu trop approché de la limite. Il saisit le message et recule.

Histoire de ne pas lui ébouriffer les plumes tout de suite, je lui parle de la réunion que je suis sur le point de tenir.

— Vous pouvez y participer, bien sûr.

Ma proposition est bien accueillie, mais il répond à contrecœur :

— Je dois rentrer. Je suis juste passé vous dire que nous sommes disponibles si vous avez besoin d'hommes.

Dans une autre affaire, j'aurais sauté sur la proposition. J'aurais formé un détachement spécial, une unité d'intervention multijuridictionnelle. Pas seulement avec le bureau du shérif, mais aussi avec la police de la route et le BCI de l'État. Mais pas dans cette affaire. La dernière chose dont j'ai besoin, c'est une demi-douzaine de flics zélés qui me suivent comme mon ombre.

Il faudra que j'appelle Detrick pour le remercier personnellement et éviter toute question sur mon manque d'action.

— Laissez-moi le temps de voir où nous en sommes et je contacterai ensuite le bureau du shérif. Nous allons avoir besoin de toute l'aide qu'on pourra nous apporter.

— Bien, fait-il en se tournant vers la porte pour repartir.

Avec un sourire, je remercie Glock.

— Réunion dans deux minutes, lui dis-je en me dirigeant vers l'accueil pour récupérer mes messages. Dans mon bureau. Fais passer le message, OK ?

Glock me répond d'un salut militaire moqueur et se fraye un chemin jusqu'au box de son bureau.

Je suis à mi-chemin de l'accueil lorsque Janine Fourman me bloque le passage.

— Chef Burkholder, j'aimerais m'entretenir avec vous.

Je me retiens de la pousser pour passer. Janine est une femme imposante physiquement et importante de par sa position dans la communauté. J'y appartiens depuis suffisamment longtemps pour savoir qu'un faux pas de ma part me vaudra un retour de bâton. Janine s'est présentée aux élections municipales l'année dernière et si elle les a perdues, c'est uniquement parce que quelques personnes trouvaient que, sous des apparences de gentille tantine se cachait une créature aux griffes acérées.

— Janine, j'ai une réunion avec mes agents.

À cinquante-cinq ans, elle se teint les cheveux en noir corbeau, faisant ainsi ressortir ses petits yeux marron qui semblent perdus sur son corps plus large que haut.

—Dans ce cas, j'irai droit au but. Toute la ville est en émoi à cause de ce meurtre. D'après la rumeur, ce serait le tueur du début des années 1990. Est-ce que c'est vrai ? C'est le même homme ?

—Je ne fais aucune spéculation.

—Avez-vous un suspect ?

—Pas pour l'instant.

Qu'elle ne s'inquiète pas de la victime ne m'échappe pas une seconde.

—Pourquoi diable avez-vous refusé l'aide du shérif Detrick ? Vous n'allez pas gérer ça toute seule, quand même ?

En général, je suis plutôt douée pour traiter avec les arrivistes un peu nigauds du genre de Janine. Mais ce que j'ai vu jusqu'à présent au cours de cette journée qui semble ne jamais vouloir finir, la fatigue, le poids de ma responsabilité envers cette ville – et mes propres secrets – ont raison de ma patience.

—Je n'ai pas refusé l'aide de Detrick, dis-je en aboyant. J'ai expliqué à son adjoint que j'appellerai le bureau du shérif une fois que j'aurai vu mes agents et que je saurai où nous en sommes.

Elle écarquille les yeux en me voyant faire un pas dans sa direction. Je ressens une pointe de satisfaction lorsqu'elle lâche du terrain et recule.

—Et si vous décidez de me citer, poursuis-je, vous avez intérêt à le faire mot pour mot.

—En tant que membre du conseil municipal, j'ai droit à des réponses, souffle-t-elle.

— Vous avez droit à beaucoup de choses mais certainement pas à enjoliver des informations que vous auriez surprises. Ce qui inclut de déformer mes propos. Nous sommes d'accord ?

Sa bouche se serre et s'étire en une fine ligne désagréable.

— Chef Burkholder, cela ne vous ferait pas de mal de vous montrer plus conciliante envers ceux qui signent votre chèque chaque mois.

— J'essaierai de m'en souvenir. Si vous voulez bien m'excuser, j'ai du travail.

Je passe devant elle et ne m'arrête qu'une fois à l'accueil.

— Des messages ?

Lois pousse un paquet de feuillets roses vers moi tout en posant la main sur le combiné du téléphone.

— Bien joué, chef, murmure-t-elle sur un ton de conspiratrice.

— Si elle essaye d'entrer dans mon bureau, tue-la.

Dans un grommellement, Lois reprend le téléphone.

J'avance vers mon bureau.

— Chef Burkholder !

Je me retourne et aperçoit Steve Ressler, le rédacteur en chef de l'*Advocate*, qui s'avance vers moi à petites foulées. Grand et maigre, il a un teint rougeaud et une épaisse tignasse flamboyante.

Je m'arrête car il est probablement le seul contact presse amical que j'aurai dans les jours à venir.

— Faites vite, Steve.

— Vous avez promis une conférence de presse pour cet après-midi.

— Vous l'aurez.

— On lance l'impression à 18 heures, fait-il en regardant sa montre.

En général, l'*Advocate* sort le vendredi. Comme nous sommes lundi, je comprends qu'une édition spéciale est en route.

— Accordez-moi une heure, d'accord ?

Sa grimace me dit qu'il n'est pas ravi de ce délai mais il est suffisamment perspicace pour savoir que je ne vais pas mettre l'affaire de côté pour coller à son emploi du temps. Derrière ses allures de Denis la Malice sur le retour, c'est un homme remarquable.

— Pourriez-vous me la faxer, demande-t-il après un nouveau coup d'œil à sa montre. Disons pour 17 heures ?

Il fera nuit noire à cette heure-là. Et je me retrouve à craindre cette obscurité.

— J'aurai des conseils de sécurité pour les citoyens à faire imprimer également.

— Ça marche.

Je devine à son expression qu'il est sur le point de m'interroger sur le meurtre, mais je tourne les talons avant qu'il ne puisse ouvrir la bouche.

Un étrange soulagement m'envahit quand, enfin, j'entre dans mon bureau et que j'allume. L'aspect familier de cette pièce exiguë et encombrée me réconforte. J'ôte mon manteau, le suspends à la patère et referme la porte. J'ai besoin de quelques minutes pour rassembler mes idées. L'énergie qui me pousse depuis les petites heures du jour est en train d'abandonner mes muscles et je m'écroule sur ma chaise. Je ferme les yeux et, le visage dans les mains, me masse les tempes. J'ai envie d'un café et de manger quelque chose. J'ai besoin d'un répit de quelques précieuses minutes, je ne veux plus de questions auxquelles je n'ai aucune réponse.

Mais, au moment où je ferme les yeux, c'est le corps violenté d'Amanda Horner qui m'apparaît. Les hématomes sur ses chevilles. La lueur sombre du sang dans la neige. Les marques des liens qui lui ont entaillé la peau jusqu'à l'os. Je vois la douleur creuser les traits de ses parents.

J'allume mon ordinateur, sors le dossier du Boucher de mon tiroir et le pose devant moi. J'attrape un bloc de papier et, pendant que la machine démarre, je note les points que je veux revoir avec mes hommes.

Tâches :

T.J. : préservatifs ? Glock : empreintes de pas ? de pneus ? Mona : propriétés abandonnées et isolées. Moi : crimes similaires, antécédents de Connie Spencer, Donny Beck, clients du bar. Liste de suspects.

Je marque une pause et m'intéresse au meurtrier. Je réfléchis à sa façon de penser.

Mobile. Moyens. Opportunité. Pourquoi tue-t-il ? Gratification d'ordre sexuel. Sadique sexuel ? Où tue-t-il ? Un endroit où il se sent en sécurité, à l'écart (cf. l'absence de bâillon). Ne s'inquiète pas des hurlements de la victime. Un sous-sol ? Une pièce insonorisée ? Une propriété abandonnée ?

Je pense à l'opportunité et me demande s'il a un emploi :

Travail ?

Un coup frappé à la porte interrompt mes réflexions.

— C'est ouvert.

Dans l'entrebâillement, une main tenant un sac de papier provenant du *Paradis du Burger* apparaît.

— J'ai des cadeaux ! lance T.J.

— Dans ce cas, tu peux entrer.

— Hamburger avec cornichons et oignons. Maxi frites et Coca light.

L'arôme qui flotte jusqu'à mes narines fait gargouiller mon estomac. Avec un sourire, j'attrape le sachet.

— Si tu n'étais pas déjà fiancé, je te demanderais en mariage.

— Mangez, chef. Vous devez vous nourrir, répond-il en rougissant.

Derrière lui, Glock arrive avec quatre énormes gobelets de café disposés sur un plateau en carton.

— J'apporte la caféine.

Je défais mon déjeuner pendant que Skid tire une chaise pliante. Je mords quelques bouchées en regardant mes hommes s'installer.

— Il faut qu'on attrape ce type, dis-je pour commencer.

Glock pose son café sur le bord de mon bureau.

— Alors, c'est le même qu'avant ou pas ?

— Je préférerais que nous n'agissions pas en nous fondant sur cette hypothèse, fais-je en secouant la tête.

— Pourquoi pas ?

— Nous ne devons pas restreindre notre champ de recherche.

Je n'y crois pas une seconde mais je ne peux certainement pas leur révéler que le meurtrier du début des années 1990 est mort – s'il l'est bien. Je déteste ça mais je n'ai pas d'autre choix que de mentir à mon équipe.

— Nous avons peut-être affaire à un imitateur.

— Ça serait foutrement bizarre, lâche Skid entre deux gorgées de café.

— Tout ce que l'on peut affirmer, c'est que nous avons affaire à un tueur particulièrement violent. Ce meurtre n'a rien d'un crime passionnel. Il est organisé. Délibéré.

Le silence est soudain tel que je peux entendre le bourdonnement du néon au-dessus de ma tête.

— Et vous pensez qu'il va tuer encore ? demande T.J.

— C'est ce qu'il fait. Il tue. Il est doué et il aime ça, dis-je. Et il recommencera ici, à Painters Mill, à moins qu'il ne s'en aille dans une autre ville.

— Ou qu'on l'attrape en premier, ajoute Glock.

— Il va falloir qu'on mette les bouchées doubles, les gars. Ce qui veut dire heures sup obligatoires.

Trois têtes acquiescent et je suis rassurée de savoir que j'ai le soutien de ma petite équipe. Je baisse les yeux sur mes notes prises à la va-vite.

— Mona travaille sur la liste des propriétés abandonnées dans un périmètre de deux comtés. T.J., où en es-tu de la piste des préservatifs ?

— Le directeur du magasin m'a donné les noms des deux types qui ont payé par chèque, déclare-t-il en jetant un œil à son calepin pas plus gros que sa paume. Justin Myers et Greg Milhauser. Dès qu'on a fini ici, je vais leur parler.

— Bien. Et pour celui qui a payé en liquide ?

— Le directeur va me transmettre la copie de la bande vidéo à la première heure demain matin.

— Il nous la faut maintenant.

T.J. prend un air penaud.

— Sa fille a une fête d'anniversaire, ce soir.

— Appelle-le. Dis-lui qu'il te faut cette bande vidéo au plus vite. S'il rechigne, tu lui expliques qu'on obtiendra un mandat de perquisition et qu'il lui faudra passer le mois prochain à nettoyer derrière nous.

— Compris.

— Quand tu auras la bande, tu identifieras le type qui a payé en liquide. C'est une petite ville, ça ne devrait pas être trop difficile, fais-je avant de me tourner vers Glock. Où en est-on pour les traces de pneus et les empreintes de pas ?

— Je les ai envoyées au BCI. Je travaille encore à la collecte des empreintes des véhicules et des pas des premiers arrivés sur les lieux. Faudra sûrement compter sur des frais de coursier, chef.

— Ne t'inquiète pas pour le budget. Quand auras-tu fini ?

— Aujourd'hui. Si je pouvais avoir les empreintes de vos chaussures à la fin de la réunion, ça serait bien.

— Tu as un kit de relevé ?

— Un rouleau d'encre et une feuille de papier feront l'affaire.

— Ça devrait suffire pour lancer la recherche comparative.

Je réfléchis à cette idée un moment avant de reprendre :

— Le BCI t'a-t-il donné un délai de réponse ?

— Deux jours. Trois maximum.

— Dis-leur que nous sommes prioritaires. Sinon, j'appellerai le procureur général pour qu'il fasse accélérer les choses.

— D'accord, acquiesce Glock.

Je passe aussitôt au point suivant :

— Qu'ont donné les recherches sur les antécédents des clients du bar ?

— Certains ont des casiers, répond-il en ouvrant un dossier en lambeaux. Connie Spencer et un autre type du nom de Scott Brower.

— Parle-moi de lui.

— Trente-deux ans. Il a abandonné le lycée. Il travaillait à l'usine de filtres à huile au sud de Millersburg, mais il a eu une sorte d'altercation avec sa chef. Il l'a menacée de lui trancher la gorge.

— Chouette gars, intervient T.J.

— Je parie qu'il a pas eu son augmentation, commente Skid.

— Enfin bref, il travaille comme mécanicien chez Mister Lube.

— Est-ce que l'usine a porté plainte pour les menaces ?

— Ils l'ont renvoyé mais aucune plainte n'a été déposée.

— Des arrestations ?

— Quatre. Deux suite à des disputes conjugales. Une autre pour avoir cogné un type dans un bar de Columbus. La quatrième pour avoir planté un gars avec un couteau dans un bar de Kingsport, Tennessee.

— On dirait que ce M. Brower a un penchant pour les armes blanches.

— Et pour les bars, continue Skid.

— Et n'oublions pas son problème avec les femmes, ajoute Glock.

J'acquiesce et demande :

— Vous avez une adresse ?

Glock débite l'adresse d'un complexe d'appartements miteux à l'ouest de la ville.

— Il a déjà travaillé dans un abattoir ?

— D'après son dossier, non.

— Vérifie s'il a un casier de délinquant juvénile. Je lui rendrai une petite visite.

Glock prend un air légèrement inquiet.

— Seule ?

— Nous ne sommes pas assez nombreux pour travailler par équipe.

— Chef, ce type semble avoir des problèmes avec les femmes qui font figure d'autorité.

— Oui, eh bien j'aurai mon .38 en renfort au cas où il me prendrait pour le sexe faible.

Skid lâche un rire éraillé.

Agacée, je tapote mon stylo contre mon carnet et demande à Glock :

— Qu'en est-il de Donny Beck ?

— Trop propre pour être honnête.

— Interroge ses amis et sa famille. Je vais lui secouer un peu les puces, histoire de voir s'il a un alibi.

Il me regarde en levant les pouces.

Je reporte mon attention sur Skid, affalé sur sa chaise comme un élève de seconde en manque de sommeil dans une salle de permanence. Ses yeux sont injectés de sang, ses cheveux sont gras et une barbe ombre ses joues. Il se redresse au moment où je m'adresse à lui.

— Je veux que tu finisses les interrogatoires des clients du bar. Et je veux un rapport sur les Horner.

— Vous croyez qu'ils…

— Non, dis-je en l'interrompant. Mais nous devons tout vérifier.

Skid hoche la tête.

—Lois et Mona vous aideront à taper vos rapports. Joignez les documents justificatifs à tous les procès-verbaux.

Je contemple mon équipe. Les trois hommes sont de bons flics, mais seulement deux sont expérimentés. J'ai moi-même de l'expérience, mais elle se limite surtout aux patrouilles. En tout, je n'ai travaillé que sur quatre homicides pendant mon service à Columbus.

—OK, on récapitule, dis-je en m'adossant à ma chaise. Quelles sont les personnes d'intérêt ?

—Scott Brower, commence Glock.

—Les trois types qui ont acheté des capotes, poursuit Skid.

—Donny Beck, dis-je.

—Le Boucher, intervient T.J.

Si j'écarte complètement ce suspect, je risque de passer pour une incompétente.

—J'ai ressorti le dossier, dis-je. Doc Coblentz doit nous envoyer le rapport complet de l'autopsie. Je voudrais que chacun d'entre vous prenne connaissance des détails de cette affaire.

Glock mordille le bouchon de son stylo.

—En admettant que c'est l'œuvre du Boucher, que signifie la pause dans son activité ? Et est-ce que ce n'était pas le chiffre romain IX qui était gravé sur la dernière victime ?

—Que s'est-il passé entre dix et vingt-deux ? demande Skid.

—Il a peut-être été très occupé ailleurs, avance Glock.

—Ou c'est ce qu'il veut que croient les flics, propose T.J.

Je coupe court aux hypothèses avant que la conversation ne prenne un tour que je préfère éviter.

—Je vais lancer une recherche dans les bases de données pour retrouver les crimes similaires. S'il a changé de secteur mais utilisé le même MO, nous le trouverons.

—Il a peut-être été arrêté pour un autre délit, sans rapport avec ses meurtres, intervient Skid. Il a été en prison, a purgé sa peine et a été libéré récemment.

—Suis cette piste, lui dis-je en croisant son regard. Vérifie auprès du bureau de probation de l'État.

Ça ne me plaît pas de lui faire perdre son temps sur un stratagème, mais je n'ai pas le choix.

—Dresse la liste de tous les hommes entre vingt-cinq et quarante-cinq ans relâchés ces six derniers mois.

Skid fait une grimace comme si une douleur venait de lui tordre l'estomac.

—Ça va faire un sacré paquet de noms.

—Demande au bureau de probation de réduire la liste pour toi. Ils gardent des statistiques sur les libérés sur parole. Intéresse-toi aux hommes qui ont commis des délits avec violence, en particulier les crimes sexuels ou les cas de harcèlement. Commence avec les cinq comtés limitrophes, puis élargis le champ de recherches en incluant Columbus, Cleveland et Wheeling. J'appellerai le shérif Detrick pour qu'il te donne un coup de main. Entre-temps, je donnerai mon visa pour que Lois et Mona fassent des heures sup.

Il hoche la tête mais semble complètement dépassé par la tâche que je viens de lui assigner.

Je balaye la pièce du regard.

— Nous n'avons pas retrouvé sur la scène de crime les vêtements de la victime. Soit il s'en est débarrassé, soit ils sont toujours sur le lieu où il l'a tuée, soit il les garde avec lui.

— Comme un genre de trophée ? demande T.J.

— Peut-être. Il faut garder ça en tête.

Je jette un œil à mes notes et m'aperçois que j'ai fait le tour de tout ce que j'avais écrit.

— Mona et Lois sont en train d'aménager la vieille salle des archives pour en faire notre centre des opérations. Il va peut-être s'écouler un bon bout de temps avant qu'on soit de nouveau tous réunis ici. Nous allons sans doute devoir communiquer par téléphone. Comme toujours, le mien sera allumé vingt-quatre heures sur vingt-quatre, sept jours sur sept. Et jusqu'à ce qu'on ait attrapé ce fils de pute, j'attends la même chose de vous.

Tous acquiescent en silence.

— Quelqu'un veut-il ajouter quelque chose avant qu'on se quitte ?

T.J. est le premier à prendre la parole :

— Chef, pensez-vous à un moment ou à un autre faire appel au BCI ou au FBI ?

Tous les yeux convergent vers lui et son visage s'empourpre.

— Je ne dis pas que nous ne sommes pas capables de gérer ça nous-mêmes, poursuit-il. Mais nos moyens sont limités à Painters Mill.

— Ouais, qui va retrouver et regrouper toutes ces vaches échappées pendant qu'on bosse sur cette affaire ? ironise Skid avec un petit sourire.

— Nous ne sommes que quatre, poursuit T.J. en restant sur ses positions.

La dernière chose que je souhaite, c'est impliquer une autre agence, mais le protocole de la police m'impose de le faire. C'est ce qu'attend mon équipe. Pour être efficace, je dois leur inspirer du respect. Ma crédibilité dépend de ma capacité à agir avec finesse.

Cependant, je ne peux pas demander de l'aide à ce stade. J'ai beau détester leur mentir, je ne peux pas prendre le risque de voir un shérif ou un agent découvrir que j'ai tiré sur un homme il y a seize ans et l'ai tué, que ma famille a caché ce crime à la police et dissimulé toutes les traces sordides de mon acte.

— Je vais passer quelques coups de fil, dis-je en restant intentionnellement vague. Entre-temps, j'ai demandé à mon auxiliaire, Roland Shumaker, de reprendre du service.

— J'ai pas vu Pickles depuis qu'il a buté ce coq, dit Glock.

— Il se teint toujours les cheveux en marron chocolat ? se demande Skid à voix haute.

— J'attends de vous que vous traitiez l'officier Shumaker avec respect, dis-je. Nous avons besoin de lui.

D'après l'expression de mes hommes, je sais qu'ils sont pour l'instant satisfaits de la façon dont je m'occupe de cette affaire. Deux ans en arrière, ça n'aurait pas été le cas. Je suis la première femme chef de la police à Painters Mill. Au départ, ça ne plaisait pas à tout le monde. Les premiers mois ont été pénibles, mais nous avons parcouru du chemin depuis et j'ai gagné leur respect.

D'expérience, je sais que les flics ont tendance à se montrer possessifs et très attachés à leur territoire. Ces hommes n'ont aucune envie de voir une autre agence mettre son grain de sel dans leur enquête. D'un autre côté, si le tueur frappe de nouveau, une autre mort pèsera sur ma conscience pour ne pas avoir fait mon boulot correctement. Le dilemme est insupportable.

Je réfléchis au communiqué de presse que je dois rédiger et une petite montée de terreur qu'il me faut combattre m'envahit. Steve Ressler n'est pas l'unique représentant de la presse avec lequel je vais devoir traiter dans les jours à venir. Dès que l'annonce de ce meurtre sera faite sur les ondes, des journalistes venant d'aussi loin que Columbus se mettront à rôder dans la ville et mitrailleront de leurs appareils photo.

— Allons choper cet animal, dis-je.

Tandis que les hommes sortent à la queue leu leu de mon bureau, je croise les doigts pour qu'aucun d'entre eux n'y regarde de trop près et ne découvre la vérité.

9

Denny McNinch entra dans le bureau du directeur adjoint et trouva Jason Rummel assis sur son fauteuil de grand patron tel un roi trônant devant sa cour. La directrice des ressources humaines Ruth Bogart était assise à côté de son bureau. Denny espérait qu'ils feraient court : il avait rendez-vous pour dîner avec sa femme dans quinze minutes.

— Denny, commença Rummel en désignant le siège vacant réservé aux visiteurs. Désolé d'avoir prévenu si tard.

Plutôt au tout dernier moment. Lorsque Rummel l'avait appelé, Denny, ses clés de voiture à la main, était sur le point de passer la porte pour partir.

— Pas de problème.

— Nous avons reçu cet après-midi une demande de renfort de la part de Painters Mill, expliqua Rummel.

Denny se tortilla sur son siège, regarda sa montre, attendit.

— Le conseil municipal pense qu'ils ont un tueur en série sur les bras.

Denny s'arrêta de gigoter.

— Un tueur en série ?

— Apparemment, il y a déjà eu un meurtrier qui opérait dans ce secteur. Ça fait un bail, quinze ou seize ans, je crois. La conseillère à qui j'ai parlé dit que, de l'avis général, le tueur est de retour.

Son dîner oublié, Denny se pencha en avant.

— Painters Mill, poursuivit Rummel, est une ville rurale comptant une population d'un peu plus de cinq mille habitants. On m'a dit que c'était une région amish. Le commissariat du coin manque de personnel et est complètement dépassé. Le chef de la police est une femme de la région sans expérience.

D'habitude, c'était Denny qui était contacté par les services de police locaux. Après tout, c'était sa responsabilité d'assigner les demandes de renfort aux agents. Et si par un hasard extraordinaire la demande arrivait sur le bureau de Rummel, celui-ci la transférait à Denny. Il se demandait pourquoi Rummel s'occupait personnellement de celle-ci. Et ce que Ruth Bogart fichait là, étant donné que les affaires de terrain n'entraient pas dans son domaine de compétence. Et bordel, il se demandait bien pourquoi lui était dans ce bureau quand tout cela aurait pu être réglé par téléphone.

— J'ai décidé de mettre John Tomasetti sur cette affaire, annonça Rummel.

C'était bien la dernière chose que Denny s'attendait à entendre.

— Tomasetti n'est pas prêt pour le travail sur le terrain.

— Il est agent de terrain, et il touche son chèque chaque semaine.

— John est un putain de train qui vient de dérailler.

— Nous ne faisons pas dans le social. Nous lui avons offert la possibilité de prendre une retraite anticipée et il l'a refusée. S'il doit continuer à travailler ici, il va falloir qu'il mette la main à la pâte.

— Pour être tout à fait honnête, j'ai quelques inquiétudes quant à sa stabilité émotionnelle.

— Son avis d'aptitude au travail a été validé.

Denny se demanda s'il devait rappeler le problème des médicaments ou, plus important encore, la réputation de Tomasetti. Le grand jury du comté de Cuyahoga n'avait peut-être retenu aucune charge contre lui mais Denny était flic depuis trop longtemps pour ne pas savoir lire entre les lignes. Il avait entendu les rumeurs sur ce que Tomasetti avait fait à Cleveland. Il n'y avait eu aucune preuve mais chacun au sein du département savait qu'après le meurtre de son coéquipier et de sa famille, Tomasetti avait suivi sa propre loi.

— Il a passé deux semaines en hôpital psychiatrique, rappela Denny. Je ne crois pas que vous souhaitiez le lâcher dans la nature.

Rummel se leva et ferma la porte.

— John Tomasetti est un poids mort. Un poids mort pour l'agence. Un poids mort pour ce bureau. Un poids mort pour moi. La seule raison pour laquelle il est encore dans les parages, c'est parce qu'il nous menace de nous traîner au tribunal si je le vire.

Denny commençait à mettre les pièces du puzzle en place. Et il n'aimait pas l'image qui se dessinait.

— Tomasetti n'est pas en mesure de gérer une affaire pour le moment.

Rummel se pencha en avant.

— Tout cela, Denny, est officieux. Si un mot de ce que je vais vous dire sort de cette pièce, je vous botterai le cul si fort que vous vous assiérez sur une bouée jusqu'à la fin de vos jours. On s'est bien compris ?

La nuque de Denny le picota, parcourue par un frisson brûlant.

— J'ai compris.

— Ruth ? fit Rummel en jetant à celle-ci un regard appuyé.

— Nous sommes tous parfaitement conscients de ce que John a traversé, commença-t-elle. Nous sommes de tout cœur avec lui. Comme vous le savez, nous lui avons proposé un arrangement comprenant des avantages médicaux. Il l'a refusé. Si nous le renvoyons, il nous poursuivra en justice, et il y a de fortes chances qu'il gagne.

— Nous voulons le voir partir, Denny, intervint Rummel. Nous avons essayé de le raisonner. Nous nous sommes montrés plus qu'équitables. C'est le seul moyen.

Denny avait presque du mal à croire ce qu'il entendait. Presque.

— Si vous la jouez comme ça, vous risquez d'entraîner des dommages collatéraux, lâcha Denny en regardant Rummel puis Ruth Bogart. Tomasetti ne va pas être d'une grande aide dans cette ville. Si un tueur en série sévit là-bas, je n'ai pas besoin de vous dire que d'autres personnes risquent de mourir.

— Dans le meilleur des cas, intervint Bogart, la demande de renfort suffira à lui faire reconsidérer notre arrangement. Si par hasard il acceptait l'affectation, il ne ferait pas long feu. Nous aurions alors des plaintes de la part des services de police locaux. Cela nous donnera matière à le renvoyer sans risquer la moindre répercussion.

— Tout le monde sera gagnant, ajouta Rummel.

Tout le monde sauf Tomasetti et les habitants de Painters Mill, pensa Denny.

— Je veux qu'il soit envoyé là-bas au plus vite, dit Rummel. Je veux que tout soit fait dans les règles. Compris ?

Denny n'arrivait pas à envisager la possibilité d'assigner à John Tomasetti une affaire aussi primordiale et sensible qu'un meurtrier en série. L'homme était au bord d'un précipice. Un faux mouvement et il tomberait dans un abysse dont il serait incapable de sortir.

— Si nous mettons Tomasetti sur cette affaire, il va péter les plombs.

Bogart baissa les yeux sur ses notes.

Le visage de marbre, Rummel soutint son regard.

— C'est bien ce que nous espérons.

L'obscurité est tombée lorsque je quitte le poste de police. Le ciel est si dégagé que je peux voir la Grande Ourse. Le présentateur météo a assuré que la température chuterait brusquement à moins quinze degrés. Pas franchement la nuit idéale pour faire une virée dans un vieux silo à grain à la recherche d'un cadavre.

J'ai fini le communiqué de presse et l'ai posé sur le bureau de Lois en partant. Elle est gentiment restée tard pour faire une dernière relecture et l'a faxé à Steve Ressler avant de rentrer chez elle retrouver son mari et ses enfants et une vie normale que, moi, je ne peux qu'imaginer.

J'ai besoin d'une douche et de quelques heures de sommeil. Je devrais déjà avoir interrogé Donny Beck. Mais tout cela va devoir attendre que Jacob et moi ayons fouillé le silo à vingt-quatre kilomètres de là dans le comté de Coshocton. Si nous retrouvons les ossements de Daniel Lapp, je saurai avec certitude que nous avons affaire à un imitateur. Si nous ne les retrouvons pas, je saurai que Lapp a survécu. Je devrai alors changer d'optique et enquêter sous ce nouvel angle.

Je m'engage dans l'allée gravillonnée de Jacob et trouve toutes les fenêtres obscures. Je me gare au même emplacement que ce matin et m'avance vers la porte. À mi-chemin, je vois Jacob s'approcher à grandes enjambées, une lanterne à la main.

— J'ai des lampes torches, dis-je.
— Chut, m'intime-t-il en allemand pennsylvanien avant de souffler la flamme et de poser la lanterne au sol.

Est-ce qu'il sort en douce de la maison ?
— Tu n'as rien dit à Irene ?

Il tourne la tête vers moi et je comprends qu'il ne saisit pas le sens exact de ma question.

— Elle ne sait rien de tout ça.

Je rumine cette information tout en retournant vers l'Explorer. Je me suis toujours demandé s'il lui avait raconté les événements survenus il y a tant d'années. La façon dont elle me regarde parfois...

Nous montons dans la voiture et la tension qui emplit l'habitacle est palpable lorsque je démarre et prend la direction de l'autoroute. Je sens une foule d'émotions émaner de mon frère, la plus forte étant le ressentiment. Il ne devrait pas être dans cette voiture avec moi, surtout à cause de mon bannissement, mais je devine que ce n'est pas la source de son mécontentement. Il n'a aucune envie de m'aider et m'en veut de le lui avoir demandé. Je ne comprends pas. Il fut une époque où nous étions proches. Il était aimant et protecteur, et aurait fait n'importe quoi pour moi. Tout a changé le jour où j'ai tué Daniel Lapp.

—J'ai vu Sarah aujourd'hui, dit-il au bout d'un moment.

Sarah est notre sœur, l'enfant du milieu. Elle est mariée, attend un enfant et vit dans une ferme à quelques kilomètres d'ici.

—Comment va-t-elle ?

—Elle est terrifiée, me répond-il en me lançant un regard appuyé.

—Tu lui as dit pour Lapp ?

—Elle a entendu les rumeurs en ville. Elle a peur, Katie. Elle croit que Lapp est vivant et furieux après nous pour ce que nous avons fait.

J'aurais voulu être celle qui lui apprenait la nouvelle. Je savais que Sarah serait terrifiée par le meurtrier, mais je n'ai pas eu le temps de lui rendre visite.

—Je lui parlerai.

—Elle a peur qu'il ne nous fasse du mal. Elle a peur pour l'enfant qu'elle porte, fait-il en grimaçant. Pour toi.

Je savais qu'elle s'inquiéterait pour moi. Il y a seize ans, elle m'a vue m'approcher dangereusement du point de non-retour.

—Tu sais que je vais bien, dis-je.

Jacob hoche la tête.

—Elle veut que tu racontes à ta police d'English ce qui s'est passé.

Je manque rouler dans le fossé.

—Non.

—Ils ne sont pas obligés de tout savoir. Simplement que Lapp pourrait être en vie et en train de tuer.

—Non, Jacob. Nous ne raconterons rien à personne.
—Elle a peur, Katie.
—Je lui parlerai.

Il tourne les yeux vers la vitre puis reporte son attention sur moi.

—Je ne pense pas que Daniel soit en vie. Mais s'il l'est…

Il hausse les épaules, laissant ses paroles s'étirer.

—Peut-être que Sarah a raison, termine-t-il.
—Je vais gérer ça, dis-je dans un aboiement.
—Comment le pourrais-tu alors que tu ignores où il est ?
—Avec un peu de chance, dans quelques heures, je saurai exactement où il se trouve.

Une demi-heure plus tard, je m'arrête sur un tronçon de route désert où les rails de la voie ferrée découpent le sol recouvert de neige. Quarante-cinq mètres sur ma gauche, l'imposante construction sort de la terre comme une formation rocheuse primitive. Je vois trois silos en béton. Un château d'eau s'incline dangereusement. La structure en bois d'origine borde l'arrière et est lentement dévorée par la forêt squelettique qui gagne du terrain. Au milieu, le bâtiment principal en tôle ondulée s'élève sur deux étages avec un sommet incroyablement étroit. Le manque de proportions lui donne l'apparence dégingandée d'un affreux échassier.

Les silos à grain de la compagnie Wilbur ont été construits en 1926 mais tombent en ruine depuis le début des années 1980 quand la nouvelle voie de chemin de fer a traversé Painters Mill. Quelques années plus tard, un nouveau silo à grain, plus moderne, a été construit à l'ouest de la ville et la compagnie Wilbur a fermé. La vieille structure, en dépit de son caractère historique, est une abomination à regarder. Elle sert de décharge pour certains et de point de rendez-vous pour les adolescents, qui viennent y boire des bières et se peloter. C'est aussi l'endroit parfait pour planquer un cadavre...

Pendant un moment, les seuls bruits perceptibles sont le ronronnement du moteur et le souffle du chauffage. Je tourne la tête vers mon frère. Je devrais le remercier d'accepter d'être là, mais quelque chose au fond de moi me l'interdit. Après plusieurs années passées à me sentir coupable, j'ai finalement compris que je ne suis pas la seule à avoir fait quelque chose de mal ce jour-là. Le refus de mes parents de signaler le crime – et l'approbation tacite de mon frère et de ma sœur – m'a marquée au fer rouge, m'a entraînée sur une voie que je n'aurais jamais pu imaginer suivre. En ce qui me concerne, Jacob m'est redevable.

Enclenchant les quatre roues motrices de l'Explorer, je tourne vers l'entrée.

— Tu vas rester coincée dans la neige, m'avertit Jacob en agrippant l'accoudoir.

— Je sais ce que je fais.

Je manœuvre la voiture à travers de hautes congères. Tantôt les pneus patinent, tantôt ils accrochent. Le moteur s'emballe tandis que nous passons dans un bond devant le bâtiment de tôle. Je bloque le volant et nous glissons vers l'arrière, où le véhicule sera caché de la route. La dernière chose dont j'ai besoin, c'est d'un policier voulant bien faire – un policier de mon équipe ou un adjoint du shérif – qui passerait par là et nous tomberait dessus. Une explication logique serait difficile à fournir.

Je coupe le moteur, enfile mes gants et sors de la voiture. L'air glacial me pique le visage, s'insinue dans mon col tandis que je franchis l'immense porte. À l'intérieur, le vent gémit comme un animal blessé. Un matelas taché et deux bidons de deux cents litres criblés de trous dentelés sont éparpillés sur le sol. Le long du mur le plus éloigné, une demi-douzaine de sacs-poubelle sont entassés, certains éventrés par des chiens ou des ratons laveurs vagabonds.

Quelques mètres plus loin, un cadenas pend à la porte du bureau. Le sol en ciment est craquelé comme après un important tremblement de terre. Par les fissures, des touffes d'herbe marron surgissent, la nature essayant de reprendre le dessus sur ce qui, autrefois, lui appartenait. La plate-forme de pesage s'est enfoncée de quelques centimètres dans le sol. À l'extrémité du mur, une autre porte gigantesque, sortie de ses gonds par des vandales ou par le vent, est suspendue dans un angle précaire. Derrière, les conduits en acier qui amenaient autrefois le blé des silos aux camions coupent le ciel noir.

La tâche qui nous attend est herculéenne en plus d'être macabre. Je ne sais pas par où commencer. Je me demande ce qu'il reste du corps. Des os ? Des vêtements ? Serons-nous même capables de trouver la tombe improvisée ? Baissant les yeux, je donne de grands coups de pied sur le sol. Il est gelé et je suis contente d'avoir pensé à apporter une pioche.

À côté de moi, Jacob frémit et se recroqueville dans son manteau.

—Je ne suis pas revenu ici depuis cette nuit-là.

Je suis passée en voiture devant ce silo un millier de fois mais je ne me suis jamais arrêtée. Passer en voiture à côté suffit à me donner la chair de poule. Chaque fois que le central reçoit un appel sur des activités illicites à cet endroit, j'envoie quelqu'un d'autre sur place.

Les mains sur les hanches, mon frère regarde autour de lui comme s'il essayait de se repérer.

— Où est-ce qu'on creuse?

— Je n'en suis pas sûr, répond-il.

— Qu'est-ce que tu veux dire par : *je n'en suis pas sûr*?

— Je suis resté à l'extérieur avec le buggy cette nuit-là. C'est *datt* qui a creusé la tombe, pas moi.

La frustration m'envahit mais je tiens ma langue. Le délaissant, je retourne vers l'Explorer. J'ouvre le coffre et en sors deux pelles, deux coupe-boulons et la pioche, et pose les outils par terre.

Jacob traverse le bâtiment en étudiant le sol, bougeant la tête de droite à gauche comme s'il avait perdu quelque chose.

J'abandonne les outils et m'approche de lui.

— Nous devons trouver la tombe, dis-je.

— Nous pouvons peut-être chercher un coin de terre inégale ou retournée, propose-t-il en haussant les épaules.

J'imagine que de la terre retournée seize ans plus tôt est aujourd'hui uniforme. Repoussant un affreux sentiment d'impuissance, je balaye l'endroit du regard à la recherche du moindre indice.

— Par où êtes-vous entrés cette nuit-là?

Jacob fait un geste de la main en direction de la porte à l'autre bout du bâtiment.

— Il était encore fonctionnel à l'époque. Je suis resté près du buggy et *datt* a traîné le corps…, fait-il en laissant la phrase en suspens. Il faisait noir. Il pleuvait. Le cheval était nerveux et capricieux. Nous étions trempés jusqu'aux os. Effrayés. Nous avions peur pour nous, explique-t-il avant de poser les yeux sur moi. Pour toi. Je n'avais jamais vu *datt* si… bouleversé. Il parlait tout seul. Il priait Dieu de nous pardonner.

Jamais auparavant je n'ai entendu Jacob évoquer cette nuit. Ses paroles ravivent des souvenirs que j'ai passé la moitié de ma vie à oublier. Ma sœur à genoux dans la cuisine, nettoyant le sang sur le sol. *Mamm* lavant les rideaux dans une eau qui rosissait à vue d'œil. Moi, assise dans une baignoire remplie d'eau brûlante, le corps récuré à vif mais toujours sale. Une infime partie de moi souhaitant que je sois morte aussi.

Repoussant le passé, je m'approche de Jacob. Je suis une adulte à présent, un flic résolu à découvrir le fin mot de l'histoire, peu importe la difficulté de la tâche.

— Séparons-nous.

Je n'attends pas sa réponse, j'ai déjà décidé que je ne pouvais accorder à cette macabre excursion que quelques heures. Je dois travailler sur l'aspect le plus urgent de l'affaire. Si nous ne trouvons pas la tombe cette nuit, il faudra que je revienne.

Jacob avance lentement le long de l'allée centrale jusqu'à la porte. Je regarde autour de moi, essayant de me mettre à la place de mon père. C'est l'été. Il fait nuit. L'orage gronde. Il est bouleversé. Horrifié par ce qui vient d'arriver à sa fille, peut-être encore plus par ce qu'elle a commis. Il a un corps à faire disparaître. Une famille à protéger. Où enterrerait-il les preuves ?

Je me mets à étudier la plate-forme de pesage. Les planches en bois sont recouvertes par des décennies de poussière, une crasse grasse et du gravier. L'odeur de la créosote se mêle au froid cinglant. Posant la lampe torche, je prends une des pelles et la coince entre le cadre d'acier et le bord de la plate-forme. De tout mon poids, j'appuie sur le manche. La plate-forme laisse échapper un gémissement mais ne bouge pas d'un millimètre.

— Katie ! Par là !

Mon frère est planté à côté de la porte arrière, les yeux rivés sur un petit monticule de terre.

— J'ai trouvé quelque chose.

Attrapant la pioche, je me dirige vers lui et lui tends l'outil.

— Creuse.

Sans un regard vers moi, Jacob pose sa lampe, lève la pioche au-dessus de sa tête et commence à frapper le sol gelé, lâchant un grognement à chaque manœuvre.

Je dirige le faisceau de ma lampe torche dans le trou, de plus en plus profond, et contemple les morceaux de terre gelée qui s'envolent.

— *Mein Gott*, s'exclame Jacob en tombant à genoux pour creuser de ses mains gantées. Ça doit être ça.

Pleine d'espoir, je m'agenouille à côté de lui et me mets à creuser comme un chien.

Mon estomac se soulève lorsque j'aperçois une touffe de cheveux sombres.

Les sourcils froncés, Jacob s'assoit sur ses talons.

— Ce n'est vraiment pas profond.

— Ça doit être lui, dis-je en continuant de creuser, trop obnubilée par cette idée pour réfléchir à ses mots.

Le sol a pu se modifier. Il n'y a sûrement pas deux cadavres enterrés ici.

— Katie...

À ce moment-là seulement, je comprends que nous sommes en train de déterrer un animal. Je vois une fourrure aplatie, le blanc terni de vieux os. La lueur d'un collier m'apprend qu'il s'agit d'un chien. La déception s'insinue en moi. Je contemple la carcasse, puis mon frère, en refoulant les mots furieux qui me viennent.

— Bon Dieu, Jacob, nous devons trouver ce cadavre.

— Ne me parle pas avec tes mots impies !

Je rassemble le peu de patience qu'il me reste.

— Peux-tu arrêter d'être aussi sectaire ? Ce tueur ne fait pas la différence ! La prochaine victime pourrait très bien être amish !

— J'essaye.

— Essaye plus fort !

Dans un petit coin de ma tête, je suis consciente que je n'arrange pas la situation en perdant mon sang-froid, mais je ne peux pas me retenir.

— Bon Dieu, Jacob ! Tu me dois bien ça.

Mon frère cligne des yeux, ses pupilles dilatées dans la faible lueur de ma lampe torche.

— Je ne te dois rien.

— Ben voyons ! Un crime a été commis ce jour-là ! *Datt* a camouflé tout ce sordide merdier sous un tapis. Ce n'est pas comme ça que cette histoire aurait dû être réglée, et tu le sais.

— *Datt* a fait ce qu'il pensait être le mieux.

— Le mieux pour qui ?

— La famille.

—Et en ce qui concerne la justice pour moi ? dis-je en me frappant la poitrine de la paume. Toute ma vie, j'ai été incapable de parler de ça parce que *datt* a décrété que chaque membre de cette famille devait se comporter comme s'il ne s'était rien passé. Qu'est-ce que tu crois que ça m'a fait ?

Son regard s'embrase.

—Tu n'es pas la seule à avoir été affectée par le péché que nous avons commis cette nuit-là.

—J'ai été la seule à avoir été violée et presque tuée ! J'ai été la seule à devoir ôter la vie à quelqu'un !

La rage qui perce derrière mes paroles me choque. Une voix que je ne reconnais pas résonne dans l'espace confiné du bâtiment, s'harmonisant étrangement avec le hurlement du vent.

—Chacun d'entre nous a du sang sur les mains, siffle Jacob. Nous partageons le même péché.

—C'était différent pour moi ! Tu ne m'as plus jamais regardée de la même façon depuis.

Je suis à bout de souffle. J'ignore d'où je sors tout cela. D'une espèce de Cocotte-Minute émotionnelle qui bouillonnait en moi en cachette. J'essaye d'empêcher les mots de sortir, mais ils s'écoulent comme le sang d'une blessure.

—Tu ne m'as pas soutenue. Tu ne m'as pas soutenue quand j'ai décidé de ne pas rejoindre l'Église.

—Je ne tolère toujours pas ta décision, réplique-t-il en me fixant, le teint pâle contrastant avec sa grosse barbe sombre. Mais je vais te dire une chose : si c'était moi qui avais tenu cette arme ce jour-là, j'aurais tué pour toi. Je serais allé contre la volonté de Dieu et j'aurais pris une vie parce que ç'aurait été bien pire de ne plus t'avoir dans ce monde. Ce péché est le mien, tout autant que le tien, Katie.

Les larmes menacent de couler mais je les chasse bien vite. Mon propre souffle s'élève en tourbillons devant mon visage tandis que je m'efforce de recouvrer mon sang-froid.

— Alors pourquoi tu me détestes ?
— Je ne te déteste pas.
— Tu m'en veux. Comment peux-tu m'en vouloir de ce qui s'est passé ?

Mon frère reste silencieux.

— Pourquoi ? dis-je dans un hurlement.

Il me fusille du regard avant de répondre :

— Je t'ai vue sourire à Daniel Lapp.

Mon sang se glace dans mes veines. Je reste parfaitement immobile tandis que mon esprit essaye de comprendre le sens de ces mots.

— Quoi ?
— J'étais dans le pâturage. Daniel et moi creusions des trous pour planter les piquets de la clôture. Il faisait chaud. Tu nous as apporté de la limonade. Il t'a regardée de la manière dont un homme regarde une femme. Katie, tu lui as souri.

Ma réaction est physique comme après un coup porté à l'estomac. Les yeux plongés dans ceux de mon frère, sachant ce qu'il pense – ce qu'il a cru toutes ces années me concernant –, je me sens mal. La honte, si familière, s'infiltre en moi.

— Comment oses-tu insinuer que ce qui est arrivé est ma faute ?
— Je ne suis pas en train de te faire porter la responsabilité de ces événements, mais j'ai vu ce que j'ai vu.
— Jacob, j'étais une gosse !

Le visage de mon frère se ferme et je comprends qu'il refuse d'en discuter davantage. Il ne veut pas m'entendre m'expliquer. Le besoin que j'ai de me défendre me fait honte. J'ai fait ce que j'avais à faire pour sauver ma vie. Pourtant, les croyances profondément ancrées sont difficiles à exorciser, peu importe l'ardeur qu'on y met. Je me suis toujours considérée comme une femme avisée, mais j'ai été élevée dans la culture amish, et certaines de ces vieilles valeurs feront toujours partie de moi.

Je regarde alentour, luttant pour revenir dans le présent et à la situation actuelle. Une fois encore, je me rappelle que je suis un officier de police, que j'ai un meurtre à résoudre. Lentement, mes sombres émotions regagnent leur obscur terrier.

Tête baissée, je me pince l'arête du nez pour soulager la douleur entre mes yeux.

—Je ne peux pas parler de ça maintenant. Je dois trouver le corps de Lapp.

Il me dévisage pendant un long moment sans dire un mot avant de tourner les talons et de s'éloigner.

Mes pieds tremblent de froid. J'ai les doigts engourdis. J'ignore si les tremblements qui me secouent sont dus à la température ou aux émotions qui me glacent de l'intérieur. Ma seule certitude, c'est que j'ai perdu mon frère. Une nouvelle vérité accablante venant s'ajouter à une dizaine d'autres. J'ai envie de pleurer mais, à la place, je ramasse la pelle. Appuyant ma lampe torche contre un parpaing cassé, je plante la lame dans la terre gelée et me mets à creuser.

10

John savait qu'il valait mieux pour lui qu'il n'aille pas dans un bar. Y aller, c'était se retrouver encore bourré. Il perdrait la notion du temps et le barman finirait par le foutre dehors au moment de la fermeture à 2 heures du matin. Pourtant, comme tous les autres soirs, il atterrit à l'*Avalon Bar & Grill*. Ça valait mieux que de boire seul.

Le bar était un tripot. Le barman, un connard grossier. Les verres, d'une propreté douteuse. La direction coupait la bière à l'eau, mais les hamburgers étaient corrects. Et même plus rond qu'une barrique, John retrouvait toujours le chemin de la maison. Il avait appris à apprécier les plaisirs simples de la vie.

Il commanda un double Chivas et une bière brune puis entama une partie de billard. La partie se transforma en six. Le double Chivas en trop de verres pour être comptés. John Tomasetti, encore ivre...

Debout au bar, il attendit que le barman lui verse un autre whisky. Il l'éclusa d'un seul trait. L'alcool lui brûla l'œsophage et finit comme une boule de feu dans son estomac. Il n'avait jamais eu un goût très prononcé pour le whisky, même le très haut de gamme, mais ça n'avait rien à voir avec le plaisir. Il s'agissait de survivre à une nouvelle journée sans se faire sauter la cervelle.

À un moment, il perdit de vue l'homme avec lequel il jouait au billard. Deux étudiants avaient pris possession de la table. L'occasion de passer à autre chose, pensa John avant de se diriger vers les toilettes pour hommes. Il s'enferma dans une cabine, sortit un Xanax de sa poche et le mâchouilla un peu avant de l'avaler. Il savoura le goût amer et crayeux du comprimé puis se rinça la bouche avec une gorgée de bière.

Il savait que mélanger les médicaments avec l'alcool était aussi stupide que pathétique et qu'un jour le destin le lui ferait payer. Mais jamais ce cruel enfant de salaud ne pourrait lui faire quoi que ce soit de pire que ce qu'il lui avait déjà infligé. D'une certaine manière, assez tordue certes, cette pensée était réconfortante.

Deux ans auparavant, il se serait marré comme une baleine si on lui avait prédit cet avenir. Que sa famille lui serait enlevée et qu'il se retrouverait tout seul pour la pleurer. Qu'il tuerait un homme de sang-froid et ne ressentirait rien d'autre qu'un fugace sentiment de satisfaction. Qu'il utiliserait son réseau d'indics professionnel pour faire porter le chapeau à un autre homme. Qu'il devrait compter sur les médocs et la picole pour tenir.

Pour la énième fois, John souhaita être mort à la place de sa famille. Il aurait donné sa vie un millier de fois pour sauver la leur. Mais c'était une autre des excentricités du destin : il ne négociait jamais et n'offrait pas de seconde chance.

De retour au bar, il commanda un autre double whisky et observa une partie d'un jeu bizarre dont il ne comprenait rien se dérouler à la télé installée au-dessus du comptoir. Il but sa bière en s'efforçant de ne penser à rien d'autre qu'à l'alcool qui coulait dans ses veines comme de la nitroglycérine. Le Xanax commença à faire effet...

— John.

La familiarité de la voix le sortit brutalement de sa torpeur mentale. Il pivota et fut surpris de tomber sur Denny McNinch.

— Joli costume.

— Il vient de chez Nordstrom, lâcha Denny. Il était en solde.

— Je demanderais bien s'il s'agit d'une visite de courtoisie, mais vu ta tête, je dirais que non.

— Effectivement.

Le barman posa une bière sur le comptoir et Denny but une longue gorgée.

— Tu es là pour me virer ?

— Pire.

John ne put se retenir : il éclata de rire.

Denny porta la main à la poche de poitrine de sa veste de costume et en tira un formulaire de demande de renfort qu'il posa sur le bar.

— Rummel te veut sur ce coup.

— Tu rigoles ? fit John avant d'approcher le formulaire pour en parcourir les détails.

DESCRIPTION DU CRIME :
Possible tueur en série. Police locale dépassée.

LIEU :
Painters Mill, Ohio.

CONTACT :
Janine Fourman, conseillère municipale
Norm Johnston
Auggie Brock, maire.

— C'est pas franchement mon domaine de compétence, dit John.
— Comme si tu avais un domaine de compétence en ce moment.
— Je suis plutôt doué pour tout foirer.
Denny leva son verre.
— Ça compte pas.
John loucha vers le formulaire. Il n'en revenait pas qu'on lui assigne cette affaire. Il n'était pas franchement dans la course pour devenir l'agent de l'année.
— Pourquoi moi ?
— Tu as perdu à la courte paille.
L'un comme l'autre savaient que le directeur adjoint ne faisait jamais rien sans raison. Cet homme avait toujours un plan et ce plan ne servait jamais personne d'autre que lui-même.
— Rummel pense peut-être qu'il est temps pour toi de te bouger le cul et de mériter ton salaire, fit Denny en haussant les épaules.
— Ou peut-être que ce sale enfoiré veut me voir me planter.
— Alors prouve-lui que tu en es capable. Tu étais flic. Tu as le talent.
Même à travers le brouillard bleuté de l'ébriété, John remarqua la détresse de son interlocuteur et il pensa en connaître la raison. Si Denny était un homme de paille dans un océan d'hommes de paille, c'était aussi un franc-tireur. Un truc clochait dans cette histoire et ils le savaient tous les deux.
— Tu peux prendre ta retraite, proposa Denny.
John plia la demande de renfort et la glissa dans la poche intérieure de sa veste.
— Je prends l'affaire.

—Tu en es sûr ?
John hocha la tête.
—Tu veux bien faire un truc pour moi ?
—Quoi ?
—Dis à Rummel qu'il peut aller se faire foutre.
Dans un éclat de rire, Denny leva son verre.
—Je bois à ça !

11

Les ténèbres s'installent avec la froide discrétion d'un prédateur nocturne. Gelée et découragée, je range nos outils dans le coffre de l'Explorer. Pendant cinq heures, nous avons creusé à huit endroits différents sans mettre au jour le moindre ossement humain. Tout ça pour finalement ne pas savoir si l'homme sur lequel j'ai tiré a survécu et hante à nouveau cette ville ou si nous sommes juste passés à côté de sa tombe.

Pendant le trajet du retour, Jacob et moi n'échangeons pas une parole. Il ne s'excuse ni pour son échec à trouver la tombe ni pour ses accusations, mais je n'attends rien. Je voudrais lui demander de m'aider à nouveau demain, pourtant j'y renonce. Retrouver le corps de Lapp est mon fardeau, et le mien seulement.

Cela fait bientôt vingt-quatre heures que le corps d'Amanda a été découvert. J'ai couru contre la montre toute la journée et j'ai bien peu avancé. À cause de l'effort fourni en creusant, mon dos et mes épaules me font souffrir. La confrontation avec mon frère a eu raison de l'ultime once d'optimisme qui m'habitait. Et pourtant, le besoin de traquer et d'attraper cet assassin me consume.

Après avoir déposé Jacob, je rentre chez moi. Painters Mill dort profondément. Les boutiques sont fermées, leurs jolies vitrines plongées dans l'obscurité et solidement verrouillées. Un silence expectatif s'est abattu sur la ville. Je repense à Amanda Horner, à sa mort, et peine à concilier la brutalité de cet acte avec ce paysage de carte postale que j'ai appris à aimer.

Je gare la voiture devant chez moi mais ne coupe pas le moteur. La journée a été longue et un peu de repos ne me ferait pas de mal. Sans compter que celle de demain promet d'être encore plus difficile. Mais, alors que mon corps est vanné, mon esprit, lui, est complètement excité. Si Daniel Lapp a survécu cette nuit-là, où est-il allé chercher de l'aide ?

En cas de besoin, un Amish se tourne toujours vers sa famille.

Avec un brusque coup de volant, j'enfonce la pédale de l'accélérateur et sors de la ville. Aller trouver Benjamin Lapp à cette heure de la nuit n'est sans doute pas la chose à faire, j'en ai conscience – il y a un protocole et des règles à respecter dans la police, l'une d'elles étant qu'on ne frappe pas à la porte des gens à 1 heure du matin –, mais si quelqu'un sait où se trouve Daniel Lapp, c'est bien son frère. Parce qu'il est amish, je doute qu'il aille demain matin voir le conseil municipal pour m'accuser de brutalité policière.

À l'est de la ville, je prends Miller Grove Road. La maison de Lapp se trouve sur un long chemin sinueux se terminant en impasse. Contrairement à la plupart des habitations amish, celle-ci n'est pas entretenue. La lune illumine une grange au toit affaissé en son centre. L'herbe, arrivant à hauteur de hanche d'homme, perce ici et là l'épaisse couche de neige. Je me gare le long de l'atelier, sors ma lampe torche et me dirige vers la porte d'entrée.

Par pure précaution, je défais l'accroche de mon holster. Un flic n'est jamais trop prudent, même au milieu de gens qu'on dit pacifistes. J'ouvre la porte moustiquaire, frappe énergiquement et attends. Visiblement, ça ne suffit pas à réveiller Benjamin Lapp. Je toque à nouveau, cette fois-ci avec la lampe torche. Le bruit est tonitruant dans le silence de plomb.

Quelques minutes plus tard, une lueur jaune vacille à l'intérieur. Je fais un pas de côté, la main posée sur la crosse de mon .38. La porte s'ouvre brusquement. Une lampe à la main, Benjamin Lapp me dévisage en clignant des yeux comme si je débarquais d'une autre planète.

— Katie Burkholder ?

Malgré le faible éclairage, la ressemblance entre les deux frères me frappe. Un frisson de chair de poule me parcourt les bras. Je vois les yeux bleu pâle, les cheveux bruns rasés en zig-zag, la même bouche fine et le menton en galoche. Les souvenirs m'assaillent si violemment que j'en perds presque l'équilibre.

— Je dois te poser certaines questions, Benjamin.

Benjamin étant célibataire, il est rasé de près. Il porte un pantalon sur lequel ses bretelles pendent lâchement et une chemise à moitié sortie. Aux pieds, de grosses chaussettes en laine.

— Il y a un problème ? Il est très tard.

Je lui présente mon badge. Il le fixe comme si soudain il ne savait plus lire.

— Ça ne peut pas attendre.

— De quoi s'agit-il ? demande-t-il en battant des paupières pour chasser le sommeil.

— De ton frère.

— Daniel ? fait-il en ouvrant de grands yeux. Tu as des nouvelles ?

— Et toi ? dis-je en passant devant lui.

La maison empeste le chien mouillé et la bouse de vache. La cuisine, plongée dans l'obscurité, se trouve droit devant. Un couloir sombre part sur ma droite. Au bout, un escalier mène à l'étage.

— Quand as-tu vu Daniel pour la dernière fois ?

Nouveau clignement d'yeux, étonnés et endormis à la fois.

— Ça fait un bon bout de temps.

— C'est-à-dire ?

— Je ne l'ai pas vu depuis l'été où il a disparu. Ça fait plus de quinze ans, je crois.

Je lui décoche un regard dur.

— Tu en es sûr ? Il n'est pas venu ici, ou en ville ?

— Non, j'en suis certain.

— Est-ce qu'il t'a contacté ?

— Non.

— Tu lui as envoyé de l'argent ?

Il fronce les sourcils.

— Ne me mens pas, Benjamin, dis-je. Je peux vérifier.

— Pourquoi me demandes-tu tout ça ? Tu as des nouvelles de Daniel ?

Ignorant sa question, je m'approche de lui et lui parle d'une voix ferme et sûre de moi :

— Tu ne t'aviserais pas de mentir à la police, n'est-ce pas ?

— Je ne mens pas.

— Où est ton frère ?

— Je ne sais pas.

— Parle-moi de la dernière fois où tu l'as vu.

—J'ai dit à la police des English...
—Eh bien redis-le-moi !

Avec deux doigts, il se frotte la tempe.

—Il travaillait pour ton *datt*, cet été-là. Il aidait Dwayne Bargerhauser à monter une clôture pour son bétail. Il est parti le matin et n'est jamais revenu.

—Est-ce que tu sais ce qui lui est arrivé ?

—Non. *Datt* et moi avons parlé à tous ceux pour qui Daniel travaillait, mais personne ne l'a revu depuis ce jour. Nous ignorons où il est parti et pourquoi.

À grandes enjambées, je gagne la cuisine et balaye la pièce du faisceau de ma lampe torche. Je vois une tasse sur le plan de travail, un chapeau à bord plat accroché à une patère en bois, un seul manteau sur un cintre. Si l'endroit est un vrai capharnaüm, rien n'indique que plus d'une personne y habite. Je vais dans le couloir, vérifie rapidement la salle de bains et la chambre du bas en regardant dans le placard et sous le lit.

Benjamin m'emboîte le pas tandis que je grimpe les marches de l'escalier deux par deux.

—Pourquoi fais-tu ça ? me demande-t-il.

À l'aide de ma lampe torche, je fouille rapidement l'étage. La première chambre dans laquelle je pénètre est complètement vide. Ni vêtements dans l'armoire ni valise. La seconde est presque aussi dépouillée, seulement meublée d'un lit double, une table de nuit et une commode. Dans le placard, des vêtements d'homme simples et modestes sont suspendus. Dans la salle de bains, l'unique serviette de toilette est encore humide. Une brosse à dents est posée sur le lavabo.

Je redescends l'escalier et trouve Benjamin, sa lampe à la main, les yeux plissés dans la semi-obscurité.

—Qu'est-ce que tu cherches ?

Je lui braque ma lampe sur le visage. Je suis si près de lui que ses pupilles se contractent.

— Si je découvre que tu m'as menti, peu importe que tu sois amish, je reviendrai et je t'en ferai tellement voir que tu regretteras de ne pas être en prison.

— Je n'ai aucune raison de mentir, rétorque-t-il avec un air offensé.

— Dans ce cas, parle-moi de ton frère ! Pourquoi est-il parti ? Où est-il allé ?

Mon flot de questions rapides semble faire son petit effet. Pour la première fois, le calme de Benjamin s'étiole.

— Daniel voulait peut-être quitter la vie simple.

— Pourquoi l'aurait-il voulu ?

Il baisse les yeux.

— Peut-être qu'il ne respectait pas le Gelassenheit.

Sous le mot allemand *Gelassenheit* sont rassemblés les idéaux amish : être dévoué à Dieu, faire passer les autres avant son propre intérêt, vivre une vie simple et modeste.

Je voudrais ne pas le croire : rien ne me ferait plus plaisir que de voir Daniel Lapp sortir d'un placard pour que je puisse lui loger une balle entre les deux yeux. Mais mon instinct me souffle que cet homme me dit la vérité. Encore une impasse.

J'avais beau me douter que venir ici avait peu de chances de mener à quelque chose, ma déception est immense.

— Si Daniel avait des problèmes, où à part ici irait-il ? Y a-t-il des amis ou d'autres membres de la famille en qui il a confiance ?

Benjamin secoue la tête puis plante ses yeux dans les miens.

— Pourquoi me poses-tu toutes ces questions ?
— Je suis une piste, c'est tout.

Il ne me croit pas. Je vois la suspicion voiler son regard, mais je ne peux rien y faire.

— S'il se montre, tu me préviens, Benjamin. De jour comme de nuit. C'est très important.

Il hoche la tête.

Je me dirige vers la porte.

— Est-ce que mon frère a des ennuis ? demande-t-il derrière moi.

Ouvrant la porte d'un coup sec, je m'avance sous le porche.

— Nous avons tous des ennuis, dis-je dans un murmure avant de rejoindre l'Explorer.

À la maison, je suis accueillie par les effluves de pot-pourri à la vanille mélangés aux relents des ordures de la veille. Je ne suis peut-être pas une fée du logis, mais mon intérieur est propre et confortable. Après cette journée cauchemardesque, je suis plus qu'heureuse d'être chez moi.

J'allume la lampe du salon et retire mes bottes que je laisse près de la porte. J'enlève mon manteau et le jette sur le canapé en me dirigeant vers la chambre. Dans le couloir, je défais la boucle de mon holster que je pose avec mon .38 sur la console. Arrivée dans ma chambre, je retire mon pantalon d'uniforme, déboutonne ma chemise et laisse tomber le tout au sol. Vient ensuite le soutien-gorge que j'abandonne sur le lit. J'enfile une robe de chambre et des pantoufles et passe ensuite dans la deuxième chambre qui me sert de bureau. Même si mon ordinateur est un vieux modèle et la connexion à Internet des plus lentes, je vais pouvoir entrer dans le système OHLEG, le portail réservé aux services de police de l'Ohio. Créé par le procureur général de l'État, OHLEG est un réseau d'informations qui permet aux agences locales d'accéder à neuf bases de données des services de police.

Pendant que l'ordinateur démarre, je me rends dans la cuisine. Il faudrait que je mange quelque chose, mais ce n'est pas de nourriture solide dont j'ai envie. Je trouve la bouteille d'Absolut dans le placard au-dessus du réfrigérateur et la pose sur la table. Je jette quelques glaçons dans un verre puis y verse la vodka. Je sais bien que je ne devrais pas boire seule quand je suis d'une humeur aussi sombre, pourtant je prends quand même cette première et dangereuse gorgée.

L'alcool me brûle la gorge. Qu'importe. Je vide le verre d'une traite et m'en sers un autre. Les images de ce que j'ai vu aujourd'hui dansent dans ma tête. Le corps ravagé d'Amanda Horner. La souffrance atroce de sa mère. Jacob et moi en train de creuser à la recherche du cadavre d'un homme que j'ai pensé, pendant la moitié de ma vie, avoir tué. Je sais que l'alcool ne résoudra pas mes problèmes mais, avec un peu de chance, il m'aidera à passer la nuit.

De retour dans mon bureau, je me connecte à OHLEG. Je n'ai pas l'habitude du système, aussi je furète un peu partout avant de trouver ce qui m'intéresse. Le moteur de recherche permet une exploration dans une multitude de bases de données depuis une seule et unique interface. Je tape le nom : Daniel Lapp, entre le comté et appuie sur la touche Envoi. Je sais qu'il y a peu de chances que j'obtienne un résultat, mais s'il a été arrêté, inculpé, inscrit sur la liste des prédateurs sexuels ou si ses empreintes ont été relevées, je le saurai dès demain matin.

Je suis dans la cuisine en train de remplir mon verre lorsqu'un grattement à la fenêtre me fait sursauter. Faisant volte-face, je porte la main à mon arme avant de me rappeler que je l'ai laissée sur la console. Un rire m'échappe à la vue du chat orange sur le rebord de la fenêtre. Je ne suis pas une grande amoureuse des chats, en particulier des chats errants au poil hérissé, mais celui-ci a habilement réussi à gagner ma compassion. Il sait s'imposer en donnant de la voix et n'a aucunement conscience d'être la chose la plus répugnante à Painters Mill en dehors de Norm Johnston. Il traîne dans le coin depuis Noël. Sa maigreur famélique m'a incitée à lui offrir de temps en temps un bol de lait. Ce qui, évidemment, m'a conduite à lui proposer aussi de la pâtée pour chat. Ce soir, avec une température avoisinant les moins quinze degrés, je n'ai pas d'autre choix que de lui offrir l'hospitalité.

J'avance à pas feutrés vers la porte de derrière et l'ouvre. Le chat entre en flèche dans un souffle glacé et me regarde comme pour me sermonner d'avoir pris tant de temps.

— Ne t'y habitue pas trop, dis-je en grommelant.

Le chat ronronne au son de ma voix. Comment peut-il encore avoir confiance en l'espèce humaine, lui qui a, de toute évidence, passé le plus gros de son existence négligé ou maltraité par elle ?

Je me penche et le prends dans mes bras. La petite bête tente sans grande conviction de me mordre et j'évite ses dents. Lentement, son corps se détend. Je sens ses os sous sa fourrure miteuse tandis qu'il pousse un miaulement sonore.

— Tu vas devoir te contenter d'un peu de lait, mon pote.

Ses oreilles sont déchiquetées, blessures d'anciennes bagarres. Une cicatrice barre son museau taché. Il n'a plus de moustache d'un côté. C'est un survivant qui continue d'avancer en dépit des tribulations de la vie. Il doit y avoir une leçon à tirer de cela.

Je verse du lait dans un bol et remplis de nouveau mon verre de vodka. Après avoir reposé le chat au sol, je lève mon verre.

— Trinquons à cette nuit à laquelle nous allons survivre !

12

Par la fenêtre de la cuisine, j'entends les oiseaux gazouiller au-dehors comme une ribambelle d'enfants. Je suis au beau milieu de la confection d'un pain. Au-dessus de l'évier, les rideaux jaunes se gonflent dans la brise légère. Au loin, les feuilles de l'érable bruissent et frémissent, l'orage approche. L'odeur du foin fraîchement coupé, celle du pétrole du poêle et de la levure chaude emplissent l'air. J'ai envie de sortir mais, comme toujours, les corvées n'attendent pas.

Je plonge mes mains dans la pâte chaude. La confection du pain m'ennuie et je rêve d'un poste de radio, mais datt *l'a formellement interdit. Alors je fredonne un air que j'ai entendu au Carriage Shop en ville. C'est une chanson qui parle de New York et je me demande à quoi ressemble le monde au-delà des champs de maïs et des pâturages de Painters Mill. Ce sont des pensées, des rêves, que je ne devrais pas avoir, mais ce sont les miens et je les garde secrets.*

Je sens une présence derrière moi. Lorsque je me retourne, je vois Daniel Lapp dans l'embrasure de la porte. Il est vêtu d'un pantalon sombre retenu par des bretelles et d'une chemise grise. Un chapeau de paille à bord plat lui couvre la tête. Il me regarde comme un homme regarde une femme. Je sais que je ne devrais pas mais je souris.

— Dieu ne te pardonnera pas, dit-il.

C'est alors que je remarque la tache rouge qui s'épanouit sur sa chemise. Du sang. Je veux m'enfuir, mais mes pieds, comme deux blocs de pierre, restent immobiles. Lorsque je baisse les yeux, je suis debout dans une mare de sang. Les rideaux sont mouchetés de rouge. Sur le comptoir, je vois des empreintes de mains, sur ma robe, de grandes traînées.

Dehors, un corbeau croasse et s'envole. Je sens le souffle de Daniel contre mon oreille. J'entends les mots grossiers et impurs qu'il chuchote et que je ne comprends pas.

— Meurtrière, murmure-t-il. Meurtrière.

Je me réveille, couverte de sueur froide. L'espace d'un instant, j'ai de nouveau quatorze ans, je suis impuissante, terrifiée et honteuse. Rejetant les couvertures, je m'assois et pose les pieds par terre. L'écho de ma respiration se répercute dans le silence de ma chambre. Une vague de nausée me monte à la gorge. Je la ravale et, lentement, le rêve s'estompe.

Assise sur le bord du lit, je mets ma tête entre mes mains. Je hais ce cauchemar. Et je hais encore plus le fait qu'il a toujours autant de pouvoir sur moi, celui de me réduire à l'état d'adolescente effrayée. Je respire profondément et me rappelle qui je suis. Une adulte. Un officier de police.

Tandis que la sueur refroidit sur mon corps, je me lève pour m'habiller. Je jure devant le Dieu auquel j'ai renoncé – et qui a renoncé à moi – que jamais plus je ne serai impuissante et honteuse.

Les journées commencent tôt à Painters Mill. À 7 heures tapantes, je me tiens devant la double porte vitrée du magasin d'outillage et réfléchis à la conversation que je m'apprête à avoir avec Donny Beck. La pancarte sur la porte m'apprend que le magasin ouvre à 7 heures du lundi au samedi. Visiblement, quelqu'un est en retard ce matin. Par la vitre, je jette un œil à l'intérieur avant de tapoter dessus avec mes clés.

Une petite bonne femme dans une blouse rouge sur laquelle est épinglé un badge annonçant « Dora » me sourit de l'autre côté de la vitre. Les clés dans sa main se balancent en tintant tandis qu'elle déverrouille la porte.

— Bonjour, dit-elle. Vous êtes la première cliente de la journée.

Je sors mon insigne.

— Je dois parler à Donny Beck. Est-ce qu'il est là ?

Son sourire s'évanouit.

— Il est dans la salle de repos. Il prend un café.

— Où est-ce ?

— À l'arrière, fait-elle en pointant du doigt. Voulez-vous que je vous y conduise ?

— Je trouverai.

Je m'avance vers le fond du magasin. Il m'arrive de venir ici de temps en temps. L'endroit est agréable pour y acheter des articles d'extérieur comme des plantes en pot ou de l'outillage. La police, elle, s'y approvisionne en pneus pour les véhicules de service. Mais le magasin fournit surtout les fermiers en socs de charrue, pneus de tracteur, clôtures, foreuse.

L'odeur de caoutchouc des pneus neufs emplit mes narines tandis que je m'approche du fond du magasin. Je prends à gauche, marchant entre des rayonnages qui montent jusqu'au plafond, saturés de pneus de toute taille et de tout modèle. Devant moi, un rire me parvient. Au bout de l'allée, une porte est ouverte. J'ai volontairement décidé de surprendre Beck au début de sa journée de travail. Je veux pouvoir jauger ses réactions sur le vif quand je l'interrogerai sur Amanda Horner.

Je trouve Donny Beck dans la salle de repos en train d'engloutir un sandwich provenant du restau-grill. Une petite blonde vêtue de la blouse officielle du magasin est assise en face de lui, buvant bruyamment un Coca à la paille. Ils lèvent tous les deux la tête à mon entrée dans la pièce. Le sandwich s'arrête dans les airs, à mi-chemin de la bouche de Beck. Il sait pourquoi je suis là.

Je décoche à la fille un regard appuyé.

— Vous permettez ?

— D'ac.

Elle attrape sa canette et quitte la pièce.

Je referme la porte derrière elle et me tourne vers Donny Beck.

— J'imagine que vous voulez me parler d'Amanda, fait-il après avoir dégluti avec difficulté.

Je hoche la tête.

— Je m'appelle Kate Burkholder. Je suis le chef de la police.

— Je sais qui vous êtes. Une fois, vous avez filé une amende pour excès de vitesse à mon père.

Il se lève et tend sa main avant de reprendre :

— Je suis Donny Beck. Mais ça, vous le savez déjà.

Je lui serre la main. Sa poigne est ferme mais ses paumes sont moites. Il a l'air d'un garçon tout à fait comme il faut. Un fermier. Avec l'argent qu'il gagne ici, il répare probablement une voiture débridée et s'éclate le samedi soir.

— Quand avez-vous vu Amanda Horner pour la dernière fois ?

— Le soir où on a cassé. Ça fait un mois et demi.

— Depuis combien de temps vous vous fréquentiez tous les deux ?

— Sept mois.

— C'était sérieux ?

— Je le croyais.

— Lequel d'entre vous a rompu ?

— C'est elle.

— Pourquoi ?

— Elle devait retourner à la fac. Elle ne voulait pas se sentir coincée, fait-il avec une grimace. Elle a dit qu'elle ne m'aimait pas.

— Ça vous a mis en colère qu'elle vous laisse tomber ?

— Non. J'étais bouleversé mais j'ai pas pété les plombs.

— Ah bon ? Pourquoi pas ?

Un grognement de dénégation s'échappe de sa gorge.

— C'est pas mon genre.

— Vous l'aimiez ?

L'émotion illumine son regard et il baisse les yeux sur son sandwich entamé.

— Oui, j'imagine que je l'aimais.

— Vous couchiez ensemble ?

À ma grande surprise, il rougit. D'un hochement de tête, il acquiesce :

— Est-ce qu'elle couchait avec quelqu'un d'autre ?

— Je ne crois pas.

— Vous vous disputiez tous les deux ?
— Non, dit-il avant de se reprendre. Enfin, si. Parfois. Mais pas très souvent. Elle était plutôt facile à vivre, fait-il avec un haussement d'épaules. J'étais complètement fou d'elle.
— Est-ce qu'elle avait des ennemis ?
Il secoue la tête.
— Tout le monde aimait Amanda. Elle était douce, gentille. C'était chouette d'être avec elle.
— Où étiez-vous samedi soir ?
— Je suis allé à Columbus avec mon père et mon petit frère.
— Qu'est-ce que vous faisiez là-bas ?
— Nous sommes allés à un match de basket. Dans le cadre des Jeux paralympiques. Mon frère est handicapé.
— Vous y avez passé la nuit ?
— Oui.
— Dans quel hôtel ?
— Le *Holiday Inn*, à la sortie de l'autoroute 23.
— Vous savez que je vais devoir vérifier, dis-je en notant tout ça dans mon calepin.
— Vous pouvez. Nous étions là-bas.
— Lorsque Amanda vous a annoncé qu'elle ne voulait pas se retrouver coincée, ça vous a rendu jaloux ?
— Non. Enfin, un peu. Comme quand je l'imaginais sortir avec d'autres types. Mais pas à ce point-là.
— Qu'est-ce que vous voulez dire ?
— Je n'ai jamais fait de mal à Amanda. Pas comme ça, ajoute Beck en frissonnant.
— Comme quoi ?
— J'ai entendu... ce qu'il lui a fait.

— Où avez-vous entendu ça ?

— Au restau, une serveuse a dit que... vous savez.

Des gouttes de sueur perlent sur son front et au-dessus de sa lèvre. Il enveloppe son sandwich dans une serviette en papier et le jette dans la poubelle.

— Ça me rend malade, termine-t-il.

— J'ai besoin que vous vous concentriez, Donny. Amanda voyait-elle quelqu'un d'autre ? Est-ce possible ?

Il secoue la tête.

— Je ne crois pas. C'était pas une nympho ou un truc du genre. Amanda avait la tête sur les épaules.

— Donc, vous pensez qu'elle a été honnête avec vous ?

— Elle a dit qu'elle voulait qu'on reste amis, explique-t-il en levant une épaule avant de la relâcher. J'imagine que ça valait cent fois mieux que de ne jamais la revoir, admet-il tandis que ses yeux s'embuent. Ça n'a plus d'importance maintenant. De toute façon, je ne vais plus jamais la revoir, pas vrai ?

Je glisse mon calepin dans la poche de mon manteau.

— Ne quittez pas la ville, d'accord ?

Il me regarde et, dans ses yeux, je vois le genre de douleur qu'un fermier de vingt-deux ans peut difficilement simuler, et un étrange besoin de le rassurer m'envahit.

— Vous pensez que c'est moi qui l'ai fait ? demande-t-il.

— Je veux simplement vous avoir sous la main au cas où j'aurais d'autres questions à vous poser.

Se reculant sur sa chaise, il s'essuie les yeux du dos de la main.

— De toute façon, j'ai pas prévu d'aller où que ce soit.

— Si vous pensez à autre chose, appelez-moi, dis-je en lui tendant ma carte.

Il la contemple un moment.

— J'espère que vous attraperez le salopard qui lui a fait ça. Amanda ne méritait pas de mourir.

— Non, elle ne le méritait pas.

En quittant la pièce, je barre mentalement Donny Beck de ma liste de suspects.

Il n'est pas encore 8 heures lorsque j'arrive au poste de police. La voiture de Glock est garée à son emplacement habituel. À côté, la Ford Escort de Mona est couverte d'une fine couche de neige. Je me demande quel nouveau désastre m'attend à l'intérieur.

À mon arrivée, Mona lève les yeux de son téléphone.

— Bonjour, chef. Vous avez des messages.

— Quelle surprise ! dis-je en prenant la dizaine de notes qu'elle me tend.

Ses cheveux sont ramenés en chignon sur le haut de son crâne et des mèches bouclées s'en échappent négligemment. Son rouge à lèvres est presque aussi noir que le vernis de ses ongles. Son eyeliner marron lui donne l'air de souffrir d'une mauvaise conjonctivite.

— Norm Johnston commence à en avoir marre de laisser des messages, chef. Et c'est sur moi qu'il passe ses nerfs.

— Il a dit ce qu'il voulait ?

— Votre tête sur un plateau, sûrement.

Je lui jette un regard.

— C'est une idée, comme ça.
Je m'esclaffe et lui demande :
— Où est Glock ?
Elle jette un œil au standard où une unique lumière rouge brille.
— Au téléphone, répond-elle.
— Quand il aura fini, dis-lui de m'appeler.
Je me dirige vers la cafetière et remplis la plus grosse tasse que je trouve. Dans mon bureau, j'allume mon ordinateur et pose mon manteau sur le dossier de ma chaise. J'ai hâte de voir si OHLEG a trouvé quelque chose sur Daniel Lapp.

Mes espoirs sont anéantis dès que je me connecte. S'il est en vie, il est en tout cas extrêmement prudent. Il utilise peut-être un pseudo ou un faux nom. Ou encore, il a usurpé l'identité de quelqu'un ou se sert d'un faux numéro de sécu. Dans d'autres circonstances, je diffuserais son portrait dans toute la ville. Mais je ne peux pas prendre le risque de soulever les questions que cela ne manquerait pas d'entraîner. Les gens voudraient savoir pourquoi je recherche un homme dont personne n'a de nouvelles depuis seize ans. Ils assembleraient les pièces du puzzle et Daniel Lapp surgirait de l'obscurité tel un Jack l'Éventreur version amish.

Je compose le numéro de Norm Johnston. Celui-ci décroche à la première sonnerie.
— J'essaye de vous joindre depuis deux jours, chef Burkholder.
— Je suis coincée avec ce meurtre, Norm. Que puis-je faire pour vous ?
— Le conseil municipal et le maire désirent vous rencontrer. Aujourd'hui.
— Norm, écoutez. Il faut que je travaille...

— Désolé, Kate, mais vous êtes dans l'obligation de nous tenir informés. Nous voulons savoir comment progresse l'enquête.

— Nous travaillons actuellement sur une ou deux pistes.

— Est-ce que vous avez un suspect ?

— J'ai sorti un communiqué de presse...

— Il révèle que dalle !

— Pour être honnête, dis-je avec un soupir, je n'ai pas grand-chose.

— Dans ce cas, notre réunion ne sera pas longue. J'informe tout le monde que nous nous retrouvons dans la salle du conseil à midi. Vous serez sortie en moins de vingt minutes.

Il raccroche sans même attendre ma réponse ni me remercier. Il est toujours en rogne à cause de cette arrestation pour conduite en état d'ivresse. Sale con opportuniste.

— Chef ?

Je suis tellement plongée dans mes pensées que je n'ai pas entendu Mona approcher.

— Quelqu'un veut vous voir.

Quelque chose dans son expression me met sur le qui-vive. *Quoi encore ?* Un instant plus tard, ma sœur apparaît sur le seuil de la porte. Depuis que je suis à ce poste, ni Sarah ni mon frère ne m'ont jamais rendu visite. L'espace d'un instant, j'ai du mal à en croire mes yeux, puis je me rappelle ma conversation de cette nuit avec Jacob.

— Bonjour, Katie.

Sarah porte une robe bleu marine avec un tablier noir sous une lourde cape. Ses cheveux blonds sont séparés au milieu du crâne et rassemblés en chignon sévère sur sa nuque, recouvert par une *kapp*. De deux ans mon aînée, c'est une jolie femme. Elle attend son premier enfant, qui devrait naître dans un peu plus d'un mois.

Je me lève, contourne mon bureau, lui offre un siège et ferme la porte.

Après un moment de silence embarrassant, je me lance :

— Comment vas-tu ?

La question est délicate. Ce n'est pas la première fois que Sarah est enceinte. À ma connaissance, c'est sa quatrième grossesse. Les trois premières fois, elle a perdu le bébé au cours du deuxième trimestre.

Elle sourit.

— Je crois que Dieu veut que j'aie ce bébé.

Je lui retourne son sourire. Elle fera une bonne mère. J'espère qu'elle pourra en avoir la chance.

— Tu as conduit le buggy toute seule jusqu'ici ?

Elle hoche la tête en détournant brièvement le regard, ce qui m'indique qu'elle est ici contre la volonté de son mari.

— William est à une vente de chevaux à Keene.

— Je vois.

J'attends et j'observe le conflit intérieur qui l'anime et que j'ai du mal à identifier.

— J'ai parlé à Jacob, dit-elle au bout d'un moment. Il m'a raconté que vous étiez allés au silo à grain et que Daniel Lapp était peut-être en vie.

— Ce n'est qu'une hypothèse.

Je ne peux pas m'empêcher de tourner les yeux vers la porte pour vérifier que personne ne nous écoute.

Elle poursuit comme si elle ne m'avait pas entendue.

— Toutes ces années, nous avons cru qu'il était auprès de Dieu.

Dieu. Le mot finit de consumer ce qu'il me reste de patience. J'ai envie de lui hurler que le fils de pute qui m'a violée doit brûler en enfer.

— S'il est mort, je doute qu'il soit avec Dieu.

— Katie, il y avait quelqu'un dans l'étable. Il y a trois jours.

Les cheveux sur ma nuque se hérissent.

— Qui ça ?

— Je l'ignore.

— Que s'est-il passé ? Raconte-moi.

— J'étais en train de traire les vaches et j'ai entendu la porte du fenil se fermer brusquement. Quand j'ai regardé, il n'y avait personne. Mais j'ai vu des empreintes dans la neige.

— C'étaient des empreintes d'homme ?

— Je crois. C'étaient celles de grandes chaussures.

— Pourquoi ne m'as-tu pas dit cela plus tôt ?

— Sur le moment, je ne pensais pas que c'était important. Mais maintenant...

Elle s'interrompt, puis plonge son regard lourd d'angoisse dans le mien.

— Tu penses que ça pouvait être Daniel ? Est-ce qu'il est de retour et recommence à tuer ?

Envisager la possibilité que Daniel Lapp ne soit pas seulement vivant mais aussi une menace pour ma famille ajoute une nouvelle dimension à toute la situation.

— Je n'en sais rien.

— Et s'il était furieux après nous à cause de ce que nous avons fait et qu'il cherche à se venger ? s'inquiète-t-elle en baissant la voix. Katie, je n'ai aucune intention de te faire porter le fardeau de mes peurs, mais je crois qu'il est temps pour toi de parler de Daniel Lapp à ta police d'English.

Je tressaille.

—Non !

—Tu n'es pas obligée de… tout leur dire.

—Non.

Le mot a fusé plus durement que je ne le voulais, cependant je ne le retire pas.

—Ne me demande pas de faire ça.

—Mais si Daniel est de retour ? Et s'il essaye de nous faire du mal, à moi ou à William ? demande-t-elle en posant les mains sur son ventre arrondi. Je dois penser à cet enfant désormais.

La peur tourne dans mon estomac comme du lait caillé. J'essaye de trouver une façon de la rassurer, mais les mots me manquent. Me penchant en avant, je lui prends la main et lui parle d'une voix douce.

—Sarah, écoute-moi. Jacob pense que Daniel est mort ce jour-là. Moi aussi je le crois.

—Alors pourquoi est-ce que tu cherches son cadavre ?

Mon cerveau tourne à plein régime, à la recherche de réponses qu'il n'a pas.

—Tout ce que je peux te dire, c'est que je suis douée dans mon travail. Fais-moi confiance, je t'en prie. Laisse-moi m'occuper de ça à ma manière.

Mon téléphone sonne ; les trois lignes clignotent simultanément mais je reste concentrée sur ma sœur.

—Tu sais que je ferai tout ce que je pourrai pour que tu sois en sécurité.

—Comment peux-tu assurer notre sécurité alors que tu ne sais même pas où il est ?

Je déteste ne pas être en mesure de lui fournir les réponses qu'elle attend. Un coup frappé à la porte nous interrompt.

— Sarah, je suis désolée, dis-je en retirant ma main. Je dois me remettre au travail. Nous en reparlerons plus tard.

— Je ne pense pas que cela puisse attendre.

— S'il te plaît, donne-moi un peu de temps.

La porte s'ouvre et Mona entre.

— Désolée, chef, mais je voulais vous avertir que le shérif a appelé, lâche-t-elle en me tendant une autre liasse de billets roses.

— Tu veux bien demander à T.J. de raccompagner Sarah chez elle ?

Ma sœur me jette un regard penaud.

— Ce n'est pas nécessaire, intervient-elle.

— Je me sentirai mieux s'il le fait. Les routes sont glissantes par endroits.

Mona offre à Sarah son plus beau sourire.

— Allez, venez, sœur Sarah. Nous allons chercher T.J.

Tandis que je la regarde s'éloigner, j'essaye en vain de ne pas m'inquiéter. Qui est venu dans sa grange et pourquoi ? A-t-elle raison au sujet de Lapp ? A-t-il pris ma famille pour cible ? Sont-ils en danger ? Ces questions me narguent avec leurs terribles implications.

... il est temps pour toi de parler de Daniel Lapp à ta police d'English.

Les paroles de Sarah résonnent dans ma tête comme un marteau contre une enclume. Ma sœur ne mesure pas les conséquences d'une confession de ma part. Elle ne comprend pas que cela ruinerait ma carrière, ma réputation, ma crédibilité. Et cette affaire. Je finirais peut-être même en prison. Et c'est sans compter les dommages que cela causerait à ma famille. Si Lapp est mort, ça n'aura servi à rien.

Remuer le passé ne sera d'aucune utilité.

Aucune.

Dix minutes plus tard, je trouve Glock dans son bureau, le téléphone collé à l'oreille. Il lève les yeux sur moi quand je passe la tête par la porte et me fait un signe de la main pour me demander de patienter. Au bout d'un moment, il raccroche et secoue la tête.

— C'était le labo du BCI.

— Des résultats ?

— Il y a une empreinte de pneu qui ne correspond à aucune de celles des premiers véhicules sur les lieux.

Mon cœur s'emballe.

— Ils ont pu déterminer la marque ?

— Un de leurs experts est en train de bosser dessus, fait-il avec un haussement d'épaules. Il y a cinquante pour cent de chances de l'identifier.

Ce n'est pas une nouvelle extraordinaire, mais je suis prête à prendre tout ce qu'il peut y avoir de positif, à ce stade.

— Je vais parler à Scott Brower.

Brower était présent au *Brass Rail* le soir où Amanda Horner a disparu. Je m'intéresse à lui à cause de son casier judiciaire où il est question de couteau.

— Chef, je viens avec vous.

— Je peux très bien gérer ça toute seule.

— Allez, chef, soyez sympa. Je ne raterais ça pour rien au monde. Et vous m'offrez le petit déj ?

— Tant que c'est rapide.

Dix minutes plus tard, nous roulons vers Mister Lube où Brower travaille comme mécano. À côté de moi, Glock termine le burrito qui lui fait office de petit déjeuner et fourre la serviette dans le sac.

— Qu'est-ce que ça a donné avec Donny Beck? demande-t-il.

Je secoue la tête et lui raconte mon entrevue avec le jeune homme.

— Je ne pense pas que ce soit lui.
— Il a un alibi?
— Je dois encore le vérifier mais je crois que ça va coller.
— On aura peut-être plus de chance avec Brower.

Mister Lube est un garage délabré situé dans la zone industrielle, près des voies de chemin de fer. Le parking est complètement recouvert de neige sale dont la majeure partie n'a pas été déblayée. Une vieille Nova bleue repose sur des parpaings. À côté, un homme en salopette de travail marron a la tête sous le coffre d'une camionnette.

Je me gare près de l'immense porte et nous sortons de l'Explorer. Glock se recroqueville dans sa veste d'uniforme.

— Je déteste la neige, marmonne-t-il.

Un grésillement retentit quand nous ouvrons la porte. Derrière le comptoir, un homme corpulent souffrant d'une couperose sévère lève la tête d'une boîte de beignets.

— J'peux vous aider?
— Je cherche Scott Brower.

Je lui montre mon badge en m'efforçant d'ignorer la substance visqueuse au coin de sa bouche.

— Qu'est-ce qu'il a fait, encore ?
— Je veux juste lui parler. Où est-il ?
— Dans le garage de derrière.

Glock et moi pivotons d'un seul geste.

— S'il a fait queq' chose, je veux l'savoir ! hurle-t-il.

Je ferme la porte derrière nous sans lui répondre. Nous suivons le sillon de neige piétinée jusqu'à l'arrière. Le bâtiment d'acier a l'air d'avoir survécu à un ouragan – et encore. Un morceau de tôle tordue claque bruyamment dans le vent. J'entends le vrombissement d'un outil électrique. J'espère que Brower est seul. J'ouvre la porte et entre.

Un radiateur électrique souffle de l'air chaud qui brasse les odeurs d'huile de moteur et d'essence. Au plafond, un néon diffuse une lumière tombante. Des étagères en métal s'alignent sur trois murs. Punaisé au-dessus de l'établi, un calendrier de 1999 dévoile deux femmes nues pratiquant un cunnilingus. Chaque centimètre carré d'espace est encombré par des outils ou des bricoles. À côté du banc de scie installé au centre de la pièce, Brower affûte une lame sur l'aiguisoir. Des étincelles volent tout autour.

J'attends qu'il ait fini pour prendre la parole.

— Scott Brower ?

Il lève les yeux. Je ne m'y attendais pas mais il est plutôt mignon. Il a un visage poupin, des yeux de chiot, un nez enfantin. Une bouche sensuelle étonnamment féminine. Il paraît plus jeune que ses trente-deux ans.

— Qui le demande ?
— La police, dis-je en sortant mon badge. J'ai des questions à vous poser.
— À quel sujet ?

—Étiez-vous au *Brass Rail*, samedi soir ?
—Comme deux cents autres personnes. Aux dernières nouvelles, c'est pas un crime.
Je serre les dents mais garde un ton égal.
—Avez-vous parlé à une jeune femme du nom d'Amanda Horner ?
—J'ai parlé à un tas de gonzesses. Je me souviens pas d'une Amanda.
—Laissez-moi vous rafraîchir la mémoire, dis-je tout en sortant la photo d'Amanda étendue sur la table d'autopsie sans le quitter des yeux. Vous vous rappelez maintenant ?
La vue du cadavre ne le fait même pas tressaillir.
—Alors c'est de ça qu'il s'agit. La nana qui s'est fait zigouiller.
—De quoi vous avez parlé tous les deux ?
—Je m'en souviens pas.
—Vous pensez qu'un petit tour au poste vous aiderait à retrouver la mémoire ?
Son regard se dirige vers la porte.
—Euh, chérie…
—Je ne suis pas votre chérie ! Je suis officier de police. Alors arrêtez de jouer au con et répondez à mes questions !
—D'accord, fait-il en levant les mains. Écoutez, je l'ai draguée. On a flirté. Et je jure que c'est tout.
Derrière moi, Glock parcourt le garage, jette un œil dans la poubelle, ouvre une boîte à outils. Je suis contente de l'avoir en renfort.
—Vous vous mettez souvent en rogne, Scott ?
—Quelquefois, répond-il avec un regard méfiant. Si quelqu'un essaie de me baiser.
—Est-ce qu'Amanda a essayé de vous baiser ?

— Non.
— Est-ce que votre patronne à Agri-Flo a essayé de vous baiser ?

Son visage s'assombrit.

— Je ne sais pas de quoi vous parlez.
— Vous avez menacé de lui trancher la gorge. Ça vous rappelle quelque chose ?
— Absolument rien, chérie.
— Je vous ai dit de ne pas m'appeler comme ça.

Il affiche une mine hargneuse. Le visage poupin est en train de s'effriter, laissant place à son vrai visage. L'inquiétude le gagne. C'est exactement ce que je cherchais.

— Qu'est-ce que vous me voulez ? demande-t-il.
— À quelle heure êtes-vous parti du *Brass Rail* samedi soir ?
— Je ne sais pas. Minuit. Peut-être 1 heure du matin.
— Vous possédez un couteau ?

Il jette des regards tout autour de lui tel un renard sur le point de se faire déchiqueter par une meute de chiens.

— Je crois que oui.
— Comment ça, vous croyez ? Vous ne le savez pas ? Comment pouvez-vous ne pas savoir si vous avez un couteau ?

Glock passe juste derrière lui.

— Tu devrais essayer un peu de ces trucs au gingembre, mec. Il paraît que ça marche bien sur la mémoire.
— Écoutez, commence Brower avec un sourire méprisant, c'est juste que... ça fait un moment que je ne l'ai pas vu.

— Vous l'avez perdu ? Vous vous en êtes peut-être débarrassé ?

— Il est probablement quelque part chez moi.

— On dirait qu'on va avoir besoin d'un mandat de perquisition, hein, Glock ?

— On dirait, oui, approuve-t-il.

Brower nous regarde tour à tour.

— Pourquoi vous me cherchez comme ça ?

— Parce que je peux le faire. Parce que je ne vous aime pas. Parce que je crois que vous êtes un sale merdeux qui me ment. Tout ça.

Il me fixe, son visage virant au rouge sombre.

— Vous pouvez pas me parler comme ça !

Je jette à Glock un œil par-dessus mon épaule.

— Est-ce que tu m'as entendue dire quoi que ce soit d'inapproprié ?

— Il est peut-être un peu sensible, chef ?

— Va te faire foutre, crache Brower en direction de Glock, espèce de sale flic nègre.

Glock éclate de rire.

Ma colère explose. Je ne déteste rien de plus que les racistes. Cet homme n'a peut-être pas assassiné Amanda Horner, mais c'est un con fini. Je vais lui pourrir sa journée. Sa semaine. Son mois, si je peux.

— Vous avez des armes sur vous, Scott ?

— Non, fait-il en plongeant les mains dans les poches.

— Laissez vos mains là où je peux les voir.

Il ne les sort pas. À la place, il recule d'un pas, mettant de la distance entre nous. Je pose la main sur la matraque accrochée à ma ceinture. J'aimerais avoir un Taser pour l'immobiliser, mais ils n'entrent pas dans le budget de la police de Painters Mill.

— Je ne vous le redemanderai pas.

Mon cœur s'emballe lorsque je comprends qu'il n'a aucune intention d'obéir. L'adrénaline se propage à mes poumons, comme directement injectée dans mes veines. Je m'avance vers lui, il détale comme un lapin.

Glock et moi partons en trombe à ses trousses. Brower est vif et rapide. Il s'engouffre par la porte de derrière, renverse une étagère pour nous bloquer le chemin et se dirige vers l'allée.

J'enjambe l'étagère et tout ce qu'elle contenait et me précipite par la porte sur ses talons. Du coin de l'œil, j'aperçois Glock qui trébuche et tombe. Je me concentre sur Brower pour ne plus voir que lui, son bleu de travail, ses bras en mouvement, les coups d'œil jetés par-dessus son épaule. Le sol est glissant à cause de la neige, mes bottes dérapent mais je me reprends et continue de courir. Derrière moi, j'entends crier, mais je suis si concentrée que je ne comprends pas ce qui est dit.

À ma grande surprise, je suis en train de le rattraper. Je m'imagine le mettant à terre, un genou dans le creux de son dos, lui passant les menottes aux poignets. Mais j'ai participé à suffisamment de courses-poursuites pour savoir que ça se passe rarement comme dans le manuel.

Quinze mètres plus loin, l'allée se sépare en deux, Brower prend à gauche. Je coupe à travers les poubelles et gagne trois mètres sur lui.

— Arrêtez !

Il continue de courir.

En quatre enjambées, je pourrai être suffisamment près de lui pour le mettre à terre. Mon cœur tempête dans ma poitrine. L'adrénaline bat comme un moteur d'avion dans mes oreilles. Son pied gauche dérape, le ralentit. Je plonge, enroule mes bras autour de ses hanches, lui donne un coup d'épaule.

Un son incompréhensible s'échappe de sa gorge. Il pivote dans les airs. Sa main s'abat violemment sur mon épaule. Ses doigts se resserrent comme un étau.

— Dégage, espèce de salope amish !

Nous tombons lourdement sur le sol et glissons. Le choc me coupe la respiration. De la neige s'infiltre dans mes yeux, ma bouche. Aveugle, marchant à l'instinct, je replie mes genoux sous moi. Je sors ma matraque de son étui et la déplie d'un coup sec. Mais je ne suis pas assez rapide. Le coup vient de nulle part. Son poing est comme une masse qui s'écrase sur l'arête de mon nez. La violence de l'impact fait vibrer mon cerveau, envoyant des ondes jusque dans mes sinus. Ma tête part en arrière et je lâche mon emprise sur Brower.

L'air siffle tandis que j'abats la matraque sur sa cuisse. Il grogne comme une bête.

— Salope !

Il lève le bras pour me frapper encore une fois. J'essaye de positionner ma matraque pour contrer le coup.

À cet instant, Glock s'avance et charge. Je recule précipitamment. La neige s'envole. Un hurlement unique et inhumain emplit l'air. Glock frappe Brower à l'estomac avec l'habileté d'un catcheur professionnel. Il lui monte dessus et enfonce son genou dans son dos qu'il écrase de son poids. Il attrape ses poignets.

— Ne vous débattez pas ! hurle Glock.

Je cligne des yeux pour évacuer les dernières larmes provoquées par le coup, qui me brouillent la vue. Je prends mes menottes et m'approche des deux hommes. Je les referme sur les poignets de Brower en les serrant au maximum.

Je vois du sang sur le dos de sa salopette et comprends tardivement que c'est le mien. Je m'essuie le nez du revers de ma manche, consternée de constater que c'est une vraie passoire.

— Ça va, chef?

Je baisse les yeux. Le sang goutte dans la neige. Une nouvelle fois, je m'essuie avec ma manche, mais plutôt que d'arranger les choses je suis en train d'en mettre partout.

— Je te le dirai dès que j'aurai retrouvé la vue.

— Je le tiens si vous voulez vous occuper de ce saignement de nez.

Parce que j'ai les yeux pleins de larmes et que je ne veux pas qu'il se méprenne, je marche d'un pas lourd vers le garage. Derrière moi, Glock ordonne à Brower de se relever.

Le sang goutte dans ma bouche et je crache avant d'entrer dans le garage. À l'intérieur, je regarde partout à la recherche de quelque chose pour arrêter l'écoulement. Un distributeur de papier bleu est installé au-dessus de l'établi. J'en tire une pleine poignée et me pince le nez avec.

— Mince, chef, on dirait que vous venez de vous frotter à Mike Tyson.

Levant les yeux, je vois T.J. sur le seuil de la porte.

— Ouais, ben t'as pas vu l'autre type, dis-je dans un murmure. Qu'est-ce que tu fais là?

195

— Glock a demandé du renfort par radio, répond-il en me tendant un mouchoir qu'il a sorti de sa poche. Tenez.

— Je vais te le salir.

— J'en ai d'autres. Ma mère m'en offre à chaque Noël.

Je jette les serviettes en papier détrempées dans une poubelle et pose le mouchoir sur mon nez.

— Merci.

Glock et Brower arrivent par la porte de derrière. Une écorchure aussi grosse qu'une poire s'étale sur le front de Brower. Ses cheveux sont mouillés à cause de la neige fondue. Il ressemble à un pit-bull qui se serait fait mettre une dérouillée par une meute de chihuahuas.

Glock le pousse à l'intérieur.

— On ne t'a jamais dit qu'il ne fallait pas frapper les dames ?

L'homme à la couperose se tient dans l'embrasure de la porte, tendant le cou pour avoir une meilleure vue.

— Bordel, ce morveux a cogné un flic ?

Regagnant mon calme, je m'approche des deux hommes et toise Brower.

— Vous nous expliquez pourquoi vous avez fui ?

— Je dirai que dalle !

— De toute façon, vous allez faire un tour en cellule, dis-je puis, regardant T.J. : Fouille-le et embarque-le, OK ?

— Avec plaisir.

T.J. est généralement du genre décontracté, mais là, il a l'air furieux tandis qu'il s'avance vers Brower.

Il le fouille rapidement et vérifie ses poches. Il y trouve un petit sachet.

— On dirait de la meth, fait T.J. en levant le sac.

— Si vous aviez répondu à nos questions au lieu de jouer les imbéciles, on n'aurait sûrement jamais trouvé ça, dis-je à Brower.

— Je veux appeler mon avocat.

— Il va falloir plus qu'un avocat pour te sortir de là.

Je baisse les yeux sur le mouchoir et vois avec soulagement que le saignement s'est arrêté.

— Lis-lui ses droits, dis-je à Glock. Colle-le en cellule. Possession de drogue avec intention de la vendre. Agression envers un officier de police. Tentative de fuite. Je t'appelle si autre chose me vient à l'esprit.

— Salope, siffle Brower entre ses dents.

Glock lui donne une claque sur l'arrière de la tête.

— La ferme, gros nul.

— Oh, dis-je avec un sourire, et laissez-le passer son coup de fil.

— Il va sûrement appeler sa maman, marmonne Glock.

T.J. s'approche de moi, les yeux fixés sur le sang maculant le devant de ma veste. Sans très bien savoir pourquoi, l'inquiétude que je lis dans son regard m'embarrasse.

— Je vais bien, dis-je.

— C'est juste que... heu, commence-t-il en s'empourprant.

Je baisse la tête vers ma chemise grande ouverte. On voit mon soutien-gorge. Le rouge en dentelle que j'ai acheté sur un coup de tête. D'un geste rapide, je reboutonne ma chemise et remonte la fermeture Éclair de mon manteau jusque sous mon menton.

— Merci.

— Je vais faire un saut au poste, dit T.J. en brandissant le sachet. J'enregistrerai ce truc et l'enverrai au BCI.

— Des nouvelles concernant les préservatifs ?

— J'ai un nom pour le type qui a payé en liquide, déclare-t-il en passant en mode boulot avant de sortir son carnet à spirale de sa poche. Patrick Ewell. Il habite sur Parkersburg Road.

— Ce n'est pas très loin de l'endroit où Amanda Horner a été retrouvée.

— C'est exactement ce que je me disais.

Les battements de mon cœur s'accélèrent, stimulés par un autre genre d'adrénaline.

— Au poste, vérifie s'il a un casier. Vois s'il existe un lien entre Ewell et Amanda Horner, s'il était au *Brass Rail* samedi soir.

C'est beaucoup de boulot pour T.J. mais j'ai des choses plus urgentes à régler et le temps presse.

— Compris, chef, approuve-t-il en se dirigeant vers la porte.

C'est alors que je remarque Pickles à côté de la fenêtre. Une cigarette au coin de la bouche, il contemple la scène avec le regard blasé du flic aguerri qui en a vu d'autres. Je me demande comment plus de la moitié de mes effectifs a débarqué sur les lieux aussi vite.

Pickles est un homme de petite taille – il ne doit pas faire beaucoup plus d'un mètre cinquante –, aux cheveux grisonnants, avec une barbe de plusieurs jours. Ses yeux, de la couleur d'un œuf de merle, sont entourés de rides larges et profondes. Avec ses bottes de cow-boy démodées et élimées au bout pointu, il ressemble à un mélange de Colombo et de Gus dans *Lonesome Dove*.

Nous échangeons une poignée de main.
— Ravie de te revoir, Pickles.
Il tire goulûment sur sa cigarette avant de la jeter d'une chiquenaude au sol. J'ai le temps de voir l'émotion faire briller son regard.
— La retraite, c'est pour les vieux.
— Tu es prêt à enquêter sur ce meurtre ?
Il acquiesce d'un hochement de tête solennel.
— Quelle horreur ce qui arrive à cette jeune fille. C'est comme avant. Difficile à croire.
— Tu avais travaillé sur l'affaire à l'époque ?
— Un peu. J'ai vu une des scènes de crime. C'était épouvantable, croyez-moi. J'ai jamais autant dégueulé de toute ma vie.
— C'était quoi, le sentiment général ?
Pickles est suffisamment malin pour savoir que c'est une information qui n'est pas forcément dans le dossier que je cherche. Une intuition, un soupçon. On ne sait jamais où ce genre de chose peut mener.
— McCoy a toujours pensé que le meurtrier travaillait à l'abattoir. Juste sous notre nez. Ces filles ont été débitées comme des pièces de bœuf.
La douleur irradie dans mon nez et je me retiens de le toucher.
— Appelle J.R. Purdue chez Honey Cut pour obtenir une liste des employés. Ceux qui travaillent à l'abattoir et ceux qui travaillent dans les bureaux. Puis Glock et toi, croisez les noms que tu auras avec ceux qui étaient au *Brass Rail* samedi soir.
Pour la première fois, Pickles semble gagné par l'excitation. Un peu comme un vieux chien remplacé par un chiot fringant, qui aurait de nouveau le droit de

jouer avec sa baballe. Ouvrant son manteau, il remonte son pantalon, dévoilant son arme.

—Je m'en occupe.

—Merci, Pickles, dis-je en lui touchant l'épaule.

—Où vous allez, chef?

—À la mairie, où je vais sûrement me faire passer le savon du siècle.

Pickles me décoche le froncement de sourcils d'un vieux ronchon.

—Envoyez-les rôtir en enfer.

Pendant que je me dirige vers ma voiture, je me dis que c'est plutôt moi qui risque l'enfer et la damnation.

13

Ronnie Stedt se réveilla avec une seule idée en tête : perdre sa virginité. Aujourd'hui serait le jour. Au bout de dix-sept ans, il connaîtrait enfin le secret de l'univers. Sa petite amie, Jess, n'était plus vierge. Elle lui avait avoué l'avoir fait avec Mike Sassenhagen l'année précédente, quand elle était en première. Elle avait déclaré ne l'avoir fait qu'une fois, mais Ronnie ne la croyait pas. La rumeur qui circulait au lycée de Painters Mill disait que Jess et Sassenhagen avaient baisé comme des lapins.

Ronnie s'en foutait. Ça lui était égal que sa mère n'aime pas Jess ou que son père croie qu'elle était une fille facile. Il se fichait de la réputation de Jess. Il se moquait même de rater son contrôle de chimie aujourd'hui. Il était amoureux, et être avec elle, c'était tout ce qui comptait.

Plutôt que de prendre le bus pour aller au lycée, Ronnie s'était arrangé avec son frère pour lui emprunter sa camionnette, comme ça, il pourrait passer chercher Jess chez elle. De là, ils se rendraient à la ferme du vieux Huffman, sur Thigpen Road. Ils feraient l'amour et, ensuite, ils iraient au centre commercial de Millersburg pour traîner et se faire une toile.

Ronnie se dépêcha d'accomplir ses corvées du matin. Nourrir les chevaux et les vaches, donner les restes aux cochons. Il se doucha, s'aspergea généreusement avec l'après-rasage de son père et enfila sa plus belle chemise et son plus beau jean. Il passa prendre Jess à 8 h 15. Elle portait le jean qu'il adorait. Celui qui tombait bas sur ses hanches. Il savait que, s'il soulevait son chandail, il verrait briller l'anneau en or dans son nombril.

Elle grimpa dans la camionnette et l'habitacle s'emplit des effluves familiers d'*Obsession* et de cigarette qui lui mirent l'eau à la bouche.

— Salut.

— Bon sang, tu sens bon, lui dit-il.

Elle sourit.

— Ça a été pour partir ce matin ?

— Du gâteau, répondit-il en se penchant pour l'embrasser, avec la langue. Et toi ?

— Pas de problème, fit-elle en décollant sa bouche de la sienne. Tu as apporté de la bière ?

— Oui, et un joint aussi.

Il sortit l'herbe de sa poche, jeta un œil dans le rétroviseur et démarra.

— Ça va être génial, dit-elle en sortant un briquet.

Ils avaient fumé la moitié du joint lorsque la camionnette s'engagea dans l'allée de la ferme Huffman. La maison était vide depuis la mort du vieil homme l'année précédente. Il n'y avait ni électricité ni eau courante et personne à des kilomètres à la ronde. Le lieu rêvé pour un rencard un mardi matin.

Il se gara à l'arrière de la maison puis attrapa la couverture et le chauffage portatif avant de descendre. Jess prit la bière et la radio, et se laissa glisser du siège.

— Tu es sûr que personne ne viendra nous déranger ?

— Tu rigoles ? fit-il en lui prenant la main. Regarde où nous sommes.

Ils empruntèrent la volée de marches en ciment située à l'arrière pour se faufiler à l'intérieur. Les murs blancs de la cuisine étaient défraîchis, les carreaux du plan de travail ébréchés et le lino écaillé. Un vieux ballon d'eau chaude rouillé attendait dans un coin.

— Je comprends pourquoi personne ne vient ici, dit Jess. Cet endroit est sinistre.

Elle alluma la radio, ouvrit une canette de bière et s'avança dans le salon. De grandes fenêtres drapées de rideaux en dentelle poussiéreux ouvraient sur un paysage désolé et enneigé.

— C'est quoi, cette odeur ? demanda-t-elle en plissant le nez.

Ronnie s'approcha derrière elle et enroula ses bras autour d'elle.

— C'est pas moi, bébé. J'ai pris une douche, fit-il en lui mordillant le lobe de l'oreille. Viens là.

Jess se retourna et approcha sa bouche de la sienne. Ronnie l'embrassa goulûment, sentant une douce chaleur envahir son corps. Sa main se fraya un chemin sous le manteau de la jeune fille et il commença à lui pétrir la poitrine. Tout ce à quoi il pouvait penser, c'était qu'il y avait bien trop de couches de vêtements qui les séparaient.

— Allons dans la chambre, murmura-t-il.

Ils traversèrent le salon jusqu'au couloir. Ronnie se demanda s'il devait lui dire qu'il l'aimait avant ou après. Et si elle le prendrait pour un imbécile ou si elle lui chuchoterait la même chose.

Dans l'étroit couloir, quatre portes pourvues de poignées démodées s'alignaient. La puanteur était encore plus forte ici.

— Ça sent le rat crevé, lâcha Ronnie.

— Ou la moufette crevée, fit Jess en tétant sa bière.

Il avait pleinement conscience de sa main dans la sienne. La marijuana faisait planer un nuage cotonneux dans sa tête. Son érection tendait le tissu de son pantalon. Lui pressant la main, il ouvrit une porte.

Le hurlement de Jess fit vibrer son cerveau. Elle recula en trébuchant.

— Oh mon Dieu !

La bière tomba au sol dans un bruit sourd, répandant une mousse blanche sur le lino. Pivotant, elle passa devant lui en battant des bras pour le repousser comme un chat cherchant à s'extirper d'un sac.

Ronnie regarda à l'intérieur. Une chose vaguement humaine était pendue au plafond. Il vit la peau marron tirant sur le vert. Un ventre horriblement gonflé. Des cheveux blonds qui pendaient. Un océan de sang noir. Dans un coin de sa tête, il se rappela son père en train de parler d'un meurtre. Il n'avait pas écouté. Maintenant, il regrettait.

— Oh Seigneur !

Jess lui attrapa le bras, ses doigts s'enfoncèrent dans sa peau à travers son manteau.

— Foutons le camp, s'écria-t-elle.

Ronnie fit un pas en arrière, trébucha. La bière qu'il avait bue remonta dans sa bouche et il vomit. S'essuyant les lèvres, il sortit son téléphone portable de son sac.

— Qu... Qu'est-ce que tu fais ? gémit Jess.

— J'appelle les flics, dit-il. Il s'est passé un truc vraiment moche ici.

La mairie de Painters Mill est située sur South Street juste après le rond-point. Le bâtiment en brique de deux étages a été construit en 1901 et rénové une bonne dizaine de fois depuis. Dans les années 1950, il a accueilli la poste, dans les années 1960, l'école élémentaire. Le conseil municipal y a pris ses quartiers après l'incendie de 1985. Ici, on peut obtenir les permis de construire, assister aux réunions du conseil et régler ses amendes. On y vient rarement par hasard.

J'ai une allure épouvantable à cause de mon empoignade avec Scott Brower et dix minutes de retard à cause de la paperasse de son arrestation. J'essaye de brosser les taches de sang de mon manteau tandis que je passe les portes du bâtiment. Mon nez me fait mal. Je prends l'ascenseur jusqu'au deuxième étage et me dirige vers la salle du conseil. Prenant une profonde inspiration, j'ouvre la porte.

Autour de la table de conférence en cerisier, sept personnes sont assises. Tous les regards convergent vers moi lorsque j'entre. Le plus âgé des conseillers, Norm Johnston, préside tel un roi régnant sur ses courtisans. À côté de lui, le maire Auggie Brock étale du fromage sur un bagel. Les autres visages me sont également familiers. Dick Blankenship cultive du soja et du maïs. Bruce Jackson tient une pépinière à la sortie de la ville. Ron Zelinski est un ouvrier à la retraite. Neil Stubblefield enseigne l'algèbre au lycée et entraîne l'équipe de foot. Janine Fourman est peut-être la seule représentante féminine mais, selon moi, elle est plus dangereuse que tous ces hommes réunis. Cette femme très persuasive a la langue aussi bien pendue que la choucroute sur sa tête est volumineuse. Dans le monde de Janine, il n'est question que de Janine, et tous les autres peuvent bien aller se faire voir.

Avec un soupir, j'observe par la fenêtre embuée les branches dénudées du sycomore qui frémissent dans le froid. J'aimerais être dehors, l'atmosphère y est au fond plus chaleureuse.

— Chef Burkholder, commence Norm Johnston en se levant.

Tous les regards de la pièce sont tournés vers moi. Ils sont sans doute plus avides de savoir comment j'ai récolté ce cocard et ces traces de sang sur mon manteau que de parler de notre affaire.

Auggie Brock tire l'unique chaise vide.

— Vous allez bien, Kate?

— Très bien, oui, dis-je avant de me tourner vers Norm. Je n'ai pas beaucoup de temps devant moi, alors on pourrait peut-être en venir au fait.

Le doyen parcourt la pièce du regard comme pour dire : « Vous voyez, je vous avais dit qu'elle n'était pas très coopérative. »

— Tout d'abord, nous aimerions un compte rendu sur les avancées de votre enquête.

Je soutiens son regard pendant que je réponds :

— Tous mes agents sont mobilisés à plein temps. Nous travaillons sans relâche, avec le labo du BCI et plusieurs bases de données des services de police.

— Vous avez un suspect? intervient Janine.

— Non. Ça ne fait que trente-deux heures que le corps a été découvert.

—J'ai entendu dire que vous aviez arrêté Scott Brower, poursuit Norm.

Une fois encore, je suis sidérée par la rapidité avec laquelle les informations circulent dans cette ville.

—Nous nous intéressons à lui, c'est vrai.

—Est-ce que ça signifie qu'il est suspect? insiste Norm.

En essayant de rester le plus modeste possible, je leur relate l'arrestation de Brower.

Janine Fourman se lève.

—Chef Burkholder, cette ville ne peut pas se permettre de voir ses touristes fuir. Si les gens ne font plus leurs courses ici, ils iront à Lancaster. Savez-vous combien de temps et avec quel acharnement nous avons travaillé pour que Painters Mill apparaisse sur les cartes touristiques?

Du regard, elle cherche le soutien de ses homologues, qui hochent tous la tête de concert comme des pantins.

—Protéger les citoyens de Painters Mill signifie aussi leur procurer une économie stable, termine-t-elle.

Norm Johnston prend la parole:

—Kate, nous savons que vos moyens sont limités en raison du budget et de l'effectif réduits à votre disposition. Pour être honnête, nous ne sommes pas convaincus que vous ayez... l'expérience nécessaire pour gérer une affaire aussi complexe.

Je savais que ce moment allait arriver, mais la violence du choc me noue l'estomac. Janine assène le coup final.

—Ne le prenez pas personnellement, mais nous avons fait appel à une aide extérieure.

La peur qui s'abat sur moi est comme un bloc de glace dans mon ventre. Ça y est, j'ai perdu le contrôle de cette affaire.

— De quoi parlez-vous ?

Comme répondant à un signal, j'entends la porte derrière moi s'ouvrir. Un homme grand, aux cheveux bruns, entre dans la pièce. Son long manteau sombre m'apprend qu'il n'est pas du coin. Je me demande vaguement à quelle agence il appartient. Le costume classique indique un agent du FBI, mais il pourrait tout aussi bien être officier de la police d'État. Aucune des deux solutions ne m'enchante de toute façon.

— Kate, commence le maire en repoussant son bagel avant de se lever, voici l'agent John Tomasetti, du BCI.

Je ne fais aucun geste pour m'avancer vers lui ni pour lui serrer la main.

Le rouge aux joues, le maire reporte son attention sur le nouveau venu.

— Agent Tomasetti, voici le chef de notre police, Kate Burkholder.

Il pose sur moi un regard neutre. Ses yeux sont terriblement noirs et durs sous ses épais sourcils. L'expression de son visage est indéchiffrable. Je lui donne la quarantaine. Lui se contente de me dévisager. Je ne veux pas de lui ici et il le sait.

— Chef Burkholder, fait-il en me serrant la main. Il paraît que vous avez besoin d'aide ?

Sa paume est chaude, sèche et légèrement rugueuse. La poigne est ferme sans être autoritaire.

— C'est une affaire compliquée, m'entends-je répondre.

Il porte un sac noir en bandoulière et je me rends compte qu'il vient juste d'arriver. La bienséance voudrait que je le remercie d'être venu et que je lui propose de le conduire au poste. Une fois là-bas, je le présenterais à mon équipe et lui ferais le topo de l'affaire. Après quoi, pour coller à la réputation des flics, je l'emmènerais dîner, échangerais avec lui quelques blagues politiquement incorrectes et autres histoires de guerre, le tout en buvant un peu trop. Je sais que c'est mesquin, non professionnel et même suicidaire, mais je n'ai aucune intention de faire la moindre de ces choses.

— Je suis ici pour vous offrir toute l'aide que je serai en mesure de vous apporter, déclare-t-il.

— Je suis sûre que le conseil apprécie.

Un semblant de sourire étire brièvement ses lèvres.

— Je dois retourner travailler.

Retirant ma main, je tourne les talons et me dirige vers la porte. Mon cœur bat furieusement lorsque je l'ouvre. Je n'arrive pas à faire taire la petite voix intérieure qui me murmure que j'ai géré ça n'importe comment. J'aurais dû me montrer plus diplomate, plus professionnelle. J'aurais dû garder mon calme.

J'entends qu'on m'appelle mais je ne m'arrête pas. Je suis trop furieuse pour pouvoir me montrer raisonnable. La plus grosse partie de cette colère est dirigée contre moi. La vérité, c'est que j'aurais dû demander moi-même l'aide d'une autre agence.

Dans le couloir, je me dirige à grands pas vers l'ascenseur et écrase mon poing sur le bouton d'appel. Je n'attends pas que la cabine arrive. Je suis sur le point de prendre les escaliers lorsque j'entends mon nom. Auggie marche vers moi à grandes enjambées.

— Kate ! Attendez !

Je ne veux pas lui parler, mais je ne peux pas non plus m'enfuir. Je m'arrête et le regarde approcher.

— Je suis désolé de ce qui vient de se passer.

— Vous étiez d'accord ?

Ma question est sans ambiguïté.

— Écoutez, je sais que vous ne vouliez pas appeler le BCI tout de suite, mais…

— Un peu de soutien n'aurait pas été de refus, Auggie.

Ses joues s'empourprent d'un seul coup.

— Kate, je ne pouvais rien faire.

Je suis furieuse, mais ce n'est ni le lieu ni le moment pour un coup d'éclat politique. Et puis j'ai une bête autrement plus dangereuse à abattre.

Avec un coup d'œil vers la salle du conseil, il ajoute à voix basse :

— Méfiez-vous de Norm. Il veut votre peau.

Mon téléphone portable vibre dans ma poche mais je l'ignore.

— C'est peut-être parce que je l'ai arrêté pour conduite en état d'ivresse.

— Il veut aussi impliquer le bureau du shérif, Kate.

Le salaud ! Je sors le téléphone de ma poche.

— Quoi ?

— Chef ! s'écrie Mona d'une voix serrée et haut perchée. Je viens de recevoir un appel du fils de Bob Stedt. Sa petite amie et lui ont trouvé un corps chez le vieux Huffman.

Ces paroles me glacent le sang. Auggie me dévisage avec un mélange d'inquiétude et de frayeur.

— Appelle Glock, dis-je, regrettant de ne pas avoir quitté le bâtiment quand j'en avais l'occasion. Demande-lui de me retrouver là-bas. Dis aux gamins de monter dans leur voiture et de verrouiller les portières. Ils ne doivent toucher à rien et rester sur place à moins qu'ils ne soient en danger. Mets la main sur Doc Coblentz et dis-lui de se tenir prêt. J'arrive.

Mes mains tremblent quand je range le téléphone dans son étui. Je regarde Auggie. Je me sens terriblement mal, nauséeuse, comme si j'avais commis un acte horrible.

— Que s'est-il passé ? demande le maire.

Son teint livide me dit qu'il le sait déjà.

— On a trouvé un autre corps.

J'ouvre la porte de la cage d'escalier et descends les marches quatre à quatre.

14

La mort est une chose affreuse, mais le meurtre est encore pire. Le nombre de fois où j'en ai été témoin importe peu, la laideur et l'aberration d'un crime me terrifient au plus profond de mon être. Sur l'autoroute, mon compteur indique cent trente kilomètres à l'heure. Je ralentis à une vitesse plus raisonnable une fois arrivée sur Thigpen Road, car la route est glissante à cause de la neige. La ferme Huffman, située au bout d'une courte allée, est entourée d'arbres squelettiques.

Je dirige l'Explorer sur les traces de pneus et parviens jusqu'à l'arrière de la maison. Ronnie Stedt et une adolescente que je ne reconnais pas sont blottis dans la cabine d'une camionnette.

J'arrête la voiture et ouvre la portière. Les gosses sortent de leur véhicule et se précipitent vers moi.

— Que s'est-il passé ?

Le visage de Ronnie a la couleur d'une pâte crue. Ses yeux sont vitreux. Il s'arrête à deux mètres de moi et l'odeur de vomi me pique les narines.

— Il y a un mort à l'intérieur.

Je regarde la fille. Ses joues sont rouges et brillantes, marbrées de mascara. Elle semble plus endurcie que Ronnie Stedt. Je lui demande son nom.

— J… Jess Hardiman.

— Il y a quelqu'un d'autre dans la maison ?

Je sors mon .38 de son étui.

—Juste… le corps.

—Où ça?

—Dans la chambre.

—Restez ici. Si vous voyez quoi que ce soit ou si vous avez peur, montez dans la voiture et klaxonnez, d'accord?

Ils acquiescent tous les deux.

Je cours jusqu'à la porte de derrière et l'ouvre à la volée. La maison empeste la mort et la marijuana. Une vieille chanson de Led Zeppelin s'échappe d'une radio posée sur le plan de travail. Mes nerfs tressautent et s'agitent comme des vers sous ma peau tandis que je pénètre dans le salon. Je ne crois pas qu'il y ait quelqu'un dans la maison mais j'ai peur de ce qui m'attend.

Je m'avance dans le couloir. Il est étroit et sombre. L'odeur est plus forte ici. Mélange de sang et de matières fécales ajouté à la puanteur sous-jacente de putréfaction. Je fais un pas de côté pour éviter une flaque de vomi. Sur ma gauche, une porte est ouverte. Je n'ai pas envie d'entrer, mais je n'ai pas le choix. Devant moi, un corps horriblement bouffi. La peau brune est incroyablement tendue. Les cheveux emmêlés pendent lâchement. La poitrine tombe comme des fruits flétris. Les chevilles sont enchaînées à une poutre du plafond. Les pieds sont noirs. Une langue noire et humide sort entre les lèvres enflées.

Je laisse échapper un cri tandis que je recule en trébuchant dans le couloir. Ma respiration s'accélère, mon estomac se tord et la bile me monte à la bouche. Derrière moi, j'entends des pas. Je pivote, arme levée.

Glock s'arrête, les mains en l'air.

— Bon Dieu, c'est moi !

— Mince ! J'ai failli te flinguer ! dis-je en baissant mon arme.

Son regard se porte le long du couloir.

— Il y a quelqu'un ?

Je secoue la tête, incapable de parler. Je suis à deux doigts de vomir.

Il passe devant moi et jette un œil à l'intérieur de la chambre.

— Putain de merde !

Pendant que Glock vérifie le reste de la maison, je tente de me reprendre. Quand il me retrouve dans le couloir, j'ai remis mon armure de flic.

— RAS, dit-il.

Je n'aime pas la façon dont il me regarde, comme s'il pensait que j'allais péter les plombs.

— Bordel, Glock. J'aurais dû demander à Detrick de m'aider. J'aurais dû former une équipe.

— Même si vous l'aviez fait, ça n'aurait rien changé. Cette fille est là depuis un moment. Les remords, ça sert à rien.

Je vais dans le salon. Je l'entends parler dans sa radio. Par la fenêtre de la cuisine, j'aperçois Ronnie Stedt et sa copine plantés là où je les ai laissés.

Glock me rejoint.

— Pickles et Skid arrivent.

— Il faut qu'on leur parle, dis-je avec un geste de la tête en direction des deux adolescents. Je m'occupe du fils Stedt.

— La nana a l'air coriace.
— Tu es plus dur encore.
— Je suis un marine, dit-il comme si ça expliquait tout.

Je quitte la maison et m'approche de Ronnie Stedt. L'air semble incroyablement pur ici et je le respire goulûment.

— Viens là, lui dis-je.

Glock escorte la fille jusqu'à sa voiture de patrouille. Ronnie les suit du regard, une expression de petit garçon effrayé sur le visage.

— Ça va ?

Il secoue la tête.

— Je n'ai jamais vu un truc pareil de toute ma vie.
— Mettons-nous à l'abri du froid, dis-je en me dirigeant vers l'Explorer.

Jetant un dernier regard à sa petite amie, il m'emboîte le pas jusqu'à la voiture. Je l'installe sur le siège passager puis grimpe derrière le volant.

— Tu veux une cigarette ?
— Je ne fume pas, répond-il avant de soupirer. Pas de cigarettes en tout cas.
— Je vais fermer les yeux sur la marijuana.
— Merci.

Je démarre le moteur et monte le chauffage.

— Qu'est-ce que vous faisiez ici ?
— Rien.

Je croise son regard mais il détourne les yeux.

— Tu n'as aucun souci à te faire, dis-je. Je veux juste savoir comment vous avez découvert le corps.

L'air complètement défait, il secoue la tête.

— On a séché les cours. On voulait juste traîner un peu, fait-il en haussant les épaules. Je n'arrive pas à y croire.

— Vous avez vu quelqu'un quand vous êtes arrivés ?

— Non.

— Vous avez touché à quelque chose ? Déplacé quelque chose ?

— On est juste entrés. On a bu une bière. Et puis on a vu ce… truc dans la chambre. Bon Dieu.

À la terreur pure et authentique qu'ils affichent et à l'état de choc dans lequel ces gamins se trouvent, je sais qu'ils n'ont rien à voir là-dedans.

— Vos parents savent que vous êtes là ?

— Mon père va me tuer, répond-il en secouant la tête.

— Tu leur expliqueras, dis-je en voyant un téléphone portable accroché à sa ceinture. Tu dois les appeler tout de suite.

Avec un soupir, il prend son portable.

De mon côté, je compose de mémoire le numéro de Doc Coblentz.

— Nous avons besoin de vous à la ferme Huffman.

— Dites-moi qu'il s'agit d'un accident ou d'une crise cardiaque.

— J'aimerais bien.

— Bon Dieu ! lâche-t-il en poussant un soupir sifflant. Je suis là dans dix minutes.

Je me tiens dans la chambre de la vieille maison avec Doc Coblentz et Glock, et nous nous efforçons de ne pas fixer ce qu'il reste de la femme pendue au chevron. Doc Coblentz fouille dans sa trousse et en ressort un pot de vaseline mentholée qu'il me tend.

— Ça aide.

J'ouvre le pot et me mets une touche de gel sous chaque narine. Je le tends ensuite à Glock, qui secoue la tête.

— Ma mère me donnait de ce truc quand j'étais gosse. Je supporte pas l'odeur.

En d'autres circonstances, la remarque aurait pu me faire rire. Ce matin, je me contente de remettre le couvercle du pot et de le glisser dans la poche de mon manteau.

Nous avons enfilé des protections sur nos chaussures et des combinaisons en plastique, pas seulement pour préserver la scène de crime mais également pour nous protéger des risques biologiques.

— À en juger par la quantité de sang, commence le médecin, je dirais qu'il l'a tuée ici.

— Pourquoi changer de MO ? demandé-je à voix haute.

— Pour un maximum d'effet, propose Glock.

Le médecin et moi le regardons. Je ne suis pas experte en tueurs en série, mais je suis d'accord avec l'hypothèse de mon agent. Celui qui a fait ça voulait nous terrifier. Il voulait nous montrer ce dont il est capable. J'ai lu quelque part que certains tueurs en série cherchent à être attrapés. Pas parce qu'ils veulent finir en prison mais pour pouvoir être reconnus aux yeux du monde comme les auteurs de leurs œuvres.

— Il savait qu'il ne serait pas dérangé ici, dis-je.

— Le voisin le plus proche est à deux kilomètres, ajoute Glock.

Je ne veux pas regarder la victime, mais mes yeux sont irrésistiblement attirés par elle. C'est son visage qui me dérange le plus. Les yeux ont disparu et la langue noire surgit entre ses dents cassées.

Je m'adresse à Glock :

— Il faut qu'on prenne des photos avant de la déplacer.

— Je vais chercher l'appareil, dit-il avant de partir avec un peu trop d'empressement.

Dix minutes plus tard, les parents des adolescents arrivent pour récupérer leurs enfants. Le père de Ronnie Stedt essaye de rentrer de force dans la maison. Heureusement, Glock l'arrête à temps. Je lui explique alors qu'il s'agit d'une scène de crime et qu'il doit conduire son fils au poste où T.J. l'attend pour prendre sa déposition et ses empreintes. Si nous en trouvons sur la scène de crime, nous pourrons les éliminer.

Des parents terrifiés et des ados traumatisés sont le dernier de mes soucis. Quinze minutes plus tôt, j'ai appelé le bureau du shérif du comté de Holmes et officiellement demandé de l'aide. Je suis convaincue que le type en costard de Columbus ne va pas tarder à débarquer. Je sens les rênes de cette affaire m'échapper un peu plus.

Skid et Pickles sont dehors en train de délimiter le périmètre. Une fois la bande jaune installée, ils fouillent les granges et les dépendances. Ils cherchent aussi des empreintes de pas ou de pneus. Mais, avec la neige qui recommence à tomber, les chances sont faibles de trouver quoi que ce soit d'utile.

Glock revient avec le Polaroid. Un mélange de flocons et de neige fondue s'accroche aux fenêtres lorsqu'il se met à photographier. Le bourdonnement du petit moteur de l'appareil semble outrageusement bruyant dans le silence environnant. La maison est glaciale. Je porte plusieurs couches de vêtements et un legging sous mon pantalon, mais je suis gelée jusqu'aux os.

— Depuis combien de temps elle est là, à votre avis ?

Doc Coblentz secoue la tête.

— Difficile à dire, Kate. Sa température interne nous permettra de le déterminer.

— Elle a l'air complètement gelée.

— Elle l'est maintenant. Mais rappelez-vous : il y a deux semaines, nous avons eu quelques jours au-dessus de zéro.

Je me souviens. La température est montée à presque dix degrés avant qu'un froid arctique ne s'installe.

— Donc, ça fait un moment qu'elle est là.

— Je dirais que ce corps en est au stade 3 de la décomposition. Le ballonnement est avancé. La putréfaction est passée de la teinte verdâtre au noir. Cette étape prend en général quatre à dix jours, explique-t-il avec un haussement d'épaules. Mais vu la température, ce laps de temps a été considérablement allongé. À cette époque de l'année, il y a peu, voire pas du tout, d'activité de la part des insectes, ce qui joue aussi un rôle primordial dans le processus de décomposition.

— Alors, quel est votre meilleur pronostic ?

— Deux semaines, peut-être trois.

Deux femmes en trois semaines, voilà tout ce à quoi je peux penser. Qu'un tueur soit sorti de l'obscurité et ait escaladé si vite l'échelle de la violence est plus que rare. Qu'est-ce qui a déclenché cette montée en flèche ?

Je m'approche du cadavre. Mon cœur bat furieusement, ma tête bourdonne.

— Elle était vivante quand il l'a pendue ?

— D'après la quantité de sang sur le sol, je dirais que oui.

— Et la blessure ?

Doc se tourne vers Glock avant de lui demander :

— Vous avez pris une photo du sang par terre ?

— Oui, acquiesce-t-il.

Coblentz marche dans la flaque de sang, y laissant une empreinte. Malgré ses deux paires de gants en latex, j'ai un frisson de dégoût lorsque je le vois toucher le menton du cadavre pour exposer la blessure.

— J'en saurai plus quand je l'examinerai à la morgue mais, à première vue, la blessure semble similaire à celle de la première victime. Vous voyez, là ? Elle est courte, profonde et les bords sont lisses. La lame utilisée n'est pas dentelée.

J'essaye de regarder ce corps avec les yeux insensibles d'un flic. Je dois bien ça à cette jeune femme. À cette ville. À moi-même. Pourtant, les émotions et la répulsion qui m'agitent sont comme une bête s'acharnant sur la porte de sa cage.

Pendant une heure, nous étudions la scène de crime dans un silence sinistre. Je suis en train d'emballer les mains de la victime lorsqu'un mouvement à la porte attire mon attention. Le shérif Nathan Detrick fait son entrée dans la pièce.

— Seigneur ! s'exclame-t-il, le regard fixé sur le corps.

Depuis que je suis chef de la police, je ne l'ai rencontré qu'une fois, et encore, brièvement. C'est un homme d'une cinquantaine d'années, bien bâti. Je suis sûre qu'il fait de la musculation, et peut-être aussi du jogging. Mais l'âge est déjà en train de faire son œuvre sur son corps. Il est chauve, ce qui lui va bien. Je me demande s'il se rase le crâne pour dissimuler une calvitie ou si c'est naturel.

Il ne me laisse pas le loisir de m'interroger bien longtemps.

— On dirait que vous avez un beau merdier sur les bras.

Je retire dans un claquement mes gants en latex tandis qu'il s'approche de moi et me tend la main.

— Nathan Detrick, à votre service.

Sa poignée de main est ferme sans pour autant me broyer les os. Un bon point pour lui. Ses yeux sont d'un bleu électrique, son regard est franc et droit. Étonnamment, sa présence est rassurante et, pour la première fois, j'admets que je ne veux pas porter seule le fardeau de cette affaire.

— Merci d'être venu.

L'intelligence brille dans son regard. Je sais qu'il est en train de me jauger, de me juger. Touché.

— Nous nous sommes déjà rencontrés, dit-il en cessant de secouer ma main sans pour autant la lâcher.

— Noël dernier, lors de la soirée de bienfaisance pour la maison de retraite de Fairlawn.

— Bien sûr. Je me rappelle maintenant. Des côtes de bœuf de premier choix. Dures comme de la pierre.

— Et le père Noël était bourré.

Il répond avec un gros rire.

— Nous avons rassemblé un peu d'argent pour une bonne cause, en tout cas, non ? poursuit-il.

J'acquiesce, mais notre petite conversation est abrégée par ce que nous avons à affronter.

Il relâche ma main et porte son attention sur le corps.

— J'ai lu votre communiqué de presse. Je n'arrive pas à croire que ce salaud de Boucher soit de retour.

— Ces deux derniers jours ont été très difficiles.

— Nous sommes heureux que vous nous ayez appelés, fait-il avant de baisser le ton. Pour votre information, je ne suis pas fana de toutes ces conneries de juridictions. Ça reste votre bébé.

Je me demande s'il le pense sincèrement, et si le costard du BCI partage cet état d'esprit.

— Merci, j'apprécie.

Inutile de chercher pourquoi cet homme a gagné son poste de shérif par une victoire écrasante. Il est franc et charismatique en plus d'être doté de qualités de meneur. Un gros nounours venu nous sauver de notre propre incompétence. Cependant, j'ai appris par T.J. que Detrick était au beau milieu d'un divorce compliqué. La rumeur dit aussi qu'il a un sale caractère.

— Il va falloir qu'on m'aide pour la descendre, intervient Doc.

Pour éviter de trop contaminer la scène, j'ai limité le nombre de personnes à l'intérieur de la maison. Il n'y a que moi, Glock, Doc Coblentz et maintenant Detrick. C'est à nous que revient le privilège d'aider Doc Coblentz à décrocher le corps et à l'emballer.

Doc Coblentz s'éloigne du cadavre, laissant derrière lui de larges empreintes. Je prends le petit escabeau en alu que Glock a apporté un peu plus tôt. Mes bottes ont beau être recouvertes de leur protection, un frisson me parcourt lorsque je marche dans la mare de sang pour l'installer.

— Je l'ai, dit Glock en rapprochant l'escabeau du corps avant de monter dessus. Si vous pouvez la soulever et donner un peu de mou à la chaîne, je la décrocherai.

— Faites attention, ajoute précipitamment Doc. La chair pourrait lâcher, assurez-vous d'avoir une bonne prise.

Je sursaute lorsque Detrick pose ses mains sur mes épaules.

— Elle va être lourde. Laissez-moi m'en occuper.

Je voudrais être fâchée après lui mais c'est à moi que j'en veux. Pour la première fois depuis longtemps, j'ai envie de m'écarter et de laisser quelqu'un d'autre faire mon boulot.

Doc Coblentz indique le matériel de protection à Detrick. Celui-ci enfile des chaussons en papier par-dessus ses bottes et noue un tablier autour de sa parka. Il met ensuite les gants en latex et hoche la tête. Le médecin et le shérif positionnés de chaque côté du corps, Glock monte sur la dernière marche de l'escabeau pour atteindre le crochet de la chaîne.

— Soulevez-la, leur demande-t-il.

Les deux hommes lèvent la dépouille simultanément. D'un geste rapide, Glock décroche la chaîne. Tous les trois posent ensuite délicatement le cadavre par terre. La tête de la femme tourne et un fluide noir s'écoule sur les lattes du plancher. Je voudrais fermer les yeux pour chasser cette vision d'horreur mais, à la place, je saisis le Polaroid abandonné par Glock et commence à prendre des clichés. D'une certaine manière, l'objectif m'apporte le recul dont j'ai besoin. Je photographie le chevron et la chaîne.

Je baisse l'appareil. Personne ne parle. Tous les regards sont posés sur le cadavre. J'ai froid et pourtant je sens la sueur couler dans mon dos.

— Il faut qu'on emballe la chaîne.

Le ton calme de ma voix surprend tout le monde, y compris moi.

Je prends le rouleau de sacs-poubelle que j'ai apporté et en ouvre un. Glock apporte la chaîne et la glisse à l'intérieur.

— Si nous trouvons qui a fabriqué cette chaîne, dis-je, nous pourrons découvrir où elle a été achetée.

— Il vaudrait peut-être mieux l'envoyer au BCI, propose Detrick.

— Je suis d'accord.

À l'autre bout de la chambre, Doc Coblentz descend la fermeture Éclair du sac mortuaire qu'il ouvre en grand. Il s'approche ensuite du corps, s'accroupit à côté, une expression de profond trouble sur le visage.

— Elle a des coupures superficielles sur l'abdomen. Comme les autres.

Je m'avance et prends quatre clichés consécutifs de son ventre.

— On dirait le chiffre romain XXII, dit Glock.

— C'est lui, murmure Detrick. Il est revenu. Après toutes ces années.

J'ai envie de hurler que c'est impossible. *Je l'ai tué ! Il est mort, putain !*

Le médecin pousse un soupir.

— Aidez-moi à la retourner.

Glock s'agenouille à côté de Doc Coblentz et pose ses deux mains gantées, presque avec révérence, sur les hanches de la femme. Le médecin la prend par les épaules et les deux hommes la roulent sur le ventre. Je prends plusieurs autres photos.

— Mon Dieu.

Le choc dans la voix du médecin me tire de mes pensées. Je baisse l'appareil. C'est alors que je remarque le petit objet qui sort des fesses de la victime.

— Oh, merde ! s'exclame Detrick en reculant d'un pas.

Glock se redresse.

Le médecin touche la petite protubérance qu'on ne voyait pas jusque-là, mais il ne la retire pas.

— Un genre de corps étranger.

Un frisson de dégoût me parcourt.

— Mettons cette pauvre fille dans le sac, termine le médecin.

Il rapproche le sac de son corps et le défroisse délicatement. Avec l'aide de Glock, il roule le corps à l'intérieur.

Au bord du malaise, je retire mes gants dans un claquement, enlève les chaussons protecteurs, arrache la combinaison et jette le tout dans le sac pour matières biologiques suspendu à la poignée de la porte. Je devine le regard de Detrick braqué sur moi mais je ne le lui rends pas, tandis que je passe devant lui en coup de vent et me précipite hors de la chambre.

Ma vue s'obscurcit et je chancelle dans le couloir pour gagner la cuisine. Je lâche un juron à la vue de John Tomasetti dans l'entrée, dans son long manteau noir et ses chaussures de ville cirées. Il me fixe d'un drôle d'air quand j'ouvre la porte. Il s'adresse à moi quand je passe devant lui, mais je suis trop bouleversée pour comprendre ses paroles.

L'air froid me mord le visage à travers la couche de sueur. Je suis vaguement consciente de l'ambulance garée dans l'allée, moteur ronflant. Au bout du chemin, un camion de ProNews 16 patiente, les gaz d'échappement s'élevant en volutes dans l'air glacial. Une voiture de patrouille est garée à côté de celle de Glock. Je ne sais pas où je vais jusqu'à ce que j'ouvre la portière de l'Explorer pour me glisser derrière le volant. J'entends ma respiration haletante siffler dans ma gorge. J'ai envie de pleurer, cependant je me suis interdit cet exutoire depuis si longtemps que j'en suis aujourd'hui incapable. Je n'ai rien mangé de la journée, et c'est une bile acide qui me monte à la bouche. Je rouvre la portière et vomis dans la neige.

Au bout d'un moment, la nausée se calme. Je referme la portière d'un coup sec, pose les mains sur le volant et ma tête sur elles. Un coup frappé à la vitre me fait sursauter. J'ouvre les yeux : le costard du BCI est planté à côté de l'Explorer. L'expression de son visage est aussi indéchiffrable qu'une pierre.

Plutôt que de descendre ma vitre, j'ouvre la portière, le forçant à reculer.

— Vous allez bien ? demande-t-il.

— Super ! J'adore vomir ! m'écrié-je en sortant de la voiture. Qu'est-ce que vous croyez, bordel ?

Ça l'amuse et ça m'énerve. Le seul bruit perceptible est le picotement de la neige qui fond sur le sol. J'ai froid et je tremble. Je fais un effort surhumain pour empêcher mes dents de claquer.

— Ils emmènent le corps à la morgue, dit-il. J'ai pensé que vous aimeriez le savoir.

Je hoche la tête, essaye de recouvrer mon calme.

— Merci.

Il jette un œil par-dessus son épaule, vers le van de la télé.

— Les vautours ont senti l'odeur du sang.

— Une fois que la nouvelle de ce meurtre sera diffusée, nous en verrons bien d'autres nous tourner autour.

— Vous devriez peut-être tenir une conférence de presse. De cette manière, vous pourrez contrôler l'information et tuer la rumeur dans l'œuf.

C'est une bonne idée. J'ai été si absorbée par cette affaire que je n'ai pas pensé à ses répercussions dans la presse.

— Je vais l'organiser.

Il me dévisage froidement. Le genre de regard du méchant flic qui a sans doute obligé plus d'un suspect récalcitrant à faire des aveux.

— Écoutez, je sais que vous ne voulez pas de moi ici...

Je l'interromps :

— Ça n'a rien à voir avec vous personnellement.

— Ils disent la même chose à votre sujet, réplique-t-il, l'air de nouveau amusé. La politique, ça craint, hein ?

— En gros, c'est ça.

Il me scrute toujours. Un regard si intense que je commence à me sentir mal à l'aise.

— Je suis un bon flic, dit-il. Je suis là. Vous feriez tout aussi bien de vous servir de moi. Je pourrais même me révéler utile.

Il a raison, évidemment. Mais l'idée de cet homme mettant son nez dans cette affaire me fait frissonner. Le silence que je lui oppose est la seule réponse dont il a besoin.

Avec un dernier regard, Tomasetti tourne les talons et se dirige vers une Tahoe noire garée près de la route. Ses paroles résonnent dans ma tête. *Je suis un bon flic.* Est-il suffisamment bon pour résoudre une affaire vieille de seize ans et déterrer les secrets qui l'entourent ?

15

Il est presque 15 heures lorsque je quitte la ferme Huffman. J'ai l'impression d'avoir passé la matinée en enfer. Ces trois heures sur la scène de crime m'ont lessivée jusqu'à me laisser complètement vide. Lorsque j'arrive aux abords de Millersburg, j'appelle Lois. Au son de sa voix, je comprends qu'elle est stressée.

—Les médias sont là, chef. Je vous jure, ces gens me font dresser les cheveux sur la tête.

Je me garde bien de lui dire que ce n'est qu'un début.

—Je voudrais que tu organises une conférence de presse, lui dis-je.

—Vous allez en inviter encore plus ?

—Tu sais ce qu'on dit au sujet de ses ennemis ? Il vaut mieux les avoir près de soi.

—Vous êtes maso.

—Faisons ça dans l'amphi du lycée. À 18 heures.

—D'accord.

—Appelle tous mes agents et dis-leur qu'on se réunit à 16 heures. Dans la salle que tu as aménagée. Ce sera notre centre de commandement.

Après lui avoir énuméré les membres de mon équipe – Mona y compris – à joindre, je lui demande de prévenir également Detrick et Tomasetti.

—Tomasetti ? Ce type qui ressemble à un mafioso ?

Sa comparaison me tire un sourire.

— Et vérifie aussi s'il y a des déclarations de personnes disparues. Femme blanche. Entre vingt et trente ans. Blonde. Commence par les cinq comtés limitrophes. Si tu ne trouves rien, essaye à Columbus, Wheeling, Massillon, Canton, Newark, Zanesville...

— Moins vite.

— Steubenville. Vérifie auprès des agences de la ville et celles du comté.

— OK, j'ai compris.

— Mets-moi en relation avec T.J., tu veux bien ?

Cliquètement sur la ligne et, une seconde plus tard, T.J. est au bout du fil.

— Salut, chef.

— Tu as pris les dépositions des adolescents ?

— Lois est en train de les taper.

— Des nouvelles sur Patrick Ewell ?

Ewell est l'homme qui a payé en liquide les préservatifs achetés à la supérette.

— J'ai fait une recherche, répond T.J. tout en feuilletant des papiers. Ewell, Patrick Henry. Trente-six ans. Habite sur Parkersburg Road avec sa femme, Marsha, et ses deux enfants adolescents. Pas de casier. Pas d'arrestation. Même pas une amende pour excès de vitesse.

Puis soudain, la voix de T.J. prend un autre ton :

— Écoutez ça, chef : il travaille à l'abattoir.

C'est un lien ténu, mais je suis à ce point désespérée que je suis prête à le suivre.

— Trouve quel emploi il y occupe. Et renseigne-toi pour savoir s'il était au *Brass Rail* samedi soir.

— Compris.

Je ferais mieux de m'entretenir moi-même avec Ewell, mais je dois d'abord identifier la seconde victime.

— Vois s'il existe un lien entre lui et Amanda Horner.

— OK.

Puis, réfléchissant à ce que nous savons sur Ewell, je demande :

— Pourquoi un homme marié, père de deux adolescents achèterait-il une boîte de capotes ?

— Euh, moyen de contraception ?

— On pourrait croire qu'un couple marié depuis tant d'années dispose d'une meilleure méthode.

T.J. se racle la gorge. Qu'un homme de vingt-quatre ans soit gêné par une telle conversation m'emplit d'espoir : le monde n'est pas aussi sombre qu'il y paraît en ce moment.

— Merci, T.J.

— Y a pas de quoi, chef.

Je me sens légèrement plus optimiste lorsque je m'arrête sur le parking de l'hôpital Pomerene. Je me gare en double file devant l'entrée. De la neige fondue constelle mes cheveux et mes épaules tandis que je cours à l'intérieur. La rousse assise à l'accueil me jette un regard un peu trop intéressé quand je passe devant elle. Je lui décoche un sourire forcé, mais elle reporte son attention sur son ordinateur.

Le sous-sol de l'hôpital est feutré et moins éclairé que les étages supérieurs. Mes bottes claquent lourdement sur le carrelage. Je passe les portes battantes et trouve Doc Coblentz assis à son bureau.

— Doc ?

— Ah, chef Burkholder, je vous attendais. Vous avez identifié la victime ?

— Nous recherchons parmi les personnes disparues, dis-je en prenant une profonde inspiration pour me préparer à ce que je vais voir ensuite. Quelles sont vos premières constatations ?

Il secoue la tête.

— Je l'ai lavée. J'ai fait l'examen préliminaire. Si vous voulez jeter un œil.

C'est bien la dernière chose dont j'ai envie, mais il faut que je découvre qui elle est. Dehors, quelque part, ceux qui l'aiment sont inquiets. Des gens dont sa mort va irrémédiablement changer la vie. Si ça se trouve, elle a des enfants.

J'accroche mon manteau, enfile une blouse et des chaussons et rejoins le médecin.

— Les coupures sur son abdomen se révèlent bien être le chiffre XXII.

— Ç'a été fait *post mortem* ?

— *Ante mortem.*

Il se dirige vers la deuxième volée de portes battantes et nous entrons ensemble dans la pièce recouverte de carrelage gris que j'en suis venue à détester.

Trois brancards en métal sont alignés contre le mur du fond. Un quatrième étincelle sous la lumière diffusée par un énorme néon. Sous le drap bleu, je devine les contours du corps et me prépare mentalement.

Doc Coblentz attrape son porte-bloc sur le comptoir. Il sort un stylo de la poche de sa blouse et note quelque chose dans son rapport avant de reposer le dossier sur le comptoir.

— Je suis médecin depuis bientôt vingt ans. Médecin légiste depuis presque huit ans. C'est la chose la plus perturbante que j'aie jamais vue.

Avec délicatesse, il retire le drap. Le dégoût me fait reculer d'un pas quand j'aperçois la peau verdâtre. Sa bouche est ouverte, distendue. Sa langue rentrée à l'intérieur. L'entaille à son cou est une bouche noire béante.

Mon regard se porte sur les chiffres gravés sur son ventre. Si l'inscription est rudimentaire, la ressemblance avec les blessures sur le corps d'Amanda Horner est incontestable.

— Cause de la mort ?
— Pareil. Exsanguination. Il lui a tranché la gorge et elle s'est vidée de son sang.

Il faut que je m'approche pour mieux l'observer. Je dois voir ses cheveux, ses ongles, ses orteils... tout ce qui pourra m'aider à l'identifier. Mais mes pieds refusent de bouger.

— Il l'a violée. Sodomisée même.
— Des traces d'ADN ?
— J'ai fait des prélèvements, mais il n'y avait aucun fluide corporel.
— Il portait un préservatif ?
— Sûrement. J'en saurai plus quand j'aurai les résultats, explique le médecin avant de pousser un soupir. Il a torturé cette fille, Kate. Regardez ça.

Contournant le chariot, il gagne le comptoir et prend un grand plateau en acier.

— C'était dans son rectum.

Je n'arrive pas à me résoudre à regarder l'objet. Je baisse légèrement la tête et me pince le haut du nez pour faire cesser la douleur qui me tenaille.

—Après la mort ?
—Avant.

Prenant une profonde inspiration, je m'approche du plateau. L'objet qui y est posé est une tige de métal d'environ un centimètre et demi de diamètre et vingt-cinq centimètres de long. Il y a un petit crochet à une extrémité. L'autre est taillée en pointe. Du fait main, visiblement. Pour confectionner ça, on a dû utiliser une meule.

—Un objet ayant servi à la violer ?

Dans un coin de ma tête, je me demande si le tueur est impuissant. Si c'est le cas, il a peut-être consulté un urologue pour traiter ses problèmes d'érection. Je note mentalement de vérifier cette hypothèse plus tard.

—Je ne pense pas que ce soit de cette manière et pour cette raison qu'il a utilisé cet objet, commente Doc Coblentz.

—Comment ça ?

—Je crois que c'est un genre d'électrode faite maison, explique-t-il. Il y a du cuivre ici. Vous voyez ?

Le médecin fait courir un doigt ganté le long de la tige avant de reprendre.

—Ce métal est le meilleur conducteur d'électricité.

Je n'y connais pas grand-chose dans ce domaine, mais je sais que ça peut être un moyen de torture. À l'école de police, j'ai lu des rapports sur les cartels de drogue mexicains : ils utilisaient ce genre de méthodes quand ils voulaient faire un exemple.

Dans les yeux du médecin brillent la même indignation et la même incrédulité que celles qui m'étreignent.

— Donc le tueur doit avoir une expérience en électricité. Tout du moins il bricole.

Le mot est plus que faible pour une personne qui a inventé un engin de torture. Le bricolage, c'est ce qu'un père fait le dimanche après-midi dans son garage. Les monstres, eux, ne bricolent pas.

— Cela explique les brûlures subies par Amanda Horner.

— Oui.

— Pourquoi l'a-t-il laissé ?

J'ai posé la question à voix haute mais, au fond de moi, je sais. Il est fier de son abominable appareil. Il voulait que nous le trouvions.

Le médecin secoue la tête.

— C'est votre domaine, Kate, pas le mien. Moi, je peux seulement vous affirmer qu'il l'a torturée avec cet objet, probablement avec une décharge électrique.

Pendant une minute entière, le seul bruit que l'on entend est le bourdonnement des néons et le ronronnement des unités de refroidissement. J'essaye de rassembler mes idées, de mettre de l'ordre dans mes questions, pourtant mon esprit refuse de coopérer.

— J'ajouterai ça au profil que nous sommes en train de définir.

Je regarde les profonds sillons qui entaillent ses poignets. Son abdomen gonflé. Ses mains et ses pieds. J'essaye de l'imaginer telle qu'elle était lorsqu'elle était en vie. C'est alors que la vue de ses ongles non vernis me frappe. Cette femme n'est parée d'aucun artifice. Pas de mèches dans les cheveux. Ses oreilles ne sont pas percées. Elle ne porte aucun bijou.

Elle est complètement naturelle.

Une dizaine de véhicules encombrent la rue devant le poste de police. Le camion de ProNews 16 stationne sur mon emplacement réservé, m'obligeant à me garer un pâté de maisons plus loin. Je glisse une contravention sous son essuie-glace au passage.

À l'intérieur, c'est un véritable asile de fous. Lois et Mona s'affairent toutes les deux devant un standard qui s'affole. T.J. est assis dans son box, le téléphone collé à l'oreille, dos tourné. Glock est avachi dans son fauteuil en train de pianoter sur son clavier. Je me demande où sont Skid et Pickles, avant de me souvenir qu'ils sont certainement encore à la ferme Huffman.

Steve Ressler m'aperçoit. Le rouge lui monte aux joues tandis qu'il se précipite vers moi.

— C'est vrai qu'il y a eu un second meurtre ?
— Oui, dis-je sans m'arrêter.

Il marche à ma hauteur, alignant son pas sur le mien.

— Qui est la victime ? A-t-elle été identifiée ? La famille a-t-elle été informée ? Est-ce que c'est le même tueur ?
— J'ai du travail, Steve. La conférence de presse est à 18 heures.

Il me mitraille d'une dizaine d'autres questions encore, mais je l'ignore et fonce dans mon bureau.

— Chef !

Les cheveux de Mona sont encore plus fous que d'habitude. Elle a eu la main lourde sur l'eye-liner. Ombre à paupières rose. Rouge à lèvres vermillon. Elle est prête pour les caméras.

— C'est comme ça depuis combien de temps ?
— Quelques heures, répond-elle. Je suis restée pour aider Lois.

— Merci, j'apprécie.

De l'autre côté de la salle, Steve Ressler me jette un regard noir.

— Tout le monde se tient correctement ? dis-je.

— Ressler est un connard insistant. Norm Johnston est hors concours.

— Si on te pose la question, réponds qu'il y a une conférence de presse à 18 heures dans l'amphithéâtre du lycée.

— Compris.

Dans mon bureau, j'allume mon ordinateur et prends une tasse de café pendant qu'il démarre. Mon téléphone sonne. D'un coup d'œil, je vois les quatre lignes s'affoler de concert. Je les ignore et appelle Lois.

— Tu as vérifié les déclarations de personnes disparues ?

— Rien, chef.

Je pense à la jeune femme à la morgue. Je devrais être surprise que personne n'ait signalé sa disparition mais je ne le suis pas.

— Rappelle à tout le monde la réunion de 16 heures.

— Celle qui était censée commencer il y a dix minutes ?

— Et demande à Glock de venir.

— D'accord.

Je suis toujours en train de penser à la seconde victime lorsque Glock entre dans mon bureau.

— Quoi de neuf ?

— Ferme la porte.

Il tend un bras derrière lui et la claque.

— J'ai besoin que tu laisses tout tomber.

Il s'approche de la chaise en face de mon bureau et se laisse choir dedans.

— Très bien.

— Ça reste entre toi et moi, Glock. Personne ne doit savoir ce que tu fais ni pourquoi. Et je ne peux pas tout te dire.

— Racontez-moi ce que vous pouvez et je ferai avec.

Je suis soulagée de voir qu'il me fait suffisamment confiance pour travailler en aveugle.

— Je veux que tu trouves tout ce que tu peux sur un homme du nom de Daniel Lapp.

— Qui est-ce ?

— Un gars du coin. Un Amish. Personne ne l'a vu depuis seize ans.

La durée de l'absence de l'homme n'échappe pas à Glock et, pour la première fois, il a l'air surpris.

— Il est amish ? répète-t-il.

— Les gens pensent qu'il a changé de style de vie.

— Il a de la famille par ici ?

— Un frère, dis-je avec un hochement de tête. Je lui ai déjà parlé.

— Il vous a appris quelque chose ?

— Non.

Glock me dévisage d'un regard un peu trop insistant.

— Vous allez me dire pourquoi on s'intéresse à ce type ?

— Je ne peux pas. J'ai juste besoin que tu me fasses confiance, d'accord ?

Il acquiesce.

— D'accord. Je vais voir ce que je peux trouver.

Et voilà. Pas de question. Pas d'objections sur le fait d'être laissé complètement dans le noir. Une pointe de culpabilité me tenaille. Comme si je ne méritais pas cette confiance.

— C'est une priorité ? demande-t-il au bout d'un moment.

— Une priorité absolue.

Au fond de moi, je prie pour qu'il découvre ce que je n'ai pas réussi à trouver.

16

La salle d'archives au fond du couloir a subi une transformation radicale pour passer du placard fourre-tout au centre de commandement. Une table pliante de deux mètres cinquante flanquée de chaises dépareillées occupe le centre de la pièce. À un bout, un minipupitre repose sur une table branlante. À côté, un chevalet est fixé avec une ventouse. Un tableau blanc est accroché au mur. Un unique téléphone est posé par terre à côté de la prise, et je comprends que le fil n'est pas assez long pour aller jusque sur la table.

Glock et moi sommes les premiers à arriver. Tant mieux car j'ai besoin de quelques minutes pour rassembler mes idées et me préparer mentalement. Il est primordial que j'apparaisse compétente et maître de la situation. D'autant plus que l'enquête concerne maintenant plusieurs juridictions.

— Pas mal, commente Glock en faisant référence à l'ingéniosité de Mona et Lois.

— Ça fera l'affaire, dis-je en parvenant à esquisser un faible sourire. Comment est mon nez ?

— Multicolore. Mais le violet vous va très bien, chef.

Une activité bouillonnante à la porte attire mon attention. Detrick et deux shérifs adjoints en uniforme entrent dans la pièce. Je leur désigne les chaises d'un geste de la main.

—Premier arrivé, premier servi.

Detrick vient jusqu'à moi et me tend une large main.

—Le légiste vous a appris quelque chose sur la victime ?

Sa poigne est ferme et sèche ; j'aimerais bien être aussi calme que lui.

—La cause de la mort est la même que pour la première victime. Je détaillerai le reste pendant la réunion.

Il hoche la tête et désigne ses deux hommes.

—J'ai amené du renfort. Voici le shérif adjoint Jerry Hunnaker.

Un peu enrobé, celui-ci affiche un petit sourire satisfait et impudent qui me hérisse le poil. Lorsque nous nous serrons la main, il me broie les doigts, et je me demande si c'est pour se débarrasser de lui que Detrick m'accorde les services de cet homme.

D'une taille imposante, le second adjoint a un physique anguleux. Il ressemble plus à un étudiant membre de l'équipe de saut à la perche qu'à un policier. Mais son regard est franc et son expression sincère. Bien qu'il me semble sans expérience, je sais qu'il me sera plus utile que le crâneur à la poigne de fer.

— Shérif adjoint Darrel Barton.

Detrick pose une main sur l'épaule de l'adjoint tel un père fier de présenter son fils préféré.

Durant les quelques minutes passées avec Detrick, la pièce s'est remplie. Sur le seuil de la porte, je vois Steve Ressler et me précipite vers lui.

— La conférence est à 18 heures !

—J'aimerais m'asseoir dans un coin pour voir ce que fait la police.

— C'est une réunion professionnelle, Steve. Certaines des choses dont nous allons discuter ne sont pas destinées au public.

— Ou peut-être que vous ne voulez pas que le public sache que vous n'avez aucune piste ?

Sa propre audace semble le ravir et je réfrène mon envie de l'assommer. Je fais un geste en direction de la porte.

— Vous pourrez faire part de vos inquiétudes lors de la conférence de presse.

Pivotant sur ses talons, Ressler s'éloigne d'un air digne.

Je prends place derrière le pupitre. Detrick est assis à la table, flanqué de ses deux adjoints. Glock et T.J. se sont mis en face tandis que Skid et Pickles ont installé leurs chaises au fond de la pièce. Le maire est assis seul dans un coin, tel un petit nouveau le jour de la rentrée des classes. Mona se tient près de la porte, les bras croisés sur la poitrine. Derrière elle, John Tomasetti est appuyé contre l'encadrement de la porte, son sac de voyage entre les pieds. Toute la petite bande est réunie.

Après une grande inspiration, je me lance.

— Voici donc le détachement spécial et multijuridictionnel formé par le maire et le conseil municipal.

Les yeux braqués sur Auggie, je poursuis :

— Nous travaillerons conjointement avec le shérif du comté de Holmes, Nathan Detrick.

Celui-ci se lève brièvement puis se rassoit.

— Ainsi qu'avec l'agent John Tomasetti du BCI de Columbus.

Les têtes se tournent. Appuyé contre le chambranle, il hoche la tête et je ne peux m'empêcher de penser qu'il ressemble vraiment à un membre de la mafia.

Je passe les dix minutes suivantes à résumer les détails des deux meurtres. Quand j'ai fini, je me dirige vers le tableau blanc sur lequel j'écris *Personnes d'intérêt* que je souligne. Si tous attendent *le Boucher*, je commence par un autre nom : *Scott Brower*.

—Il était présent au *Brass Rail* samedi soir. Un témoin a rapporté l'avoir vu avec Amanda Horner.

Je leur donne ensuite les détails de son casier et leur fais un compte rendu de son arrestation du matin, puis j'en viens à mon suspect suivant.

—Patrick Ewell, dis-je tout en écrivant son nom sur le tableau. T.J. ?

Le jeune officier compulse ses notes.

—Pour résumer, euh... Ewell a acheté des préservatifs vendredi soir à la supérette de Painters Mill. Un modèle lubrifié comme celui utilisé par l'auteur du crime. Ewell a payé en liquide, mais nous avons pu l'identifier grâce aux caméras de surveillance. Il travaille à l'abattoir. Au service du personnel. Je l'ai interrogé. Il a un alibi que sa femme a confirmé.

J'interviens :

—Une épouse peut mentir pour protéger son mari. Il reste suspect, dis-je en gratifiant T.J. d'un regard appuyé. Qu'en est-il des deux autres acheteurs ?

—Justin Myers et Greg Milhauser.

—Tu leur as parlé ?

—Pas eu le temps, chef, mais je m'en occupe dès que possible.

Je note les noms sur le tableau. J'ai une légère hésitation avant d'écrire *le Boucher*.

— Je n'aime pas ce surnom, mais comme la plupart d'entre vous l'utilisent, je ferai avec. Comme vous le savez tous, les meurtres auxquels nous sommes confrontés présentent des similitudes avec quatre autres, survenus au début des années 1990. Je ne suis pas convaincue qu'il s'agisse du même meurtrier et je vous invite à ne pas faire de suppositions hâtives à ce stade. Nous pourrions avoir affaire à un imitateur. C'est la pause entre les deux séries de crimes qui m'incite à penser cela.

Je lis le désaccord sur les visages de mon public, aussi j'ajoute rapidement :

— L'éventualité que le meurtrier ait été emprisonné ou blessé, ou encore qu'il ait changé de secteur, est à envisager. Mais gardez l'esprit ouvert et n'ayez pas peur de penser différemment.

Je baisse les yeux sur ma feuille d'attribution des tâches.

— Voilà où nous en sommes : l'agent Skidmore travaille avec le bureau de probation pour obtenir les noms de personnes incarcérées ces seize dernières années, dis-je avant de jeter un coup d'œil à Skid. Ton rapport ?

Il se redresse sur sa chaise, mais ça n'arrange en rien son allure débraillée. De là où je me tiens, je peux voir ses yeux injectés de sang. Ses mains tremblent un peu lorsqu'il saisit une feuille de papier.

— J'ai lancé la recherche officielle hier, dit-il avant de nommer plusieurs villes et comtés de l'Ohio. Le bureau de probation traite notre demande en priorité. Nous devrions avoir des nouvelles cet après-midi ou à la première heure demain matin.

De son coin isolé dans l'embrasure de la porte, Tomasetti intervient :

— Je peux faire accélérer votre requête auprès du bureau de probation.

— Ce serait bien, acquiesce Skid.

Je poursuis :

— Étends ta recherche aux hôpitaux, aux centres psychiatriques. Je veux savoir s'il y a eu des hommes entre vingt et quarante ans hospitalisés à la suite d'un accident de voiture, par exemple, ou présentant de sérieux problèmes psychologiques qui nécessitaient une hospitalisation.

— Ça va prendre du temps, soupire Skid. Y a un paquet de détraqués, dehors.

Une vague de ricanements parcourt la salle.

Je me tourne vers le tableau blanc et j'écris : *Crimes similaires*.

— Pickles, j'ai lancé une recherche sur OHLEG mais je sais que les données ne sont pas toujours entrées dans la base. Je veux que tu appelles les services de police locaux. Recense les meurtres impliquant couteaux, gorges tranchées, inscriptions sur l'abdomen et crimes sexuels. Commence par les comtés limitrophes, intéresse-toi aux grandes villes aussi, comme Columbus, Massillon, Newark, Zanesville et Cambridge.

Pickles a l'air ravi de sa nouvelle mission.

— Compris, chef !

Je regarde l'adjoint crâneur de Detrick.

— Hunnaker, d'après Doc Coblentz, les victimes des deux meurtres ont été violées à l'aide d'objets. Il est possible que notre homme soit impuissant. Je veux que vous vérifiiez auprès des urologues de la région et dressiez une liste de patients traités pour un dysfonctionnement de l'érection.

Hunnaker remue sur sa chaise en s'efforçant de ne pas avoir l'air embarrassé par ma demande.

Le second adjoint, Barton, murmure :

— Ne t'inquiète pas, Hun, tu pourras effacer ton nom de la liste.

La pièce est parcourue par une vague de rires. Je ne me joins pas à eux, mais la pointe d'humour allège un peu l'atmosphère.

Le shérif Detrick hoche la tête comme en signe d'assentiment.

— Et le privilège de confidentialité entre médecin et patient ? Est-ce que ça ne va pas poser problème ?

— Pas si on peut obtenir une commission rogatoire.

Je porte mon attention sur Auggie, le mettant exprès sous le feu des projecteurs.

— Est-ce que vous ne jouez pas au golf avec le juge Seibenthaler ?

— Le juge ne fait pas la différence entre un fer quatre et un putter.

Nouvelle vague de ricanements. Mais l'humeur générale reste sombre.

— Appelez-le. Voyez si nous pourrons obtenir une commission rogatoire s'il nous en faut une.

Puis je m'adresse à Barton :

— Je veux une liste de tous les délinquants sexuels dans les comtés et les villes que j'ai mentionnés plus tôt. La plupart des services de police mettent ces listes en ligne.

Il hoche la tête et prend des notes dans un petit calepin.

— Les pédophiles aussi ?
— Aussi, oui, dis-je avant de me tourner vers Glock. Où en sommes-nous des empreintes de pneus et de pas ?

L'ancien marine se recule sur sa chaise pour prendre la parole d'un ton professionnel.

— Je viens juste de raccrocher avec le BCI. Le deuxième lot d'indices est arrivé au labo. Ils les examinent en ce moment même. Nous sommes prioritaires.

Il décoche à Tomasetti un regard appuyé pour défier le superagent de lever sa baguette magique et d'accélérer la procédure.

— Grâce aux premiers relevés d'empreintes de pas et de pneus, ils ont pu obtenir une empreinte de chaussure partielle. Ils essayent de trouver le fabricant. S'ils y arrivent, ils pourront découvrir le détaillant.

— Et le vendeur pourra nous fournir un nom, intervient Detrick en énonçant l'évidence.

— Surtout s'il a payé par chèque ou carte de crédit, ajoute Glock.

— Ou s'il y a des caméras de surveillance, dis-je.

Je regarde Mona qui se tient au fond de la pièce. Elle tripote les boutons de son chemisier.

— Mona ?

Elle reporte son attention sur moi. Elle semble tout excitée, ravie d'être interpellée. Elle n'est pas flic mais, pour la première fois, c'est sans importance. J'ai la parfaite tâche à lui confier.

— Je voudrais que tu dresses une liste des preuves. J'aimerais aussi que tu ouvres une photothèque. Tu peux voir sur Internet comment ça se présente.

— J'en ai vu une fois dans une série.

Sa remarque entraîne des ricanements et elle se mord la langue.

Je lui souris.

—Comment ça avance pour les propriétés à l'abandon ?

—J'ai douze maisons et deux entreprises pour l'instant.

Auggie intervient :

—Vous devriez vérifier auprès du percepteur des impôts locaux pour ça. Peut-être l'office de déclaration des faillites.

—D'accord, lâche-t-elle en se glissant sur une chaise pour noter rageusement. J'ai compris.

—C'est une priorité, dis-je à Mona. Donne ce que tu as déjà au shérif Detrick.

Me tournant ensuite vers ce dernier, j'ajoute :

—Le bureau du shérif pourrait-il vérifier ces propriétés ?

—Absolument, approuve-t-il.

T.J. lève la main, puis, se rendant compte que son geste est juvénile, la baisse rapidement.

—Chef, vous avez pensé à faire intervenir un profileur ?

Je regarde Tomasetti. Son visage indéchiffrable ne me révèle rien de ce qu'il pense ou ressent. J'aimerais pouvoir lire en lui.

—Je travaille sur un profil en ce moment, répond-il. J'aurai quelque chose à la fin de la journée.

Je retourne à mes notes. Raclements de gorge et de bottes contre le sol emplissent la pièce tandis que je décris l'instrument de torture que Doc Coblentz a retrouvé dans le corps de la seconde victime.

— Il y a une photo de l'objet dans le dossier. Ça a l'air fait maison. Ce type l'a peut-être fabriqué dans son garage ou dans sa boutique. Il doit avoir des connaissances en électricité.

— Nous devons choper ce fils de pute, déclare Detrick, bras croisés sur son torse imposant. Tous, dans cette pièce, nous savons qu'il ne va pas s'arrêter maintenant qu'il y a goûté.

— Nous pourrions augmenter les patrouilles dans le secteur, lui dis-je.

— Ça marche.

Je reporte mon attention sur le reste de l'assemblée.

— J'ai prévu une conférence de presse ce soir. 18 heures dans l'amphithéâtre du lycée. Vous devriez venir.

J'étudie les visages devant moi puis reprends.

— Une dernière chose. J'aimerais que chaque personne dans cette pièce me comprenne bien : nous ne diffusons pas l'information des chiffres romains gravés sur le ventre des victimes. Ne divulguez rien de ce que nous avons discuté aujourd'hui. Ni à votre femme ni à votre petite amie ou votre copain. Ni même à votre chien. Tout le monde est bien d'accord là-dessus ?

Devant moi, ce n'est que hochements de tête vigoureux. Satisfaite, je m'éloigne de l'estrade.

— Très bien. Au boulot !

17

J'arrive au lycée avec tout juste deux minutes d'avance. J'espérais éviter la presse mais je suis trop en retard. Plusieurs camions de télé sont déjà garés sur le parking à côté de l'arrêt de bus. Même sous le faible éclairage des réverbères, je reconnais le van de ProNews 16.

Je me gare sur un emplacement réservé au corps enseignant et me dirige vers une porte de côté, moins fréquentée. À mon grand soulagement, elle n'est pas verrouillée. Il fait chaud dans le couloir, où règne une odeur de papier et de détergent industriel. L'amphithéâtre se trouve droit devant. J'entends la foule bien avant de la voir. L'appréhension me gagne lorsque j'aperçois une équipe de la télévision de Columbus en train de transporter son matériel.

Je m'enfonce dans un autre couloir qui m'amènera à l'arrière de l'amphi. Detrick attend près de l'entrée des artistes.

— Chef Burkholder ! Vous aimez arriver au dernier moment, pas vrai ?

— Ce genre de rassemblement n'est pas franchement ma tasse de thé.

— Il y a beaucoup de caméras, commente-t-il. Et une ou deux stations de radio, aussi.

Merde ! C'est tout ce qui me vient à l'esprit. Detrick, de son côté, a même pensé à poudrer son crâne chauve, et une lueur d'anticipation brille dans son regard. Je me rappelle alors qu'avant d'être un homme de loi il est surtout un politicien. Son petit discours ne tarde pas à me le confirmer.

— Je suis flic depuis un bail et je suis doué pour ça, commence-t-il. Mais je suis aussi un bon politicien. Les caméras m'adorent, fait-il avec un sourire d'auto-dénigrement. Si vous voulez que je gère à votre place le côté média, je suis votre homme. Je sais que vous avez du boulot par-dessus la tête et vous ne pouvez pas être à la fois au four et au moulin.

L'idée que c'est là sa première tentative pour me piquer mon affaire me traverse l'esprit. J'ai l'air d'être parano, mais je sais bien qu'aux yeux du public seules comptent les perceptions et les premières impressions. Devant les caméras de télévision, Detrick me fera de l'ombre comme le soleil éclipse la lune. Pourtant, il a raison. Je dois enquêter, pas faire la cour à une bande de journalistes en émoi.

Ces pensées sont mises de côté lorsque je vois Norm Johnston et Auggie Brock s'approcher. Detrick leur serre la main. Auggie jette des regards furtifs dans ma direction, Norm m'ignore royalement. Je retire mon manteau et le pose sur une chaise en essayant de me calmer les nerfs.

— On y va, décrète Norm.

Nous entrons sur la scène comme une seule et unique équipe soudée. Je cligne des yeux devant les flashs des appareils photo, tout en me demandant combien de temps ce frêle sentiment de cohésion va durer. C'est le genre d'affaire qui peut détruire la plus solide des relations. Et celle que j'entretiens avec le maire ou le conseil municipal est loin de l'être.

Nous nous arrêtons à une table installée derrière le podium. Les lampes au-dessus de nos têtes diffusent une lumière aveuglante et étouffante, un contraste saisissant avec le froid glacial qui règne dehors. Auggie s'approche du podium et tapote le micro.

— Vous m'entendez ?

Hochements de tête et grognements approbatifs secouent l'assistance.

Il se tourne légèrement de côté et me présente :

— Voici le chef de la police Kate Burkholder.

Je marche vers le podium et laisse errer mon regard sur l'océan de visages devant moi. Je me sens responsable de ces gens que j'ai juré de servir et de protéger. J'espère pouvoir respecter mon serment sans déshonorer ma famille ni détruire ma propre vie au passage.

Rapidement, je récapitule les principales données de l'affaire, en passant sous silence les inscriptions sur le ventre des victimes.

— Je tiens à vous assurer que le bureau du shérif du comté de Holmes, le bureau d'identification et d'investigation criminelles ainsi que la police de Painters Mill travaillent sans relâche pour coincer le coupable. En attendant, je compte sur chacun d'entre vous pour rester vigilant. Verrouillez vos portes. Branchez vos alarmes de sécurité. Déclarez à la police tout événement inhabituel ou suspect, même ceux qui vous paraissent les plus insignifiants. Je vous invite également à former des comités de surveillance citoyenne. Gardez un œil sur vos voisins, les membres de votre famille, vos amis. Je demanderai aux femmes d'être particulièrement prudentes et de ne pas sortir non accompagnées.

Lorsque j'ai fini, une avalanche de questions s'abat sur moi.

— Est-ce que c'est le Boucher ?
— Avez-vous un suspect ?
— Comment ont été tuées ces femmes ?

L'insistance de la foule me gêne.

— Une question à la fois, s'il vous plaît !

Nul ne prête attention à ma requête. Au premier rang, je remarque Steve Ressler et l'interpelle. Dans un coin de ma tête, j'espère que ça effacera ma brusquerie au poste de police. Je n'ai vraiment pas besoin de me mettre la presse à dos.

— Chef Burkholder, avez-vous contacté le FBI ? demande-t-il.
— Non.

Des murmures de désapprobation parcourent la salle.

— Pourquoi ?
— Parce que nous travaillons déjà avec le BCI de Columbus.

Une dizaine de mains se lèvent. Je désigne un homme mince qui porte des lunettes à l'épaisse monture noire.

— Comment les victimes ont-elles été tuées ?
— L'examen préliminaire du médecin légiste conclut à une mort par exsanguination. Les deux victimes ont eu la gorge tranchée.

Un silence dû à la fois au choc et à la peur tombe sur la foule. Je pointe un doigt sur un homme qui porte une casquette des Cincinnati Reds.

— C'est ainsi que le Boucher assassinait ses victimes au début des années 1990, commence-t-il. Est-ce que c'est le même homme ?

— Cela n'est pas un fait établi pour le moment, mais nous étudions les anciens dossiers.

Ignorant le bourdonnement de murmures que cette réponse entraîne, je donne la parole à une femme du journal télévisé.

Les questions sont violentes et me martèlent comme autant de pierres. Les réponses ont du mal à venir. Je fais de mon mieux mais, au bout de vingt minutes, je me sens complètement prise au piège et lessivée. Des mains s'agitent follement. Je les ignore.

— Si vous voulez bien m'excuser, je dois retourner travailler.

Je m'éloigne du podium et me tourne vers Detrick.

— Shérif Detrick ?

La logique et la bienséance voudraient que je prenne alors place aux côtés d'Auggie et de Norm pour écouter le baratin de Detrick. Cependant, je n'ai jamais été fan des représentations politiques. Je me dirige sans un regard en arrière vers la sortie.

Derrière moi, la voix de Detrick tonne à travers la sono. Le charisme et la compétence suintent presque par ses pores et je sais que dans quelques minutes ce public hostile lui mangera dans la main. Ça ne devrait pas m'ennuyer, et pourtant c'est le cas. Aux yeux du public, l'apparence est tout ce qui compte, même si cette apparence est trompeuse.

Je me sermonne mentalement pour ne pas avoir fait du meilleur boulot au micro. J'aurais dû me montrer plus patiente, plus directe. J'aurais dû être un meilleur meneur. Mais je suis flic, pas orateur professionnel. J'attrape rageusement ma parka sur la chaise et décide de retourner au poste, où je pourrai au moins être efficace.

Le discours de Detrick sert de toile de fond à mes pensées lorsque je m'engage dans le couloir flanqué de casiers. Même à cette distance, je discerne la confiance qui transparaît dans sa voix. Je sais aussi qu'il est celui qui rassurera les habitants de Painters Mill ce soir, pas moi.

— Chef !

Glock me rattrape à grandes enjambées. À côté de lui, John Tomasetti affiche une expression grave. Un Amish aux cheveux visiblement coupés à la hâte, aux yeux bleus et à la barbe rousse fournie leur emboîte le pas. Il porte une veste en laine noire qui semble trop légère pour lutter contre le froid. Une petite femme dodue vêtue d'un manteau noir sur un pull en laine et des bottillons en cuir aux pieds suit les hommes.

— Voici Ezra et Bonnie Augspurger, présente Glock.

Je connais les Augspurger, mais cela fait quinze ans que je ne les ai pas vus ni ne leur ai parlé. Enfant, j'ai passé de nombreux dimanches chez eux avec mes parents pour le culte. Je me souviens avoir joué avec leur fille, Ellen, et un de ses frères, Uri, dont l'un des jeux préférés était de tirer sur ma *kapp*. Il n'avait pas cafardé lorsque je l'avais poussé dans un tas de crottin de cheval. Le plus jeune des enfants Augspurger, Mark, était atteint du syndrome d'Ellis-Van Creveld, une forme de nanisme trop fréquente au sein de la population amish. Évidemment, enfant, tout ce que je savais, c'était que Mark était petit, mais Ellen m'avait un jour confié qu'il avait un onzième orteil et un trou dans le cœur. En regardant Ezra et Bonnie, je me demande si Mark est toujours en vie.

Je tends la main à Ezra en premier. Son regard croise le mien et j'y lis la peur. La même crainte m'étreint le cœur. Je sais pourquoi ils sont là et je sais comment va se terminer cette rencontre.

— Ellen a disparu.

Ezra a la voix qui tremble en prononçant ces mots en allemand pennsylvanien.

— Nous avons entendu parler du meurtre de la fille english et nous sommes inquiets, poursuit Bonnie. Vous devez nous aider à retrouver Ellen.

Dans ma tête, l'image du corps à moitié décomposé qui repose sur une table à la morgue – ses ongles non vernis – apparaît. Une tristesse si profonde qu'elle m'empêche de parler pendant quelques instants m'emplit. Je ne veux pas que cette femme soit Ellen, et pourtant je sais que c'est elle. La culpabilité m'envahit parce que je ne l'ai pas reconnue. Ça fait peut-être quinze ans que je ne l'ai pas vue, mais j'aurais dû le savoir.

Sans m'en rendre compte, je leur réponds en allemand pennsylvanien.

— Depuis combien de temps a-t-elle disparu ?

Ezra détourne le regard mais j'ai le temps d'y déceler une expression honteuse.

— Deux semaines et demie, répond Bonnie en se tordant nerveusement les mains.

— Pourquoi n'êtes-vous pas venus me voir plus tôt ? dis-je en lançant un regard dur à Ezra.

— C'était un problème amish, qui devait être réglé par nous.

L'affreuse familiarité de ces mots me fait dresser les cheveux sur la tête.

— Nous pensions qu'elle s'était enfuie, explique Ezra. Ces derniers mois, Ellen est devenue... difficile et rebelle.

— Elle nous a dit qu'elle voulait prendre le bus pour rendre visite à sa cousine Ruth à Columbus, continue Bonnie. Quand elle a disparu, nous pensions que c'était ce qu'elle avait fait. Hier soir, nous avons eu des nouvelles de Ruth. Ellen n'est jamais arrivée à Columbus.

J'aimerais les emmener au poste pour pouvoir discuter plus discrètement. Il y a trop de monde, trop d'appareils photo ici. Repérant une salle de classe ouverte, je leur dis :

— Allons dans un endroit plus tranquille.

Puis, abandonnant un instant les Augspurger, je m'approche de Glock et de Tomasetti et demande à voix basse à mon agent :

— Trouve un fax et demande à Mona de nous faire parvenir la meilleure photo qu'elle pourra trouver de la seconde victime.

En repartant, je lis dans le regard des deux hommes qu'ils savent. Ils savent comment cela va finir. Glock tourne les talons et part vers l'amphi à la recherche d'un administrateur du lycée.

J'aimerais pouvoir gérer ça seule, sans Tomasetti. Une méfiance notable existe entre les Amish et la police, en particulier chez les Amish conservateurs comme les Augspurger. Mais le protocole veut que je l'inclue dans la procédure. Que ça me plaise ou non, il fait partie de l'équipe.

Je retourne auprès de Bonnie et d'Ezra et ensemble nous nous dirigeons vers la salle de classe. Tomasetti nous emboîte le pas. J'allume et fais apparaître des rangées de tables, un tableau noir sur lequel quelqu'un a écrit *merde* à la craie, ainsi qu'un bureau d'enseignant couvert de papiers. Je tire des chaises en plastique et nous nous asseyons.

—Vous savez quelque chose au sujet d'Ellen ? demande Ezra en allemand pennsylvanien.

—Auriez-vous une photo récente de votre fille ?

J'ai posé la question tout en connaissant déjà la réponse. La plupart des Amish ne se font pas prendre en photo, considérant les images comme des objets de vanité. Certains pensent que les portraits, que ce soient des photos ou des peintures, violent les commandements bibliques. *Tu ne feras point d'images sculptées et ne te prosterneras point devant elles.* Certains des anciens croient encore que les photos volent les âmes.

—Nous n'avons pas de photographie, répond Ezra.

—Quand l'avez-vous vue pour la dernière fois ? dis-je en sortant mon calepin.

—Le jour de sa disparition. Je l'ai surprise en train de fumer dans la grange. Nous nous sommes disputés…, avoue Ezra en haussant les épaules. Elle a dit qu'elle allait voir sa cousine Ruth.

—Au moment de la disparition d'Ellen, avez-vous remarqué des étrangers autour de chez vous ? Une voiture ou un buggy peut-être ?

Les épais sourcils d'Ezra se rapprochent dans un froncement.

— J'ai vu des empreintes de pas dans la neige. Je ne sais pas à qui elles appartenaient.

— Où ça ?

Mon cœur s'emballe. Ce pourrait être notre premier indice. Et cet homme qui a pris sur lui de ne pas contacter la police !

— En direction de la route.

Aucun doute que les empreintes ont depuis longtemps disparu. Mais si le tueur était présent, il a peut-être laissé quelque chose derrière lui. Je regarde Tomasetti.

— Il faut envoyer Pickles et Skid là-bas.

— Quelle est l'adresse ? demande-t-il.

Bonnie lui donne une adresse dans la campagne.

— Vous pensez que quelqu'un l'a enlevée ? demande-t-elle.

Tomasetti se lève, sort son téléphone portable et va au fond de la salle pour appeler.

Je reporte mon attention sur Ezra.

— Pouvez-vous me décrire Ellen ?

Son père semble complètement perdu, alors je repose la question à Bonnie. Les mots sortent précipitamment de sa bouche.

— Elle a vingt-sept ans. Les yeux bleus. Les cheveux châtain clair.

— Son poids ? Sa taille ?

— Elle mesure environ un mètre soixante. Cinquante-six kilos.

Cette description correspond à celle de la seconde victime.

— A-t-elle des signes distinctifs ? Des cicatrices ?

— Elle a une tache de naissance à la cheville gauche. Un grain de beauté.

Je note toutes ces informations, consciente que Tomasetti observe le moindre de mes gestes. Mon téléphone sonne. Le nom de Glock s'affiche et je décroche.

—Je suis dehors avec la photo, dit-il.

—Je reviens tout de suite, dis-je à Ezra et Bonnie en me levant.

Dans le couloir, Glock fait les cent pas, le fax à la main. Je ferme la porte derrière moi et le rejoins. La photo a été prise à la morgue. Je suis sûre que de son vivant Ellen ne ressemblait en rien au corps étendu sur cette table, mais je pense qu'il reste suffisamment d'elle pour que ses parents la reconnaissent.

—Vous pensez que c'est leur fille ? demande Glock.

—Je crois que oui.

Je ressors mon téléphone et appelle Doc Coblentz. Au bureau, je tombe sur son répondeur, aussi j'essaye son numéro personnel. Sa femme décroche à la première sonnerie. Je trépigne d'impatience pendant qu'elle va le chercher.

—Je pense que nous sommes sur le point d'identifier la seconde victime, dis-je. J'ai besoin de savoir si vous vous rappelez un grain de beauté sur sa cheville gauche.

Le médecin pousse un soupir.

—J'ai effectivement noté un gros grain de beauté à l'intérieur de sa cheville gauche.

Je ferme brièvement les yeux et lui parle des Augspurger.

—Ils vont vouloir la voir, la ramener chez eux. Avez-vous fini l'autopsie ?

—Je suis en train de taper mon rapport.

— On peut se retrouver ?
— Bien sûr. Donnez-moi une demi-heure.

Je raccroche et reste un moment immobile à contempler mon téléphone.

— C'est elle, dis-je à Glock.
— Merde.

Il se tait un instant, puis :

— Vous voulez que j'entre avec vous ?

Je secoue la tête.

— Va chez les Augspurger. Essaye de trouver quelque chose. Pickles et Skid devraient déjà être là-bas.
— Et pour Mister Costard ?

Je me fends presque d'un sourire quand je comprends qu'il parle de Tomasetti.

— Je m'occupe de lui.
— Gardez un œil sur ce gars. Son regard est fuyant.
— OK.

Prenant une profonde inspiration, je me dirige vers la salle de classe.

18

Lorsque je rentre dans la pièce, les Augspurger sont blottis près de la fenêtre, me contemplant comme si je tenais le secret de l'univers dans le creux de ma main. Tomasetti se tient à quelques mètres d'eux, et je lis une expression d'attente dans ses yeux.

Une supplique silencieuse envahit le regard d'Ezra tandis que je m'approche d'eux. Oublieuse de la place qu'elle doit tenir, Bonnie passe devant lui. Dans les profondeurs de son regard, un mélange d'espoir et de désespoir s'entremêle à la peur qu'une mère ne devrait jamais éprouver.

—Nous avons découvert le corps d'une jeune femme ce matin, dis-je en tendant le fax à Ezra. Elle a un grain de beauté sur la cheville gauche.

Ses mains tremblent quand il prend la feuille de papier. Bonnie se couvre la bouche de la main, mais ce geste n'étouffe en rien son cri de douleur. Ezra contemple la photo, le papier s'agite violemment entre ses doigts.

Le meurtre est une chose rare dans la communauté amish. Le plus souvent, la mort est naturelle. Elle est considérée comme l'ultime abandon à Dieu et est reçue avec grâce. Le deuil est silencieux et privé. Le cri qui jaillit de la bouche d'Ezra Augspurger me rappelle que les Amish ne sont pas de pierre. Ce sont des êtres humains, et la perte de leur enfant engendre une peine insupportable. Son cri d'indignation et de douleur me traverse comme une lame tranchante. Baissant la tête, il presse la photo contre sa joue.

— Je suis désolée, dis-je en touchant son épaule, mais il ne s'en rend pas compte.

Bonnie se laisse tomber sur une chaise et enfouit son visage dans ses mains. Sentant ma propre émotion sur le point de me submerger, je me détourne et découvre Tomasetti en train de m'observer avec intensité. Il affiche un air grave mais moins ému que moi. Il ignore la gentillesse qui habitait le cœur d'Ellen Augspurger. Il ne connaît pas cette communauté ni sa bonté naturelle.

Je pense au trajet que ce couple en deuil va faire jusqu'à la morgue, aux questions qu'ils vont poser et aux réponses douloureuses qu'il faudra leur donner. Ils voudront ramener le corps d'Ellen chez eux, la vêtir de blanc et la coucher dans un cercueil en bois aussi simple que possible. Je devrai les informer qu'une autopsie a eu lieu. Un acte en totale incompatibilité avec les valeurs amish mais dont ils ne se plaindront pas.

— Comment est-elle morte ? me demande Ezra, le visage ravagé par la souffrance.

— Elle a été assassinée.

— *Mein Gott !* lâche Bonnie.

Ezra me regarde comme si je lui mentais. Je l'ai connu presque toute ma vie. C'est un homme bon, travailleur, qui a eu son lot d'épreuves à surmonter. Je sais pourtant qu'il a du caractère.

— C'est inacceptable !

En dépit du froid qui règne dans la pièce, des gouttes de sueur perlent sur son front. Des plaques rouges apparaissent sur son cou.

— Je suis désolée, dis-je une nouvelle fois avant de demander : Ezra, qui est l'évêque de votre congrégation ?

— David Troyer.

Une congrégation religieuse est constituée de vingt à trente familles. Un évêque, deux ou trois pasteurs et un diacre s'en partagent l'administration dans chaque district. Je connais David Troyer. Et je sais également qu'il est l'un des rares Amish à posséder un téléphone.

Ezra redresse la tête en s'efforçant de se recomposer un visage.

— Nous voulons ramener Ellen à la maison.

— Bien sûr, dis-je en allemand pennsylvanien.

— Où est-elle ?

— À l'hôpital de Millersburg.

— Je veux la ramener à la maison ! crie-t-il dans un sanglot.

— Laissez-moi vous conduire à l'hôpital, dis-je.

— Non.

— Ezra, Millersburg est à plus de quinze kilomètres d'ici.

— Non ! répète-t-il en secouant la tête. Bonnie et moi prendrons le buggy.

Il est tellement submergé par le chagrin que je doute qu'il se rende compte que le trajet va leur prendre des heures. Je me tourne vers Bonnie en quête d'un peu d'aide. Elle me regarde avec des yeux brillants de larmes, une main posée devant sa bouche comme pour retenir le cri qui rugit en elle.

— Il fait moins six dehors, dis-je. Ce sont des circonstances exceptionnelles, Ezra. Je vous en prie, laissez-moi vous emmener.

Bonnie se lève brusquement.

— Nous allons avec vous.

— Non ! hurle l'homme en tapant du poing sur le bureau. Nous prenons le buggy.

J'ai eu un tas de mauvaises journées dans ma vie. En général, je mets les mauvais jours en balance avec les bons en croyant fermement qu'au final l'équilibre est rétabli. Il va me falloir un sacré paquet de bons jours pour rattraper celui-ci.

Je n'ai pas réussi à convaincre Ezra de me laisser les conduire à la morgue. J'ai donc fait la seule chose que je pouvais et je les ai suivis dans mon Explorer. Le trajet puis l'identification d'Ellen ont pris plus de trois heures. Il est minuit passé maintenant. Je suis fatiguée, découragée et j'ai si froid que je ne sais plus ce qu'est la chaleur. Je devrais rentrer chez moi et essayer de dormir un peu, mais mon esprit est trop tendu. Il me semble inutile de perdre un temps précieux à tourner dans mon lit.

— Avertir la famille, c'est toujours le plus dur.

Je jette un œil à Tomasetti assis sur le siège passager et fronce les sourcils.

Il ne le remarque pas.

— Quand c'est un membre de gang complètement taré qui est étendu sur la table d'autopsie, on se dit que le monde ne s'en porte que mieux. Mais là…

— C'est cynique, dis-je.

— Oui, mais c'est la vérité.

— Je ne suis pas d'accord.

— Simplement parce que vous n'êtes pas flic depuis assez longtemps.

Tomasetti a été comme mon ombre ce soir. Une présence silencieuse qui me déplaît plus qu'elle ne devrait.

— Vous allez les suivre jusque chez eux, aussi ? demande-t-il.

— Les routes sont mauvaises. Ça me contrarie de les savoir dehors par une nuit pareille.

Il porte de nouveau son attention sur la vitre, où des champs de blé gelés bordent la route. La nuit est belle et paisible, la température avoisine moins quinze degrés. Les étoiles jouent à cache-cache avec les nuages qui traversent le ciel.

J'ai appelé David Troyer, l'évêque des Augspurger, sur le chemin de l'hôpital. Une des choses que j'aime chez les Amish, c'est le soutien dont bénéficient les familles de la part de leurs voisins, en particulier lorsqu'ils sont frappés par une tragédie. Ça me rassure de savoir qu'une famille attendra Ezra et Bonnie chez eux. Demain, cette famille s'occupera des tâches ménagères et des travaux de la ferme. Ils nourriront le bétail, prépareront à manger et aideront à l'organisation des funérailles.

Le cheval d'Ezra maintient une allure régulière jusqu'à la ferme des Augspurger. Lorsque le buggy s'engage sur le long chemin, je leur fais des appels de phares pour dire au revoir et prends la direction de la ville.

— On va où maintenant, chef ?

Je me tourne vers Tomasetti. Il est en train de m'observer de son regard sombre et intense. Un regard qu'il est difficile de croiser mais, étrangement, qu'il est encore plus difficile de quitter. Je vois des blessures dans ces yeux, et je me demande quelle en est l'origine.

Mes yeux révèlent-ils la même chose ? Difficile d'être flic sans subir quelques dommages.

Je suis certaine de ne l'avoir jamais rencontré, pourtant son visage m'est familier.

—Je peux vous déposer à votre hôtel ou au poste, comme vous préférez, dis-je.

—Au poste, c'est bien.

—Vous êtes un oiseau de nuit ?

—Insomniaque, répond-il avec une grimace.

Bien que je sois habituée à traiter avec toutes sortes de gens, Tomasetti me met mal à l'aise. J'ai envie de croire que je suis immunisée contre son regard si pénétrant, mais ce serait faux. Pas ce soir, alors que mes secrets flottent juste à la surface de mon esprit.

—Alors, qui vous a fait venir ? dis-je au bout d'un moment.

Il me répond avec la nonchalance d'un homme discutant du temps par une belle journée ensoleillée.

—Norm Johnston. Le maire. Et cette femme à la grande bouche.

Janine Fourman. Sa description appropriée m'arrache presque un sourire.

—Les trois mousquetaires.

—Ils veulent votre poste ?

—Ils veulent que les meurtres cessent.

—C'est pour ça qu'ils vous ont mise à l'écart ?

Je lui décoche un regard noir.

—Ils m'ont mise à l'écart parce qu'ils ne veulent pas que ces meurtres effraient les touristes et les fassent fuir.

—Merci d'avoir clarifié ce point pour moi.

La pointe de sarcasme dans sa voix me fait bouillir. J'ai rencontré pas mal de flics dans son genre au cours des années. Des vétérans, en général. Plus âgés. Ils ont de l'expérience mais ils sont dépourvus de cette humanité qui ferait d'eux de bons flics. Plus ils en voient, moins ils éprouvent de sentiments. Moins ils se soucient des gens. Ils deviennent cyniques et amers. Indifférents. Ils donnent une mauvaise image de la police.

— Alors, depuis combien de temps vous êtes chef ? demande-t-il.

— Deux ans.

— Et avant ça, vous étiez flic ?

Je réfrène mon envie de rouler des yeux.

— Je ne bossais pas au coupe-tif du coin si c'est ce que vous voulez savoir.

Sur sa bouche se dessine un début de sourire.

— C'est votre première affaire de meurtre ?

— C'est Norm Johnston qui vous a dit ça ?

— Il a dit que vous manquiez d'expérience.

Sa franchise me surprend.

— Qu'est-ce qu'il vous a raconté d'autre ?

— Vous essayez de me soutirer des informations ?

— La vérité, uniquement.

— Dire la vérité m'attire en général des problèmes.

— J'ai comme l'impression que vous vous en fichez.

Il regarde par la fenêtre un moment puis reporte son attention sur moi.

— Alors, qu'est-ce que vous avez comme expérience ?

Je lève une épaule, la laisse retomber.

— J'étais flic à Columbus. Six ans de patrouille. Deux en tant qu'inspecteur. Aux homicides.

Malgré le faible éclairage diffusé par le tableau de bord, je vois ses sourcils se hausser de surprise.

— Ils ne m'ont pas parlé de ça.
— Je m'en serais doutée. Et vous ?
— Aux stups, principalement.
— Inspecteur ?
— Ouais.
— Combien de temps ?
— Depuis que les dinosaures peuplent la terre. Au cas où vous n'auriez pas remarqué, j'en suis un, fait-il avec un sourire.

Je me retiens de sourire à mon tour.

— J'ai l'impression de vous connaître.
— Je me demandais quand vous m'en parleriez.

Je ne suis pas sûre de comprendre le sens de ses paroles.

— Vous parler de quoi ?
— Vous n'êtes pas à jour en ce qui concerne les pseudo-célébrités, pas vrai ?

Un vague souvenir me revient en mémoire. Un article dans un journal ou un reportage à la télé sur le meurtre de la famille d'un flic, à Toledo ou Cleveland. Effraction et homicides. Un flic honoré sortant du droit chemin... Je ne peux cacher ma surprise.

— Oui, c'est moi, fait-il d'un air amusé. Quelle chance pour vous, hein ?

Incapable de croiser son regard troublant, je me concentre sur la route.

— Toledo ? L'année dernière ?
— Cleveland, corrige-t-il. Il y a deux ans.
— J'ai un peu suivi l'histoire.
— Comme la moitié de l'État.

Je voudrais lui demander s'il a fait ce dont on l'avait soupçonné, mais je n'ose pas. De l'avis général au sein de la police, John Tomasetti a craqué. Il a traqué l'homme responsable du meurtre de sa famille et a réclamé vengeance. Personne n'a pu le prouver mais ça n'a pas empêché le procureur de le présenter devant le grand jury. Au bout d'un moment, je demande :

— Comment vous êtes-vous retrouvé au BCI ?

— Le commandant voulait me voir partir, il m'a fait une lettre de recommandation. Ces abrutis du BCI ne savaient pas ce qui leur tombait dessus.

Il me lance un petit sourire avant de reprendre :

— Vous voulez qu'on se soûle et qu'on parle de ça ?

— Vous avez besoin de boire pour parler ?

— La plupart du temps.

Nous roulons un moment en silence. Puis il demande :

— L'examen d'inspecteur n'est pas facile, chef. Qu'est-ce qui vous a fait abandonner toute cette gloire pour venir travailler dans une petite ville ?

Je hausse les épaules, me sentant soudain timide.

— Je suis née ici.

Il acquiesce, comme s'il comprenait.

— Comment ça se fait que vous parlez si bien allemand ?

— C'est de l'allemand pennsylvanien, dis-je en sachant qu'il fait référence à ma conversation avec les Augspurger.

— Une langue obscure.

— C'est la langue que parlent les Amish.

— Y a un paquet d'Amish dans cette partie de l'Ohio.

Je sens son regard scrutateur et interrogateur sur moi.

— Il y a plus d'Amish dans l'Ohio qu'en Pennsylvanie aujourd'hui.

Une statistique qui lui passe certainement au-dessus de la tête.

— Ils proposent des cours d'allemand pennsylvanien au collège ou quoi?

— Mes parents me l'ont enseigné.

Je vois son cerveau assembler ces données. Il ne sait pas très bien quoi penser de tout ça. De moi. Si les circonstances avaient été différentes, j'aurais apprécié le moment. Il voudrait ne pas poser la question, mais un homme comme John Tomasetti ne se préoccupe pas forcément du politiquement correct. Je lui donne un bon point quand il demande enfin:

— Vous êtes amish ou quoi?

— Je l'étais.

— Ah. Johnston a dit que vous étiez une pacifiste.

— Au cas où vous ne l'auriez pas encore remarqué, Johnston ne dit que des conneries.

— J'ai cru comprendre, fait-il avec un sifflement. Une femme, ex-amish, qui jure et porte un flingue, et chef de la police en plus? Merde alors!

Les places de parking devant le poste de police sont délicieusement vides quand nous arrivons. À l'accueil, Mona est carrément allongée, ses bottes à talons hauts posées sur le bureau. Elle tient dans une main une pomme entamée et dans l'autre un livre de médecine légale dont la couverture rappelle *Les Experts*. D'un pied, elle bat la mesure d'un remix des Pink Floyd diffusé à plein volume. Elle ne nous a pas entendus entrer.

— J'imagine que le service de nuit a ses avantages, dis-je.

Le livre lui échappe et elle fait tomber la pomme. Elle retire précipitamment ses pieds du bureau.

— Salut, chef, fait-elle en rougissant. Le téléphone n'a pas arrêté de sonner, ça s'est calmé il y a vingt minutes.

— Les gens ont dû aller se coucher.

— Enfin ! Les fous ont commencé à appeler. Une médium d'Omaha assure qu'elle a été victime du Boucher dans sa première vie. Oh ! et d'après un taré de Columbus, une femme amish ne devrait pas travailler dans la police, ajoute-t-elle avant de froisser la petite note rose et de la lancer dans la poubelle. Je l'ai remis à sa place.

— Merci, dis-je en prenant les messages. Tu veux bien me rendre service et préparer du café ?

— J'en prendrais bien un moi aussi.

Son regard se pose sur Tomasetti – et y reste scotché. Je sais reconnaître l'intérêt chez une femme quand je le vois, et je suis surprise. Il ne fait pas exactement partie de la catégorie canon. Son regard est trop intense. Ses lèvres fines dessinent une moue hargneuse. Son nez est légèrement busqué. Il ne doit pas avoir plus de quarante ans, mais son visage est marqué comme celui d'un homme qui a déjà trop vécu.

C'est quoi le problème de ces femmes attirées par des hommes qui ont l'âge d'être leur père ?

— Mona, voici John Tomasetti du BCI de Columbus, dis-je pour les présenter officiellement.

Il tend la main pour serrer celle de Mona.

— Ravi de vous rencontrer.
— Nous sommes contents de vous avoir dans l'équipe, sourit-elle pendant qu'ils se serrent la main.

Je roule des yeux et me dirige vers mon bureau. À l'intérieur, je retire mon manteau et allume l'ordinateur. Puis j'appelle Glock.

— Du nouveau concernant Lapp ?
— *Nada*. Ou il s'est tenu à carreau ou il est mort.
— Continue de chercher.

Je me rassure en me disant que sa remarque était complètement inoffensive. Glock ne peut absolument pas savoir que Lapp est mort. S'il l'est vraiment.

— Vous avez trouvé quelque chose chez les Augspurger ?
— Il y avait de vieilles traces de pneus, malheureusement elles sont presque entièrement recouvertes par la neige qui est tombée depuis.
— Tu as pu faire des relevés ?
— Non. Ni relevés ni empreintes. Soit il a de la chance, soit il connaît nos méthodes, répond-il avant de marquer une pause. Nous avons fait une enquête de proximité, mais personne n'a rien vu. Ce type est un putain de fantôme.

Tomasetti entre dans mon bureau, deux tasses de café dans les mains. Je lui fais signe de s'asseoir.

— Merci pour le rapport, Glock. Repose-toi un peu.
— Vous aussi.

Je raccroche. Tomasetti pose une des tasses devant moi et s'assoit sur la chaise à côté de mon bureau.

— Si vous essayez de gagner mon admiration éternelle avec du café, dis-je, vous êtes sur la bonne voie.

—Je peux en préparer d'autre.

Je lui lance un petit sourire. Il ne me le rend pas.

—Du nouveau ?

Je lui raconte ma conversation avec Glock.

Il se frotte les mains comme un homme se préparant à passer à table.

—Vous avez le temps de me montrer ce que vous avez jusque-là ?

—Il n'y a pas grand-chose, dis-je en lui tendant le vieux dossier sur les meurtres du Boucher. Voilà le dossier datant du début des années 1990.

Il sort des lunettes de lecture de sa poche de chemise et ouvre le dossier. Pendant qu'il lit, je me lève et m'approche du fax. Comme il fallait s'y attendre, Doc Coblentz a envoyé le rapport préliminaire de l'autopsie d'Ellen Augspurger. Je parcours la description en me rendant à la photocopieuse.

La mort est due à une profonde incision du cou qui a sectionné l'artère carotide. Cause de la mort : exsanguination.

Il n'y a aucune photo, mais je n'en ai pas besoin. Il suffit que je ferme les yeux pour tout voir. Son corps partiellement décomposé pendu à une poutre du plafond. Les visages ravagés par la douleur de Bonnie et Ezra Augspurger tandis qu'ils essayent d'assimiler la nouvelle de la mort de leur fille.

Je pense à mes propres secrets et à ce qu'il se serait passé il y a tant d'années si je n'avais pas pris le fusil de mon père pour me défendre. J'aurais pu être Ellen Augspurger ou Amanda Horner. Mon corps tailladé réduit à un tas de viande froide comme seul indice. Je pense alors à Daniel Lapp et regrette profondément de ne pas lui avoir tiré dans la tête plutôt que dans le torse.

Quand je retourne dans mon bureau, Tomasetti est occupé à gribouiller des notes sur un calepin.

— Quelle est votre théorie ? demande-t-il.

— Soit c'est le même tueur, soit nous avons affaire à un imitateur.

— Ce n'est pas un imitateur.

— Qu'est-ce qui vous permet d'être aussi catégorique ?

— L'information concernant les chiffres romains gravés sur les ventres des victimes n'a jamais été rendue publique.

Par-dessus ses lunettes, il me jette un regard qui semble dire que c'est l'évidence même.

— L'info aurait pu filtrer.

— Si c'était le cas, on en aurait entendu parler dans la presse.

Il a raison mais je ne réponds pas.

Il secoue la tête et poursuit :

— Les similarités sont frappantes. C'est le même homme.

— Comment expliquez-vous l'interruption ?

— Il a changé de secteur. Regardez l'écart entre les chiffres. Vous avez balancé ça dans VICAP ?

VICAP est la base de données du FBI recensant les crimes violents. En détectant les similarités de signature ou de mode opératoire, elle permet d'établir des liens entre les crimes. Lui comme moi savons que j'aurais déjà dû interroger VICAP. Tomasetti se demande pourquoi je ne l'ai pas fait.

— J'espérais que vous pourriez nous aider de ce côté-là, dis-je.

— Je vais entrer ces données tout de suite.
— J'ai également lancé une recherche dans OHLEG.
— Puisque nous discutons des différentes ressources à votre disposition, y a-t-il une raison particulière pour que vous n'ayez pas contacté le FBI ?

Aucune pointe de reproche dans sa voix, de la curiosité uniquement. Comme si j'avais une excellente raison de ne pas faire ce que j'étais censée faire. Évidemment, je n'en ai pas. Il m'a complètement poussée dans mes retranchements et je ne m'en sortirai pas à moins de mentir.

— Certains des membres du conseil municipal étaient inquiets des répercussions sur le tourisme. Ils ne souhaitaient pas que la presse nationale soit informée.
— Vous ne me semblez pas être le genre de flic qui courbe le dos sous ce type de pression.

Peu désireuse d'approfondir cette remarque, je baisse les yeux sur le dossier. Mon cœur bat furieusement dans ma poitrine. Je sens son regard peser sur moi et je sais qu'il est en train de porter des jugements. Sur mes compétences. Sur moi. Au bout d'un moment, je demande :

— Vous avez une théorie concernant l'interruption d'activité ?
— Les chiffres suggèrent qu'il y a d'autres victimes dont nous ignorons tout, répond-il en pianotant du doigt sur le dossier. Ce type n'est pas en train de jouer avec les flics et je ne pense pas qu'il se soit arrêté de tuer. Il ne possède pas ce genre de contrôle. Je crois que, ces seize dernières années, il a tué ailleurs. À

moins qu'il n'en ait été empêché d'une manière ou d'une autre. Emprisonnement ou hospitalisation.

Je pose les yeux sur les papiers devant lui. Il a déjà rempli deux pages entières de notes. Son écriture est serrée et penchée.

— Vous avez commencé à tracer un profil ?

— Une ébauche, fait-il avant de réciter de mémoire : C'est un homme blanc entre trente-cinq et cinquante ans. Il travaille à plein temps mais ses horaires sont flexibles. Il se considère comme un homme accompli et occupe probablement un poste élevé où il fait autorité. Il est à la fois maître de lui et impulsif. Mais il contrôle ses impulsions jusqu'à un certain degré. Il est marié mais sa relation de couple est perturbée. Il a peut-être des enfants, adolescents ou déjà adultes. Il passe pour être un bon père. Sa femme sait peut-être qu'il a un côté sombre. Si c'est le cas, elle ignore cependant à quel point. Elle ne sait pas qu'il tue. Personne ne le soupçonne. Il est peut-être impuissant et peut suivre un traitement. La violence l'excite beaucoup plus que le sexe. C'est de la souffrance qu'il inflige qu'il tire sa satisfaction sexuelle. La torture est la première contrainte de son plaisir. Tuer n'est que la conséquence. Ce sont ces ultimes moments de vie qui le font vraiment jouir.

« Enfant, il a sans doute fait preuve de cruauté envers les animaux, il s'est peut-être fait prendre à en tuer certains. Adolescent, il a pu avoir des problèmes psychologiques. Des problèmes qui ont été ou n'ont pas été diagnostiqués. Il a une personnalité dépendante mais il est très doué pour dissimuler sa compulsion. C'est un psychopathe classique. Il est égocentrique. Il possède probablement une vaste collection de pornographie, en particulier sadomasochiste. Il aime sans doute le bondage et doit avoir des vidéos dans son ordinateur. Il passe énormément de temps à fantasmer avant de passer à l'acte. Il aime la phase préparatoire. Une fois qu'il a commis le meurtre, il passe du temps à le revivre.

S'il s'agissait d'une autre affaire, j'approuverais ce profil. Je serais même plutôt impressionnée. Mais là, rien ne correspond à Daniel Lapp.

Tomasetti me tend les feuilles.

— Ce n'est qu'une ébauche susceptible de modifications.

Je hoche la tête. Un frisson me parcourt tandis que je le lis.

• Le sujet est physiquement fort. Soit il occupe un poste qui requiert une force physique, soit il fait beaucoup de sport.

• Il est maître de lui mais peut réagir sous le coup de la colère lorsque les choses lui échappent.

• Il se veut attirant. Il est méticuleux en ce qui concerne son apparence et s'efforce de plaire aux femmes.

• Il se présente lui-même comme charmant et inoffensif.

• Il est à l'aise entouré de femmes. Il communique avec elles. Il a probablement été élevé dans un environnement féminin (mère ou sœurs).

• Il a une relation de couple stable, mais cette relation bat de l'aile. S'il est en colère à cause de cet échec, il a le sentiment que sauver cette relation n'est pas en son pouvoir.

• Il peut faire preuve de spontanéité si l'occasion se présente mais préfère la planification.

• Il suit les infos et cette affaire de très près. Il aime l'intérêt des médias.

Une fois encore, je pense à Daniel Lapp.
— Je ne pense pas que nous devrions nous limiter et exclure de l'enquête les suspects qui ne correspondent pas à ce profil.
— En général, c'est là que les gens me disent que je suis doué.
— Je ne voulais pas vous offenser, dis-je en lui rendant la feuille.
— Vous ne m'avez pas offensé, rétorque-t-il en prenant le papier. Avec quel critère n'êtes-vous pas d'accord ?
— C'est juste que je ne pense pas que nous devrions exclure qui que ce soit si tôt dans l'enquête.

Il me lance un regard étrange, comme s'il essayait de me percer à jour. J'évite ce regard en baissant le mien sur mes notes.
— Ce type est visiblement en période d'intensification, dis-je. Pensez-vous qu'il y ait eu une sorte de déclencheur ?
— Mon hypothèse est qu'il s'est passé une chose difficile dans sa vie personnelle. Impliquant peut-être une femme. Une épouse ou une petite amie. Il

supporte mal d'être rejeté et ça pourrait être sa façon de réagir.

—Il hait les femmes ?

—Il les hait mais il les désire. D'une façon perverse.

—Comment choisit-il ses victimes ?

—Une femme attire son attention. Il l'observe pendant un certain temps. Quelques jours, une semaine peut-être. Il étudie ses habitudes. Il découvre son point faible, à quel moment elle est le plus vulnérable, quand il pourra l'approcher.

—Dans mon enquête sur le meurtre d'Amanda, j'ai limité mes interrogatoires aux témoins ayant été en contact avec elle quelques heures avant sa disparition. Si ce type traque ses proies des jours avant de les enlever, nous ferions mieux d'interroger tous ceux qui ont été en contact avec nos deux victimes quatre ou cinq jours avant leur disparition.

—Je suis d'accord.

—Est-ce qu'il y a un genre de femme en particulier qui l'attire ?

—Les deux victimes étaient jeunes, entre vingt et trente ans. Séduisantes. Menues.

—Ce qui correspond à beaucoup de femmes dans cette ville.

Il acquiesce.

—Où les tue-t-il ?

Je réfléchis à voix haute. C'est un défilé de pensées, d'idées, de questions, de réflexions.

—Il a besoin d'intimité, répond-il. Un endroit où personne ne l'entend.

—Un sous-sol.

—Une maison ou un bâtiment abandonné.

— Une pièce insonorisée.
— S'il avait une femme, elle saurait pour la pièce insonorisée ou le sous-sol, objecte-t-il.
— Sauf s'il possède une propriété ailleurs. Une dépendance. Une location. Qu'est-ce qui vous fait penser que la femme n'est pas impliquée ?
— Elle pourrait l'être si elle avait une personnalité dépendante qu'il était en mesure de contrôler, concède-t-il. Mais c'est peu probable. Ces meurtres sont trop violents. Ce type ne se retient pas. Il est seul. Sans complexe. Il vit son fantasme dans la plus grande intimité.

Le silence tombe. Nous échangeons un regard. Tomasetti semble excité, comme un limier qui viendrait de renifler une piste.

— Affectation des tâches, lâche-t-il au bout d'un moment. J'ai besoin de savoir qui fait quoi. Vos agents. Le bureau du shérif. Histoire de ne pas gaspiller la main-d'œuvre à faire deux fois la même chose.

Je feuillette mon calepin, trouve la page où j'ai noté les affectations de chacun.

— Je demanderai à Mona de le taper et de vous en donner une copie.
— Je vais finir le profil cette nuit.
— Donnez-le à Mona demain et elle le distribuera, dis-je avec un hochement de tête.

Il prend le dossier sur le Boucher.
— Je peux garder ça ?
— Tant que vous le rapportez demain matin.

Je ne lui demande pas quand il compte dormir.

Il se lève. J'aperçois brièvement l'éclat de son pistolet rangé dans son holster au moment où il s'étire. Un Sig Sauer semi-automatique. Je suis soudain frappée par l'idée que, pour un flic, il sait s'habiller. Chemise et boutons de manchette, cravate luxueuse, costume de belle coupe. Des détails que je ne devrais pas remarquer.

— À demain matin, dit-il en se dirigeant vers la porte.

Je le regarde disparaître dans le couloir. Nous n'avons pas beaucoup avancé, mais le profil est un début. Je pense que je serai capable de travailler avec lui. Il sera un vrai soutien à mon équipe. J'espère que ça suffira.

Je regarde par la fenêtre la rue déserte où la neige étincelle sous la lumière des réverbères. Je pense au tueur et me demande si son noir désir le tourmente ce soir. Est-il dehors, à la recherche de sa prochaine victime ? L'a-t-il déjà choisie ?

19

Le *Willowdell Motel* était, ainsi que John s'y attendait, un hôtel minable. La direction avait bien essayé d'insuffler à l'endroit une atmosphère « Bienvenue en terre amish » mais n'avait au final réussi qu'à en faire un lieu à l'ambiance pittoresque de mauvais goût. Moquette bas de gamme, dessus-de-lit affreux. Dans la salle de bains, le papier peint se décollait. Un chauffage soufflait un air tiède qui empestait la cigarette et la moisissure. Mais la chambre était propre. Un lit et une douche, c'était tout ce dont il avait besoin. Le poste de télé fonctionnait. Il l'alluma, mit Fox News et ouvrit une bouteille de Chivas.

Il versa le whisky dans un verre en plastique et en siffla la moitié pendant que son ordinateur portable s'allumait. Il était trop tard pour appeler Harry Graves, son contact au CASMIRC, le serveur du FBI recensant les kidnappings et les meurtres en série, aussi entreprit-il de rédiger un mail à la place en notant dans un coin de sa tête de le contacter à la première heure le lendemain. Il se servit un second verre de Chivas puis surfa sur le site Internet du FBI. La base de données VICAP n'était pas disponible mais il avait accès aux quarante-six pages de questionnaire en ligne. Les chances de trouver une correspondance de signature étaient minces mais, parfois, les tentatives désespérées donnaient des résultats. Si un crime similaire avait été commis n'importe où aux États-Unis – et son descriptif intégré à la base de données – ils le sauraient.

Remplir le questionnaire lui prit une bonne heure. Une fois la demande envoyée, il ouvrit le dossier sur les meurtres du Boucher et se mit à lire. Il prenait des notes en essayant de se perdre dans le travail, activité qui auparavant lui permettait de se détendre. Plus maintenant. Certains jours, il n'y avait pas moyen d'échapper aux recoins obscurs où son esprit choisissait d'errer.

John n'étudia pas les détails des meurtres avec l'œil avisé et impartial du flic qu'il avait autrefois été mais avec le regard horrifié d'un homme intimement lié à la mort et à sa violence. Et son esprit n'était pas seulement envahi par son passé, ce soir-là. Plus d'une fois, ses pensées se tournèrent vers Kate Burkholder. Au fil des années, il avait travaillé avec beaucoup de flics. Une femme chef de la police, c'était rare, surtout dans une petite ville. Il n'avait jamais entendu parler d'un policier amish. C'était peut-être la raison pour laquelle il la trouvait si diablement intéressante.

Elle était discrète – un trait appréciable chez une flic. Elle était séduisante, dans le genre fille simple et nature. Des cheveux bruns coupés court. Des yeux couleur caramel et un teint pâle qui les faisait ressortir. Une allure sportive. Une bouche ravissante. John n'avait rien contre les femmes flics, pourtant, au cours des années, il les avait suffisamment fréquentées pour savoir que, tout comme leurs homologues masculins, elles n'étaient pas le meilleur parti pour établir une relation. Non pas qu'il soit sur le marché. Il se sentait trop dévasté et bien incapable de se fixer. Selon toutes les apparences, Kate était trop intelligente pour s'acoquiner avec un type à qui il manquait une case.

Il venait juste de refermer son ordinateur lorsque son téléphone portable sonna. Il décrocha à la seconde sonnerie.

— Ouais, lâcha-t-il d'une voix rauque.

— Agent Tomasetti ?

La surprise l'envahit lorsqu'il reconnut la voix du maire.

— Que puis-je faire pour vous ?

— Je suis désolé de vous appeler si tard. Je ne vous ai pas réveillé au moins ?

— Non.

— Bien, bien, fit le maire avant de s'éclaircir la voix. Il s'est passé quelque chose dont je voulais discuter avec vous.

— Je vous écoute.

— J'ai eu une conversation très… perturbante avec David Troyer ce soir. C'est le plus ancien des évêques amish.

John se demanda en quoi il pouvait bien être concerné.

— Continuez.

— Apparemment, quelqu'un a laissé une note anonyme sur la porte de son office à l'église.

— Quel genre de note ?

— Eh bien, c'est au sujet du chef Burkholder. Et c'est plutôt inquiétant.

À l'autre bout de la ligne, il entendit des papiers qu'on remuait.

— Voilà, je l'ai, poursuivit le maire. Ça dit : « Le chef Katie Burkholder sait qui est le meurtrier. »

John laissa les mots pénétrer son esprit.

— C'est effectivement inquiétant. Que voulez-vous que je fasse ?

— Je ne sais pas. J'ai pensé qu'il fallait que j'avertisse un membre des forces de police, fit-il avant de marquer une pause. Pourquoi quelqu'un enverrait-il un mot pareil ?

— C'est peut-être un canular.

— Peut-être. Je me demandais si vous pourriez y regarder de plus près. Vous savez, discrètement.

Tomasetti réfléchit un instant, sentit sa curiosité de flic piquée.

— Je ne suis pas franchement dans ses petits papiers. Elle ne va pas me parler.

— Vous pourriez peut-être simplement... la surveiller et vous faire une opinion dans les jours qui viennent.

— Vous avez parlé de cette note à quelqu'un d'autre ?

— Non.

— Très bien, surtout n'en faites rien.

John jeta un œil à l'horloge. Plus de 2 heures. Trop tard pour agir.

— Combien de personnes ont manipulé cette note ? demanda-t-il.

— L'évêque Troyer et moi.

— Mettez-la dans un sac et scellez-le. Je chercherai des empreintes.

— Je vous l'apporterai à la première heure demain matin.

Ils se dirent au revoir et John raccrocha, troublé par ce nouveau développement. L'affaire était suffisamment compliquée sans que les policiers y ajoutent leurs propres secrets. Qui pouvait envoyer un tel mot et pourquoi ? Burkholder en savait-elle plus sur l'affaire qu'elle ne voulait bien le dire ? Ou est-ce qu'un imbécile avait pensé que ce serait marrant de jouer aux devinettes avec la police ?

Ce qui dérangeait Tomasetti avec cette dernière hypothèse, c'était que la note avait été envoyée à un évêque amish. Les Amish n'étaient pas particulièrement connus pour leur sens de la blague. Painters Mill était une petite ville où tout le monde se connaissait. Était-il possible que Kate Burkholder sache qui était le meurtrier ? Était-il amish ? Était-ce la raison pour laquelle elle le protégeait ? John avait du mal à croire qu'elle puisse risquer des vies pour protéger un psychopathe, mais il savait par expérience que la loyauté pouvait parfois supplanter l'éthique.

Cependant, ce n'était pas la seule chose qui le dérangeait au sujet de Kate Burkholder. Confrontée à une affaire aussi difficile que retentissante, elle aurait dû demander une aide extérieure dès le départ. Au début, il s'était dit qu'elle ne voulait pas voir un étranger empiéter sur son territoire. Mais, après l'avoir rencontrée, il avait compris qu'elle n'était pas du genre à jouer chasse gardée. Pourquoi n'avait-elle pas demandé du renfort ? La question le taraudait comme une migraine creusant son trou dans sa tête.

Le maire lui avait refilé cette patate chaude ; à John maintenant de s'en occuper. Il n'avait pas franchement le choix. Cette affaire, c'était sa dernière chance. Il n'avait pas besoin qu'un flic avec des problèmes de loyauté sabote cette chance. Si Burkholder avait des secrets, il ferait tout pour les découvrir.

Le bourdonnement d'un téléphone me réveille en sursaut. Je me redresse d'un bond, et une douleur fulgurante me transperce la nuque. L'espace d'une seconde, je ne sais pas où je me trouve, puis je me rends compte que je suis dans mon bureau, au poste. Je me suis endormie sur ma table de travail.

Le téléphone sonne une nouvelle fois et je décroche d'un geste vif le combiné.

— Désolée de vous réveiller, chef.

Mona. Elle a dû me trouver en train de dormir et aura éteint la lumière.

— Je viens de recevoir un appel d'urgence, poursuit-elle. Un conducteur dit qu'il y a une vache sur Dog Leg Road, près du pont couvert.

Grommelant intérieurement, je consulte l'horloge murale. Il est presque 3 heures.

— Envoie T.J. là-bas, d'accord ?

— Il est chez Nell Ramsom pour un 10-14, fait-elle avant de marquer une pause. Nous avons eu six appels pour signaler des rôdeurs cette nuit.

Les habitants sont nerveux à cause des meurtres. Regrettant de ne pas être rentrée chez moi pour bénéficier de quelques heures de vrai sommeil, je me lève et enfile ma parka en frissonnant. J'ai fait preuve d'une indulgence exagérée avec Isaac Stutz en lui permettant de s'en tirer avec de simples avertissements. Cette fois, je vais le verbaliser. Avec mes effectifs sollicités au maximum, je n'ai pas le temps de courir après les vaches. Appréhendant le froid, je me dirige vers la porte.

Une fois dans l'Explorer, je tourne le chauffage à fond et traverse la ville bien au-delà de la vitesse autorisée. Autour de moi, Painters Mill dort. Ce soir, j'ai le sentiment que c'est du sommeil d'un enfant sujet aux cauchemars.

Dog Leg Road est une route étroite bordée par la forêt au nord et par un champ labouré au sud. Le pont couvert centenaire qui enjambe Painters Creek est une attraction touristique pendant la période estivale. Je passe sous la structure en bois à quatre-vingts kilomètres à l'heure.

De l'autre côté du pont, je repère la vache dans le fossé, une jersiaise en train de brouter l'herbe qui pointe sous la neige. J'attrape ma lampe torche et dirige le faisceau le long de la clôture pour trouver l'endroit où la sale bête a fait le mur.

J'allume mon gyrophare puis appelle Mona.
—Ici 10-23.
—Je vous reçois, chef! Vous avez trouvé les vaches?
—Une vache.

Je fais courir le faisceau de la lampe le long de la barrière. Une dizaine de mètres derrière se trouve l'endroit où le corps d'Amanda Horner a été découvert. Des lambeaux de bande jaune battent dans les airs.

—Je vais faire rentrer cette bête dans le champ et ça ira pour ce soir, dis-je.
—OK, terminé.

Une rafale de vent me coupe le souffle lorsque je m'extirpe de la voiture. Quelques mètres devant moi, la vache me regarde en roulant des yeux avant d'arracher une autre touffe d'herbe jaune. Même si j'ai grandi entourée de bétail, je n'aime pas particulièrement les bêtes. Elles sont pour la plupart méchantes et capricieuses. J'ai passé de nombreuses matinées en hiver à traire les vaches et je me suis pris plus de coups de sabot que je ne peux m'en souvenir.

J'ouvre le coffre et en sors une corde avant de m'approcher de la vache.

—Allez, sale ruminant, futur steak, viens par là.

L'animal se détourne mais je lui barre la route. Elle attrape encore quelques brins d'herbe sèche, j'en profite pour agir. À un mètre de distance, je lance mon lasso. La boucle tourne au-dessus de sa tête avant de se poser sur son encolure. La vache a alors deux possibilités. Elle peut soit s'enfuir et me tirer derrière elle, soit coopérer et me laisser la ramener dans le pâturage. À mon grand soulagement, elle ne résiste pas lorsque je tire sur la corde.

Je marche d'un pas lourd sur une congère et atteins la clôture. Je tire le barbelé par où s'est échappée la vache et la conduis dans le pré avant de relâcher. Je suis en train de réparer la barrière lorsqu'un éclair de lumière attire mon attention. Au début, je pense qu'Isaac Stutz, ayant vu mes phares, vient me donner un coup de main. Puis je me rends compte que l'éclair de lumière est apparu du côté de la scène de crime et non de celui de la ferme de Stutz. Qui est-ce ? Et qu'est-ce qu'il fabrique là-bas au milieu de la nuit ?

Je cours jusqu'à la voiture, éteins les phares et appelle Mona.

—J'ai un 10-88. Envoie T.J. Rapido. Ni sirène ni gyrophare.

—Compris, chef. Soyez prudente.

—Je le suis toujours.

Je prends ma lampe torche et referme doucement la portière. Sans bruit, je traverse le fossé et escalade la barrière. L'obscurité s'épaissit lorsque j'arrive dans les bois, mais je n'allume pas ma lampe. Mes yeux s'y sont accoutumés. Mes pas sont silencieux dans la neige tandis que je chemine à travers les arbres en évitant les branches mortes. Au-dessus de ma tête, un croissant de lune laiteux propage une lumière suffisante pour me permettre de voir mon ombre. Le froid me pique le visage. Le métal de ma lampe torche refroidit mes doigts douloureux. Mais ces petites gênes sont annihilées par mon besoin de savoir qui est là et pourquoi.

À une vingtaine de mètres de la scène de crime, je m'arrête et tends l'oreille. Autour de moi, le vent bruit. Au loin, un chien aboie. Derrière moi, une branche craque. Je fais volte-face, surprise, et distingue un mouvement entre les arbres. J'allume ma lampe et pose l'autre main sur mon arme pour dégrafer la bride de l'étui.

— Plus un geste ! Police. Restez où vous êtes !

Tenant fermement la lampe, je me mets à courir. Mon souffle accéléré s'échappe en nuages bouffants devant moi. Je baisse les yeux et vois des empreintes de pas que je suis. Le vent siffle à mes oreilles tandis que je passe à toute allure devant les arbres. Je suis presque au niveau de la scène de crime. Dans le champ de maïs sur ma gauche, je perçois le chuintement des tiges desséchées. Le faisceau de ma lampe accroche un mouvement devant moi. La silhouette d'un homme. En un instant, elle a disparu. Mais je sais désormais avec certitude que ce n'est pas un cerf que je poursuis.

— Arrêtez-vous ! Police !

Pistolet pointé en avant, je me précipite.

J'ai un bon sens de l'orientation, aussi ai-je parfaitement conscience d'être entraînée loin de mon véhicule. Mais je n'ai pas peur. L'idée d'être effrayée ne me traverse même pas l'esprit. Ce soir, je suis un prédateur.

Je cours presque en aveugle dans l'obscurité, tous mes sens concentrés sur ma proie. J'entends son pas lourd faire craquer les branches et la neige. Il est à huit mètres de moi, mais je gagne du terrain. Je suis plus rapide que lui et il le sait.

— Stop ! Police !

Je tire un coup de feu par terre en guise de sommation. Il ne s'arrête pas. Si je ne craignais pas de blesser un pauvre ado sans cervelle, je lui tirerais dans le dos.

Le sol disparaît soudain. Je perds ma proie de vue tandis que je plonge vers la rive d'un ruisseau. Mes bottes glissent sur la couche de glace que je traverse pour gagner l'autre bord. Je suis presque en haut lorsqu'un corps lourd me percute. L'impact me fait tomber à la renverse. J'atterris sur le flanc et roule. Je vois la sombre silhouette de l'homme. Il tient quelque chose dans la main. Je lève mon arme. J'entends le sifflement qui fend l'air et un objet me frappe violemment le poignet. Un courant électrique douloureux remonte dans mon bras. Le .38 m'échappe et vole dans les airs. À genoux, je balance la lourde lampe torche aussi fort que je peux, j'entends le métal percuter un obstacle.

— Salope !

Je me jette vers l'endroit où est tombée mon arme. Mes mains fouillent la neige, mes doigts s'enroulent autour du métal. Je pivote et lève mon .38. J'ai décidé de tirer quand un coup parti de nulle part m'atteint sur le crâne, m'étourdissant. Un second me touche au-dessus de l'oreille droite. Un grand craquement retentit dans ma tête. Ma vision se brouille. La dernière chose dont j'ai conscience, c'est d'être couchée sur le côté, la neige froide contre mon visage.

J'ignore si j'ai perdu connaissance quelques secondes ou quelques minutes. Craignant que mon agresseur ne revienne pour un nouveau round, je redresse la tête et regarde autour de moi. L'enfant de salaud s'est cassé.

— Chef! Chef!

À travers le bourdonnement dans mon oreille droite, la voix de T.J. me parvient difficilement. Je lâche involontairement un grognement en essayant de me relever, ne réussissant qu'à me mettre à quatre pattes.

Il s'agenouille à côté de moi.

— Que s'est-il passé?

— Un putain de cinglé m'est tombé dessus!

Il saute sur ses pieds et sort son arme.

— Il y a combien de temps? Vous avez vu qui c'était?

— C'était il y a une minute, dis-je en me relevant, priant pour que mes jambes ne se dérobent pas sous moi. Un homme. Environ un mètre quatre-vingts. Quatre-vingt-cinq kilos.

— Armé?

— D'une putain de matraque!

Avec un regard un peu trop insistant sur moi, T.J. attrape le micro déporté accroché à son épaule.

— Mona, ici 10-23. Nous avons un 10-88 sur Dog Leg Road, déclare-t-il avant de répéter la vague description que j'ai faite de l'assaillant. Il nous faut une ambulance.

— Pas d'ambulance, dis-je suffisamment fort pour que Mona entende. Je vais bien. Dis-lui d'appeler le bureau du shérif et d'envoyer une unité sur le chemin près du pont couvert. C'est sans doute là que cet enfoiré s'est garé.

T.J. répète mes instructions et termine la communication.

— Nous allons jeter un œil.

Je repère ma lampe torche dans la neige et la récupère.

— Mince, chef, c'est la seconde fois en deux jours que vous vous faites tabasser.

— On n'est pas obligé de tenir le compte, à mon avis.

Avec le faisceau de ma lampe, je fais un tour complet sur moi-même.

— Qu'est-ce que vous cherchez ?

— Mon arme. Des traces.

À quelques mètres de là, je repère l'arme.

— Regardez ici, m'alerte T.J. en éclairant des empreintes.

— Allons voir.

Nous suivons les traces de pas pendant plusieurs mètres jusqu'à ce qu'elles s'arrêtent.

— Il a dû se garer sur le chemin et marcher jusqu'à la scène de crime.

— La scène de crime ? Vous pensez que c'était un délinquant qui voulait satisfaire sa curiosité morbide ? demande-t-il avant que ses yeux ne s'écarquillent. Vous pensez que c'était lui ? Le tueur ?

— Je ne sais pas, dis-je en m'accroupissant pour étudier les traces de plus près. Il nous a laissé une belle empreinte.

— Pointure 42 ou 43.

— Demande à Glock de venir pour faire les relevés.

Il prend son micro et transfère la demande à Mona. Je me redresse et fais courir le faisceau de ma lampe le long des empreintes.

— Pour quelle raison serait-il revenu sur les lieux ? questionne T.J.

Je scrute l'obscurité qui nous entoure. Sous la pâle lueur de la lune, la forêt apparaît en monochrome.

— C'est toute la question.

20

— Soit il revit le meurtre, soit il a laissé quelque chose sur la scène et voulait le récupérer.

Pour un homme qui a passé la nuit dans le confort douillet d'une chambre d'hôtel et a pu s'offrir le luxe d'une douche, John Tomasetti ressemble à un ours mal léché. Il porte un pantalon de toile noire froissé, une chemise blanche et une cravate à motifs cachemire dont la couleur rappelle la neige sale. Mais là s'arrête l'allure classique, avec ses vêtements. Sous ses sourcils épais, ses yeux sont injectés de sang. Son rasage – s'il s'est rasé ! – laisse à désirer. De là où je me tiens, je vois l'ombre de barbe, rêche et sombre, qui orne ses joues et offre un contraste saisissant avec la pâleur de son teint. Je me demande s'il n'est pas en pleine descente après la consommation de substances plus ou moins légales.

Moi-même je ne dois pas avoir l'air au mieux de ma forme ce matin. Je sens un nouvel hématome s'épanouir sur le haut de mon front et j'espère qu'il ne jure pas avec celui qui orne encore mon nez. Je ne suis pas rentrée chez moi cette nuit et, pour mon second jour de travail sans repos, je commence franchement à être d'une humeur de chien.

T.J., Glock, un des adjoints de Detrick et moi avons passé trois heures dans les bois, par moins quinze, à rechercher des indices. Le mystérieux visiteur était parti depuis longtemps, mais nous avons découvert les traces d'une motoneige. Glock est parvenu à faire le relevé de quelques empreintes de pas et a réussi à en prendre une, tout à fait utilisable, des skis de la motoneige. Avec un peu de chance, le BCI trouvera une correspondance et nous connaîtrons la marque et le modèle de l'engin.

L'épuisement me submerge tandis que je contemple le rapport d'incident que j'ai improvisé et tapé à la hâte. Les coups que j'ai reçus me donnent des élancements dans la tête. Mon poignet est enflé là où il m'a frappée avec la matraque. Je ne peux pas le bouger, mais ce qui m'inquiète le plus, c'est pour tenir mon arme : je ne suis pas ambidextre.

— Chef ?

Tomasetti s'est adressé à moi mais je n'ai aucune idée de ce qu'il a dit.

— Vous voulez nous mettre au parfum de ce qui vous est arrivé ? demande-t-il.

Il n'est même pas 7 heures ce mercredi matin et toute la petite bande est déjà là. Glock est assis à côté de moi, les doigts pianotant sur son ordinateur portable. Le shérif Detrick est assis sur sa chaise, les bras croisés sur le torse. Pickles me dévisage comme s'il voulait m'aider à parler. T.J. et Skid sont plongés dans la contemplation de leur tasse de café.

Brièvement, je leur résume l'embuscade dans laquelle je suis tombée.

— Nous pensons que le criminel se déplaçait en motoneige. Glock a relevé les empreintes de pas et de skis. On pourra sans doute en tirer quelque chose.

— Les motoneiges, c'est pas ce qui manque à cette époque de l'année, fait remarquer Detrick.

— J'ai pensé que ça valait le coup d'essayer, dis-je en haussant les épaules. Tout est parti au labo et nous devrions avoir des nouvelles dans quelques jours.

— Je vais voir si je peux les faire accélérer, propose Tomasetti.

— Le jour se lève, dis-je. Nous devons retourner là-bas et passer le coin au peigne fin.

— Je vais former un groupe, déclare Detrick après s'être éclairci la voix, et j'irai là-bas dès qu'on aura fini ici.

— Si ce type était en train de revivre le meurtre ou de fantasmer dessus, il y a une chance qu'il ait laissé une trace d'ADN derrière lui, intervient Tomasetti.

— Du sperme ?

— Tout ce qu'il cherche, c'est la satisfaction sexuelle.

— Il fait un peu froid pour ça, note Skid.

Quelques ricanements se font entendre mais s'arrêtent rapidement. Je demande :

— En parlant de ça, est-ce qu'on a cherché des traces d'ADN dans la ferme Huffman ?

— Je peux organiser l'envoi d'une équipe de la police scientifique sur les lieux, propose Tomasetti.

Je hoche la tête puis me tourne vers Skid.

— As-tu des nouvelles du bureau de probation ?

— J'ai une piste intéressante, répond-il en ouvrant un dossier. Un type du coin du nom de Dwayne Starkey. Il a pris quatorze ans pour agression sexuelle. Il est allé en prison quelques mois après le dernier meurtre, en 1993. Il est sorti il y a neuf mois.

Enfin une piste ?

— Tu as une adresse ? fais-je avec empressement.

— Il loue une ferme près de l'autoroute, dit-il avant de me donner l'adresse.

— Je suis allé à l'école avec Starkey, déclare Glock.

— Tu en penses quoi ?

— Ça pourrait être lui. Il a un côté malsain. C'est une petite brute, un connard fini à l'esprit étriqué.

— On a des détails concernant l'agression sexuelle ? demande Tomasetti.

Skid consulte le rapport.

— Une gamine de douze ans. Il en avait dix-huit. Il a plaidé non coupable. A écopé de vingt ans. Libération anticipée pour bonne conduite.

— Où ça ?

— Au centre correctionnel de Mansfield, lit Skid avant de laisser échapper un rire. Écoutez ça : il travaille à l'abattoir.

— Bingo ! s'exclame Tomasetti.

Je me lève d'un bond et tous les yeux se tournent vers moi.

— Je vais lui rendre une petite visite, dis-je avant de m'adresser à Detrick. Vous avez suffisamment d'hommes pour fouiller les environs de la scène de crime ?

Il acquiesce, sans pour autant paraître ravi d'être relégué à la recherche d'indices sur une vieille scène de crime quand moi je vais interroger un suspect qui vient d'apparaître dans le tableau.

— Nous quadrillerons également les fermes environnantes.

J'attrape mon manteau et fonce littéralement dans Tomasetti.

— Je viens avec vous, lâche-t-il.

S'il y a une personne que je n'ai pas envie de me coltiner, c'est bien lui. Il faut que je voie Glock en privé pour savoir s'il a du nouveau sur Daniel Lapp.

—C'est inutile.

Il fixe sur moi un regard indéchiffrable.

—Vous ne m'aimez pas beaucoup, n'est-ce pas ?

—Ce n'est pas le problème.

—Donc ça doit venir de votre aversion à accepter l'aide d'autres services de police ?

J'ai envie de lui sauter à la gorge, mais il y a trop de monde autour de nous, trop de témoins.

—Glock connaît Starkey. J'y vais avec lui.

—J'ai tracé son profil. Je sais qui nous recherchons. Si vous voulez sérieusement l'arrêter, je vous suggère de commencer à utiliser mes compétences.

La tension qui emplit la pièce suffirait à étrangler un serpent. Inutile de regarder autour de moi pour savoir que tous les yeux sont braqués sur nous. Les conflits personnels au cours d'une enquête particulièrement stressante sont monnaie courante, surtout si plusieurs agences sont impliquées, mais je ne tiens pas à être vue comme un flic qui pourrait compromettre son affaire pour des questions de territoire. J'ai appris il y a bien longtemps l'intérêt de choisir ses batailles. Celle-ci en est une que je ferais mieux de ne pas mener.

—Vous conduisez, dis-je en me dirigeant vers la porte.

Dwayne Starkey habite une petite ferme entourée de collines vallonnées et de grands arbres dénudés. À une époque, la maison devait être charmante mais, tandis que Tomasetti conduit le long du chemin, je remarque le revêtement qui tombe en lambeaux et le toit affaissé. Un vieux pick-up bleu est garé derrière la maison.

— On dirait qu'il est chez lui, note Tomasetti.
— Surveillez les portes.

Il gare la Tahoe quelques mètres derrière le pick-up, bloquant le passage au cas où Starkey tenterait de s'enfuir.

— Vous croyez qu'il nous faudrait une commission rogatoire ?
— Pas besoin de mandat pour discuter, répond-il.
— S'il se révèle un suspect potentiel, j'aimerais fouiller les lieux.

Je regarde au-delà de la maison, où une grange délabrée repose comme un bateau piégé dans la banquise, avant de poursuivre :

— Je ne veux pas foirer sur ce coup-là. Si c'est notre homme, il se peut qu'il tue ses victimes ici.
— Si nous le suspectons, nous demanderons un mandat de perquisition.

Je jette un œil à la porte de derrière à temps pour voir les rideaux s'écarter légèrement avant d'être rapidement rabattus.

— Il nous a vus.
— Je passe par-devant, dit Tomasetti.

Le froid me saisit quand je descends de voiture. L'allée n'est pas déblayée et mes pieds s'enfoncent jusqu'à la cheville dans la neige qui craque sous mes pas. Du coin de l'œil, je vois Tomasetti contourner la maison vers l'avant. Je dégrafe la bride de mon holster tout en atteignant la porte de derrière. Le haut du battant est vitré et on a réparé une fêlure avec du gros scotch. Les rideaux bleus poussiéreux sont entrouverts d'un centimètre. Par l'entrebâillement, j'aperçois un vieux congélateur et des placards datant des années 1970.

— Dwayne Starkey ! dis-je en toquant à la vitre. Je suis Kate Burkholder de la police de Painters Mill. Ouvrez-moi.

J'attends trente secondes avant de frapper à nouveau, plus fort cette fois-ci.

— Allez, Dwayne. Je sais que vous êtes là. Ouvrez !

La porte s'ouvre brutalement. Une bouffée d'odeurs déplaisantes me saisit les narines tandis que je me retrouve face à un homme de petite taille aux cheveux gras et à la moustache couleur moutarde.

— Dwayne Starkey ?
— Qui le demande ?
— Kate Burkholder, police de Painters Mill.

La main droite à proximité de mon arme, je sors mon badge et le lui montre de la main gauche. Il le fixe si longtemps que j'en viens à me demander s'il sait lire.

— J'ai des questions à vous poser, dis-je.
— C'est pour la femme assassinée ?
— Qu'est-ce qui vous fait croire ça ?

Un rire gras s'échappe de sa gorge rendue rauque par la cigarette.

— Je sais comment vous pensez, vous les flics. Un truc moche se passe et vous voulez coller ça sur le premier taulard que vous voyez.

— Je veux simplement vous poser quelques questions.

Il semble hésitant.

— Vous avez un mandat ?

— Je peux en obtenir un dans les dix minutes si c'est ce que vous voulez. Ce sera beaucoup plus rapide si vous m'ouvrez la porte et acceptez de me parler.

— Sûrement pas sans mon avocat.

Une voix de baryton familière retentit derrière Starkey.

— Si vous n'avez rien fait de mal, vous n'avez pas besoin d'un avocat.

J'aperçois alors Tomasetti dans le vestibule. Avant que je puisse lui demander ce qu'il fout dans la maison de Starkey, celui-ci me prend de vitesse.

— Qui vous êtes, bordel ? Qu'est-ce que vous fabriquez chez moi ?

— Je suis le gentil flic, Dwayne. Je vous suggère d'arrêter de jouer au con et de coopérer avec le chef Burkholder. Faites-moi confiance, vous n'avez pas envie de la mettre en rogne.

Starkey se tourne vers moi.

— Comment il est entré chez moi, putain ?

Je me pose la même question, alors je n'essaye même pas de lui répondre.

— Dwayne, nous ne vous demandons que quelques minutes de votre temps.

Starkey recule d'un pas. Il est vêtu d'un jean crasseux et d'une chemise auréolée de vieilles traces de transpiration. Il a l'air prêt à s'enfuir. Je baisse les yeux sur ses pieds et vois qu'il ne porte que des chaussettes d'un blanc douteux. S'il tente de s'enfuir, il n'ira pas bien loin.

Je pousse la porte d'un geste décidé et pénètre dans le vestibule qui empeste un mélange désagréable de litière pour chat, de transpiration et de cigarette. Une odeur aussi déplaisante que l'allure de Starkey.

—Je connais mes droits, alors essayez pas de m'entuber.

—Vous avez le droit de poser votre cul sur cette chaise.

Attrapant l'homme par la peau du cou, Tomasetti le pousse jusque dans la cuisine avant de l'obliger à s'asseoir sur une chaise.

—Hé! gémit Starkey. Vous avez pas le droit de faire ça!

—Je veux simplement vous montrer à quel point nous apprécions votre collaboration.

Je m'avance dans la cuisine. L'odeur nauséabonde de la nourriture en décomposition mélangée aux excréments animaux me coupe le souffle. Un chat obèse m'observe du haut du réfrigérateur qui n'est plus de la première jeunesse. Je fais attention où je pose mes pieds en m'approchant de Starkey.

—Vous travaillez toujours à l'abattoir, Dwayne?

—J'ai pas manqué un jour depuis que j'ai commencé.

—Vous faites quoi là-bas?

—Écoutez, ça se passe bien au boulot, dit-il avant de pointer un doigt sur Tomasetti. Je veux pas d'embrouilles.

D'une grande claque de la main, Tomasetti éloigne ce doigt accusateur.

—Répondez à la question.

—Je suis saigneur.

—C'est quoi, saigneur? dis-je.

—Je plante le bouvillon dans le cou une fois qu'il a été assommé.

—Vous lui tranchez la gorge?

—C'est ça, ouais.

— Et ça vous plaît ? demande Tomasetti.
— Ça paye les factures.

En se rendant dans le salon, Tomasetti écrase quelque chose sous sa chaussure.

— Vous avez dû aller à l'école pour faire ça ?
— Allez vous faire voir, grogne Starkey en lui lançant un regard furieux.
— Dwayne, dis-je, ça suffit.
— Mais ce type est un connard !
— Je sais.

Bien que consciente des allées et venues de Tomasetti dans le salon, pas un seul instant je ne quitte Starkey des yeux. Je reprends :

— Où étiez-vous samedi ?
— Je me rappelle pas.

Toute son attention est tournée vers Tomasetti et je me demande si Starkey n'a pas quelque chose à cacher.

Pour la première fois, la colère m'envahit. Deux femmes sont mortes et ce petit bonhomme crasseux fait tout ce qu'il peut pour nous mettre des bâtons dans les roues. Je me penche un peu et lui donne une claque sur l'arrière de la tête, l'obligeant à se concentrer sur moi.

— Vous pouvez pas me frapper comme ça.
— Alors soyez attentif. Où étiez-vous samedi soir ?
— J'étais ici. J'ai réparé la transmission de ma Chevrolet.
— Vous étiez seul ?
— Oui.
— Vous êtes resté toute la nuit ici ?
— Oui.
— Vous êtes déjà allé au *Brass Rail* ?

— Tout le monde a déjà été au *Brass Rail*.
— C'était quand la dernière fois que vous y êtes allé ?
— Sais pas. Y a plus d'une semaine, répond-il en fronçant les sourcils. C'était un dimanche.
— Vous connaissiez bien Amanda Horner ?
— Je connais pas d'Amanda Horner, réplique-t-il nerveusement comme s'il prenait enfin l'affaire au sérieux. Vous pouvez pas me coller un meurtre sur le dos. J'ai rien fait.
— Vous avez violé une femme il y a quatorze ans.
— Cette petite salope a menti.
La rage me submerge et, avant même que je m'en rende compte, ma main part et je le gifle.
— Surveillez votre langage.
Il se frotte la joue.
— Cette gonzesse, c'était une allumeuse. Elle était bourrée, elle avait sniffé de la coke. Elle le voulait.
— Elle avait douze ans.
— J'en savais rien ! Je le jure. Elle avait l'air d'une adulte. Des nichons gros comme ça, fait-il en mettant ses mains à trente centimètres de son torse. Et elle était pas vierge du tout, même si elle a dit que si.
Une vague de dégoût me tenaille et je me retiens d'exploser à nouveau.
— Vous connaissiez bien Ellen Augspurger ?
— Je la connais pas non plus.
— Si je découvre que vous me mentez…
— Je jure que je la connais pas. Aucune des deux.
— Vous êtes en liberté conditionnelle ?
— Qu'est-ce que vous croyez ?
— Vous aimez les pornos ? intervient Tomasetti.
Starkey tourne la tête d'un coup.

— C'est quoi cette question ?
— Des pornos avec des gosses ? Vous en avez dans la maison ?
— Je fais pas là-dedans.
— Non, je parie que vous êtes plutôt du genre SM, pas vrai ?
— C'est des conneries. Vous pouvez pas me parler comme ça.
— Dwayne, dis-je, vous avez des couteaux ici ?
Il cligne des yeux une nouvelle fois comme s'il lui était difficile de faire face à notre feu de questions.
— Tout le monde a des couteaux.
— Vous chassez ?
Il se rencogne sur sa chaise, se mettant en équilibre sur deux pieds. Un rire rauque sort de sa gorge.
— Je supporte pas la vue du sang, répond-il.
— Vous trouvez ça drôle ? dis-je.
— Un peu. Je suis saigneur après tout.
Je serre les dents. Je me penche en avant, pose les mains sur ses épaules et le pousse. Il essaye de se redresser et de retrouver l'équilibre, mais il n'est pas assez rapide. La chaise bascule en arrière et il s'écroule sur le dos.
— Sale connasse ! grogne-t-il en essayant de se relever. Vous pouvez pas...
Je pose la main sur ma matraque.
— Un geste et vous retournez illico à Mansfield.
À ces mots, il se pétrifie. Mais il est furieux. Son visage a pris la couleur de la viande crue, une veine pulse à sa tempe gauche. Il voudrait me frapper, je le lis dans ses yeux. Une partie de moi le met au défi d'essayer.
— Kate.

À travers les battements frénétiques de mon cœur, j'entends à peine la voix de John. Je sais que perdre mon sang-froid est tout sauf productif. Je me rassure en me disant que si je malmène Starkey, c'est pour le faire craquer. Le problème c'est que, bien que Dwayne Starkey soit une ordure finie, je ne pense pas qu'il soit celui que nous recherchons.

Je sursaute lorsque la main de Tomasetti se pose sur mon épaule. Je sais qu'il peut sentir les tremblements qui m'agitent. Je ne le regarde pas.

— Du calme, chef, dit-il à voix basse avant de venir se placer à côté de moi. Puis, montrant à Starkey un DVD : Super ordi que vous avez là, Dwayne. Sacrée machine. Je parie que la définition est d'enfer. Vous avez beaucoup de mémoire sur cet engin ?

— Qu'est-ce que vous avez foutu dans ma chambre ? geint Starkey comme un écolier pris sur le fait. Il a pas le droit de fouiller dans mes affaires.

Je hausse les épaules en signe d'impuissance, mais j'ai envie de mettre mon poing dans la figure de Tomasetti. Un seul flic méchant, ça suffit.

— C'était en évidence, réplique ce dernier. *Coup double pour Delilah*. Hum, je crois que je l'ai raté, celui-là.

— Y a pas de loi qui interdit les films X, se défend Starkey.

— Tout dépend de l'âge des acteurs, dis-je en regardant la jaquette du DVD. Delilah m'a l'air bien jeune.

— Une enfant, ajoute Tomasetti.

D'un ongle incrusté de crasse, Starkey tapote le boîtier.

— Je l'ai acheté légalement.

— Qu'est-ce que vous avez d'autre sur votre ordinateur ?

— Rien que je devrais pas avoir. Je suis en conditionnelle, putain.

Tomasetti secoue la tête.

— Tout ce qu'on veut, c'est savoir pour les femmes.

— Je les connais pas, ces nanas qu'on a tuées.

Avec une petite tape sur la tête, je lui ordonne :

— Mettez vos bottes.

— Vous pouvez pas m'envoyer en prison ! éructe Starkey, les yeux écarquillés. J'ai rien fait !

— Vous allez nous montrer votre grange, Dwayne, aboie Tomasetti. Mettez vos bottes ou je vous traîne là-bas pieds nus.

La grange n'est qu'un bâtiment délabré qu'une seule journée venteuse de plus risque de réduire à un tas de décombres. Starkey nous conduit, Tomasetti et moi, le long de l'allée enneigée. Je remarque des empreintes de pas dans la neige et me demande pour quelle raison il se rend dans sa grange puisqu'il n'a pas de bétail.

La réponse m'apparaît dès qu'il en ouvre la porte. Une Chevrolet El Camino, d'un jaune aussi étincelant que le jour où elle est sortie de l'usine, repose sur des parpaings, capot ouvert. Quatre roues en alu sont posées contre une poutre de soutien. Sur une grosse barrique rouillée, un poste de radio diffuse une vieille chanson des Eagles. Une barquette en aluminium déborde de mégots de cigarettes.

— Sympa comme endroit, lâche Tomasetti.

— C'est là que j'étais samedi soir, déclare Starkey, un doigt pointé sur la Chevrolet. C'est sur cette voiture que je bossais.

— Vous faites dans la ferraille ?
— C'est pas de la ferraille. C'est une voiture de collection.

Je m'enfonce un peu plus dans la grange à la recherche d'une motoneige. J'étudie le sol poussiéreux, espérant y trouver des traces. Rien. Une odeur de terre pourrie et d'huile de moteur flotte dans l'air. Dans un coin, je remarque une bâche que je soulève. Des moutons de poussière s'envolent et je découvre un énorme tracteur de 1965.

La déception m'envahit. Je voulais que Starkey soit notre homme. C'est un violeur condamné. Un pédophile. Un homme avec un penchant malsain pour le porno et Dieu sait quoi d'autre encore. Mais sa petite taille me fait dire qu'il n'est pas celui qui m'a attaquée dans les bois hier. Il ne correspond pas au profil. Il n'est pas organisé. Son intelligence est limitée. Quelle que soit mon envie de résoudre cette affaire, mon instinct me dit qu'il n'est pas le meurtrier.

Je rejoins les deux hommes à grandes enjambées et, un doigt pointé sur Starkey en guise d'avertissement, je lui dis :

— Ne quittez pas la ville.
— Je suis en conditionnelle. Qu'est-ce que vous croyez que je vais faire ? Aller me dorer la pilule à Hawaii ?
— Allons-y, dis-je en me dirigeant vers la porte.

J'arrive la première à la voiture et grimpe dedans. Enveloppée par la chaleur relative de la Tahoe, j'ai l'impression de ne pas avoir dormi depuis une semaine. Une douleur lancinante me mord la nuque.

Tomasetti démarre et roule en direction de la ville. Les yeux rivés sur le paysage désolé qui défile derrière la vitre, je m'efforce de ne pas m'endormir, bercée par la douce chaleur et le ronronnement du moteur.

— Ce n'est pas notre homme, lâche Tomasetti sans quitter la chaussée des yeux.

— Je sais.

— La plupart des tueurs en série ont un QI au-dessus de la moyenne.

— Ce qui exclut d'office Starkey. Au fait, la prochaine fois que vous voudrez jouer les inspecteurs Harry, faites-le sur votre temps libre.

Il me dévisage comme si je l'avais vexé.

— C'est vous qui l'avez frappé.

— Je lui ai donné une claque sur la tête pour avoir son attention.

— Vous l'avez renversé de sa chaise, réplique-t-il avec un haussement d'épaules avant de reporter son attention sur la route. J'ai été impressionné.

Je me surprends à sourire. En d'autres circonstances, j'aurais pu apprécier John Tomasetti. Je ne suis peut-être pas d'accord avec sa façon de faire, mais je savais que je pouvais compter sur lui dans cette maison. Avant que je ne pousse plus loin mon analyse, il tourne brutalement sur le parking du *McNarie*, un des deux bars de Painters Mill. Le *McNarie* est un tripot meublé de tabourets de bar recouverts de vinyle rouge, d'une demi-douzaine de banquettes et d'un juke-box de 1978 offrant toute une sélection de bandes originales.

— Qu'est-ce que vous foutez ?

— Je boirais bien un verre, répond-il en ouvrant la portière pour sortir.

— Un verre ?

Il claque la portière.

J'ouvre de mon côté et me glisse à l'extérieur.

— Il n'est même pas midi, et on a du travail.

Un œil sur sa montre, il continue à marcher à grandes enjambées. Je dois courir pour le rattraper.

— Bon Dieu, John, nous devons retourner au poste.

— Ça ne prendra pas longtemps.

Je m'arrête à côté d'un pick-up rouillé et le regarde s'engouffrer à l'intérieur du bar.

— Starkey avait raison, me dis-je à voix basse. C'est un connard.

21

Ce matin-là, Corina Srinvassen avait hâte d'aller sur la glace. Élève de troisième, elle en avait rêvé pendant tout son cours d'histoire et pendant celui de sciences naturelles où M. Trump leur avait parlé des MST.

Lorsque la cloche de 10 heures retentit, Cori se précipita vers la sortie en courant. Dans le bus qui la ramenait chez elle, elle prépara mentalement sa performance du jour. Aujourd'hui, elle tenterait le double twist. Elle serait seule, après tout, personne ne se moquerait si elle tombait sur les fesses. À 10 h 30, elle s'était changée et avait filé avant que sa mère ne puisse l'arrêter.

Sous un ciel lourd et bas, elle traversa tant bien que mal les bois pour gagner l'étang. La glace serait sûrement rugueuse. C'était le cas chaque fois qu'il neigeait et que la neige, mélangée à la glace, se verglaçait. On n'allait pas contre les caprices de Mère Nature. Un de ces jours, Cori aurait l'argent nécessaire pour se rendre dans une patinoire couverte, dans un centre commercial à la mode. Le genre d'endroit entouré de boutiques de luxe, où la glace était en permanence aussi lisse que du verre grâce à la formidable machine inventée par Zamboni.

Ses patins accrochés ensemble passés par-dessus son épaule, Cori atteignit le sommet de la colline et l'étang de Painters Mill surgit devant elle comme une grosse pièce de cinq *cents* ternie. Elle dévala le versant jusqu'au rivage et retira rapidement ses bottes qu'elle laissa près d'une vieille souche. Le froid s'infiltra à travers ses trois paires de chaussettes et, quand elle eut lacé ses patins, elle tremblait de tous ses membres. Elle enfila ses moufles tout en avançant, chancelante, vers l'étang. Enfin, elle s'élança d'un coup de pied. Les rugosités de la glace ne la ralentirent pas. À cet instant précis, elle était Michelle Kwan. Les épis de maïs gelés étaient ses fans en délire émerveillés par la grâce et la beauté de cette jeune patineuse de Painters Mill, Ohio.

Une pointe d'excitation traversa Cori lorsqu'elle s'élança dans cette première et grisante glissade. Les yeux fermés, elle leva les bras comme une ballerine et s'envola. Elle ne faisait qu'une avec la glace. Elle était un oiseau dans l'immensité du ciel, qui tournoyait, retombait en piqué et se laissait porter, le cœur empli de joie. Elle ignorait combien de temps elle avait patiné. Quand elle regarda autour d'elle, Cori vit que la lumière avait changé. *Il va neiger*, pensa-t-elle lorsque ses patins butèrent contre le bord gelé. Elle cherchait le meilleur endroit pour tenter son double twist quand le lent ronronnement d'un moteur la surprit. Curieuse, elle patina jusqu'à la rive Nord de l'étang et grimpa tant bien que mal sur la berge terreuse. Non loin d'elle, elle aperçut rapidement une motoneige qui disparaissait dans les bois. *Bizarre*, se dit-elle, *pourquoi quelqu'un viendrait-il jusqu'ici pour repartir aussi vite ?*

Alors qu'elle était sur le point de se remettre à patiner, son regard fut attiré par quelque chose dans la neige. *Un sac-poubelle*, se rendit-elle compte. Le type en motoneige avait balancé ses ordures ici. *Sale pollueur.* Puis la remarque de son amie Jenny sur ces gens qui abandonnaient des chatons dans des sacs lui revint en mémoire. Elle détestait ceux qui maltraitaient les animaux encore plus que ceux qui jetaient leurs ordures n'importe où.

Ne voulant pas perdre de temps à retirer ses patins, Cori avança maladroitement entre les mottes de terre gelées. Les lames de ses patins cliquetaient contre le sol tandis qu'elle traversait la berge. Inutile d'espérer que sa mère accepte qu'elle garde toute une portée de chatons. Elle en donnerait un à Lori, sa mère à elle adorait les chats.

À quelques mètres du sac, Cori remarqua la trace rouge qui se déversait du plastique éventré sur la neige immaculée. On aurait dit de la peinture. Son estomac se tordit brusquement, comme la nuit, au réveil d'un cauchemar. Elle se rappela alors les enfants dans le bus qui racontaient des histoires à propos d'une femme morte. Sa mère lui avait demandé de ne pas aller à l'étang aujourd'hui. Elle ne voulait pas que sa fille soit seule sur la glace, soi-disant, mais Cori savait que ce n'était pas la véritable raison. Elle regretta d'avoir désobéi et d'avoir filé en cachette.

Tout en sortant son téléphone portable, la jeune fille s'approcha du sac. De temps en temps, elle jetait un coup d'œil en direction des bois pour s'assurer que personne n'y était caché. Elle tendit l'oreille à l'affût du ronronnement du moteur de la motoneige. À six mètres du sac, elle comprit ce qu'elle avait devant elle et le choc lui coupa le souffle. Une vision d'horreur comme elle n'en avait jamais connue dans sa toute jeune existence fit jaillir de sa gorge un terrible hurlement.

Cori recula, vacilla et trébucha sur ses patins avant de tomber sur les fesses.

— Oh mon Dieu !

Elle se remit tant bien que mal sur ses pieds. D'un doigt tremblant, elle appuya sur la touche d'appel abrégé de la maison.

— Maman ! Je suis à l'étang ! Il y a une femme morte !

— Quoi ? lui répondit au loin la voix de sa mère. Seigneur, Cori ! Chérie, va-t'en !

— J'ai peur !

— Cours, chérie. Prends le chemin. Reste au téléphone. On vient te chercher, papa et moi.

Trop effrayée pour s'arrêter et retirer ses patins, Cori s'enfuit le long du chemin la ramenant chez elle aussi vite que ses pieds pouvaient la porter.

Je suis entrée au *McNarie* plus souvent que je n'ose l'avouer. Quand j'avais seize ans, j'ai goûté ma première gorgée de whisky Canadian Mist avec un motard qui était soit trop con, soit trop bourré pour se rendre compte que j'étais mineure. J'ai fumé ma première Marlboro dans les toilettes des filles avec Cindy Wilhelm cette même année. À dix-sept ans, j'ai échangé mon premier baiser avec Rick Funderburk sur la banquette arrière de sa Mustang garée sur le parking du bar. J'aurais sûrement couché avec lui ce soir-là si mon père n'était pas arrivé dans le buggy et ne m'avait ramenée de force à la maison. Il ne faut pas longtemps à une jeune Amish pleine de détermination et dans une passe résolument autodestructrice pour oublier toutes les valeurs que ses parents ont si minutieusement tenté de lui inculquer.

Adulte, je suis venue ici une fois ou deux. Le barman, un roux à la carrure de gorille que je ne connais que sous le nom de McNarie, sait prêter une oreille attentive aux lamentations de ses clients. Il est en outre doté d'un excellent sens de l'humour et prépare les meilleures vodkas-tonic.

Je pousse la porte et laisse à mes yeux le temps de s'accoutumer à la pénombre régnant à l'intérieur. Les odeurs de cigarette et de bière éventée typiques des débits de boissons emplissent le bar. Je repère Tomasetti avachi sur une banquette. Un verre vide et deux autres pleins à ras bord sont alignés devant lui sur la table. Je ne suis même pas surprise.

Derrière le bar, une petite bonne femme toute ronde me jette un regard méfiant. Après un hochement de tête dans sa direction, je me dirige vers la banquette.

À mon arrivée, Tomasetti lève les yeux.

— Content que vous ayez réussi à entrer, chef. Asseyez-vous.

— Qu'est-ce que vous foutez, bordel ?

— Je bois un verre. Je vous en ai commandé un.

— Nous n'avons pas le temps pour ça.

Je baisse les yeux sur le verre et me retiens de le lui envoyer à la figure.

— Ramenez-moi au poste, dis-je.

— Il faut qu'on parle.

— Nous parlerons là-bas.

— C'est plus tranquille ici.

— Merde, Tomasetti.

— Asseyez-vous. Vous êtes en train de vous faire remarquer.

Malgré mes efforts pour me contenir, j'ai haussé le ton. Le stress, le manque de sommeil et une peur latente mais bien réelle se sont liguées et ont aspiré toute mon énergie.

— Ramenez-moi au poste. Maintenant, putain !

Il attrape le verre devant lui et me le tend.

Je l'ignore et reprends :

— Je jure devant Dieu que je vais appeler vos supérieurs. Je vais déposer une plainte. Vous et vos sales manières, vous allez décamper plus vite que vous êtes arrivé !

— Calmez-vous, lâche-t-il. J'ai aussi commandé des sandwichs. Si vous voulez qu'on les emporte, pas de problème.

Je marche d'un pas furieux jusqu'au bar et me penche par-dessus les portes battantes qui mènent à la cuisine où je crie :

— Les sandwichs sont à emporter !

Un jeune homme dont l'allure crasseuse ne l'autorise certainement pas à approcher à moins de deux mètres de la nourriture sort la tête et acquiesce. Je retourne à la banquette et me glisse en face de Tomasetti.

— Vous aimez les devinettes, chef ?

— Pas franchement.

— J'en ai une qui pourrait vous plaire.

Je regarde ostensiblement ma montre.

— Il y a ce flic, dit-il. Pete.

Je l'ignore.

— Pete est un bon flic. Il a de l'expérience. Il est intelligent. Bref, un tueur sévit dans la ville où Pete travaille. Il a déjà tué deux personnes. Pete sait qu'il ne va pas s'arrêter là.

Je le fixe d'un regard furibond.

— Où vous voulez en venir ?

— J'en arrive à la devinette, réplique-t-il avant de siffler le verre devant lui. Le truc, c'est que, seize ans plus tôt, il y a eu quatre meurtres dans cette ville, commis exactement de la même manière. Et d'un coup, le tueur a disparu de la surface de la terre. Pourquoi ce flic, Pete, refuse-t-il de croire que le tueur d'il y a seize ans est de retour ? C'est un type sensé. Quelles sont les chances que deux meurtriers au mode opératoire identique sévissent dans la même ville ? Pourquoi Pete rechignerait-il à demander de l'aide aux autres services de police ?

Je voudrais lui envoyer une repartie cinglante, mais je suis absolument incapable d'en trouver une.

— Peut-être que Pete pense qu'il s'agit d'un imitateur.

Il hoche la tête comme s'il évaluait cette possibilité. Je sais que ce n'est pas le cas.

— Quand je raconte cette devinette, en général les gens me répondent que Pete cache quelque chose.

— Du genre ?

— C'est pour ça que cette devinette est si bonne, fait-il avec un haussement d'épaules. J'espérais que vous pourriez m'aider à entrer dans sa tête pour le découvrir.

Je sens mon pouls battre à mes tempes. Je me répète qu'il n'y a aucune raison, aucun moyen, qu'il soit au courant de ce qui s'est passé. Mais cette tentative ne m'est pas d'un grand réconfort. J'ai sous-estimé John Tomasetti. Il n'est pas qu'un costard avec un badge. C'est un flic avec l'instinct et la méfiance d'un flic, déterminé à aller au bout de ses intuitions, quel qu'en soit le prix.

— Je n'ai jamais été très douée pour les devinettes, dis-je.

— Je crois que Pete cache quelque chose, déclare-t-il. J'ai pensé qu'il pourrait vider son sac si la bonne personne venait le lui demander.

Une seule question tourne dans ma tête : *Comment sait-il ?*

— Vous racontez des conneries, Tomasetti.

Il sourit, mais son sourire est aussi sournois que celui d'un requin. Adossé à la banquette, il m'étudie comme une expérience de laboratoire qui aurait mal tourné.

— Alors, comment êtes-vous passée de la fermière amish à l'agent de police ? C'est un sacré saut.

Le soudain changement de sujet me prend de court, mais un instant seulement.

— J'imagine que je voulais lutter contre le système.

— Un événement en particulier qui vous aurait motivée ?

Je suis sauvée par la sonnerie de mon téléphone.

— Je dois répondre, dis-je avant d'appuyer sur la touche du haut-parleur.

— Nous avons un autre corps ! hurle la voix de Lois pareille à une corne de brume.

Je me lève d'un bond, si vite que je cogne la table et renverse un des verres.

— Où ça ?

— À Miller's Pond. La fille de Petra Srinvassen est allée patiner là-bas et l'a découvert.

Je me dégage de la banquette et cours vers la porte. Derrière moi, j'entends les pas lourds de Tomasetti.

— Ils sont toujours là-bas ?

Je pousse la porte des deux mains et me précipite vers la voiture, notant à peine le ciel noir et le froid.

— Je crois, oui, répond Lois.

— Dis-leur de se montrer extrêmement prudents. Qu'ils ne touchent à rien et ne bougent pas. J'arrive.

22

John avait toujours été soupçonneux. À une époque, c'était ce qui faisait de lui un bon flic. Il se foutait de savoir où le menaient ses soupçons. Il aurait coffré sa propre grand-mère si elle avait traversé en dehors des clous. Aussi, prendre conscience qu'il n'aimait pas du tout ceux qu'il commençait à nourrir envers Kate Burkholder se révéla un foutu choc.

L'expérience le lui avait enseigné, les gens ne montraient que ce qu'ils voulaient bien laisser paraître. Qu'ils réussissent à pratiquer cet art de l'illusion ne tenait qu'à deux choses : leur talent d'acteur et notre capacité à les percer à jour. John s'était toujours considéré comme sacrément doué pour cerner les êtres humains.

Quant à Kate Burkholder, elle lui apparaissait comme un franc-tireur au caractère bien trempé, capable de faire des choix difficiles quand il le fallait. Cependant, John pressentait une part d'ombre et d'ambiguïté sous ses apparences de jeune femme comme il faut. Elle avait beau donner l'image d'une moralité inébranlable, l'instinct de John lui soufflait qu'il y avait autre chose derrière cette ancienne Amish devenue chef de la police. Sans le mystérieux mot anonyme, il aurait laissé courir. Maintenant, c'était tout simplement impossible. Il était convaincu qu'elle cachait un secret. Mais lequel ? La question tournait dans sa tête comme la bille dans une roulette tandis qu'il faisait grimper le compteur à cent trente kilomètres à l'heure.

— À droite au stop, indiqua Kate.

Il enfonça le frein et tourna.

— Vous voulez sonner le rappel et faire venir vos agents sur place ? demanda-t-il. Notre homme est peut-être encore dans les parages.

Se secouant comme pour se sortir d'un rêve, elle prit sa radio et donna ses ordres pour délimiter rapidement un périmètre.

— Tournez à gauche.

Elle le dirigea vers un étroit chemin qui aurait eu bien besoin d'une visite du chasse-neige. John conduisait trop vite et la Tahoe fit un tête-à-queue dans un virage.

— Ralentissez.

— Compris.

— Je n'ai pas envie de finir dans le fossé, lâcha-t-elle, irritée.

— C'est pas mon genre.

La Tahoe buta contre une congère. John ralentit pour prendre un virage, aperçut le panneau indiquant une impasse et relâcha la pédale.

— Arrêtez-vous ici.

La voiture dérapa et s'immobilisa à cinquante centimètres de la glissière de sécurité en bois patiné. Tomasetti scruta les alentours. Pas de voiture, pas de traces.

— On est encore loin ?

— Quatre cents mètres, fit-elle avec un geste de la main. Il y a un chemin à travers les bois.

— On va y aller à pinces ?

— C'est un raccourci.

— Merde.

Ils descendirent de voiture, marquèrent une pause pour étudier d'éventuelles traces de pneus.

— On dirait que personne n'est venu ici, dit-il.

— Il y a une route de l'autre côté du champ, expliqua-t-elle en trifouillant la radio accrochée à son épaule. Glock, ici 10-23. Je suis sur Hogpath Road. Prends par Folkerth. Si ce type est toujours dans le coin, tu devrais pouvoir lui barrer la route. Cherche des traces.

— Il y a un autre chemin pour y aller? demanda-t-il.

— Avec une motoneige et des cisailles, on peut s'y rendre de n'importe où sans être vu.

Kate en tête, ils se mirent en route à petites foulées. À une époque de sa vie, John avait été en excellente condition physique. Il soulevait des poids et courait quinze kilomètres par semaine. Mais le style de vie autodestructeur qu'il s'infligeait depuis deux ans avait fait des ravages. Au bout d'une centaine de mètres, il eut le souffle court. Cinquante mètres plus loin, un point de côté le tenailla, lui faisant craindre une crise cardiaque. Kate, quant à elle, semblait dans son élément. Sa foulée était longue. Sa forme, excellente. Ses bras se balançaient en rythme avec ses pieds. Une habituée de la course, pensa-t-il.

Autour d'eux, les arbres et la neige les enveloppaient d'une étrange lumière noir et blanc. John tendit l'oreille, mais tout ce qu'il entendait, c'était le bourdonnement du sang battant à ses tempes et son souffle laborieux. Enfin, les arbres s'ouvrirent sur une clairière. Derrière, un vaste étang gelé reflétait le ciel ardoise. Trois personnes étaient blotties les unes contre les autres à quelques mètres de la rive. Un homme en veste en jean, une femme en doudoune et une fille chaussée de patins à glace.

— Les voilà, dit Kate en les désignant du doigt.
— Avons-nous une raison de nous méfier d'eux ?

Elle secoua la tête et se dirigea vers le groupe.

— C'est une gentille famille, dit-elle.

Même les gentilles familles ont des secrets, songea John.

Kate les rejoignit la première. Bien que tout le monde semblât connaître tout le monde dans cette ville, elle leur montra sa carte et se présenta. La femme et la fille pleuraient, leurs joues rougies par le froid. L'homme gardait un visage impassible. En dépit de la température, John distingua des perles de sueur sur son front.

— Où se trouve le corps ? demanda Kate.

La fille leva une main et indiqua un endroit de sa moufle.

— Près de... de la rivière.
— Avez-vous vu quelqu'un ? demanda John.
— Un ho... un homme. Sur une motoneige.
— Où ?
— Près de la rivière. Vers les arbres.
— Pouvez-vous me dire à quoi il ressemblait ? reprit Kate.

Les dents de la fille claquaient de façon incontrôlable.

— Il était trop loin.
— Portait-il une veste ou un manteau ? Vous rappelez-vous la couleur de ses vêtements ? Ou peut-être celle de son casque ? De la motoneige ?
— Bleue, peut-être. Je ne sais pas. Je ne l'ai vue qu'une seconde.

L'attention de Kate se porta sur les parents de la fille.

— Restez ici, ordonna-t-elle en se dirigeant vers la glace. Attention, le suspect se déplace peut-être en motoneige, annonça-t-elle dans sa radio.

Sa voix comme son maintien étaient incroyablement calmes, mais John sentait, derrière ce contrôle apparent, une émotion sur laquelle il n'arrivait pas vraiment à mettre le doigt. Était-elle due à la découverte d'un autre cadavre pendant son service ? Ou bien Kate Burkholder lui cachait-elle quelque chose ?

— Pourquoi a-t-il balancé le corps ici ? interrogea-t-elle.

— Est-ce que ce coin est très fréquenté ? Pour faire du patin ?

Elle croisa son regard.

— À cette époque de l'année, c'est bondé, ici, les week-ends.

— Impact maximal.

Ils escaladèrent la berge en terre. John vit les sillons tracés dans la neige par les lames des patins, laissés par la fille tandis qu'elle redescendait sur la rive.

— Ici, signala Kate. Près de la rivière, vers ces arbres.

John repéra ce qui ressemblait à un sac-poubelle abandonné et déchiré par une meute de chiens enragés.

Kate entama sa descente, les bras écartés battant l'air tandis qu'elle dérapait sur les bandes de terre gelées. John lui emboîta le pas sans jamais quitter des yeux l'objet dans la neige.

— Attention aux empreintes ! la prévint-il.

Ils traversèrent tant bien que mal une congère. Puis, comme bloqués par une force invisible, ils s'arrêtèrent.

Le corps sortait d'un sac-poubelle. John aperçut la peau pâle striée de sang. Une mèche de cheveux bruns. Un regard aussi vitreux que les billes utilisées par les taxidermistes. Une bouche à jamais figée dans un cri silencieux. Et du sang, tellement de sang, qui contrastait violemment avec la blancheur de la neige. À côté du corps reposaient plusieurs objets roses. D'abord, il crut qu'il s'agissait de lambeaux de tissu et, en bon flic, il pensa immédiatement aux indices éventuels. De plus près en revanche, il comprit que ces objets étaient en réalité des organes échappés de la cavité abdominale.

Le corps avait été éviscéré puis coupé en morceaux.

— Oh, mon Dieu !

Il eut vaguement conscience de la présence de Kate à côté de lui, la respiration aussi haletante que si elle venait de courir un marathon. Un son, moitié gémissement, moitié grognement, s'échappa de sa gorge. L'indignation et le choc se mélangeaient en une seule et affreuse émotion. John se força à envisager la scène d'un point de vue clinique et se cramponna à cette idée. Mais la prise était précaire et, avant qu'il ne puisse l'en empêcher, son esprit l'entraîna jusqu'au jour où il avait trouvé Nancy et les filles. Il revit les corps noircis, carbonisés, et les mains serrées de manière grotesque. L'odeur de chair et de cheveux brûlés...

— Des traces du suspect ?

La voix de Kate le ramena à l'instant présent. Elle parlait dans le micro de sa radio. Elle fixait Tomasetti, mais son regard semblait perdu dans le vague.

—Appelle le bureau du shérif. Dis-leur qu'on a besoin de tous les hommes disponibles. Je veux que tout le périmètre soit bouclé. Et trouve Coblentz. Dis-lui de tout laisser tomber et de rappliquer ici.

Elle laissa retomber sa main et ferma brièvement les paupières.

—Putain !

—Vous la reconnaissez ? demanda John.

—Non. Mince, c'est difficile à dire.

Il fit un pas vers le corps. La puanteur du sang flottait dans l'air.

—C'est encore pire que tout ce qu'on a vu jusque-là.

Il sentait son cœur cogner contre ses côtes, le sang rugir dans ses veines. Il voulut se persuader que c'était le résultat de sa course, mais il reconnaissait la peur primale de la mort qui affluait dans son corps. Jusqu'à cet instant, il ignorait qu'il avait en lui ce désir si fort de vivre.

Les scènes de crime en extérieur étaient difficiles à analyser. Le froid, la neige et la dimension impressionnante des lieux en faisaient un cauchemar.

—Chef !

John se tourna vers le barrage à une vingtaine de mètres et vit T.J. descendre en glissant le talus. Du coin de l'œil, il aperçut Kate qui tentait de se reprendre. Elle retrouva le jeune policier au bas du barrage.

—Il a fait une nouvelle victime, dit-elle.

T.J. tourna brièvement les yeux vers le corps avant de revenir les poser sur Kate.

—Oh bon sang, non.

—Je vais suivre les traces, indiqua John en s'adressant à T.J. Je veux que vous restiez ici tous les deux, sécurisez la scène jusqu'à ce que je puisse faire venir des experts scienti…

— Je viens avec vous, interrompit Kate d'une voix ferme.

— Je préférerais…

— Vous perdez votre temps, lâcha-t-elle.

Elle dégaina son arme et prit la direction des bois.

— Et merde.

Secouant la tête, John lui emboîta le pas à petites foulées.

Ils suivirent les traces de la motoneige dans les bois en prenant bien soin de ne pas les détruire. Le chemin emprunté par le tueur était étroit et flanqué de rangées d'arbres. Kate courait sur le côté droit des empreintes. John prit le gauche et ouvrit l'œil, à l'affût de tout ce que le meurtrier aurait pu laisser échapper dans sa hâte.

Pendant plusieurs minutes, ils n'entendirent que leurs pas étouffés par l'épaisse couche de neige et le bruissement du tissu de leurs manteaux tandis qu'ils marquaient la cadence de leurs bras. Un corbeau croassa et s'envola. L'instant d'après, un son dans le lointain attira l'attention de John. Trop proche pour venir de la route. Trop aigu pour un avion.

Il s'arrêta, invita d'un geste de la main Kate à l'imiter.

— Vous avez entendu ça ?

Elle releva la tête.

— Ça vient de l'ouest, il y a un champ de maïs par là, dit-elle avant de prendre sa radio. Je suis à un kilomètre et demi au nord de Miller's Pond. Le suspect se trouve à l'ouest. Essayez de l'intercepter.

Elle reprit sa course et John la suivit. Il souffrait le martyre. Le point de côté s'était déplacé au milieu de sa poitrine. Ce serait bien sa veine qu'il fasse une crise cardiaque au milieu de nulle part.

Ils coururent pendant ce qui lui sembla une éternité. Ils traversèrent les hautes congères et buttes accidentées d'un champ. Kate s'arrêta sur la rive pentue d'un ruisseau, leva le bras pour lui intimer le silence. La respiration de John était loin d'être silencieuse, mais il fit de son mieux. Posant les mains sur les genoux, courbé en deux, il tenta de reprendre son souffle.

— Cet enfoiré est parti, dit-elle.
— Ouais, mais où ?

Il s'en était fallu d'un putain de cheveu.

À une quinzaine de mètres, il enclencha l'ouverture automatique de la porte du garage et appuya sur l'accélérateur. Il s'y engouffra à toute vitesse. Les skis dérapèrent, les crampons accrochèrent le béton. Il pressa le frein, posa un pied à terre et débloqua la béquille. L'énorme engin se mit au repos à un centimètre de son établi. Il déboucla la jugulaire de son casque, le retira et le posa sur le siège. Il se secoua des pieds à la tête. Une joie euphorique et grisante coulait en lui comme une substance illicite. Ce besoin de rouler sur le fil du rasoir nourrissait cette voracité qui le tenaillait, lui rappelait qu'il était vivant et que la vie était belle.

Il descendit et se redressa. Son entrejambe était mouillé, son slip collait désagréablement. Il était si excité, pendant qu'il la transportait de la motoneige à l'endroit où il l'avait abandonnée, qu'il avait joui dans son pantalon. S'il n'avait pas été si pressé, il aurait baisé son cadavre froid sans rien ressentir d'autre que de la satisfaction.

Il repensa à tout ce qu'il lui avait fait et une autre vague de joie intense le submergea. Elle s'était montrée courageuse, stimulante, forte. Elle avait du caractère, de l'endurance et de la dignité. C'était la meilleure jusqu'à présent. Il lui avait fait des choses dont il rêvait depuis des années sans jamais oser les pratiquer. La satisfaction ressentie avait été plus grande que jamais. Il la respectait et l'admirait bien plus que les autres.

Au fil des années, à force d'essais, il avait découvert ce qu'il aimait. Il avait appris à tirer le maximum de celle qu'il avait choisie. Il savait quel genre de femme lui plaisait, ce qu'il devait chercher. Avant, une panique latente le rendait nerveux, l'effrayait. Cette peur anéantissait presque la montée de l'extase. Il risquait gros pour vivre ses fantasmes, il voulait que l'expérience paye et en vaille la peine. Cette femme avait vécu au-delà de ses attentes. Il avait pris son temps et savouré chaque instant.

Elle lui manquait déjà. Il aurait aimé la garder plus longtemps. La déception prenait déjà le pas sur l'euphorie. La descente après l'extase le laissait déprimé et vide. On lui avait dit un jour qu'il avait une personnalité dépendante. Il était trop discipliné pour tomber dans des vices aussi stupides et autodestructeurs que l'alcool ou la cigarette. Mais tuer, avoir cet ultime pouvoir sur un autre être humain, c'était autre chose. Une addiction plus puissante que n'importe quel stupéfiant. Une jubilation dont il ne pouvait se passer.

Il se pencha et défit les lacets de ses après-skis. Il fit passer les bretelles de sa combinaison par-dessus ses épaules et retira le vêtement qu'il jeta sur le siège de la motoneige. Attrapant ses clés sur l'établi, il se glissa dans son véhicule, actionna la porte du garage et sortit. Alors qu'il s'engageait sur la route, il anticipait déjà son prochain meurtre.

23

— Oh, Seigneur, non !

À deux cents mètres de là, ces cris terribles retentissent dans le silence des bois. Tomasetti et moi échangeons un regard. Ses yeux posent une question muette : *Quoi encore ?*

Une peur atroce s'empare de moi et je me mets à courir. Une dizaine de scénarios me traversent l'esprit. L'un des membres de la famille est arrivé sur les lieux. Le meurtrier est revenu. J'accélère. Derrière moi, j'entends Tomasetti jurer et me demander d'être prudente.

Je déboule dans la clairière. Bizarrement, Norm Johnston est agenouillé près du corps, T.J. penché au-dessus de lui, les mains posées sur ses épaules. Norm est à genoux et se balance d'avant en arrière, tête baissée, comme un enfant autiste. Je m'approche à pas mesurés.

— Qu'est-ce que Norm fait ici ?

— Madame Srinvassen l'a appelé, m'explique T.J., le visage livide. Elle a reconnu la victime. C'est sa fille.

À ces mots, je manque tomber à genoux moi aussi. Brenda Johnston a vingt ans. Elle est douce et intelligente. Promise à un brillant avenir. Norm et moi ne sommes pas ce qu'on pourrait appeler des amis, mais je l'ai entendu parler de sa fille. C'est d'ailleurs le seul moment où je me suis sentie près de l'apprécier, parce que je savais qu'il y avait au moins une chose positive chez lui : il était un bon père. Il était fou de son unique enfant. L'idée de sa mort me rend malade.

Je me tourne vers Norm, qui me regarde comme si c'était ma faute.

— C'est ma petite fille, sanglote-t-il.

— Norm, dis-je en posant la main sur son épaule ; sous ma paume, il tremble violemment. Je suis désolée.

Il est toujours recroquevillé sur le corps. Son manteau et son pantalon sont maculés de sang. Sa joue gauche aussi. Il est trop bouleversé pour s'en rendre compte, mais il est en train de contaminer la scène.

— Norm, dis-je d'une voix douce. Il faut que vous veniez avec moi.

— Je ne peux pas la laisser comme ça. Regardez-la. Il l'a... étripée. Ma petite fille. Comment peut-on faire ça ? Elle était si belle.

Tomasetti apparaît à côté de moi, la mâchoire serrée.

— Monsieur Johnston, dit-il, suivez le chef Burkholder. Nous prendrons soin de votre fille.

— Je vous en prie, je ne veux pas la quitter, réplique-t-il en se balançant d'avant en arrière.

— Elle est partie, monsieur. Vous devez nous laisser faire notre travail. Nous devons préserver la scène.

Norm lève vers lui des yeux anéantis.

— Pourquoi elle ?

— Je l'ignore, répond Tomasetti en me poussant légèrement du coude pour passer. Mais je vous promets que nous le coincerons.

Il attrape l'homme par le bras et l'aide à se relever.

— Reprenez-vous, monsieur Johnston. Allez avec le chef Burkholder. Elle a des questions à vous poser.

Johnston ressemble à un zombie. Je croise le regard de Tomasetti mais ne parviens pas à le déchiffrer. Je ne sais pas comment agir avec Norm. Il n'est pas en état d'être interrogé et je ne suis pas très douée pour réconforter les gens. Cependant, il a besoin d'un ami et il n'y a personne d'autre ici pour s'y coller. Je le prends par le bras et le conduis vers le barrage.

— Marchons un peu.
— Chef Burkholder !

Une étrange sensation de soulagement m'envahit lorsque j'aperçois le shérif Detrick et ses adjoints Hunnaker et Barton. Hier encore, je n'aurais pas supporté leur présence. Aujourd'hui, rien d'autre ne compte que l'arrestation de ce meurtrier.

Detrick nous rejoint, ses yeux volant rapidement sur la victime.

— Bon Dieu ! lâche-t-il d'une voix gutturale.
— L'un de mes agents est en train de boucler le périmètre.

Mes propres mots me semblent provenir de quelqu'un d'autre.

— Le tueur est peut-être toujours dans les environs. Il se déplace sûrement en motoneige, dis-je.

Detrick prend sa radio pour donner ses ordres.

— Je veux chaque homme disponible aux abords de Miller's Pond, Rockridge Road, Folkerth Road, la route municipale 14. Le suspect se déplace en motoneige.

Il accroche sa radio à sa ceinture avant de s'adresser à ses adjoints.

— Bouclez le secteur, installez les bandes jaunes, ordonne-t-il avant de se tourner vers moi en secouant la tête. Je suis venu aussi vite que j'ai pu.
— Merci. On est un peu juste.
Son regard se pose sur Johnston et il m'interroge d'un haussement de sourcils.
— Sa fille, dis-je à voix basse.
— Oh, merde.
Il pose une main sur l'épaule de Johnston.
— Je suis navré, Norm, dit-il avant de me proposer : Je peux me charger du boulot ici si vous voulez le ramener chez lui.
— Merci. Nous allons rentrer au poste.
— Pas de problème.
Deux doigts dans la bouche, Detrick siffle l'un de ses adjoints.

En route pour le poste, j'appelle la femme de Norm et lui demande de nous retrouver là-bas. Mon appel l'effraie mais je ne lui délivre pas l'horrible nouvelle du meurtre de sa fille au téléphone. Tout ce que j'espère, c'est qu'elle n'en aura pas entendu parler ailleurs avant d'arriver.
En chemin, Norm retrouve un peu son calme et me parle. Il a vu Brenda pour la dernière fois hier, aux environs de 21 heures. Il l'a appelée un peu plus tôt aujourd'hui et lui a laissé un message mais elle ne l'a pas rappelé. Brenda vit seule et travaille dans un cabinet médical de Millersburg. Un coup de fil m'apprend qu'elle ne s'est pas présentée au travail ce matin, ce qui est inhabituel pour cette jeune femme responsable. Le tueur l'a certainement enlevée hier soir. C'est un

premier élément pour déterminer la chronologie des événements.

Lois lève les yeux du standard à notre entrée. À la vue de Norm, ses yeux s'écarquillent de stupeur. Elle me jette un regard inquiet et m'interroge silencieusement.

D'un geste de la tête, je lui fais comprendre que ce n'est pas le moment et elle n'insiste pas.

—Appelle le révérend Peterson et demande-lui de venir. Nous avons besoin de lui. Mme Johnston est en route. Fais-la entrer directement. Nous serons dans mon bureau.

—Pas de problème, répond-elle sans détacher son regard de Norm.

Celui-ci avance sans prononcer une parole. Il ne pleure plus mais sa douleur est palpable. J'aurais bien besoin de quelques minutes pour me reprendre et me recomposer un visage, mais je ne veux pas le laisser seul un instant. Je le suis dans mon bureau où il se laisse tomber sur la chaise à côté de la table de travail.

Le café de la nuit dernière attend dans la cafetière. J'en verse une tasse bien que je préférerais un remontant plus costaud. Je me glisse derrière mon bureau, sort un calepin neuf, un formulaire de rapport d'incident et un formulaire de déposition des témoins.

—Je dois vous poser quelques questions, Norm.

—Je n'arrive pas à croire qu'elle soit partie, commence-t-il en plongeant son regard dans le mien. Elle était tout pour moi. La meilleure chose que j'aie jamais faite.

Je n'ai pas les mots pour le consoler. Je me sens incompétente, alors je prends un stylo et baisse les yeux sur le formulaire. La peur me tord l'estomac lorsque j'entends la clochette de la porte d'entrée tinter. Carol, la femme de Norm, est arrivée. Je reste immobile, l'oreille aux aguets, ne percevant que les battements frénétiques de mon cœur.

Puis j'entends des talons claquer sur le carrelage et Carol Johnston apparaît dans l'embrasure de la porte. Son regard passe de Norm à moi. Elle porte un manteau vert avec un col en fausse fourrure. C'est une femme menue qui, bien qu'ayant dépassé cinquante ans, en paraît dix de moins.

— Que se passe-t-il ? demande-t-elle.

Je pense à sa fille si adorable, à son corps découpé en morceaux dans la neige, et j'ai envie de pleurer.

— J'ai peur d'avoir une terrible nouvelle à vous annoncer, dis-je en me levant.

— Quelle nouvelle ?

Son regard est soudain traversé par une vague de peur. Elle se tourne vers son mari.

— De quoi parle-t-elle ?

— Brenda est morte, dis-je.

— Quoi ? C'est n'importe quoi !

Elle me dévisage comme si je venais de la frapper.

Norm se lève, le dos courbé comme un vieil homme.

— Carol.

— Non !

Elle porte les mains à son visage si brusquement que j'entends le claquement de ses paumes contre ses joues. Elle se retourne, se plie en deux et un long et déchirant « Nooon » s'arrache de sa gorge.

Je voudrais me recouvrir les oreilles des mains pour empêcher ce cri d'agonie de m'atteindre.

— Je suis désolée, sont les seuls mots que je parviens à prononcer.

— Comment ? gémit-elle. Comment ?

— Assassinée, répond Norm d'une voix étranglée. Le tueur l'a eue. Exactement comme les autres.

Carol tombe à genoux. Elle hurle sa douleur avant d'enfouir son visage dans ses mains.

Norm s'approche d'elle, tente de l'aider à se redresser, mais elle se débat et le repousse.

— Brenda ! hurle-t-elle. Oh mon Dieu ! Brenda !

Lois apparaît sur le seuil de la porte et me cherche du regard.

— Je peux faire quelque chose ? demande-t-elle.

— Rappelle le révérend Peterson. Dis-lui que c'est une urgence.

Elle acquiesce et repart.

Norm aide sa femme à se relever et la conduit jusqu'à un siège ; secouée de gémissements incontrôlables, elle se plie de nouveau en deux.

Debout de l'autre côté de mon bureau, Norm s'essuie le visage. Il vacille sur ses jambes mais son regard est ferme lorsqu'il se pose sur moi.

— A-t-elle été violée ? réussit-il à demander.

— Nous ne savons pas encore.

— Comment se fait-il que ce monstre n'ait pas encore été attrapé ?

— Nous faisons tout notre possible, dis-je.

Carol Johnston lève la tête et pointe un doigt accusateur sur moi.

— C'est votre faute !

Ces mots sont aussi tranchants qu'une lame bien aiguisée. Je m'efforce de rester impassible, pourtant je ne peux empêcher un mouvement de recul.

Les traits décomposés, Norm m'interroge :
— Est-ce qu'elle a souffert ?
— Nous l'ignorons.

C'est un mensonge. Brenda a subi mille tortures avant de mourir. Même si c'est pour une courte durée, je préfère leur éviter la vérité.

— Nous devons pratiquer une autopsie.
— Oh... Seigneur !

Johnston aspire l'air entre ses dents et un unique sanglot lui échappe avant qu'il ne se reprenne.

— Trois personnes sont mortes. C'est incompréhensible, commence-t-il avant de hausser le ton. Comment est-ce possible ?

— Nous travaillons sans relâche. Nous enquêtons avec ardeur...

— Avec ardeur ? C'est comme ça que vous appelez ça, espèce de garce ? Vous n'avez même pas pris la peine de contacter le bureau du shérif. J'ai dû appeler moi-même le BCI. Et vous osez dire que vous travaillez avec ardeur ?

Ces deux derniers jours, j'ai vu jouer cette scène des centaines de fois dans ma tête. Le pire des scénarios que je savais devoir affronter à un moment ou un autre. Et pourtant, je ne sais pas quoi répondre. Je fixe des yeux le cahier devant moi.

— Norm, je sais que le moment est mal choisi, mais je dois vous poser quelques questions.

— Moi aussi, j'ai des questions à vous poser, rétorque-t-il d'un ton menaçant. Pourquoi n'avez-vous pas appelé le BCI quand vous vous êtes rendu compte que vous aviez affaire à un tueur en série ? Pourquoi n'avez-vous pas contacté le FBI ? Vous avez mal géré cette affaire depuis le début, pauvre garce incompétente !

Je me sens soudain désemparée, comme après une pique lancée par un enfant cruel.

— Je fais de mon mieux.

— Ma fille est décédée, grogne-t-il. Apparemment, votre mieux n'est pas suffisant.

— Ne dites pas ça.

Il ne se calme pas.

— Si vous aviez fait votre travail, elle serait peut-être toujours en vie !

Un hurlement rageur et bestial coincé dans la gorge, Norm se penche vers moi. Je parviens à me lever avant qu'il ne m'empoigne par le cou. Il me pousse violemment contre le mur.

— J'aurai votre tête ! Vous avez compris ?

— Ôtez vos mains ! dis-je en le repoussant. Maintenant !

Bien qu'enferrée dans sa propre douleur, Carol comprend que la situation est en train d'échapper à tout contrôle.

— Arrête ! Tout ça ne nous aide pas.

Johnston me fixe comme s'il voulait m'écharper. Je me demande jusqu'où il est prêt à aller.

— Je vous en prie, essayez de vous calmer, dis-je. Je sais que vous êtes bouleversé.

— Bouleversé n'est pas le mot qui convient !

Me saisissant par le col, il m'attire vers lui puis me rejette contre le mur avant de me relâcher.

— Ne faites pas ça, dis-je. J'ai besoin de votre aide.

— Espèce de sale Amish ! crache-t-il comme s'il avait mordu dans un fruit pourri. Je verrai ça avec Detrick. Pas avec vous.

Carol Johnston ressemble à une poupée de chiffon lorsqu'il la prend par le bras pour la conduire vers la porte. Je remarque alors Tomasetti dans le couloir, une expression indéchiffrable sur le visage. Il fait un pas de côté pour laisser passer le couple.

Pour la première fois de ma carrière, je me sens incompétente. J'ai déjà dû affronter l'intolérance, et ce n'est pas cette démonstration de sectarisme qui m'atteint à cet instant. *Si vous aviez fait votre travail, elle serait peut-être toujours en vie !* La vérité derrière ces paroles m'anéantit. Enfouissant mon visage dans mes mains, je me laisse tomber sur ma chaise. J'ai à peine conscience de Tomasetti qui entre dans la pièce. Je me sens aussi vieille et brisée que Carol Johnston semblait l'être.

Avec un soupir, Tomasetti s'assoit.

— Quelle scène...

Je suis trop engluée dans ma souffrance pour répondre.

— Le meurtrier s'est enfui, dit-il. Il a regagné la route et nous avons perdu sa trace.

Nouvelle déception, qui vient s'ajouter à toutes les autres.

— Vous avez trouvé quelque chose ?
— Glock et un technicien du BCI relèvent des empreintes de pas et de skis de motoneige. Nous pensons qu'il doit s'agir d'une Yamaha. Ils n'en auront la confirmation qu'après examen.

Je lève la tête et croise son regard.

— Je vais dresser une liste des propriétaires de Yamaha dans la région, dis-je, l'esprit toujours tourné vers les Johnston. Doc Coblentz est venu ?
— Ils embarquaient le corps quand je suis parti.
— On a pris des photos ?
— On s'en est occupé, oui.
Je replonge dans mes sombres pensées.
Au bout d'un moment, Tomasetti reprend la parole.
— Ne vous laissez pas abattre par ce qu'il vous a dit.
Mon téléphone sonne ; je l'ignore.
— Pourquoi ? Il a raison.
— À quel sujet ? demande-t-il les yeux plissés.
— J'aurais dû demander des renforts.
— Pourquoi ne l'avez-vous pas fait ?
La sonnerie du téléphone s'arrête. Le moment s'étire.
— Parce que j'ai foiré.
— Pourquoi n'avez-vous pas demandé de l'aide, Kate ?
Je regarde fixement le sous-main de mon bureau, mais tout ce que je vois, c'est le corps déchiqueté de Brenda Johnston étendu dans la neige.
Il essaye une nouvelle fois.
— Parlez-moi, Kate.
— Je ne peux pas.
— Les flics peuvent commettre des erreurs. Nous sommes humains. Ça arrive.
— Ce n'était pas une erreur.
Ma réponse le déconcerte. Pendant plusieurs minutes, aucun de nous ne prononce un mot. Mon téléphone sonne de nouveau et, encore une fois, je ne

décroche pas. Je suis complètement vide à l'intérieur, aussi sombre et froide que l'espace. Il ne me reste plus rien.

—Je suis la dernière personne qui peut se permettre de donner des leçons sur le bien et le mal, commence-t-il.

—Vous allez me faire un genre de confession ou quoi ?

—Écoutez, si vous savez quelque chose sur cette affaire que vous ne m'avez pas dit, c'est le moment de le faire.

La tentation de tout révéler est forte, mais je n'ai pas confiance en lui. Je n'ai même pas confiance en moi.

Au bout d'un moment, il lâche un soupir et se lève.

—Laissez-moi vous ramener chez vous. Vous devez vous reposer un peu.

J'essaye de me rappeler la dernière fois que j'ai dormi, en vain. Je ne sais même pas quel jour nous sommes. L'horloge au mur indique 18 heures et je me demande où a filé cette journée. Le besoin de travailler me tenaille alors même que l'épuisement embrume mon cerveau. J'approche dangereusement de la limite, d'ici peu je serai complètement inefficace. Mais comment pourrais-je me reposer alors que je sais qu'un meurtrier rôde dans ma ville ?

—J'ai mon propre véhicule, dis-je en me levant.

—Vous n'êtes pas en état de conduire.

—Si.

À cet instant, je me rends compte que je n'ai de toute façon pas l'intention de rentrer chez moi.

24

Le soleil couchant pointe derrière un mur de nuages de granite tandis que je me dirige vers l'Explorer. Le vent s'est calmé, mais j'ai tout de même vérifié les prévisions météo sur Internet. Cette nuit, nous sommes bons pour d'importantes chutes de neige. Tout en me glissant derrière le volant, je prends mon téléphone portable. Glock décroche à la première sonnerie. Un soulagement extrême me gagne quand j'entends sa voix.

— S'il te plaît, dis-moi que tu as réussi à obtenir au moins une bonne empreinte.

— Les empreintes de pas sont mauvaises, mais nous en avons une potable de la motoneige, répond-il. Je pense que c'est une Yamaha.

— Le labo t'a donné un délai?

— Demain. En fin de journée.

— Est-ce que quelqu'un a pu l'apercevoir?

— Non, il était déjà parti, mais la fille a confirmé que la motoneige était bleue. Elle a ajouté que le type devait porter un casque gris ou argenté.

Les motoneiges, ce n'est pas ce qui manque dans le coin.

— Dis à Skid que je veux une liste de toutes les motoneiges de marque Yamaha enregistrées dans les comtés de Holmes et Coshocton. Restreins la liste en fonction de la couleur. Bleues, grises et argentées. Je veux connaître les casiers et les alibis des propriétaires.

Glock s'éclaircit la gorge avant de reprendre.

— Hum, Detrick a déjà mis deux de ses adjoints sur le coup.

Surprise et mal à l'aise, je réplique :

— Ah, très bien. Je verrai avec lui, alors.

— Je ne sais pas si vous savez, mais les médias ont débarqué après votre départ. Steve Ressler. Une équipe de Columbus. Une ou deux stations de radio. Ce putain de Detrick s'est fait mousser devant les caméras et a tenu une conférence de presse juste à côté de l'étang.

— Comment ça s'est passé ?

— Il a dit que dalle, mais il l'a fait avec brio.

Je sens qu'il y a autre chose.

— Un des journalistes a demandé où vous étiez, poursuit-il. Detrick a fait comme s'il l'ignorait et qu'il vous couvrait.

— J'étais avec Johnston. J'informais la famille.

Je déteste ressentir le besoin de me défendre.

— Vous n'avez pas d'explication à donner. Mais faites gaffe à ce type. C'est un enfoiré qui cherche le feu des projecteurs.

Ce nouveau développement m'inquiète. Je sens l'affaire m'échapper sans que je puisse rien y faire. Detrick s'interrogeant sur ma crédibilité, Tomasetti s'approchant de la vérité. Ma vie mise en balance.

— Comment vont les Johnston ? demande Glock.

Je lui raconte la grande scène qui s'est déroulée au poste.

— Norm a une grande gueule. Vous croyez qu'il va vous créer des ennuis ?

—Je n'en sais rien. C'était certainement la douleur qui le faisait parler.

Devant moi, des nuages d'orage auréolés de rose flottent à l'horizon.

—Merci de m'avoir avertie, pour Detrick. Je rentre dormir un peu.

Je raccroche. J'aimerais téléphoner à Norm, mais la plaie de son chagrin est encore à vif. Je me demande s'il a parlé à Detrick et déposé une plainte contre moi. Je presse la touche d'appel abrégé pour le shérif et tombe sur le répondeur. La preuve qu'il m'évite. Je sais que Detrick n'hésitera pas à se débarrasser de moi comme d'un pion si cette affaire n'est pas rapidement résolue. Je devrais réfléchir à la façon de limiter la casse, de sauver ma carrière, et mes fesses. Mais je n'ai jamais fait mon travail en fonction des autres. Et je n'ai pas l'intention de commencer maintenant.

J'appelle Doc Coblentz.

—Vous avez quelque chose ?

—Je viens juste de la mettre sur la table. Mon Dieu, Kate, je n'ai jamais rien vu de tel de toute ma vie.

—Il y a une inscription sur son abdomen ?

—À cause de l'éviscération, je ne suis pas en mesure de le dire pour l'instant. Elle est en très mauvais état.

—La gorge a été tranchée ?

—Comme pour les autres, répond-il avant de soupirer. Je ne suis pas sûr que ce soit ce qui l'a tuée.

—Il a changé de MO ?

Je suis surprise d'entendre la voix du médecin trembler.

—Je pense que l'éviscération a eu lieu avant la mort.

Je ne me suis jamais évanouie, mais cette information me trouble tellement que je préfère arrêter la voiture. L'espace d'un instant, aucun de nous ne parle. Puis je demande :

— Vous pensez qu'il a une expérience médicale ?

— J'en doute. Les incisions sont rudimentaires. Il l'a simplement massacrée.

— A-t-elle été violée ?

— Je n'en suis pas encore là.

— Autre chose ?

— Il y avait un technicien du BCI ici tout à l'heure. Il a fait des prélèvements sous ses ongles. Nous avons mesuré les blessures et pris des photos. Il a dit qu'il pourrait essayer de déterminer le type de chaîne utilisée en fonction des ecchymoses sur ses chevilles.

Une pensée me traverse.

— Est-ce qu'on a retrouvé ses vêtements ?

— Pas une trace.

— Je pense qu'il les garde.

— Pourquoi ferait-il ça ?

— C'est une sorte de trophée.

— C'est votre domaine de compétence, pas le mien.

— Quand effectuerez-vous l'autopsie ?

— Demain matin, à la première heure.

— Vous m'appellerez ? J'aimerais y assister.

— Kate, je ne sais pas pourquoi vous vous infligez ça.

Moi non plus. Serait-ce un des nombreux moyens que j'ai trouvés pour me punir ? Pour ce que j'ai fait. Et pour ce que je n'ai pas fait.

— À demain matin, dis-je en raccrochant.

Autour de moi, le crépuscule tombe dans un dégradé de gris. Sur ma droite, un groupe d'enfants en habits traditionnels amish – manteaux noirs, chapeau à bord plat pour les garçons et foulard pour les filles – s'est lancé dans une partie improvisée de hockey sur glace sur l'étang bordant la route. Un instant, cette scène me ramène vers ma propre enfance. Une époque où je n'étais jamais seule et n'avais même aucune idée de ce qu'était la solitude. Ma vie était remplie par ma famille, le culte, les corvées, et les jeux chaque fois que j'en avais l'occasion. Avant cette terrible journée où Daniel Lapp m'a confrontée à la violence, j'étais une jeune Amish heureuse et équilibrée. Ma vie était pleine d'insouciance et de promesses. Ces jours heureux me semblent à des années-lumière.

Tandis que je dépasse les enfants, la douleur de la solitude m'assaille. La nostalgie de ce qui est perdu. Mes parents. Mon frère et ma sœur. Une partie de moi-même que je ne pourrai jamais retrouver. Je fais un signe de la main aux enfants. Leur sourire me redonne confiance. D'un coup d'œil dans le rétroviseur, je les vois reprendre leur partie et un besoin infini de les protéger m'étreint.

Ma sœur Sarah et son mari vivent dans la dernière maison au bout d'une impasse. William a déblayé la neige du chemin, certainement à l'aide de son cheval de trait. Dans la communauté amish, il est considéré comme un conservateur. Alors que mon frère Jacob se sert d'un tracteur, William lui croit au traditionnel pouvoir des chevaux. Plus d'une fois, ce sujet a été l'objet de discorde entre les deux hommes.

Des rangées bien nettes d'épicéas bleus aux branches enneigées bordent le chemin. L'imposante grange comporte deux étages. Construite sur une pente, elle repose sur un bloc de pierre anguleux. Une demi-douzaine de fenêtres percent sa façade. Quatre coupoles avancent en saillie au sommet de son toit en tôle. Personne ne le sait avec certitude mais il paraît que la maison et la grange ont plus de deux siècles. Une époque où les étables étaient le cœur de la vie rurale et des œuvres d'art architectural. Mes parents nous ont souvent amenés, Sarah, Jacob et moi, ici pendant notre enfance. Je courais après les poules, jouais à cache-cache et donnais le biberon aux veaux qui venaient de naître.

Je me gare derrière un traîneau, mes phares réfléchissant le signe des véhicules lents accroché à l'arrière. Derrière, les fenêtres de la maison brillent de la lueur jaune des lanternes. La scène est chaleureuse mais, tout comme chez mon frère, l'accueil qu'on me réserve n'aura rien de réconfortant.

J'emprunte le chemin jusqu'à l'entrée et toque. J'ai à peine le temps de rassembler mes idées que la porte s'ouvre. Je suis face à ma sœur aînée.

— Katie.

Elle a murmuré mon prénom comme si c'était un gros mot. Elle regarde brièvement de côté et je sais que William est à l'intérieur.

— Entre, reprend-elle. Ne reste pas dans le froid.

Les arômes de chou cuit et de pain chaud me font monter l'eau à la bouche. Mais on ne m'invitera certainement pas à dîner. Une lampe à pétrole éclaire le salon. La vaste table et le banc qui l'accompagne sont de fabrication artisanale. Sur un mur, dans un cadre, se trouve l'abécédaire brodé qui appartenait à *mamm*. Les initiales de nos grands-parents sont cousues dans le tissu avec, à côté, des mèches de leurs cheveux. Quand j'étais petite, j'aimais caresser ces mèches en pensant à eux.

—Allons dans la cuisine, propose Sarah.

Je la suis. Son mari est assis à la table, courbé au-dessus d'un bol de soupe fumant.

—Bonjour, William, dis-je.

Il se lève et incline légèrement la tête.

—Bonsoir, Katie.

—Je suis désolée d'interrompre votre dîner.

—Tu es la bienvenue si tu veux un peu de soupe bien chaude.

L'invitation me surprend. J'ai été bannie, après tout. Mais je refuse d'un mouvement de tête.

—Je ne peux rester que quelques minutes, dis-je, les yeux sur ma sœur en m'efforçant de sourire. Je voulais voir comment tu allais. Si tu te sentais bien.

Elle pose une main sur son ventre proéminent en détournant son regard.

—Je vais bien, répond-elle. Mieux que les autres fois.

—Tu as l'air en forme.

—Elle mange autant qu'un cheval ! intervient William avec un sourire.

—Elle dévalisait déjà les placards quand nous étions enfants, dis-je avec un sourire que j'espère crédible. C'est bon pour le bébé.

—Moins bon pour ma taille ! s'exclame-t-elle avec un peu trop d'enthousiasme.

Un silence inconfortable s'installe alors. Posant une main sur son épaule, je lui demande :

—Tu as fini la couverture du bébé ?

—Presque.

— J'aimerais beaucoup la voir.

Ma requête la surprend mais ses yeux s'illuminent.

— Bien sûr ! Suis-moi, m'invite-t-elle.

Les marches de l'escalier craquent sous nos pas tandis que nous montons à l'étage. Je la suis dans la chambre que William et elle partagent. C'est une grande pièce percée de deux petites fenêtres au plafond incliné. Le mobilier est simple mais massif. Une commode ayant autrefois appartenu à nos parents. Un coffre aux poignées en fer et un lit traîneau recouvert d'un patchwork réalisé par Sarah.

Elle traverse la pièce jusqu'à la commode et allume une lampe en verre. Une lumière dorée donne vie à des ombres au plafond et sur les murs.

— Tu as l'air fatiguée, Katie.

— J'ai énormément travaillé.

Sarah hoche la tête et sort du tiroir un assemblage de tissus pas tout à fait achevé. Des pièces matelassées vert et lavande se combinent pour former un motif complexe. Je distingue les sept points par centimètre réglementaires et, une fois encore, je suis impressionnée. L'art du patchwork est extrêmement difficile. La plupart des Amish apprennent à coudre très jeunes. La plupart sont capables de réaliser un ouvrage convenable, mais très peu sont suffisamment douées pour créer une œuvre d'art comme celle-ci.

Je pense au bébé que porte ma sœur et effleure le doux tissu. Je repense à ceux qu'elle a déjà perdus, à ce que j'ai moi-même perdu et, pendant quelques secondes, je dois cligner des yeux pour refouler mes larmes.

— Elle est magnifique.

— Oui, acquiesce-t-elle, un sourire cette fois sincère aux lèvres. Elle est adorable.

Je retire ma main et pose la question qui m'obsède depuis que Tomasetti m'a piégée dans le bar avec sa devinette sur Pete le flic.

— Sarah, as-tu parlé à quelqu'un de Daniel Lapp ?

Elle brosse un fil du patchwork.

— Je ne veux pas discuter de ça, Katie.

— Sarah…

— J'ai fait ce que j'avais à faire.

— Comment ça ?

— J'ai prié Dieu pour qu'il me guide. Quand je me suis réveillée hier matin, j'ai su que c'était dans la vérité que je trouverais la paix, et toi aussi.

Une sensation de pure trahison m'envahit.

— À qui as-tu parlé ?

— J'ai envoyé un mot à l'évêque Troyer.

— Que disait ce mot ?

— La vérité, répond-elle. Que tu savais qui était le meurtrier.

À ces mots, la panique me saisit. Dans ma tête, je revois en flash la scène au bar avec Tomasetti. L'espace d'un instant, l'accablement m'empêche de respirer.

— Je suis désolée si ça te blesse, Katie, mais je sentais au fond de moi qu'il fallait dire la vérité.

— Tu ne connais pas la vérité ! m'écrié-je en tournant les talons pour faire les cent pas. Sarah, comment as-tu pu ?

— Tes amis de la police peuvent t'aider à retrouver Daniel, maintenant, déclare-t-elle.

Le cœur battant, j'enfouis mon visage dans mes mains pour essayer de me calmer.

— As-tu signé ton mot ? Savent-ils que c'est toi qui l'as envoyé ?

— Je n'ai pas signé.

J'essaye d'entrevoir les ramifications, mais mon cerveau est embrouillé par la fatigue. La panique qui m'enserre la poitrine m'empêche de réfléchir.

— Katie, que s'est-il passé ?

Je m'arrête d'arpenter la pièce et la regarde.

— L'évêque Troyer a dû donner le mot au conseil municipal. Peut-être même au maire. Maintenant, ils se méfient de moi. Tu es contente ?

— Je ne suis pas contente de voir que tu souffres. Tout ce que je veux, c'est qu'on attrape Daniel Lapp.

— Nous ignorons si c'est le tueur !

Elle lance un regard nerveux vers la porte.

— Je t'en prie, ne crie pas.

Je tente de me calmer et prends une grande inspiration.

— Sarah, il faut que je te parle de ce qui s'est passé, ce jour-là.

Elle fait volte-face, mais je pose les mains sur ses épaules et la force à se retourner.

— Tu dois te rappeler, poursuis-je. Repense à cette journée. Est-il possible que Daniel Lapp ait survécu ?

— S'il est de retour, alors il doit avoir survécu, réplique-t-elle en passant nerveusement ses doigts sur le col de sa robe simple. Tu l'as vu, toi aussi.

L'esprit humain est une machine incroyablement puissante. Tout comme le corps, il dispose de mécanismes de protection contre les traumatismes. L'horreur des événements de cette journée est à jamais gravée dans mon esprit. Pourtant je me rappelle peu de détails sur le viol, encore moins sur le moment où j'ai tiré. La seule chose dont je me souvienne distinctement, c'est le sang. Sur les rideaux. Sur mes mains. Un océan de sang étincelant sur le sol.

Il y avait du sang... trop pour qu'il puisse survivre.

— Il y avait trop de sang, dis-je dans un murmure.
— Quoi ?

Je lance un regard dur à ma sœur.

— As-tu accompagné *datt* et Jacob au silo à grain ?
— Non, répond-elle, l'air accablé.
— Comment sais-tu qu'ils ont enterré le corps ?
— J'ai entendu *mamm* et *datt* en parler. Dans la grange. Quelques jours après.
— Qu'est-ce qu'ils ont dit ?
— *Datt* a raconté à *mamm* qu'il avait mis Daniel dans le trou où personne ne le retrouverait jamais.
— Dans le trou ? dis-je, le cœur cognant contre mes côtes. Comment ça ? Quel trou ?
— Je n'en sais rien. Après tout, je n'ai pas demandé.

Dans le trou...

Les mots tournoient dans ma tête comme les morceaux de verre coloré dans un kaléidoscope.

— Je dois y aller.
— Où ça ? demande-t-elle d'un air inquiet.
— Trouver Daniel Lapp, dis-je en me précipitant dans l'escalier.

25

Suivre le chef de la police sur une intuition un peu bancale n'était sans doute pas l'idée du siècle. Avec la température chutant rapidement et la neige qui menaçait sérieusement de tomber, John se dit que l'idée entrait même dans la catégorie « belle connerie ». Il allait mettre le contact lorsque des phares percèrent l'obscurité, lui indiquant qu'un véhicule redescendait le chemin.

— Merde, murmura-t-il.

Il avait beau s'être garé à une dizaine de mètres de l'entrée du chemin, il aurait de la chance si elle ne le repérait pas. Il était peut-être un bon menteur, mais il aurait quand même un mal de chien à s'expliquer sur ce coup-là. Se rencognant dans son siège, il vit l'Explorer arriver en trombe au bout du chemin, et s'engager sur la route si vite qu'il dérapa avant de foncer vers la ville.

Soulagé, John mit le contact, enclencha le chauffage et démarra la Tahoe. Il ne savait pas très bien pourquoi il la suivait. Kate Burkholder n'avait rien fait de mal. À part ne pas appeler les fédéraux ni réclamer des renforts, elle enquêtait sur ces meurtres à peu près de la même manière que lui l'aurait fait s'il avait été à sa place.

C'était l'apparition de cette mystérieuse note qui avait semé la graine du soupçon. Le maire la lui avait transmise le matin même. Si n'importe qui d'autre qu'un évêque amish l'avait reçue, John l'aurait considérée comme une mauvaise blague. Après tout, c'était complètement ridicule de penser que Kate connaissait l'identité du meurtrier ainsi que le prétendait ce message.

Pourtant, encore une fois, l'instinct de John lui soufflait qu'elle cachait un secret. Si elle connaissait le tueur, était-ce un de ses proches ? Un amant ? Était-il amish ? Cherchait-elle à le protéger ?

Ces questions le rongeaient tandis qu'il la suivait vers la ville. Il était plus de 21 heures et elle avait probablement terminé sa journée. Ça lui allait très bien. Il n'était pas contre une douche bien chaude et un repas. Sans parler d'un bon verre...

Mais Kate ne tourna pas sur Main Street. Non, elle prit la direction du sud sur l'autoroute, à une allure un peu trop rapide. Curieux, John la fila à une distance raisonnable et discrète dans le comté de Coshocton.

— Où est-ce que tu vas, bordel ?

Il éteignit ses phares lorsqu'elle tourna sur une route peu fréquentée. La surprise le saisit quand elle s'arrêta dans la cour abandonnée d'un silo. Intrigué, il vit l'Explorer disparaître derrière un bâtiment. John se gara à une centaine de mètres et coupa le moteur.

— Qu'est-ce que tu fabriques, Kate ?

Pour toute réponse, il n'obtint que le chuintement des flocons de neige sur son pare-brise et l'insistance lancinante de ses soupçons.

Je sais que venir ici est une erreur. Je vais probablement creuser jusqu'à être épuisée, couverte d'enge-

lures et démoralisée sans pour autant trouver ce que je cherche. D'une manière tortueuse, la preuve de la mort de Daniel Lapp me disculpera de n'avoir révélé à personne qu'il pouvait être suspecté de ces meurtres. C'est du moins ce que je veux croire.

Attrapant la pelle, la pioche et ma lampe torche, j'entre dans le bâtiment par la porte arrière. L'endroit me paraît différent maintenant que je m'y trouve seule. Le vent s'infiltre et siffle à travers les plaques de métal à l'extérieur, emplissant les lieux de grognements et de murmures fantomatiques comme dans une maison hantée.

Le froid me pique le visage tandis que je parcours un côté du bâtiment. J'ai beau avoir grandi à la campagne, j'ai toujours été nulle pour ce qui était du fonctionnement d'un silo à grain. Après ma visite nocturne avec Jacob, j'ai un peu surfé sur le Net et appris les bases. Il y a cinquante ans, des camions chargés de blé ou de maïs passaient par la grande porte jusqu'à la plate-forme où ils étaient pesés. La pesée effectuée, le chauffeur faisait basculer son plateau et déversait son chargement de grain dans la fosse. Le véhicule était à nouveau pesé à vide et le chauffeur payé en fonction de la différence de poids.

— Où est cette foutue fosse ? dis-je à voix haute.

La grande porte frémit sous une bourrasque. J'entends la neige qui tombe marteler la tôle. J'allume ma lampe torche et éclaire les abords de la plate-forme de pesée. La grille de la fosse devrait se trouver à proximité. Je pose la lampe et frappe le sol du bout de la pelle, là où selon moi on devait positionner la porte arrière du camion. Un bruit sourd me répond.

À l'aide de la pelle, je gratte la terre desséchée et découvre un morceau de contreplaqué pourri. Je m'agenouille et déblaie comme une folle le sol de mes mains. Le souffle d'une respiration saccadée se répercute sur les murs et je comprends avec horreur qu'il s'agit de la mienne. Je déterre la plaque et la tire sur le côté. L'espoir jaillit en moi lorsque je vois la grille rouillée. La fosse doit faire deux mètres carrés sur trois mètres de profondeur. L'élévateur à godets a depuis longtemps été retiré mais la fosse n'a jamais été bouchée. Je plonge le faisceau de ma lampe dans le trou et éclaire des morceaux de béton, des détritus, du gravier et un tas de planches cassées.

Avec la pelle, j'essaye de faire levier sur la grille, mais la lourde pièce de métal ne bouge pas d'un millimètre. En hiver, je garde un câble dans le coffre de ma voiture pour tracter les véhicules bloqués dans la neige, je pourrais l'utiliser pour déplacer cette grille. Mes clés à la main, je cours jusqu'à l'Explorer que je conduis jusqu'à la grille. Lorsque ma voiture est en place, je sors le câble et positionne fermement le crochet au train de la voiture. J'accroche l'autre extrémité du câble à la grille. Je me glisse ensuite derrière le volant et passe l'Explorer en quatre roues motrices avant d'appuyer sur l'accélérateur. Le câble se tend, le moteur s'emballe, les roues patinent. Un grand crissement de métal contre métal se fait entendre quand la grille est dénichée de son emplacement.

Je la tire sur deux mètres puis coupe le moteur avant de sortir. Je reprends la lampe torche et éclaire l'intérieur du trou. Il est trop profond pour que je saute dedans, je ne vais pas risquer de me fouler une cheville. Je pense alors au câble, dont je pourrais me servir pour descendre en rappel. Je décroche l'extrémité attachée à la grille et le laisse tomber dans le puits. J'y jette ensuite la pelle avant de m'asseoir au bord, d'attraper ma corde de fortune et de descendre dans l'obscurité. L'air est chargé d'un mélange de terre, de poussière et de pourriture. Au moment où mon pied touche le sol, je balaye le puits de ma lampe torche. Un rat décampe à travers un tas de planches patinées.

La pelle se trouve à quelques mètres. Je la prends et tape sur la pile de planches. Je n'ai pas une peur excessive des rongeurs mais je ne tiens pas pour autant à ce qu'une de ces petites bêtes me saute dessus. J'installe ma lampe sur un parpaing et commence à retirer les bouts de bois. Des moutons de poussière s'envolent et viennent me chatouiller les narines et me piquer les yeux, mais je ne ralentis pas la cadence. Je soulève une plaque de tôle et la jette au loin. Un morceau rouillé s'effrite dans ma main. Je baisse les yeux et découvre plusieurs petits objets clairs reposant dans la poussière.

J'attrape la lampe. Mon sang se glace lorsque je comprends qu'il s'agit de dents. À côté, je distingue un morceau d'étoffe. Est-ce tout ce qu'il reste de Daniel Lapp? Je m'accroupis pour y regarder de plus près et identifie plusieurs côtes toujours attachées à un morceau de colonne. Puis je repère le crâne et la certitude me saisit. Daniel Lapp est mort. Cette conviction me remplit d'un étrange mélange de soulagement et de terreur. J'étais sûre qu'il était le meurtrier. Si ce n'est pas Daniel, qui est-ce alors?

J'ignore combien de temps je reste plantée là. C'est comme si cette révélation m'avait paralysée. Le côté logique de mon cerveau me conseille d'enterrer cette partie de mon passé et de rentrer chez moi. D'oublier Daniel Lapp et de me concentrer sur l'identification du meurtrier. De sauver ce qu'il reste de ma carrière. Je remets alors les planches sur les ossements. Quand j'ai fini, je saisis le câble et commence à remonter péniblement pour sortir de la fosse. Bien que je sois plutôt en excellente forme physique, la manœuvre n'est pas aisée. Je suis presque en haut lorsque j'aperçois un mouvement au-dessus de ma tête. Une silhouette trop grande pour un raton laveur ou un chien. Il y a quelqu'un. La surprise est si forte que j'en lâche presque le câble. Je me pétrifie, le corps tremblant, les pensées se bousculant dans ma tête.

Quelqu'un m'aurait-il suivie ?

Je regarde en l'air. Rien. Ma respiration est saccadée, mes mains douloureuses autour du câble. Je pense à mon .38 accroché à ma ceinture. Je suis peut-être armée mais je reste vulnérable. Si on voulait me faire du mal, l'occasion serait en or.

Je remonte frénétiquement. Le bout de mes bottes s'enfonce dans les parois, des morceaux s'en détachent. Les murs répercutent ma respiration hachée. Je fais glisser mes mains plus haut sur le câble puis je tire jusqu'à ce que mes muscles tremblent sous l'effort.

Finalement, je me retrouve à l'entrée de la fosse. Je m'extirpe du trou, tremblante et haletante. J'ai alors le choc de ma vie. John Tomasetti se tient à quelques mètres de moi, sa lampe torche dans une main, un Sig Sauer semi-automatique étincelant dans l'autre. Il me fusille du regard avant de m'aveugler avec sa lampe.

— Vous cherchez quelque chose ? demande-t-il.

Mon cerveau tourne à plein régime, tentant d'élaborer un mensonge crédible. Mon pouls bat plus fort que le moteur d'un jet au décollage. J'imagine très bien à quel point cette scène doit lui paraître bizarre. Je suis couverte de saletés et dois avoir l'air plus défoncée qu'un junkie après trois semaines de bringue. Une chance pour moi, je me remets rapidement sur mes pieds.

— J'examinais une piste, dis-je en brossant avec exagération mon pantalon. Que faites-vous ici ?

Il ignore ma question et dirige le faisceau de sa lampe vers le puits.

— Une piste sur quoi ?

Je ne veux pas qu'il s'approche de la fosse. Je ne sais pas si j'ai bien camouflé les ossements. Je voudrais remettre la grille en place et foutre le camp d'ici.

— Un appel anonyme a signalé une décharge illégale. Le type a dit qu'on avait jeté de la peinture et des solvants.

Beau mensonge. Une personne normale y croirait. Mais John Tomasetti n'est pas un type lambda. À l'expression de son visage, je sais qu'il ne me croit pas.

— Vous avez trouvé quelque chose ? demande-t-il.

— Rien du tout, dis-je en sortant le câble du puits avant de me diriger vers l'Explorer. Ça devait être un appel bidon. Des ados. Ça arrive par ici.

— Je devrais peut-être jeter un œil ?

— Il n'y a rien en bas à part des rats.

Tout à coup, l'idée que la présence de Tomasetti n'a rien d'une coïncidence me frappe. Il n'a pas roulé par là et vu de la lumière. Cet enfoiré m'a suivie.

Cette prise de conscience me fait trembler tandis que je me glisse derrière le volant. Tomasetti tourne autour de la fosse pendant que je mets le contact. Je dois absolument remettre la grille en place avant qu'il ne se décide à aller jeter un œil dans le puits.

J'approche l'Explorer de la grille et descends. Mes mains tremblent tellement que je n'arrive pas à raccrocher le câble.

— Vous êtes nerveuse, chef?
— J'ai froid, c'est tout.
— Vous m'avez l'air drôlement pressée de reboucher ce trou.
— J'ai juste envie de rentrer chez moi.

Il marque une pause.

— Kate, qu'est-ce que vous foutez vraiment?

Je ne le regarde pas, j'en suis incapable. Je suis au bord d'un précipice. Une fois que j'aurai fait un pas, je ne serai plus en mesure de me sortir de là.

— Écoutez, c'est la seconde plainte que je reçois à propos de cet endroit qui servirait de décharge, dis-je d'un ton dur. Je n'avais pas envie de rentrer, alors je suis venue voir.

— C'est pour ça que vous tremblez?

J'accroche le câble et me redresse, croisant son regard.

— Vous n'avez peut-être pas remarqué, mais il fait froid.

— Vous transpirez, putain. Vous êtes couverte de poussière. Regardez-vous. Maintenant, dites-moi ce qui se passe!

— J'ignore ce que vous croyez savoir, mais je n'apprécie pas que vous me suiviez, que vous m'espionniez. Quoi que vous soyez en train de faire, je veux que vous arrêtiez. Compris?

— Vous me mentez et je veux savoir pourquoi.

J'éclate de rire.

— Vous devriez consulter pour faire soigner votre paranoïa, Tomasetti.

— Vous n'êtes pas descendue dans ce trou parce que vous suiviez une piste.

— Qu'est-ce que vous en savez ?

Brusquement, il s'approche à grands pas de moi et me braque sa lampe dans les yeux.

— Vous voulez savoir ce que je sais, chef ? Je sais que quelqu'un dans cette ville pense que vous connaissez le tueur. Je crois que vous cachez quelque chose, éructe-t-il en pointant un doigt vers la fosse. Et je sais que vous n'êtes pas descendue dans ce foutu trou à cause d'un tuyau anonyme.

Il fait à nouveau le tour de la fosse, plongeant le faisceau de sa lampe dans l'obscurité.

— Qu'est-ce que je vais trouver si je descends là-dedans ?

— Qu'est-ce que vous voulez de moi ? C'est Detrick qui vous a demandé de me suivre ? Ou les membres du conseil municipal ? Vous êtes leur nouveau chienchien ?

Un coin de sa bouche s'étire, mais j'ignore si c'est dans un sourire ou une grimace.

— Vous savez très bien que non.

— Vraiment ?

Je me dirige vers l'Explorer. J'ai presque terminé. Tout ce que je dois faire, c'est remettre la grille en place et partir. Je ne pense pas qu'il s'embêtera à la redéplacer.

Je m'installe au volant et tourne la clé. Le moteur démarre. Je suis sur le point de passer une vitesse quand la portière s'ouvre brusquement. Je lâche un hoquet de surprise en voyant Tomasetti se pencher à l'intérieur, couper le contact et retirer la clé.

— Hé! Qu'est-ce que vous faites?

Je saute du véhicule et tente de lui reprendre les clés.

Il les fourre dans sa poche.

— Disons que je suis une intuition.

— C'est ridicule. Rendez-moi mes clés. Tout de suite.

Retirant le câble de la grille, il le lance dans la fosse.

La panique embrase ma poitrine. Je ne peux pas le laisser découvrir ces ossements.

— Vous outrepassez vos fonctions.

— Ce ne serait pas la première fois.

— Je jure que j'aurai votre tête pour ça.

Agrippé au câble, il balance ses jambes dans le vide avant de descendre dans le puits comme un alpiniste.

— Tomasetti, merde! Arrêtez de jouer! Je veux partir.

Pas de réponse.

— Merde! Il n'y a rien en bas.

Je regarde autour de moi, désespérée. Pendant une seconde de folie, j'envisage de retirer le câble et de le laisser croupir dans la fosse. Mais je ne peux décemment pas faire ça. Je vais devoir affronter ce que j'ai fait. Les secrets que je garde depuis des années.

Mon avenir défile devant mes yeux. Ma carrière va être anéantie. Mes parents, leur réputation, vont être traînés dans la boue ainsi que le reste de la communauté amish. Mon frère, ma sœur, mes neveux vont en souffrir. Je pourrais me retrouver devant un grand jury. Dans le pire des cas, je risque d'être poursuivie et envoyée en prison pour meurtre.

Je me précipite vers le puits et vois Tomasetti déplacer du pied une planche de contreplaqué. De là où je suis, je peux apercevoir le crâne. La tête me tourne. Je suis terrifiée. Je ne peux pas croire que ce soit en train d'arriver.

— Putain de merde !

Je me détourne et presse mes mains contre mon ventre. Je ne peux plus rien faire pour cacher ça. C'est fini. Les secrets prennent fin ici. La nausée me remue l'estomac. J'arrive à faire quelques mètres avant de vomir. Le bruit de mes genoux cognant le sol me surprend. Le tourbillon confus qui m'envahit me dit que je ne vais pas tarder à m'évanouir. Je perds la notion du temps car, tout à coup, Tomasetti est agenouillé à côté de moi.

Je sursaute lorsqu'il pose sa main sur mon épaule. Je suis gênée et humiliée, mais je ne suis pas sûre de ne pas vomir une nouvelle fois, alors je ne bouge pas. Je l'ignore. Je baisse les yeux sur mes gants couverts de saletés et j'ai envie de pleurer.

— Vous allez bien ? demande-t-il au bout d'un moment.

— Qu'est-ce que vous croyez ?

— Je crois que vous me devez des explications.

Un haut-le-cœur me saisit et je crache.

Il attend un moment avant de reprendre la parole.

— Ces ossements, vous savez à qui ils appartiennent ?

Je ferme les yeux en serrant très fort les paupières.
— Oui.
— À qui ?

— Daniel Lapp.
— Qui est-ce ?
— Un Amish.
— Depuis combien de temps est-il mort ?
— Seize ans.
— Comment est-il mort ?
— Tué par un coup de fusil.
— Vous savez qui l'a tué ?
— Oui.
Il marque une pause avant de demander :
— Qui ?
— Moi, dis-je avant de fondre en larmes.

26

Au cours de ses années dans la police, John en avait connu, des moments bizarres. Mais celui-ci, c'était le pompon. L'aveu d'un meurtre, c'était bien la dernière chose à laquelle il s'attendait lorsqu'il avait pris Kate Burkholder en filature ce soir-là. Il était sur le cul. Pire, il ne savait pas comment il devait réagir.

Il passa les mains sous les bras de Kate et l'aida à se relever.

— Allez, venez. Levez-vous.

Elle paraissait aussi légère qu'une plume et, pour la première fois, il se rendit compte du petit bout de femme que c'était. Son apparente corpulence n'était en fait due qu'à son épaisse parka et à l'impression de grandeur qu'elle dégageait et qu'il attribuait à sa force de caractère. Elle ne lui avait pas semblé être une petite nature. Jusqu'à présent, elle avait géré son stress comme une pro. Elle s'était montrée robuste et concentrée en dépit de la monstruosité de l'affaire. Mais il savait que le barrage venait de sauter. Il n'y avait ni gémissements ni débordements affectés, mais la souffrance qui se peignait sur son visage était si intense que John la sentait le gagner au plus profond de son être.

La prenant par les épaules, il la força à se tourner vers lui.

— Kate, dites-moi ce qu'il se passe.

—Johnston avait raison, commença-t-elle d'une voix étranglée. J'ai foiré l'affaire... à cause de ça.

Il regretta de l'avoir suivie. Il n'avait pas besoin de ça. Il n'avait pas envie de devoir le gérer. Il n'était même pas sûr d'en avoir quelque chose à foutre. Sa vie était déjà bien assez compliquée.

—Reprenez-vous, lui intima-t-il.

Kate secoua la tête.

—Il faut qu'on parle.

—Je sais.

Elle s'essuya frénétiquement les joues. Il se demanda combien de temps il fallait aux larmes pour geler sur la peau.

—Y a-t-il un endroit où on serait un peu plus au chaud pour discuter?

—Dans un bar. Chez moi, fit-elle avec un haussement d'épaules. Ou vous pourriez accélérer les choses et m'emmener directement en prison.

—On va chez vous, rétorqua-t-il. J'ai l'impression qu'il va nous falloir du calme et de la discrétion pour discuter.

—Vous n'imaginez pas à quel point.

Alors qu'il lui tendait ses clés, l'idée qu'elle pourrait en profiter pour s'enfuir lui traversa l'esprit.

—Vous n'allez rien faire de stupide, n'est-ce pas?

Elle lui décocha un regard plein de sagesse.

—J'ai utilisé tout mon quota pour ce qui est des stupidités, dit-elle en se dirigeant vers l'Explorer.

Elle vivait dans une modeste maison en brique en bordure de la ville. Aucune lumière ne brillait sous le porche pour l'accueillir. L'allée n'avait pas été déblayée.

John se gara le long du trottoir et regarda Kate s'arrêter dans l'allée. Elle marcha vers la porte d'entrée sans l'attendre.

L'idée que sa présence ici pourrait faire jaser lui effleura l'esprit, mais il ne voyait pas d'alternative. Et puis, ce n'était pas comme si le chef de la police et l'agent enquêtant sur l'affaire n'avaient aucune raison de se retrouver pour discuter au beau milieu d'une série de meurtres sordides.

Il descendit de voiture et traversa le jardin recouvert de neige. Elle avait laissé la porte ouverte. Il entra et referma derrière lui. Le salon était meublé d'un ensemble éclectique : un canapé moderne en tissu marron contrastait avec un fauteuil couleur crème. Sur un vieux buffet, qui aurait eu bien besoin d'un petit rafraîchissement, était disposé un assortiment de vases et de coupes. Dans la maison flottaient des odeurs de cire de bougie et de café.

Kate se tenait devant un placard où elle accrocha sa parka. En dessous, elle portait un uniforme bleu marine de la police horriblement froissé – certainement d'avoir été trop longtemps porté plutôt que par manque de repassage.

Elle se pencha et se mit à délacer ses bottes d'une main experte. L'uniforme ne la moulait pas, mais il devinait les contours harmonieux de son corps. D'après lui, elle devait mesurer un mètre soixante-dix, peser environ cinquante kilos. Une allure sportive. Des hanches un peu larges, mais c'était le genre de rondeurs qui attisait son intérêt de mâle.

Il s'approcha du placard, où il suspendit son propre manteau, concentré sur Kate. Ses cheveux bruns étaient tout ébouriffés, comme si elle avait passé plusieurs jours sans les brosser. Son visage était marbré de traces de larmes et son teint pâle sous le sombre rideau de ses cheveux.

Une fois ses bottes enlevées, elle traversa le salon et disparut dans un couloir. John erra dans la cuisine étonnamment chaleureuse, garnie d'étagères gris clair et d'un plan de travail en Corian. Une pile de factures était posée sur un bureau encastré. Une bougie à moitié consumée trônait sur la petite table à manger. Une cuisine normale, finalement, si on excluait le fait que sa propriétaire venait juste d'avouer un meurtre.

Kate reparut quelques minutes plus tard. Elle s'était changée et avait passé un jean et un sweat-shirt gris trop grand sur lequel était inscrit *Police de Columbus*. Elle s'était lavé le visage pour ôter les traces de saleté et se passait un peigne dans les cheveux.

— Chouette endroit, dit-il.

Elle passa devant lui sans lui répondre tout en continuant à se brosser les cheveux. Elle s'approcha du réfrigérateur et, sur la pointe des pieds, ouvrit le placard qui se trouvait au-dessus.

— Les meubles auraient besoin d'être renouvelés.

— Sauf si vous recherchez le style pittoresque, répliqua-t-il, les sourcils froncés à la vue de la bouteille de vodka qu'elle tenait à la main.

— Je déteste le style pittoresque, rétorqua-t-elle en lui lançant un regard sagace. Et ne me dites pas que l'alcool ne va pas aider.

— Ce serait hypocrite de ma part.

— Quand j'aurai fini de vous raconter l'histoire de ces ossements, vous serez bien content de boire un verre.

Elle posa la bouteille et deux verres sur la table avant d'aller ouvrir la porte de derrière. Un chat orange à l'allure miteuse entra précipitamment avant de disparaître dans le salon.

— Il m'aime bien, dit-il.

Elle laissa échapper un bruit entre le ricanement et le sanglot, tira une chaise et s'effondra dessus.

— Ça ne va pas vous plaire, John.

— Je m'en suis douté quand j'ai vu le crâne, dit-il en s'asseyant en face d'elle.

Elle ouvrit la bouteille et versa la vodka. Pendant un moment, ils gardèrent les yeux rivés sur les verres sans prononcer un mot. Puis elle prit le sien et le vida avant de se resservir. Ce fut à ce moment-là que John sut qu'elle était bien plus flic qu'elle n'était amish.

Il lui posa alors la question qui lui brûlait les lèvres depuis qu'il avait découvert les ossements.

— Est-ce que ce cadavre a quelque chose à voir avec le meurtrier qui sévit à Painters Mill ?

— C'est ce que je croyais, fit-elle avant de hausser les épaules. Jusqu'à ce soir.

— Vous devriez peut-être commencer par le commencement.

J'ai l'impression que ma vie entière ne s'est déroulée que pour me conduire à cet instant. Et pourtant, je ne me sens pas prête. Comment peut-on se préparer à sa propre destruction, complète et absolue ? Dans le pire des scénarios, Tomasetti part d'ici pour aller directement trouver les huiles du BCI qui s'emploieront à briser ma vie. Si ça arrive, j'ai déjà décidé de protéger Jacob et Sarah. Pas parce qu'ils sont moins coupables que moi, mais parce qu'ils ont des enfants. Il est hors de question que mes neveux ou le bébé que porte Sarah soient impliqués là-dedans. Je ne veux pas nuire à la communauté amish, ils ne le méritent pas.

J'observe Tomasetti, ses yeux durs, sa bouche sévère. S'il est peut-être lui aussi sur le fil, j'ai le sentiment que ce soir l'ambiguïté ne me sera d'aucun secours.

— Quoi que je vous raconte, je veux mener cette affaire jusqu'au bout.

— Vous savez que je ne peux pas vous promettre ça, me répond-il.

Je prends une autre gorgée de vodka, me force à avaler. L'alcool, l'antidote temporaire à la douleur. Les mots que je dois prononcer se bousculent dans ma tête, se mélangeant aux souvenirs, aux secrets et au poids mort de ma propre conscience.

— Kate ! me presse-t-il. Parlez-moi.

— Daniel Lapp vivait dans une ferme située au bout de la route qui conduisait chez nous. Il venait quelquefois aider à mettre le foin en balles ou à d'autres tâches. Il avait dix-huit ans.

Tomasetti écoute, posant sur moi son regard de flic vigilant et scrutateur.

— Que s'est-il passé ?

— J'avais quatorze ans.

Je me rappelle à peine la jeune Amish que j'étais alors et je me demande comment j'ai pu être si innocente.

— Cet été-là, repris-je, *mamm* et *datt* sont partis à un enterrement dans le comté de Coshocton. Mon frère Jacob était aux champs en train de faire les foins. Sarah livrait des patchworks en ville. J'étais à la maison pour préparer du pain.

Je marque une pause, mais Tomasetti ne me laisse aucun répit.

— Continuez.

— Daniel est venu à la porte. Il aidait Jacob et il s'était coupé la main.

Aujourd'hui encore, une éternité après les événements, le souvenir de cette journée me perturbe tellement que ma poitrine se serre.

— Il m'a attaquée par-derrière. Il m'a jetée au sol. J'ai hurlé quand j'ai vu le couteau; alors il m'a frappée et il a continué à le faire.

J'ai le souffle court et la tête qui tourne. Je lâche dans un soupir :

— Il m'a violée.

Je ne peux pas regarder Tomasetti mais j'entends le frottement de sa main sur sa joue rugueuse.

— Les Amish aiment à penser qu'ils sont une société à part, dis-je. Mais ce n'est pas toujours vrai. Nous savions pour les meurtres qui avaient eu lieu ces derniers mois. *Datt* nous avait dit que c'était une histoire d'English. Ces morts ne nous concernaient pas. Mais nous avions peur. Nous verrouillions nos portes, nous priions pour les familles. *Mamm* leur apportait à manger. Nous n'avions pas les journaux, mais j'avais lu les articles à la boutique pour touristes en ville. Je savais que les victimes avaient été violées. Je croyais que Daniel Lapp allait me tuer.

— Qu'avez-vous fait, Kate ?

— J'ai pris le fusil de *datt* et je lui ai tiré dans la poitrine.

Il me regarde sans ciller.

— Vous avez appelé la police ?

— Je l'aurais fait si nous avions eu le téléphone. J'étais hystérique. Il y avait du sang partout, dis-je avant de lâcher un soupir. Ma sœur est rentrée. Elle a vu le corps par terre et est partie en criant. Elle a couru près de deux kilomètres pour prévenir Jacob.

— Personne n'a prévenu la police ?

Je secoue la tête.

— Et vos parents ?

— Il faisait nuit quand ils sont rentrés. Jacob a expliqué à *datt* ce qui s'était passé. Je crois que si Lapp n'avait pas été amish, *datt* aurait prévenu la police. Mais Daniel était l'un des nôtres. Mon père nous a dit que c'était un problème amish et qu'il serait traité à la manière amish.

Je prends une nouvelle inspiration, j'ai l'impression de manquer d'air.

— Jacob et lui ont enveloppé le corps dans des sacs de toile de jute et l'ont mis dans le buggy. Ils sont allés au silo à grain et l'ont enterré. Lorsqu'ils sont rentrés, *datt* nous a ordonné de ne jamais en parler à personne.

— Les gens ne se sont pas inquiétés de ce qui était arrivé à Daniel Lapp ?

— Ses parents ont passé des semaines à le rechercher mais, au bout d'un moment, la plupart des Amish ont pensé qu'il s'était enfui parce qu'il ne voulait pas respecter l'*Ordnung*. Finalement, c'est aussi ce que ses parents ont cru.

— Donc le crime n'a jamais été déclaré ?

— Non.

— C'est un traumatisme extrêmement éprouvant pour une jeune fille de quatorze ans.

— Vous voulez parler du viol ou du fait d'avoir tué un homme ?

— Les deux, répond-il avec une grimace. Et aussi le fait que vous ne pouviez en parler à personne.

— J'ai commencé à faire n'importe quoi après ça. J'ai traîné avec des English. Je me suis mise à fumer, à boire. J'ai eu quelques problèmes. Je suppose que c'était ma façon à moi de gérer la situation. Les meurtres ont cessé après. Jusqu'à ce soir, je croyais que Lapp était le tueur.

— Et quand le premier corps a été retrouvé, qu'est-ce que vous avez cru ? Qu'il avait survécu ?

Je baisse les yeux sur mes mains. Devant le tremblement qui les agite, je les serre fermement.

— Oui.

Le silence tombe. Dans mon esprit défilent les répercussions de mon acte. Je n'ai absolument aucune idée de la réaction de Tomasetti. La seule certitude que j'ai, c'est que ma carrière dans la police est terminée. Mais ça, c'est dans le meilleur des cas. Si la presse a vent de cette histoire, ils vont rappliquer comme des vautours et me déchiqueter comme une charogne.

— De toute évidence, Lapp n'est pas notre homme, lâche-t-il au bout d'un moment.

— J'ai tué le mauvais homme.

— C'était un violeur.

— Mais pas un tueur en série.

— Il avait une arme. Vous avez agi en état de légitime défense.

— Prendre une vie est contraire aux lois de Dieu.

— Violer une mineure aussi.

— Dissimuler un meurtre est contraire à nos lois.

— Vous aviez quatorze ans. Vous faisiez confiance à votre père pour agir comme il fallait.

— J'étais assez âgée pour savoir que tuer un homme est un péché.

Je m'oblige à le regarder. La maison est si calme que j'entends la neige tomber contre la fenêtre, le ronronnement du réfrigérateur, le sifflement de la ventilation.

— Maintenant que vous connaissez mon noir secret, qu'est-ce que vous allez faire ?

— Si vous avouez publiquement, vous pouvez dire adieu à votre carrière, à votre réputation, à votre sécurité financière. Sans parler de votre tranquillité d'esprit.

— Je n'en ai jamais eu beaucoup, de tranquillité d'esprit, de toute façon.

— Écoutez, Kate, j'ai fait quelques trucs qui n'étaient pas franchement réguliers. Je ne suis pas en position de vous juger.

— En dehors de ma famille, vous êtes le seul à savoir.

Il remplit nos verres. Je n'ai plus envie de boire, la vodka m'embrouille l'esprit. Mais je prends le verre quand même.

— Je ne comprends pas pourquoi les meurtres se sont arrêtés juste après ce jour-là.

Je sais que soixante à soixante-dix pour cent des agressions sexuelles ne sont pas déclarées. Je soupçonne ce pourcentage d'être encore plus élevé au sein de la communauté amish. Pour la première fois, je me demande si j'étais la seule victime de Lapp.

— Kate, nous avons un putain de problème sur les bras.

— Vous voulez dire moi.

John se penche vers moi avant de reprendre :

— Votre avenir dans la police mis à part, disons que nous attrapons ce type et que l'affaire est portée devant les tribunaux. Si quelqu'un découvre que vous êtes impliquée dans un crime qui a été dissimulé, un avocat de la défense un peu zélé pourra utiliser cet élément pour nous discréditer tous les deux et foutre en l'air tout le dossier. Si ça se trouve, le type pourra même sortir complètement libre.

— Personne n'est obligé de savoir pour Lapp.

Il lâche un gros rire.

— Qui d'autre est au courant ?

— Mon frère Jacob et ma sœur Sarah.

— Et s'ils décident de parler ?

— Ils sont amish. Ils ne parleront pas.

— Qui a envoyé le mot à l'évêque ?

— Ma sœur, dis-je avec un rire amer. Elle pensait que je devais partager ça avec mes pairs.

— Comment allez-vous l'expliquer ?

— Un canular.

Il prend son verre et le vide. Je l'imite et nous les reposons en même temps.

— Je ne vous connais pas très bien, mais je pense que vous êtes un bon flic, dit-il. Je crois que vous êtes investie. Cette qualité fait de vous un meilleur flic que moi. Mais vous savez très bien que les secrets ont une fâcheuse tendance à être découverts.

— Un peu comme les vieux cadavres, dis-je en le regardant fixement. À moins de les enterrer très profondément.

— Si j'ai pu découvrir votre secret, quelqu'un d'autre le fera.

— Je ne veux pas que ma famille soit mêlée à ça. Je ne veux pas que la communauté amish paye pour ce que j'ai fait.

— Écoutez, Kate, il y a certains points qui jouent en votre faveur. Il y a des circonstances atténuantes. C'était de la légitime défense. Et puis votre âge, à l'époque.

— Qu'est-ce que vous allez faire, alors?

— Je n'en sais rien.

Je le dévisage, le cœur battant. Je voudrais savoir s'il va me dénoncer, mais j'ai peur de lui poser la question. Les larmes me brûlent les yeux. Je les retiens.

— Je dois y aller, dit-il en se levant. Essayez de dormir un peu.

Il sort de la cuisine. Une petite voix dans ma tête me hurle de lui courir après, de le supplier de se taire, au moins jusqu'à ce que cette affaire soit résolue. Mais je suis incapable du moindre mouvement. Le claquement de la porte est comme un glas qui sonne dans ma tête. Tandis que je tends la main vers la bouteille, je sais qu'il n'y a rien que je puisse faire en attendant que le couperet tombe.

27

J'arrive au poste un peu avant 7 heures. Mona est assise au standard, les pieds sur le bureau; elle croque dans une pomme en lisant son habituelle nourriture spirituelle.

— Bonjour, chef!

Ses pieds tombent au sol, ses yeux s'écarquillent légèrement à ma vue.

— La nuit a été difficile?

Je n'ai pas beaucoup dormi après le départ de Tomasetti et je me demande si j'ai l'air aussi lessivée que je le suis.

— Une tasse de ce que tu prépares, quoi que ce soit, arrangera ça.

— Thé cannelle et noisette, fait-elle en me tendant les messages. Doc Coblentz ne fera sans doute pas l'autopsie avant le milieu de matinée.

Ça me convient parfaitement. Sachant désormais avec certitude que Daniel Lapp n'est pas le meurtrier, j'ai prévu de passer la matinée à travailler sur un nouvel angle.

— D'après la météo, il va neiger encore plus, déclare-t-elle.

— Ça fait une semaine qu'ils le répètent.

— Je crois qu'ils ont raison, cette fois.

J'attrape une tasse de café sur le chemin de mon bureau. Je m'assois à ma table de travail et sors le dossier du Boucher ainsi qu'un nouveau bloc-notes. Pendant que mon ordinateur démarre, j'appelle Skid sur son portable.

— Le bureau de probation t'a donné un autre nom en dehors de Starkey ?

— Non, c'était le seul.

— Tu as vérifié auprès des hôpitaux ? Des institutions ?

— J'ai fait chou blanc. Désolé, chef.

— Ça valait la peine d'essayer.

— Vous avez du nouveau ?

— J'y travaille. Je te vois tout à l'heure.

Je raccroche et passe quelques minutes sur Internet à rechercher les sociétés de déménagement dans un rayon de cinquante kilomètres autour de Painters Mill. Il n'y a rien dans cette ville, mais la fenêtre d'une société de déménagement à Millersburg s'ouvre en même temps que celle d'un service de location de camions. Je note les informations sur mon calepin. J'ai peu de chance que cette piste donne quelque chose, mais c'est tout ce que j'ai. J'appelle les Déménageurs du Grand Ouest. Je suis mise en attente avant d'être transférée.

— Ici Jerry Golan. Que puis-je faire pour vous ?

Je décline mon identité et vais droit au but.

— Je travaille sur une affaire et j'aurais besoin de connaître les noms des personnes qui ont déménagé de la région entre 1993 et 1995. Est-ce que vous gardez des traces des prestations qui remontent à cette époque ?

— C'est à propos de vos meurtres, là ?

— Je ne suis pas autorisée à vous donner des informations, dis-je avant de baisser la voix. Mais, entre vous et moi, il pourrait y avoir un lien. J'apprécierais que vous gardiez ça pour vous.

— Mes lèvres sont scellées, réplique-t-il en baissant le ton lui aussi, comme si nous partagions un secret, pendant que j'entends, à l'autre bout de la ligne, ses doigts taper sur le clavier. La bonne nouvelle, c'est que nous avons des archives de tous nos clients depuis notre ouverture en 1989. La mauvaise, c'est qu'elles sont éparpillées. Nous avons déménagé en 2004 ; certaines de nos archives ont été envoyées dans un entrepôt de stockage et d'autres sont ici, dans nos locaux.

— Tout ce qu'il me faut, ce sont les noms et les coordonnées.

Soupir à l'autre bout de la ligne.

— Ça va prendre un moment.

— Vous pourriez envoyer ce que vous trouverez au chef de la police ?

— Eh bien, j'imagine que je pourrais mettre un intérimaire sur le coup.

— Ça vous faciliterait la tâche si je vous disais que vous pourrez m'envoyer la facture ?

— Oui, m'dame ! s'exclame-t-il comme ragaillardi. Ça m'aidera.

D'accord, l'emploi d'un intérimaire n'est pas dans le budget, mais je trouverai un moyen de le payer. Après avoir raccroché, je vais sur le site du comté de Coshocton et visite plusieurs pages avant de trouver ce que je cherche : un accès aux transactions et ventes immobilières. Je clique sur le lien et vais dans la recherche avancée. Bingo. J'entre les dates qui m'intéressent.

Malheureusement, les informations ne sont disponibles que pour les dix dernières années. Je clique sur *contact* et demande par mail une liste des ventes immobilières dans le comté entre le 1er janvier 1993 et le 31 décembre 1995. Ensuite, je vais sur le site du comté de Holmes qui, à ma grande joie, propose une recherche des ventes de biens immobiliers par circonscription. Il y a des dizaines de circonscriptions réunissant plusieurs communes et villages.

Mon téléphone sonne. Le numéro du portable de Glock s'affiche.

— Salut, dis-je en décrochant.

— Il se passe quelque chose, déclare-t-il sans préambule. Auggie Brock vient de m'appeler pour que je le retrouve au poste. Il a dit que c'était urgent.

— Quoi ? Il a dit pourquoi ? dis-je, saisie de panique.

— Non, mais j'ai pensé que vous voudriez être au courant. Je suis en route.

Il raccroche.

Perplexe, je fixe le combiné. Je sursaute lorsqu'il se remet à sonner. C'est Mona.

— Auggie et sa cour viennent d'arriver, murmure-t-elle. Ils se dirigent vers votre bureau.

Auggie apparaît alors dans l'embrasure de ma porte. Je raccroche. Derrière lui, je distingue Janine Fourman. Une profonde inquiétude me saisit quand j'aperçois, encore derrière, Detrick et John Tomasetti qui ferment la marche.

— Que se passe-t-il ?

Personne ne me répond. Au début, je pense qu'il y a eu un autre meurtre. Et puis la vérité m'apparaît brutalement. Elle me frappe comme un coup de poing. John leur a raconté pour Lapp. Il leur a dit ce que j'avais fait. Ils sont venus me virer. Peut-être même m'arrêter. À cette idée, je suis paralysée par la peur. Par la honte et un sentiment de trahison. Par la certitude d'être dedans jusqu'au cou.

Je regarde John fixement. Il me retourne mon regard avec les yeux froids du flic. Connard, me dis-je. Connard.

— Nous aimerions vous parler, commence Auggie.

Je me lève, mon inquiétude se transformant en une panique incontrôlable. Je répète :

— Que se passe-t-il ?

— Chef Burkholder, dit Auggie après s'être éclairci la gorge, je vous annonce que nous mettons fin à votre contrat avec la ville de Painters Mill. Cette décision, fondée sur des raisons légitimes, prend effet immédiatement.

J'ai l'impression d'avoir reçu une décharge électrique. Je le dévisage, sans voix, la tête vide. Je réussis cependant à demander :

— Pour quels motifs ?

Trépignant d'impatience, Janine prend la parole.

— Nous avons reçu une plainte concernant votre façon de mener l'enquête sur ces meurtres.

— Une plainte ? De la part de qui ?

En réalité, je sais déjà.

— Désigner les plaignants n'est pas ce qui compte pour le moment.

— Putain, bien sûr que si ! m'écrié-je en fixant Tomasetti.

Il soutient mon regard d'un visage neutre. Était-il au courant et me l'aurait-il caché ? Je reporte mon attention sur le maire.

— Vous feriez mieux de m'expliquer.

— Nous avons tenu une session privée, ce matin, dit Auggie.
— Qui ça, nous ?
D'un geste, il désigne le groupe derrière lui.
— Nous tous. C'est ce qui a été décidé.
Derrière John, j'aperçois Glock, et le poignard s'enfonce un peu plus dans mon cœur. Est-ce qu'il savait ?
Janine Fourman prend le ton d'une mère sermonnant un enfant rebelle pour ajouter :
— Ça n'a rien de personnel, Kate. Nous agissons dans le meilleur intérêt de Painters Mill.
Auggie sort une feuille de papier qu'il me tend.
— Vous êtes relevée de vos fonctions à juste titre. Le conseil pense que votre manque d'expérience vous a empêchée de mener cette affaire convenablement.
— Mon manque d'expérience ?
Ignorant mon interruption, Auggie poursuit :
— Cette conclusion est fondée sur votre manque de réactivité à contacter les autres services de police, à savoir le FBI, le BCI et le bureau du shérif du comté de Holmes. Dès à présent, le shérif Detrick prendra les fonctions de chef de la police jusqu'à la résolution de l'enquête.
Le soulagement m'envahit. Il n'est pas question d'ossements humains.
— On dirait que vous avez passé la nuit à répéter votre speech, Auggie.
Il a l'audace de rougir.
— Ce n'est pas une critique à votre encontre mais contre votre manque d'expérience et la complexité de cette affaire.

— Je fais tout ce qui est humainement possible pour la résoudre, dis-je en maudissant le désespoir qui perce dans ma voix. Nous travaillons quasiment vingt-quatre heures sur vingt-quatre.

La bouche de Janine s'étire en une grimace, la première démonstration d'un autre sentiment que la satisfaction dédaigneuse.

— Nous savons que vous travaillez très dur. Nous savons que vous vous sentez impliquée. Ce n'est pas la question. Simplement, nous n'avons pas l'impression que vous ayez l'expérience nécessaire pour travailler sur une affaire de cette ampleur.

— Ne faites pas ça, dis-je à Auggie.

— La décision est prise, réplique-t-il en détournant les yeux.

Je regarde chacun des visages, mais c'est comme se trouver devant un mur. Tout ça, je le sais, est politique, mais ce n'en est pas moins douloureux pour autant. J'ai un enjeu personnel dans cette affaire. Je veux aller au bout.

— Vous commettez une erreur.

Auggie fait un signe de tête à Glock.

— Agent Maddox, pourriez-vous récupérer le badge et l'arme de service du chef. Kate, vous pouvez prendre quelques minutes pour rassembler vos affaires. J'ai bien peur que vous ne deviez laisser l'Explorer, c'est un véhicule de fonction appartenant à la ville. L'agent Maddox vous ramènera chez vous.

Glock lui décoche le regard le plus noir que j'aie jamais vu et reste immobile à la porte.

Je baisse les yeux sur mon bureau. L'écran de mon ordinateur affiche toujours le site du comté de Holmes. Je ne peux pas m'imaginer tout ranger et partir. Ce boulot, c'est ma vie, et cette affaire est devenue mon obsession.

Secouant la tête, Auggie quitte mon bureau. Janine me lance un sourire carnassier et lui emboîte le pas. Je jette un œil dans le couloir, Tomasetti est parti. Je me sens abandonnée et trahie par chacun d'entre eux.

— Tu vas surveiller que je ne vole pas des trombones avant de partir? dis-je en échangeant un long regard avec Glock.

— Ces enfoirés m'ont pris au piège, chef.

La loyauté qui teinte ses paroles devrait me réconforter, mais non. Je m'écroule sur ma chaise. Glock s'assoit en face de moi.

— Salopard de Johnston, lâche-t-il.

— Tomasetti est dans le coup? dis-je en me frottant les yeux.

— Je ne sais pas.

Je contemple les papiers étalés sur mon bureau. Mes notes, mes hypothèses, mes rapports sur l'affaire. Le dossier sur les meurtres du Boucher. Les photos des scènes de crime. Les messages de dizaines d'appels à retourner. Comment pourrais-je m'en aller alors qu'il reste tant à faire?

— Chef, s'il n'y avait pas ce bébé qui arrive, je serais parti avec vous, dit Glock. Foutue assurance santé.

Je n'arrive pas à m'imaginer ne plus jamais m'asseoir derrière ce bureau. Dans un petit coin de ma tête, je me dis que si je passe cette porte, je tracerai ma route et ne reviendrai jamais. Mais je sais pertinemment qu'on ne peut pas fuir son passé.

— Bon, je crois que je dois ranger mes affaires.

En face de moi, Glock a un air affreusement malheureux.

Je presse l'interphone et appelle Mona.
— Tu pourrais m'apporter un carton ?
À l'autre bout de la ligne, silence prudent.
— Pourquoi ?
— Fais-le, Mona, c'est tout. D'accord ?
Je raccroche. Un instant après, elle apparaît sur le seuil, un carton de ramettes d'imprimante vide à la main. Elle nous regarde tour à tour Glock et moi.
— Chef ? Est-ce qu'ils...
Elle laisse sa question en suspens.
— Oui, dis-je.
— Ils ne peuvent pas faire ça ! réplique-t-elle. N'est-ce pas ?
— C'est inscrit dans mon contrat.
— Mais vous êtes le meilleur chef de la police que cette ville ait jamais eu !
— C'est politique, grogne Glock.

En aveugle, je commence à jeter des objets dans le carton. Des photos encadrées. Un presse-papiers en cuivre que Mona m'a offert à Noël. Mon diplôme et mes certificats accrochés au mur. Ce que je désire emporter plus que tout, c'est ma foutue affaire, mais je sais que je ne passerai pas la porte avec.

Pendant plusieurs minutes, Glock et Mona me regardent empaqueter. Le standard sonne et Mona secoue la tête.
— Je n'arrive pas à y croire, soupire-t-elle avant de se précipiter vers l'accueil pour prendre l'appel.

L'humiliation est complète à l'entrée de Detrick.
— Je suis désolé que les choses se passent ainsi, me dit-il.

Je voudrais évacuer un peu de la colère qui bout au fond de moi. J'ai envie de l'insulter, de le traiter de lèche-bottes, d'opportuniste, de voleur d'affaire, de sale fils de pute. Mais je me contente de jeter une bougie parfumée dans le carton, sourcils froncés.

—Vous avez appelé les fédéraux?

—Ils seront là demain.

Je hoche la tête, me demandant si John le savait et n'a pas pris la peine de me tenir informée.

—Bonne chance avec cette affaire.

Detrick ne répond pas.

J'attrape le carton et sors du bureau.

28

Tandis que je passe la porte de chez moi, le carton contenant mes affaires dans les bras, je me sens comme un animal blessé rentré dans son terrier pour lécher ses blessures fatales. Autour de moi, la maison est froide et silencieuse, et me rappelle à quel point ma vie est vide sans mon travail. Les conséquences de mon renvoi commencent à me tomber dessus.

Quand j'ai eu dix-huit ans, j'ai annoncé que je n'adhérerais pas à l'Église, et l'évêque amish m'a bannie. Ma famille ne devait plus prendre ses repas avec moi. Le but recherché n'était pas de me blesser, mais de me voir reprendre mes esprits et accepter de suivre le chemin que Dieu avait tracé pour moi. Je me sentais seule et exclue. Pourtant, en dépit de la souffrance, rien de tout ça n'a suffi à me faire changer d'avis. Je suis partie.

Aujourd'hui, je me sens à nouveau abandonnée, trahie. Je devrais m'inquiéter de détails plus pragmatiques, comme la perte de mon salaire et de ma sécurité sociale. Je devrais me soucier du fait que ma carrière en a pris un sacré coup et qu'il n'y a aucune opportunité d'emploi à quatre-vingts kilomètres à la ronde. Je vais être forcée de vendre la maison et de déménager. Toutes ces inquiétudes sont minimisées par mon obsession croissante pour cette affaire.

Je pose le carton sur la table de la cuisine. Sur le dessus, je repère mon calepin et réfrène mon envie de l'ouvrir. Je veux continuer à travailler la piste du déménagement, mais ça va être difficile sans ressources à ma disposition.

Mes pensées sont interrompues par un grattement à la fenêtre au-dessus de l'évier. Le chat orange m'observe depuis le rebord. J'essaye de ne pas penser aux similitudes entre cet animal errant dont personne ne veut et moi-même tandis que je vais lui ouvrir la porte. Il s'engouffre dans la cuisine, suivi par une bourrasque de vent froid et un tourbillon de flocons de neige. Je lui passe un bol de lait au micro-ondes.

— Je sais, dis-je en posant le récipient par terre. On est foutus.

J'envisage de me servir mon premier verre de la journée, mais me mettre la tête à l'envers avant midi ne fera qu'empirer les choses. Je décide plutôt de gagner ma chambre où je troque mon uniforme contre un jean et un sweat-shirt avant d'attraper mon ordinateur portable dans le placard. Je m'installe à la table de la cuisine, l'allume et retourne sur le site du comté de Holmes. C'est un travail fastidieux qui ne m'apportera sans doute rien de plus qu'une migraine ophtalmique et un torticolis mais, au moins, ça m'occupera. Je refuse de rester assise à m'apitoyer sur mon sort ou, pire, de plonger dans la spirale de l'autodestruction.

À midi, la frustration me fait bouillir de rage. Lorsque le silence oppressant qui règne dans la maison me devient insupportable, j'allume la télévision sur une quelconque émission de l'après-midi et retourne à mon ordinateur. À 13 heures, je me sers une double dose de vodka et la bois comme une limonade un jour de canicule.

J'appelle Skid mais tombe sur le répondeur. Je l'avais assigné à l'élaboration d'une liste sur les propriétaires de motoneiges dans le périmètre des deux comtés. Je me demande s'il a eu vent de mon renvoi et décidé qu'il ne devait pas prendre mes appels. Je suis sur le point de téléphoner chez lui quand Pickles appelle.

— J'arrive pas à croire ce que ces gratte-papier ont fait, dit-il sans préambule.

— Comment ça se passe ?

— Detrick prend ses quartiers dans votre bureau. Mona dit que s'il ramène ses têtes d'animaux empaillées pour les accrocher aux murs, elle démissionne.

— Le FBI est là ?

— Un agent spécial a débarqué y a quelques minutes. Une espèce de trouduc avec la tête pleine d'eau, un diplôme en léchage de cul et autant de bon sens qu'un beagle. Detrick est pas loin de lui tailler une pipe.

En dépit de mon humeur noire, cette remarque m'arrache un grand rire.

— Je suis content de voir que quelqu'un trouve ça drôle, grommelle Pickles.

— Je suis contente de voir que je te manque.

— Le service ne sera pas le même sans vous, Kate. Vous allez vous battre ?

— Je n'en sais rien. Sans doute pas.

Je pense à Tomasetti mais ne pose aucune question à son sujet. Je ne peux pas m'empêcher de me demander s'il est mêlé à cette histoire.

— Comment s'en sort Glock ?

— Ça lui plaît pas, mais il tient le coup. Sûr que si sa femme était pas sur le point de pondre un mioche, il aurait dit à ces cols blancs d'aller se faire foutre.

— Et toi ?

— Je pense qu'après ça je prendrai ma retraite pour de bon. Y a rien que je déteste plus que répondre à une bande de guignols en costard.

— Je peux te demander un service ? dis-je après avoir marqué une pause.

— Pour sûr que vous pouvez.

— Va voir sur le bureau de Skid si tu trouves une liste des immatriculations de motoneiges dans la région. Si oui, tu pourrais me la faxer ?

— Pas de problème.

C'est réconfortant de savoir que j'ai un allié au sein du service. Dans un coin de ma tête, je me demande si Mona accepterait de photocopier le dossier pour moi.

— Qu'est-ce qu'il se passe d'autre ?

— Glock envoie tout le monde réinterroger les gens. L'idée est bonne, mais ça donnera que dalle, chef.

Je veux le reprendre et lui rappeler que je ne suis plus chef, mais ça fait un bien fou de l'entendre m'appeler comme ça à cet instant.

— Merci, Pickles.

— Pas de quoi.

Je raccroche et retourne à mon ordinateur. À ma grande surprise, un employé du comté de Coshocton m'a transmis la liste des gens ayant vendu leur propriété entre 1993 et 1995. Il y a dix-sept noms. Je voudrais les passer en totalité dans OHLEG ; j'ignore si mon compte d'utilisateur de la base est toujours activé. Par curiosité, je vais sur le site, entre mon nom et mon mot de passe et retiens mon souffle. Je pousse un soupir de soulagement lorsque apparaît à l'écran la page d'accueil d'OHLEG. Je vais directement dans le module de recherche et entre les dix-sept noms. Je répète l'opération dans la base de données SORN, le serveur recensant les crimes sexuels en Ohio. Les chances d'obtenir quoi que ce soit sont minces, mais on ne sait jamais.

Sachant que l'attente va être longue, je retourne sur le site du comté de Holmes et entreprends de rechercher les personnes ayant opéré des transactions immobilières entre 1993 et 1995. C'est probablement une perte de temps. Même si mes soupçons s'avèrent et que le meurtrier a changé de secteur, il peut très bien avoir loué un appartement. Il peut être propriétaire dans un autre comté. Ou son bien enregistré au nom d'un membre de sa famille. Les variables sont infinies. Sans parler d'un léger problème : je ne suis plus flic. Même si je trouve un lien, une piste, je vais avoir du mal à l'exploiter.

Je recherche dans le site Internet et en ressors quatre noms. Un coup frappé à la porte me fait sursauter. Je traverse le salon et colle mon œil au judas : John Tomasetti est là, le col remonté pour lutter contre le froid. Des flocons de neige fondue parsèment ses épaules. L'expression de son visage est grave. Prenant une profonde inspiration, j'ouvre la porte.

Il me détaille de la tête aux pieds.

— J'allais vous demander comment vous alliez, mais j'ai ma réponse, dit-il avec un geste du menton en direction du verre que je tiens à la main.

— C'est à vous que je dois tout ça ?

— Je ne suis pas hypocrite à ce point, répond-il.

— Ce n'est qu'une coïncidence, alors, qu'ils aient décidé de me virer maintenant ?

— Exactement.

— J'ai une info pour vous, agent Tomasetti. Je ne vous crois pas.

Les sourcils froncés, il se balance d'un pied sur l'autre.

— Je peux entrer ? demande-t-il.

— Si vous étiez malin, vous partiriez d'ici tout de suite.

— On ne m'a jamais accusé d'être très malin.

Je lui décoche un regard plein de mépris.

— Écoutez, je ne suis pas votre ennemi.

— Vous m'avez planté un couteau dans le dos.

— Une plainte a été déposée contre vous. Compte tenu de la scène qui a eu lieu dans votre bureau hier, je dirais que Johnston n'y est pas étranger.

Il a raison. Glock m'a dit la même chose. Mais ça n'apaise en rien ma colère. Je n'ai pas envie de me montrer raisonnable et je ne sais pas à qui faire confiance.

— Si j'avais révélé votre petit secret au conseil municipal, dit John, vous pouvez être sûre qu'en ce moment vous seriez dans une salle d'interrogatoire entourée d'une bande de flicards qui vous poseraient des questions dégueulasses sur la disparition d'un Amish.

— Pourquoi êtes-vous là ? dis-je en reculant d'un pas pour ouvrir la porte.

Il entre dans le vestibule et referme derrière lui.

— Je voulais m'assurer que vous alliez bien.

Je baisse les yeux sur mon verre. Il est vide. Je voudrais m'en servir un autre, mais je ne veux pas qu'il sache que mon moral est tombé si bas.

—Vous auriez pu téléphoner.

—Je suis désolé pour votre job.

—Faites-moi plaisir, arrêtez votre baratin, d'accord ?

Il hoche la tête et retire son manteau. Il s'attend à ce que je l'en débarrasse, pourtant je ne bouge pas. Il le porte jusqu'au canapé où il le pose sur l'accoudoir.

—Vous pouvez contester votre licenciement, vous savez. Il existe une procédure d'appel.

—Ça ne servirait à rien.

Il se dirige vers la cuisine et je me rends compte qu'il a repéré mon ordinateur et mes notes. Je le suis, regrettant de ne pas avoir tout rangé avant de le laisser entrer. Je n'ai pas envie qu'il sache que je travaille encore sur l'affaire.

Il contemple la scène en fronçant les sourcils.

—Vous n'êtes pas un de ces flics obsessionnels qui ne sait pas lâcher prise, quand même ?

—J'aime finir ce que j'ai commencé, c'est tout.

—Et moi je suis un homme de quarante ans parfaitement équilibré, rétorque-t-il en secouant la tête.

Tomasetti s'approche du placard et en sort un verre.

—Faites comme chez vous, je vous en prie.

Soutenant mon regard, il s'approche de moi, envahissant mon espace, et me prends mon verre de la main. D'abord, je me dis qu'il veut me le retirer, mais il pose les deux verres sur la table. Je le regarde, fascinée, les remplir de vodka puis me tendre le mien.

—Alors, ça va ou pas ?

—Je me sentirais mieux si vous me teniez au courant.

—J'ai tendance à enfreindre les règles, de toute façon.

— Personne ne doit savoir.

— La vérité finit toujours par éclater, tôt ou tard, fait-il en levant son verre. Croyez-moi, j'en sais quelque chose.

Je trinque avec lui et vide mon verre. La vodka me brûle la gorge jusqu'à l'estomac et ma tête se met à tourner davantage. Je regarde Tomasetti avec attention, et une étrange attirance me fait frissonner. Je ne sais pas si c'est parce qu'il est mon meilleur lien avec l'affaire ou si c'est pour une autre raison beaucoup trop compliquée.

Ce n'est pas un homme séduisant. Pas d'une manière classique, en tout cas. Chaque trait de son visage pris à part est banal; pourtant, mis ensemble, ils ne donnent plus rien d'ordinaire et dégagent un charme aussi dangereux qu'original. Il est fait de parts d'ombre, de contours acérés et de secrets aussi tabous que les miens.

— J'ai entré le MO dans VICAP, dit-il. Ça n'a rien donné de concluant.

— Récemment encore, VICAP n'était pas beaucoup utilisé, en particulier par les petites villes.

— Je sais.

— Vous pourriez peut-être élargir les critères de recherche. J'aimerais voir ce qu'il en sort.

— Et moi qui croyais que vous m'aviez laissé entrer parce que vous m'aimiez bien.

— Maintenant, vous savez que j'avais une idée derrière la tête.

Il lâche un rire profond, musical, et je me rends compte que c'est la première fois que je l'entends rire.

—Heureusement que mon ego masculin n'est pas trop développé.

—Vous le ferez ?

—Nous pourrions sans doute arriver à quelque chose ensemble.

—Ce genre de réponse pourrait être interprété comme du harcèlement sexuel.

—Ça pourrait, mais vous ne faites plus partie de la maison.

Mon cœur s'emballe, j'ai la tête qui tourne. Je voudrais mettre ça sur le compte de la vodka, mais je suis obligée d'admettre que c'est plutôt cet homme qui me fait cet effet-là.

Il finit son verre et s'approche de moi. Son regard est le plus déroutant que j'aie jamais vu. Lorsque mon dos bute contre le plan de travail, je comprends soudain que j'ai reculé. Un sentiment d'anticipation, à la fois mental et physique, m'envahit. J'arrête mon analyse quand il s'approche à quelques centimètres de moi. Il pose ses deux mains sur le comptoir, de chaque côté de mon corps, m'enfermant dans ses bras.

—Qu'est-ce que vous faites ? réussis-je à dire.

—Je fous tout en l'air, sans doute.

—Vous êtes doué pour ça, pas vrai ?

—Vous n'imaginez pas à quel point.

Il incline la tête et se penche un peu plus vers moi avant de poser sa bouche contre la mienne. L'étonnement et le plaisir vibrent en moi à ce contact. Ses lèvres sont chaudes et fermes. Je sens son souffle s'accélérer contre mon cou. Le baiser manque peut-être de fougue, mais son impact me donne l'impression d'avoir reçu une décharge de balles.

Je n'ai aucun souvenir de m'être pressée contre lui, pourtant mes bras sont soudain autour de ses épaules. La tension fait rouler les muscles de son dos sous mes mains. Il accentue son baiser, sa langue caressant mes lèvres pour les entrouvrir. Je le laisse entrer et me délecte de son goût. Je sens les effluves de musc boisé de son après-rasage. Je prends conscience du désir qui monte et virevolte en moi, et du sien aussi.

Je ne suis pas une femme entièrement novice. Lorsque je vivais à Columbus, j'ai eu deux ou trois relations sans intérêt et une liaison plus sérieuse qui s'est mal terminée. Mais c'était il y a longtemps et je suis un peu rouillée. Il n'a pas l'air de le remarquer.

J'ouvre les yeux. Il est en train de me contempler, et son regard exprime un mélange de surprise et de perplexité. Ses paumes calleuses enserrent mon visage. Nous respirons bruyamment, comme à l'arrivée d'un marathon.

Il fait courir un doigt le long de ma joue, une caresse si tendre que j'en frissonne.

— Ce n'était pas prévu, dit-il.
— Mais c'était bien.
— C'était mieux que bien.

Me redressant, je retire ses mains de mon visage sans pouvoir détacher mes yeux des siens. Mes lèvres frémissent encore de son baiser.

Un coup frappé à la porte met un terme à ce moment. Tomasetti recule précipitamment.

— Vous attendez de la visite ?
— Non.

Je quitte la cuisine et traverse le salon pour regarder par le judas. Avec surprise, je découvre Glock sous le porche, son chapeau enfoncé sur les yeux pour combattre le vent. Ma première pensée est qu'ils ont trouvé un nouveau cadavre. J'ouvre la porte.

— Que s'est-il passé ? dis-je en l'invitant à entrer.

— Chef, commence Glock avant de s'arrêter, les yeux écarquillés à la vue de Tomasetti. Detrick vient d'arrêter un suspect.

— Quoi ? Qui ça ?

— Jonas Hershberger.

L'incrédulité me submerge. Je connais Jonas. Je suis allée à l'école avec lui. Jusqu'en troisième en tout cas, quand les Amish quittent l'école. Il habite une ferme délabrée où il élève des porcs à quelques kilomètres de l'endroit où a été retrouvé le corps d'Amanda Horner.

— C'est une des personnes les plus gentilles que j'aie rencontrées, dis-je.

— Nous avons des preuves, chef.

— Quelles preuves ? intervient Tomasetti.

— Du sang. À la ferme de Hershberger.

— Comment se fait-il qu'on l'ait arrêté ?

— Nous patrouillions. Detrick a repéré une trace suspecte. Il l'a testée, c'était du sang. Il a demandé l'autorisation de fouiller et Jonas a accepté, explique Glock en haussant les épaules. L'un des adjoints de Detrick a trouvé un habit qui pourrait avoir appartenu à l'une des victimes. Detrick a fait boucler le périmètre et ils recherchent d'autres indices. Un technicien du BCI est là-bas en ce moment. Detrick et l'agent du FBI ont mis Hershberger en salle d'interrogatoire. On dirait que c'est notre homme.

John me lance un regard.

—Il faut que j'aille là-bas.

Je meurs d'envie de l'accompagner. Ce besoin est une douleur incommensurable. Tomasetti enfile son manteau.

—Bordel de merde, dis-je dans un murmure.

Il s'approche de moi et pose une main sur mon épaule.

—Je vous appelle dès que j'en sais plus.

Trop bouleversée pour parler, je me contente de hocher la tête.

Glock a déjà passé la porte. Me jetant un dernier regard par-dessus son épaule, Tomasetti lui emboîte le pas. Je le suis jusque sous le porche. À peine consciente du froid, je les regarde monter dans leur voiture et démarrer.

29

Certaines soirées sont plus noires, plus froides et plus longues que d'autres. Ce soir est un de ces soirs. Il n'est que 20 heures mais j'ai l'impression qu'il est minuit. J'ai la gueule de bois et suis bouleversée. Après le départ de Glock et de Tomasetti, j'ai bu un autre verre. Il a été suivi par une bonne vieille crise de larmes. Boire et pleurer jusqu'à épuisement ne me ressemble pas. Normalement, je suis plus réactive. Pourtant, je suis là à faire les cent pas dans ma maison, à chialer comme une ado, à faire ce que je m'étais juré de ne jamais faire : m'apitoyer sur moi-même.

Je devrais être soulagée qu'un suspect ait été arrêté, transportée de joie à l'idée que d'autres femmes ne mourront pas. Ma carrière est peut-être aux oubliettes, mais il y a des choses plus graves dans la vie. Alors pourquoi ce sentiment de malaise ?

Ce n'est qu'une fois au volant de ma Mustang, en route pour la ferme de Hershberger, que j'identifie la raison de mon trouble : Jonas n'est pas un suspect crédible.

Je me suis toujours efforcée d'empêcher mes préjugés et mes idées préconçues d'interférer dans mon travail. Je sais, et peut-être mieux que personne, que les Amish ne sont pas parfaits. Ils sont humains. Ils commettent des erreurs. Ils enfreignent les règles et les traditions. Parfois, ils enfreignent même la loi. Certains se sont écartés des valeurs traditionnelles des Amish, allant jusqu'à conduire des voitures ou utiliser l'électricité. Mais pas Jonas. Je sais qu'il ne conduit pas. Aucun véhicule motorisé. Il n'utilise même pas de tracteur pour sa ferme. Il est tout simplement impossible qu'il ait conduit cette motoneige.

Sans parler du fait qu'il ne colle absolument pas au profil du meurtrier. J'ai connu Jonas une grande partie de ma vie, il n'y a pas une once de méchanceté en lui. Lorsque j'étais enfant, *mamm* et *datt* achetaient des porcs à la famille Hershberger. Un jour, pendant que *datt* et son père discutaient, Jonas m'a emmenée dans la grange pour me montrer les chatons qui venaient de naître. La maman, une belle petite chatte tachetée, avait déjà mis bas quatre chatons. Jonas était tellement absorbé par les nouveau-nés qu'il n'avait pas remarqué que la chatte était souffrante. Couchée sur le flanc, elle haletait, sa petite langue rose sortie. Nous ne savions pas comment l'aider, alors Jonas a couru trouver son père en le suppliant d'emmener l'animal chez le vétérinaire english. Je savais qu'il n'y avait aucune chance que son père accepte. Jonas a pleuré comme un bébé. J'étais gênée pour lui et bouleversée à l'idée que cette chatte qui souffrait allait probablement mourir avec ses chatons. J'ai appris plus tard qu'après la mort de la mère, Jonas avait nourri au biberon les quatre chatons. Ils avaient survécu.

Un si petit événement au regard de toute une vie. Je sais que les gens changent. Que la vie peut faire des dégâts, que le temps a une manière bien à lui de transformer les innocents en cyniques, les doux en amers et les tendres en cruels. Mais la plupart des tueurs en série sont des sociopathes dès la naissance. Enfants, bon nombre entament leur chemin vers le mal avec les animaux. Peu deviennent des criminels sur le tard.

Je n'ai pas parlé à Jonas depuis des années. Il paraît qu'il a changé. J'ai entendu les rumeurs. Après le décès de sa femme, il y a cinq ans, il est devenu plutôt excentrique. Il vit en ermite et son penchant à entretenir des conversations avec des gens qui ne sont pas là, dont sa femme décédée, est connu de tous. Sa ferme tombe en ruine. Il ne s'occupe pas bien de son fumier et l'odeur est pestilentielle. Il est renfermé et plus personne ne semble bien savoir ce qu'il fabrique. Ce qui n'empêche pas les gens de ragoter.

J'aimerais parler à Jonas, mais Detrick ne m'y autorisera pas. J'opte donc pour la seconde solution et roule jusqu'à la ferme de son frère. La maison de James Hershberger est presque aussi décrépite que celle de Jonas. Tandis que je me gare dans l'allée, je prie pour ne croiser aucun représentant des forces de l'ordre. Inutile que quelqu'un apprenne que je mène toujours mon enquête. Un buggy est garé à l'arrière de la maison. Un hongre percheron attend tranquillement, les jambes arrière repliées, sa robe recouverte de neige. Je me gare derrière la carriole et me dirige vers l'entrée.

La porte s'ouvre avant même que je ne frappe. James Hershberger se tient sur le seuil, affichant une expression signifiant clairement que je ne suis pas la bienvenue.

—Je viens d'apprendre pour Jonas, dis-je en allemand pennsylvanien.

—Je ne souhaite pas discuter avec toi, Katie.

Je lui explique rapidement que j'ai été renvoyée.

Il semble surpris mais n'ouvre pas la porte pour autant.

— Je ne comprends pas pourquoi la police english a arrêté mon frère pour ces actes terribles.

— Est-ce qu'il a un alibi ?

L'homme secoue la tête.

— Jonas est un solitaire. J'essaye d'être un bon frère, mais je ne le vois pas souvent. Il mène une vie simple. Il reste chez lui sans sortir pendant plusieurs jours d'affilée.

— Est-ce que tu sais quel genre de preuve détient la police ?

— Ils auraient trouvé du sang sur le porche, répond James en caressant son épaisse barbe. Katie, mon frère est boucher. Il y a souvent du sang. Mais il n'appartient à aucune des femmes.

— Es-tu allé le voir ?

— La police ne m'y autorisera pas, dit-il en plongeant ses mains dans les poches. Il n'a pas commis ces meurtres. Je parierais ma vie là-dessus.

— Je sais que Jonas a perdu sa femme, il y a quelques années. S'est-il remis de sa mort ? Est-ce qu'il a changé ?

— Il a été profondément affligé, mais il n'est ni amer ni en colère. Ce deuil n'a fait que le rapprocher de Dieu.

— Est-ce qu'il conduit un véhicule ?

— Jamais ! Il s'occupe encore de la ferme avec des chevaux.

Il me lance un regard implorant.

— Katie, il ne ferait rien contre la volonté de Dieu. Ce n'est pas dans sa nature.

Une nouvelle fois, je pense aux chatons. Délicatement, je presse le bras de James.

—Je sais, dis-je avant de regagner ma voiture.

Je n'ai pas envie de rentrer chez moi, mais je n'ai nulle part où aller. J'envisage de rouler jusqu'à la ferme de Jonas, mais si la police examine encore les lieux, ils ne me laisseront pas pénétrer sur la propriété. Je me demande ce que les examens du sang vont révéler. Est-il possible que le petit garçon timide que j'ai autrefois connu soit devenu un monstre en l'espace de vingt ans ?

La Tahoe de John Tomasetti est garée devant chez moi et une pointe d'anticipation me parcourt. J'ai beau m'en défendre, j'ai hâte de le voir. Je voudrais croire que c'est à cause de l'affaire. Je ne m'autorise pas à analyser mes sentiments plus en profondeur.

Nous nous retrouvons sous le porche.

—Qu'est-ce que Detrick a contre Hershberger ? dis-je tout en ouvrant la porte.

—J'ai envoyé le sang au labo.

De la neige parsème ses cheveux et ses épaules. Il m'observe de son regard si intense et je me rends compte que j'aime être l'objet de son attention.

—C'est du sang humain, reprend-il.

Voilà qui détruit tout espoir de voir Jonas rapidement disculpé. Je suspends le manteau de John dans le placard.

—Quel groupe ?

—O négatif. Hershberger est A positif, répond-il. Brenda Johnston était O négatif. Le test ADN nous dira s'il s'agit de son sang.

— Quand pensez-vous avoir les résultats ?
— Dans cinq jours. Sept peut-être.

Rien de tout ça n'est une bonne nouvelle pour Jonas. Je sens la présence de John derrière moi tandis que je me dirige vers la cuisine. J'allume la lumière puis remplis une bouilloire que je pose sur le feu de la gazinière avant de demander :

— Vous pensez que c'est lui ?
— Si le sang appartient à l'une des victimes, il est foutu.
— Je connais Jonas depuis qu'on est enfants, dis-je en me tournant vers Tomasetti. Ce n'est pas un homme violent.
— Les gens changent, Kate.
— Vous l'avez interrogé ?

Il acquiesce.

— Et alors ?
— Je crois qu'il lui manque une case, répond-il en faisant tourner un doigt autour de sa tempe.
— Ce n'est pas parce qu'il a des problèmes émotionnels que c'est un assassin.
— Ça n'en fait pas non plus un innocent.
— Et son alibi ?
— Il quitte rarement sa ferme.
— Parlez-moi des preuves.
— En plus du sang, l'expert du BCI a trouvé une chaussure. On pense qu'elle appartenait à l'une des victimes. On a aussi découvert du fil de fer ensanglanté. Ainsi qu'un couteau qui correspond aux spécificités de l'arme du crime.

Je suis sous le choc.

— Vous ne trouvez pas que c'est un peu trop facile ? Réfléchissez-y. Le tueur n'a jamais laissé un seul indice derrière lui et, brusquement, tout cela serait bien en évidence dans sa propriété ?

— Kate.

La surprise me saisit lorsqu'il enroule ses doigts autour de mes bras.

— Arrêtez, dit-il. C'est fini. Nous l'avons attrapé.

— Jonas n'a pas fait ça, dis-je en croisant son regard.

— Parce qu'il est amish ?

— Pour l'amour de Dieu, John ! Il ne conduit pas. Il ne pouvait pas être au volant de cette motoneige !

— C'est ce qu'il dit.

— Il ne colle pas au profil.

— Le profilage n'est pas une science exacte.

Je pousse un soupir, regrettant de ne pas pouvoir me satisfaire de ces réponses comme tout le monde semble le faire.

— Vous avez lancé une recherche sur le MO modifié dans VICAP ?

Il grogne d'exaspération.

— On ne vous a jamais dit que vous aviez du mal à lâcher prise ?

— Je veux voir les rapports.

— Écoutez, j'ai dit à l'analyste de ne pas se presser puisque nous avions un suspect.

— John, je vous en prie.

Il soupire.

— Vous perdez votre temps, mais je l'appellerai pour lui demander de vous envoyer les résultats par mail.

— Merci, dis-je en me mettant sur la pointe des pieds pour lui planter un baiser sur la joue.

— Ils veulent que je rentre à Columbus, Kate. Je suis venu vous dire au revoir.

Ça ne devrait pas me surprendre, et pourtant...
— Quand partez-vous ?
— J'ai déjà fait mes bagages. Je comptais prendre la route ce soir.

Ces deux derniers jours, John est devenu un allié précieux. Il s'est révélé être une source efficace d'information et de soutien. Je prends conscience qu'il est aussi devenu un ami.

— Je suis contente que vous soyez passé, dis-je.

Un coin de sa bouche se relève dans un demi-sourire.

— Vous vouliez juste me soutirer des informations sur l'affaire.

— C'est vrai, aussi.

J'aime son sens de l'humour. Je me demande comment ce serait, s'il faisait partie de ma vie.

— Je me suis habituée à vous avoir dans les parages, c'est tout, dis-je.

— La plupart des gens cherchent à se débarrasser de moi.

J'éclate de rire mais je me sens tout à coup mal à l'aise. Je ne suis pas très douée pour les scènes d'adieu. Je n'arrive pas à croiser son regard. Je me détourne ; il me rattrape et m'arrête.

— Nous avons laissé quelque chose en suspens, tout à l'heure.

— Vous voulez parler du baiser ?

— Pour commencer.

Il se penche vers moi jusqu'à ce que son corps soit collé au mien. Mon cœur bat comme un métronome qui aurait perdu le compte. Pour la première fois depuis des jours, mon esprit n'est pas envahi par l'affaire et toute mon attention est tournée vers John. Baissant la tête, il effleure ma bouche de la sienne. Son baiser est doux mais dénué de toute timidité. Il s'écarte légèrement de moi.

—Je me demandais ce qu'il se serait passé si nous n'avions pas été interrompus.

—Je me serais sûrement dégonflée.

—Ou j'aurais dit quelque chose de déplacé qui t'aurait mise en colère.

—Peut-être qu'on manque juste de pratique.

—Tu crois qu'on devrait se contenter de revoir les bases ?

—Si on arrive à se concentrer suffisamment, on peut faire une tentative. Voir ce qu'il se passe.

Nous échangeons un sourire bêta. John est aussi maladroit que moi. Aucun de nous n'est visiblement très doué pour ces moments-là.

—Tu veux un verre ? demande-t-il.

—Ça aidera, pour les papillons dans mon ventre ?

—Ça aide pour un tas de choses.

Il va chercher la bouteille de vodka. J'éteins le gaz sous la bouilloire, prends des verres et les pose sur le plan de travail.

Un grattement à la fenêtre attire mon attention. Le chat orange, le museau couvert de gel, me regarde de dehors.

—La nuit est bien trop froide pour ce petit bonhomme, dit John.

Il va à la porte et l'ouvre. Le chat déboule à l'intérieur, crache en regardant John et s'enfuit dans le salon.

—Il te dit bonjour, dis-je.

— J'ai la cote avec les chats errants, plaisante-t-il en versant l'alcool dans les verres avant de lever le sien. Trinquons à la fin d'une longue et difficile affaire.

Je cogne mon verre contre le sien en m'efforçant de ne pas me demander si l'affaire est vraiment bouclée. Nous buvons notre vodka sans nous quitter du regard. Je sais ce qui va se passer ensuite. Je n'arrive pas à me rappeler la dernière fois où j'ai ressenti ça, ni à croire que je vais céder à l'impulsion imprudente qui bout dans mes veines.

Il prend mon verre et le pose sur le comptoir. Sans savoir comment, je me retrouve dans ses bras.

— Qu'est-ce que tu fais ?
— J'essaye de te mettre dans un lit.
— C'est drôle, je pensais à la même chose.

Il m'embrasse, cette fois sans aucune hésitation. Son baiser est celui d'un homme qui sait ce qu'il veut.

— Est-ce que tu te sens prête ? murmure-t-il.

Je comprends qu'il parle du viol.

— À une époque de ma vie, j'aurais fui ce moment, ou alors j'aurais saboté notre début de relation.
— Je pensais que j'avais le monopole du sabotage relationnel.
— Eh bien non.
— C'est un avertissement ? demande-t-il.
— Peut-être. Sûrement.

Il me regarde de ses yeux sombres et intenses.

— Pas de faux-semblants, Kate. Il ne s'agit que de nous. De toi et moi.
— Nous et notre lourd passé.

Avec un rire franc, il me porte dans le couloir et ouvre la première porte.

— Mauvaise pièce.

— Désolé, dit-il en continuant dans le couloir jusqu'à ma chambre.

Il me pose près du lit. Ses yeux sont attirés par la vieille lampe à pétrole sur la table de nuit.

— Ce truc fonctionne ? demande-t-il.

— Elle était à ma *mamm*, dis-je. Les allumettes sont dans le tiroir de la table de nuit.

— Ne t'en va pas, me prévient-il en adoucissant ses paroles d'un sourire.

Mes nerfs sont des fils électriques à présent. Je le regarde retirer le globe de la lampe. Il craque une allumette et une lueur vacillante emplit la pièce. Il revient vers moi et pose ses mains sur mes épaules.

— Ça fait longtemps pour moi, dit-il. Depuis Nancy.

— Deux ans, c'est une longue période de solitude.

— J'avais un tas de démons pour me tenir compagnie.

Je repense à tout ce que j'ai lu ou entendu sur lui et je me demande si tout ce qu'on raconte est vrai. S'il a vraiment pété les plombs après le meurtre de sa femme et de ses enfants. Me dirait-il la vérité si je lui posais la question ? Ai-je d'ailleurs vraiment envie de savoir ?

Il passe ses mains sous mon sweat-shirt et me le retire. Son regard contemple mon corps dénudé. Il joue avec mes cheveux, les ébouriffe, ses doigts s'attardent sur mon visage, puis il décroche l'attache de mon soutien-gorge et le fait glisser sur mes épaules.

Un frisson me parcourt. Quand ses mains s'approchent de la fermeture de mon pantalon, la pudeur me gagne. J'ai besoin de faire quelque chose de mes mains, alors je les tends vers les boutons de sa chemise. Mais mes doigts sont pris de tremblements.

John saisit mes mains dans les siennes et les embrasse.

— Comment peux-tu traquer sans hésitation un fou furieux dans les bois au milieu de la nuit et en même temps trembler là, maintenant, au point d'être incapable de déboutonner une chemise ?

— Si tu continues comme ça, je vais te botter le cul, Tomasetti.

Il sourit.

— Tu as raison.

J'essaye de sourire, mais sens juste mes joues s'empourprer.

— Je ne suis pas très douée, hein ?

— Oh si, tu l'es, répond-il en m'embrassant le front. N'aie pas peur. Ce n'est que moi.

Il déboutonne sa chemise. Son torse est recouvert d'une toison sombre. Il est à la fois musclé et fin comme un coureur de marathon. Mes pensées s'envolent tandis qu'il descend mon jean sur mes hanches puis enlève son propre pantalon.

Son contact est électrique lorsqu'il me touche. Les charges positives et négatives affolent tous les nerfs de mon corps. Lentement, il me couche sur le lit puis vient se mettre sur moi. L'excitation me submerge au rythme des battements de mon cœur. Je me cambre, le désirant, désirant ce moment, désespérément.

Alors que John s'introduit délicatement en moi, j'ai l'impression d'être le centre de l'univers et qu'un dieu bienveillant a béni deux êtres imparfaits dans un moment de perfection pure.

30

Étendu sur le lit, John écoutait le vent fouetter la neige contre la fenêtre. À côté de lui, Kate dormait du sommeil paisible d'un enfant exténué. Le moment était mal choisi pour penser à Nancy, pourtant il ne put s'en empêcher. Longtemps encore après le meurtre, il avait senti sa présence, comme une sorte d'empreinte sur son psychisme. Mais au cours des derniers mois, il l'avait perdue. Il n'arrivait plus à se représenter son visage ou à se rappeler son parfum. Elle était devenue un souvenir.

Il ne savait pas très bien ce que ça signifiait pour lui. Pendant deux ans, sa vie n'avait été que chagrin, souffrance et rage. Pendant deux ans, il n'avait su que s'apitoyer sur son sort et se maudire. Et se punir aussi. Ensuite était venue la soif de vengeance. Pour lui, plus rien ne comptait. Il se foutait de tout. De son job. De ses amis et de sa vie sociale. De lui-même. Puis cette affaire de la dernière chance lui était tombée dessus, et avec elle, Kate. Kate et son regard troublé et son joli sourire, Kate et ses secrets presque aussi noirs que les siens. Sans savoir comment, il avait été ramené sur la terre des vivants. La transition n'était pas facile pour un homme qui se plaisait à boire au goulot de l'autodestruction. Il avait encore un sacré chemin à parcourir, mais c'était un début.

Il aurait dû se douter que la culpabilité le rattraperait. Parce qu'il était en vie et que Nancy et les filles étaient mortes. Parce que la vie continuait sans elles. Parce que lui allait de l'avant. Faire l'amour avec Kate apporterait son lot de complications, aussi. Il ne se sentait pas prêt à commencer une relation avec une femme. Il n'était pas très doué pour rendre les gens heureux. Viendrait forcément un moment où elle attendrait plus. Et il savait qu'il y avait des attentes qu'il ne pourrait ou ne voudrait pas combler.

Se glissant hors du lit, il enfila son jean et quitta la chambre. Il attrapa son manteau et ses clés, et se dirigea vers la Tahoe. Il ne savait pas pourquoi il prenait la fuite. Sans doute parce que être avec quelqu'un demandait sacrément plus de courage que rester seul.

Autour de lui, la nuit était calme. Il n'avait pas fumé depuis six mois mais, à cet instant précis, il avait une envie irrépressible d'une cigarette. Il ouvrit la portière côté passager et extirpa un paquet de Marlboro de la boîte à gants. Il alluma une cigarette et tirait une première et longue bouffée quand la porte d'entrée s'ouvrit.

— Tu comptes fumer tout seul ?

Il pivota et aperçut Kate en pantoufles sous le porche dans une robe de chambre duveteuse. Malgré ses cheveux ébouriffés et sa robe de chambre trop grande, elle était incroyablement sexy.

— Je ne voulais pas empester la maison.
— Je pourrais ouvrir une fenêtre.

Ils rentrèrent et s'assirent à la table de la cuisine, la fenêtre ouverte, en se passant la cigarette jusqu'à ce qu'elle soit consumée.

— J'ai l'impression de t'avoir dépravée.

— Navrée de détruire l'image que tu t'es faite de moi, mais ce n'est pas ma première cigarette.

Il l'observa, appréciant la façon dont ses cheveux lui tombaient sur les yeux et le petit geste qu'elle faisait pour les repousser. Il dut l'admettre : il aimait absolument tout chez elle.

— Alors, qui t'a dépravée ?

Elle esquissa un sourire.

— J'avais une amie. Elle s'appelait Gina Colorosa. Nous sommes allées à l'école de police ensemble.

— Ah, la belle époque de l'école de police, plaisanta-t-il avant de se rendre subitement compte qu'il avait envie de tout savoir d'elle. Comment Gina a-t-elle réussi à corrompre une gentille Amish ?

— Si je te le raconte, tu seras obligé de me passer les menottes.

— Cette Gina me plaît déjà.

À son souvenir, elle sourit avant de se rembrunir.

— Je n'avais plus ma place ici, surtout après que l'évêque m'a bannie. J'étais jeune et je me suis convaincue que ça n'avait pas d'importance. J'étais en colère, arrogante. J'avais économisé assez d'argent pour un ticket de bus, alors, quand j'ai eu dix-huit ans, je suis partie pour Columbus.

— Le changement a dû être difficile.

Un rire ironique sortit de sa gorge.

— Du genre un poisson hors de l'eau. Je n'avais que deux cents dollars en poche. Je portais la robe que ma mère m'avait confectionnée. Je l'avais raccourcie mais…, fit-elle avant de secouer la tête. Tu vois le tableau. Bref, j'étais à sec. Pas de boulot. Pas d'endroit où dormir. Je ne connaissais pas un chat. Je vivais quasiment dans la rue quand j'ai rencontré Gina.

— Comment vous êtes-vous rencontrées ?

— Ça n'a pas été tout de suite le grand amour ! s'esclaffa-t-elle. Il faisait froid. J'avais besoin d'un endroit pour passer la nuit. Sa voiture n'était pas verrouillée.

— Tu as dormi dans sa voiture ?

— Le lendemain matin, elle est montée dedans pour partir au travail et elle m'a trouvée. Je n'ai jamais raconté ça à personne avant.

— Alors quoi, elle a appelé les flics ?

— Elle m'a menacée de le faire. Mais je devais lui paraître bien inoffensive parce que, à la place, elle m'a emmenée chez elle. Elle m'a donné à manger. Et ensuite, voilà, j'avais un endroit où vivre.

Ses lèvres s'étirèrent en un sourire amusé.

— Gina faisait tout ce qu'on m'avait toujours interdit. Elle fumait, elle buvait, elle jurait comme un charretier. Elle me paraissait tellement expérimentée. J'ignore pourquoi, mais ça a collé entre nous.

— Comment es-tu entrée dans la police ?

— Gina était standardiste au poste de Columbus. J'ai finalement dégoté un boulot de serveuse dans un restau qui ne servait que des pancakes. Le soir, elle rentrait à l'appartement et me racontait sa journée. Je trouvais qu'elle faisait le boulot le plus excitant du monde. Je voulais un travail comme le sien. Alors je suis retournée à l'école, j'ai eu mon diplôme de fin d'études. Un mois plus tard, elle m'a obtenu un poste de standardiste dans une antenne du centre-ville. L'automne suivant, nous nous sommes inscrites à la fac en droit pénal. Un an plus tard, nous entrions à l'école de police.

Il la contempla, happé par cette histoire. Happé par elle. Pas franchement l'attitude d'un homme devant quitter la ville dans quelques heures.

— Et toi, Tomasetti ?

— Moi, je suis né perverti.

Dans un éclat de rire, elle attrapa le paquet de cigarettes. Sans savoir pourquoi, John aima la voir en allumer une. Peut-être était-ce parce que ça la rendait plus humaine, un peu moins parfaite et légèrement plus proche de lui, de son âme sombre.

— Que faisais-tu avant de devenir flic ?

— J'ai toujours été flic... Bien, j'imagine que c'est le moment où tu es censée m'interroger sur Cleveland !

— Je pensais que tu m'en parlerais si tu en avais envie.

Elle ne détourna pas le regard, ce qui l'impressionna. Probablement plus qu'il ne serait jamais capable de lui avouer.

— Qu'est-ce que tu sais ? demanda-t-il.

— Ce qui est paru dans la presse. Et je sais qu'en général les journaux ne donnent qu'une seule version.

— C'est une histoire très moche, Kate.

— Tu n'es pas obligé d'en parler si tu ne le veux pas.

Pour la première fois de sa vie, il raconta. Kate lui avait rendu ce qu'il avait perdu depuis longtemps : l'espoir. Il avait compris grâce à elle qu'il n'avait pas besoin de s'abrutir avec l'alcool et les médicaments pour survivre à une autre journée. Le moment était venu de percer l'abcès, de laisser sortir les démons et d'entamer le processus de guérison.

— Sais-tu qui est Con Vespian ?

— Tous les flics de l'État connaissent Vespian. Le John Gotti de Cleveland.

— Avec un peu de Charles Manson.

— Stupéfiants. Prostitution. Jeux.

— Il touchait un peu à tout mais faisait principalement dans l'héroïne. Un vrai caïd, un tueur aussi. Surtout s'il voulait faire un exemple. Vespian et moi, ça remontait à l'époque où je bossais dans la rue. Je l'avais coffré deux fois. Il s'en était sorti les deux fois. Tous les agents des stups de la ville lui collaient au train, mais ce sale fils de pute avait le cul bordé de nouilles. Il était aussi dangereux parce qu'il était à moitié siphonné.

— Un mélange explosif.

— Il parvenait toujours à déjouer le système. Je voulais être celui qui le ferait tomber. Quelque part, c'est devenu personnel.

L'expression de Kate se rembrunit. L'histoire allait prendre un tour plus sombre, elle le savait.

— Mon coéquipier était un vieux de la vieille. Il s'appelait Vic Niswander. Un grand bonhomme. Un bon flic. Avec un sacré sens de l'humour, dans le genre politiquement incorrect. Il venait juste d'être grand-père. Il était à quatre mois de la retraite. On déconnait pas mal à ce sujet. Mais il voulait choper Vespian avant de partir.

À ce souvenir, John sourit, mais tandis que son esprit le ramenait au cauchemar qui avait suivi, le sourire se transforma en rictus.

— Vic et moi, on avait un indic au sein de l'organisation de Vespian. Je me rappelle plus comment on avait dégoté ce gars, Manny Newkirk. C'était rien qu'un pauvre junkie. Il aurait vendu sa mère pour vingt billets. Un soir, je devais le retrouver pour notre rencontre habituelle mais je n'ai pas pu y aller. Un truc avec les gosses – un match de basket ou je sais plus quoi – et Niswander s'y est rendu à ma place.

Il expira lentement avant de reprendre :

— Ils sont tombés dans un guet-apens. Ces salauds les ont arrosés d'essence et les ont brûlés vifs.

John détourna les yeux, il ne pouvait pas la regarder alors que ces images d'horreur défilaient dans sa tête.

— Tout le monde savait que c'était Vespian le responsable. Mais personne ne pouvait le prouver.

— Mais pourquoi brûler vif un flic ? demanda-t-elle.

— Vespian voulait une information. Et il l'a obtenue.

— Quelle information ?

— Mon adresse.

Son mouvement de recul fut infime, mais John le remarqua. Elle savait ce qui allait suivre.

— Il s'en est pris à ta famille.

Il acquiesça.

— Ils sont entrés chez moi par effraction quand je ne m'y trouvais pas. Vespian et deux voyous. Ils ont assassiné ma femme et mes petites filles. Brûlées vives, comme Vic.

Elle tendit la main à travers la table pour la poser sur la sienne.

— Je n'imagine même pas à quel point ça a dû être horrible.

Il fut incapable de décrire ce qu'il avait vu lorsqu'il était passé sous les bandes jaunes installées par les pompiers.

— Les huiles m'ont mis en arrêt maladie. Je me suis retrouvé à l'hôpital, dans cette putain d'aile psychiatrique, fit-il en tentant, en vain, de sourire. Pour te dire la vérité, je m'en rappelle à peine.

— Je ne comprends pas pourquoi les flics n'ont pas recherché Vespian.

— Oh, ils l'ont fait. Tu sais comment sont les flics. La solidarité avant tout. Ils ont essayé de le faire payer, mais cet enfoiré était intouchable.

— Ç'a dû être atroce pour toi, murmura-t-elle.

— Oh, pendant ce temps, j'étais à l'hosto en train de m'apitoyer sur moi-même. Un matin, je participais à une séance de thérapie, genre *Vol au-dessus d'un nid de coucous*, et un barjo m'a expliqué que tout ce dont j'avais besoin pour guérir, c'était de me trouver une mission. J'ai réfléchi et me suis dit qu'il n'était pas aussi fou que tout le monde le pensait. Alors j'ai choisi ma mission.

— Tu t'en es pris à Vespian.

— Un flic fait un super criminel quand il l'a décidé. Tu veux entendre la suite ?

— Si tu veux me la raconter, acquiesça-t-elle.

— J'ai commencé par suivre Vespian, étudier ses habitudes. Où il allait. Avec qui il passait du temps. J'ai mis de côté tous les autres aspects de ma vie. Je ne mangeais pas, je ne dormais pas. Mais je n'étais ni fatigué ni affamé. Ce malade avait raison. Je me suis focalisé sur Vespian et j'ai guéri.

« Il jouait au poker tous les mercredis soir. Réglé comme une horloge, il partait en général vers 3 ou 4 heures du matin. Une nuit, alors qu'il se dirigeait vers sa Lexus, je l'attendais.

« Je l'ai immobilisé avec le Taser. Je l'ai menotté et mis dans le coffre. Je l'ai emmené dans un entrepôt que je louais sur le port. Je l'ai attaché à une chaise et, je le jure, j'ai obtenu sa confession. J'ai enregistré tous les putains de détails sanglants sur un magnéto, tout ce qu'il leur a fait subir.

— Oh, John…

Il l'interrompit d'un geste de la main.

— Je savais que la bande ne serait pas recevable devant un tribunal, continua-t-il en essuyant ses paumes moites sur son jean. Je n'avais pas prévu de le tuer, Kate. Tout ce que je voulais, c'était ses aveux. Mais quand j'ai su ce qu'elles avaient vécu… C'était comme si j'avais quitté mon corps. Je regardais quelqu'un d'autre arroser cet enfoiré d'essence et lui mettre le feu.

Le corps de John était secoué de tremblements. Sa respiration était saccadée, pareille à des sanglots étranglés. Il plongea cependant son regard intense dans celui de Kate avant de lui révéler ce qu'il n'avait jamais dit à personne.

— J'ai regardé Vespian brûler et je n'ai rien ressenti d'autre que de la satisfaction.

Elle cilla, mais cela ne suffit pas à enrayer le flot de larmes, qu'elle essuya d'une main tremblante.

— Maintenant, tu sais avec quel genre d'homme tu as couché cette nuit, dit-il. Tu sais ce que j'ai fait, et pourquoi, déclara-t-il. Juste retour des choses ? Flic qui a mal tourné ? Ou meurtre au premier degré ?

Pendant plusieurs secondes, le seul bruit audible était sa respiration accélérée et le sifflement du vent sous le toit. Enfin, Kate s'éclaircit la gorge et demanda :

— Les flics savent que c'est toi qui l'as tué ?

— Ils me soupçonnent depuis le début. Pas besoin d'être un génie pour assembler les pièces du puzzle.

Mais j'avais été prudent. Je ne leur ai laissé aucun indice. Tout ce qu'ils avaient, c'était des présomptions.

— C'était assez pour te faire passer devant un grand jury.

— Ouais, mais ce grand jury a mis moins d'une heure à conclure à un non-lieu, sourit-il. Tu vois, la seule preuve directe inculpait l'associé de Vespian. Je le sais parce que c'est moi qui l'ai placée. Ça, les journaux n'en ont pas parlé.

— Et il a été accusé et reconnu coupable.

— Il purge une peine dans un pénitencier fédéral de Terre Haute.

— Qu'est-ce que tu as fait après ?

— J'ai repris mon ancien travail. Mais derrière un bureau, parce que j'étais devenu une menace pour la société. J'ai franchi une ligne, Kate. Une fois que tu as fait ça, tu ne peux pas revenir en arrière. Les grands chefs voulaient me voir dégager. Ils m'ont rendu la vie impossible et, au final, ils ont obtenu ce qu'ils voulaient.

— Comment t'es-tu retrouvé au BCI ?

— Sur le papier, mon dossier était nickel. Je crois que mon patron était si content de se débarrasser de moi qu'il a tiré quelques ficelles pour qu'on m'embauche. Qu'est-ce que tu peux foutre d'un inspecteur décoré, psychopathe et corrompu ?

— L'envoyer dans un endroit où il ne pourra plus faire de vagues.

— Exactement, répondit-il. Mais toi comme moi savons que les problèmes ont tendance à nous suivre où nous allons. Je suis quasiment grillé au BCI. Le bagage trop lourd. Sans parler de l'alcool et des médocs, termina-t-il en haussant une épaule.

—John, dit-elle en prononçant son prénom d'une voix emplie de compassion. À quel point, les médicaments ?

—Les psys me faisaient des ordonnances comme s'il s'agissait de bonbons. J'étais trop heureux de leur rendre service.

Il détesta la déception qu'il lut dans ses yeux. Mais Kate n'était pas la première personne qu'il décevait cette année. Il avait déçu tout le monde, lui y compris.

—Est-ce que ça va aller ? demanda-t-elle.

—Disons que je suis en phase de guérison.

John se leva. Elle écarquilla les yeux en le voyant s'approcher d'elle. Il enroula ses doigts autour de ses bras et la força à se mettre debout. Puis, plongeant son regard dans le sien, il lui déclara :

—Être avec toi, comme ça. Travailler à tes côtés. Ça m'a aidé, Kate. J'ai éprouvé des choses que je n'avais plus ressenties depuis longtemps. Je voulais que tu le saches.

—Je le sais, dit-elle. Je le sais.

31

La sonnerie du téléphone m'arrache à un sommeil troublé. Roulant sur le côté, je décroche avant d'être complètement réveillée.

— Ouais ?
— Vous êtes le chef Kate Burkholder ?

L'espace d'une seconde, je suis toujours chef de la police et on m'appelle pour m'annoncer un nouvel élément dans l'enquête. Mais ce ne sont que les vestiges du sommeil qui stimulent mon imagination. L'instant d'après, je me rappelle que j'ai été virée, que Jonas Hershberger a été arrêté. Et aussi que j'ai couché avec John Tomasetti.

— Oui, dis-je en m'asseyant. Je suis Kate Burkholder.
— Teresa Cardona, analyste criminelle au BCI. John Tomasetti m'a demandé de vous transférer le rapport de VICAP.

Je sens l'absence de John. La maison est emplie de ce vide, auquel je suis pourtant si habituée. Basculant mes jambes hors du lit, j'attrape ma robe de chambre.

— Oui, j'ai hâte de le lire.
— Je n'ai pas votre adresse mail.

Je la lui communique avant de lui demander :
— Dans combien de temps pouvez-vous l'envoyer ?
— Tout de suite, ça ira ?

— Génial, merci.

Je raccroche, à la fois excitée et abattue. La bonne nouvelle, c'est que je vais enfin obtenir l'information sur le croisement des crimes dont j'ai besoin. Voilà pour l'excitation. Quant aux raisons de mon abattement, ce serait plus simple de croire que le poing qui m'enserre la poitrine est dû à la perte de mon travail et à la fin plus que probable de ma carrière dans la police. Mais je suis suffisamment honnête envers moi-même pour reconnaître que c'est en réalité le départ de John, sans un au revoir, qui me déprime. Je refuse de m'étendre sur le sujet. Mon agenda du matin est bien assez chargé sans que j'y ajoute les états d'âme du lendemain.

Dix minutes plus tard, armée d'une tasse de café, je suis assise à mon bureau dans la chambre d'amis et ouvre ma boîte mail. Comme prévu, j'y trouve un message de Teresa Cardona. Je clique sur la pièce jointe. Cent trente-cinq pages de données s'affichent sur mon écran. Un flot infini d'informations sur les victimes, leurs traumatismes, les armes utilisées, les agresseurs sexuels et des dizaines d'autres critères. Il va me falloir des litres de café pour venir à bout de tout ça.

Je commence par les traumatismes infligés aux victimes. À midi, je suis shootée à la caféine et ma tête est prête à exploser d'informations. J'essaye en vain de rester concentrée sur l'affaire : mes pensées me ramènent sans cesse à John. La nuit dernière est une anomalie dans ma vie. Peut-être est-ce dû à quelques restes de mon éducation amish, mais coucher avec un homme, ce n'est pas rien pour moi. Je ne peux pas m'empêcher de me remémorer tout ce que nous avons partagé, tout ce qui a été dit.

La plupart des gens le condamneraient pour avoir fait justice lui-même. Bien que j'aie moi-même navigué dans ces eaux troubles, je crois que prendre une vie est un acte terrible. Mais certaines souffrances sont si effroyables qu'un cœur ne peut les supporter. Pour le bien de John, j'espère qu'il parviendra à trouver un semblant de paix.

À 14 h 30, un coup frappé à la porte m'interrompt dans mon travail. Je suis ravie de découvrir Glock à la porte de derrière.

— On sait que les choses vont mal quand les visiteurs commencent à passer par-derrière, dis-je.

— Je voulais pas faire jaser les langues bien pendues, réplique-t-il en entrant, brossant la neige de son manteau. Sale temps.

— Le gars de la météo a prévu quinze à vingt centimètres de neige pour demain matin.

— Putain d'hiver.

Son regard se pose sur mon ordinateur portable en train de ronronner et les piles de papiers qui l'entourent.

— On dirait que vous avez besoin d'une pause.

— Du nouveau ? dis-je en refermant la porte.

— On est toujours en train de fouiller la ferme de Hershberger.

— Qu'est-ce que tu en penses ?

— Hershberger est foutu.

Je pose deux tasses pleines de café sur le comptoir.

— Tu crois que c'est lui ?

— Les preuves sont accablantes. La chaussure qu'on a retrouvée appartient à Amanda Horner. Sa mère l'a identifiée ce matin. Nous avons aussi découvert des sous-vêtements et on attend les résultats ADN du labo.

— Tu ne trouves pas tout ça un peu trop commode ?

— Comment expliquer qu'il soit en possession de la chaussure ou des sous-vêtements s'il n'a pas été en contact avec la victime ? C'est impossible.

— Vous avez vérifié dans le CODIS ?

Le CODIS est un système géré par le FBI qui regroupe les bases de données ADN.

— On attend encore.

— Comment s'en sortent Pickles et Skid ? dis-je en lui tendant une tasse.

— Detrick les a collés à l'extérieur, ils doivent fouiller dans la merde des porcs.

Sans vouloir faire de mauvais jeux de mots, je déteste l'idée que Detrick assigne à mes hommes des tâches de merde, en particulier Pickles qui n'est plus tout jeune.

— Detrick abuse de son autorité ?

— Il se pavane comme s'il venait de coffrer Jack l'Éventreur. Il dit qu'il va nous organiser une grande partie de chasse si on boucle cette affaire vite fait bien fait.

— Une super motivation si on aime plomber les cerfs.

— La plupart de ses gars en sont fanas. Apparemment, Detrick était guide de chasse en Alaska. Et c'était une pointure.

— Detrick, le grand chasseur blanc.

Glock n'a pas l'air impressionné.

— Vous tenez le coup, chef ?

Des images de Tomasetti tourbillonnent dans ma tête, que je chasse rapidement.

—Je sais que ça va te paraître dingue, mais je suis convaincue que Jonas Hershberger est innocent.

Glock me dévisage en clignant des yeux, visiblement surpris.

—C'est un drôle d'oiseau.

—Il n'est pas le seul, et ça fait pas de lui un psychopathe.

—Toutes les preuves l'accusent.

—Je connais Jonas, Glock. Il ne conduit pas. Il n'a pas accès à une motoneige. Il n'a pas pu commettre ces meurtres. As-tu vérifié s'il avait déménagé pendant l'intervalle des seize années ?

—Il habite la même maison depuis qu'il est enfant. Il en a hérité quand ses parents sont morts dans un accident de buggy il y a huit ans, fait-il avant de marquer une pause. Nous avons découvert deux barriques dont il se sert pour incinérer des détritus. On a envoyé les cendres au labo pour déterminer s'il a brûlé des vêtements.

—Vous avez trouvé des pornos ou des vidéos SM ? Des sex-toys ? Des instruments de torture ? Des trucs dans ce genre ?

—Non, mais il égorge les cochons sur place. Il possède des couteaux et sait s'en servir.

—Beaucoup d'Amish abattent les bêtes pour les manger. Mon père débitait lui-même le bétail.

—Alors comment expliquez-vous les preuves ?

—Je ne sais pas. Elles sont accablantes, c'est sûr. Mais ça ne colle pas, c'est tout. Par exemple, l'interruption pendant seize ans puis trois meurtres en un mois. Quel a été le déclencheur ? Tu as parlé à Jonas ?

Il hoche la tête.

— Detrick et moi l'avons interrogé pendant une heure ce matin. Au début, il ne voulait parler qu'en allemand pennsylvanien. Quand il a enfin accepté de parler notre langue, il a tout nié. Il s'est indigné quand on l'a interrogé sur les femmes. Detrick l'a un peu bousculé mais il n'a pas craqué.

— Qu'est-ce que tu en penses ?

— Il est si renfermé et stoïque qu'il est difficile de le cerner.

— Il a un avocat ?

— Il n'en a pas demandé.

Je hoche la tête, perturbée à l'idée que Jonas soit seul, à la merci de Nathan Detrick.

Glock croise ses mains derrière la tête.

— Bon Dieu, chef, vous nous manquez. Je me sentirais sacrément mieux si c'était vous qui étiez aux commandes.

Les larmes menacent ; je les refoule en prenant une gorgée de café.

— Il paraît que Detrick a eu une réunion privée avec Janine Fourman et Auggie Brock la veille de votre renvoi, continue Glock.

— Comment le sais-tu ?

— Une secrétaire de la mairie a appelé dès qu'elle a su ce qui vous était arrivé. Je ne fais que lire entre les lignes, mais Detrick n'y participait pas pour parler du temps.

— Quel enfoiré !

— Vous avez des nouvelles de Tomasetti ?

Je sens le rouge me monter aux joues. Réaction stupide. Glock ne sait pas que John et moi avons

passé la nuit ensemble. N'empêche, je ne parviens pas à croiser son regard.
—Je crois qu'il est parti de bonne heure ce matin.
—Vraiment?

Il éclate de rire, visiblement surpris par ma réaction.

—Vous et Tomasetti, hein? Merde, alors!
—Il vaudrait peut-être mieux qu'on ne parle pas de ça.

Il s'éclaircit la gorge et se concentre sur les papiers étalés sur la table de la cuisine.

—Je suis une piste ou deux, dis-je.
—Je me doutais bien que vous n'étiez pas en train de faire vos comptes.
—Tomasetti m'a laissé des documents sur le croisement des crimes. Je travaille sur la piste du changement de secteur.
—Et alors?
—Rien pour l'instant. Mais il y a des montagnes de données à étudier. Sinon, des nouvelles des Johnston?
—L'enterrement est pour demain.
—Comment va LaShonda?
—Elle est aussi grosse qu'une vache, répond-il, le sourire aux lèvres à la mention de sa femme. Elle va accoucher d'un jour à l'autre.
—Fais-lui mes amitiés, d'accord?
—Sans faute, chef. Je dois filer, dit-il en ouvrant la porte pour sortir. On va avoir droit à une belle chute de neige.
—Ouais.
—Appelez-moi si vous avez besoin de quoi que ce soit.

Il disparaît au coin de la maison et je suis subitement submergée par un sentiment de profonde solitude, isolée et coupée des autres, comme si j'étais la seule personne qui restait sur terre. Tandis que la neige tombe en virevoltant d'un ciel gris acier, je songe à quel point ma vie à Painters Mill compte pour moi, et à tout ce que je risque de perdre si je ne me bats pas pour être réintégrée.

Je retourne au rapport de VICAP. Lecture à la fois macabre et monotone. Meurtres. Viols. Crimes en série agrémentés de tous leurs détails sordides. À 18 heures, les mots commencent à se brouiller devant mes yeux. J'ai l'impression d'avoir du sable sous les paupières. J'ai passé tellement de temps devant mon écran que mes yeux sont douloureux. Et pourtant, je n'ai toujours rien. Le doute commence à entailler ma détermination. Et si je me trompais ? Si Jonas Hershberger était coupable ? Vingt ans ont passé depuis l'époque où je le connaissais. Le temps et les événements peuvent changer une personne, il n'y a qu'à me regarder pour en avoir la preuve.

Me sentant impuissante, je me dirige vers le placard au-dessus du réfrigérateur et sors la bouteille de vodka. Je remplis un verre et prends cette première et dangereuse gorgée. De retour devant mon ordinateur, je tente de me connecter à OHLEG pour voir ce que donne ma dernière requête. Mon compte a été désactivé.

— Merde !

Mon dernier outil d'enquête a disparu. Je fixe l'écran, à la fois frustrée et en colère, sans savoir que faire.

Sur une impulsion, j'ouvre un moteur de recherche public et tape « inscriptions », « abdomen » et « exsanguination » avant d'appuyer sur la touche *Entrée*. Je ne m'attends pas à une déferlante d'informations de première importance. J'obtiens en effet des liens pour des extraits de roman, une nouvelle bizarre, une thèse universitaire sur les médias et la violence. L'étonnement me saisit lorsque je vois un lien pour le *Daily News-Miner* de Fairbanks. Je clique pour obtenir l'article dans son entier.

TROISIÈME CORPS REJETÉ PAR LA TANANA RIVER
Le corps non identifié d'une femme a été découvert mardi dernier par un groupe de chasseurs. La victime, de type caucasien, est âgée d'environ vingt-cinq ans. Selon l'inspecteur George Ogusawara, « sa gorge a été tranchée » et elle présentait des « inscriptions rituelles sur son abdomen ». C'est le troisième cadavre retrouvé sur les rives de la Tanana River ces six derniers mois, et les habitants de la vallée commencent sérieusement à craindre pour leur sécurité. « Nous verrouillons nos portes », déclare Marty West, un habitant du village de Dot Lake. « Je ne vais nulle part sans mon arme. » Le corps a été transporté à Anchorage pour l'autopsie.

Le cœur battant, je fixe l'écran. Les similitudes sont frappantes. VICAP n'a rien trouvé, mais ce n'est pas surprenant : la base de données n'est systématiquement utilisée par les polices locales que depuis peu. Certaines informations plus anciennes n'ont pas été entrées dans la base, par manque de personnel pour s'en charger.

D'un coup d'œil à l'horloge au-dessus de la gazinière, je vois qu'il est près de 20 heures. Il est quatre heures plus tôt en Alaska. Je cherche sur Internet le numéro de téléphone du poste de police de Fairbanks, que je compose. Après avoir été transférée deux fois, mon interlocuteur m'apprend que l'inspecteur George «Gus» Ogusawara a pris sa retraite sept ans plus tôt. Je demande si Gus est toujours en vie. Il refuse de me donner son numéro mais me suggère d'essayer Portland ou Seattle.

Je retourne sur Internet. Une chance pour moi, Ogusawara n'est pas un nom très courant. Mon deuxième essai est le bon.

— Êtes-vous George Ogusawara ?

— Qui veut le savoir ? me répond une voix de ténor au fort accent asiatique.

Brièvement, je m'identifie en tant que chef de la police.

— Étiez-vous enquêteur à Fairbanks ?

— J'étais inspecteur à Fairbanks, m'dame. J'ai pris ma retraite il y a sept ans. Maintenant que vous savez que vous causez au bon gars, qu'est-ce que vous voulez savoir ?

— J'enquête sur une série de meurtres semblables à ceux survenus à Fairbanks au début des années 1980.

— Sale affaire, ces meurtres. Ça filait des cauchemars à tout le monde, même à moi. Que voulez-vous savoir ?

— J'ai cru comprendre que le meurtrier gravait quelque chose sur l'abdomen des victimes.

— Avant de les torturer et de les tuer, oui. Ce type était un sacré malade.

— Le rapport que j'ai sous les yeux ne fait pas mention de la nature des inscriptions. Vous vous souvenez de ce que c'était ?

— Même un dur à cuire comme moi ne peut pas oublier un truc de ce genre. Il gravait des nombres. Des chiffres romains. Un, deux, trois.

— Le meurtrier a été arrêté ?

— Il est l'unique raison pour laquelle je n'ai pas pris ma retraite plus tôt, fait-il avant de marquer une pause. Vous pensez qu'il est chez vous ?

Je ne veux pas trop parler. J'ai déjà franchi une ligne en lui racontant que j'étais chef de la police.

— Je n'en suis pas sûre. Y a-t-il autre chose que vous puissiez me raconter sur ces meurtres ?

— C'est la pire chose que j'aie jamais vue. Ce tueur est vraiment un monstre.

— Vous m'avez été d'une grande aide, merci beaucoup.

Je raccroche avant qu'il n'ait le temps de répondre. Les informations que je viens de recevoir fusent dans mon esprit. Trois meurtres similaires en Alaska, à presque cinq mille kilomètres d'ici. Y a-t-il un lien ? Est-ce le même tueur ? Si oui, pour quelle raison est-il allé de l'Ohio en Alaska pour revenir ensuite dans l'Ohio ?

Je retourne sur le moteur de recherche et ouvre tout ce que je trouve sur le tueur de la Tanana River. Je suis au beau milieu de la lecture d'un petit article du *Tanana Lander* lorsqu'un nom m'arrête.

Nate Detrick, guide de chasse aux Yukon Tours, a découvert le corps et contacté la police…

Je n'en crois pas mes yeux. Quelles sont les chances qu'un homme se retrouve deux fois dans sa vie sur les lieux de meurtres similaires survenus à des milliers de kilomètres de distance ? D'un coin de mon esprit me revient un souvenir. Une phrase de Glock.

Detrick était guide de chasse en Alaska. C'était une pointure.

C'est alors que je me rappelle que ce n'est pas la première fois que le nom du shérif apparaît au cours de mes recherches. Par curiosité, je vais sur le site du comté de Holmes. Un véritable frisson me parcourt lorsque je lis qu'en septembre 1994 Nathan Detrick et sa femme Grace ont vendu leur propriété de deux cent trente mètres carrés à Millersburg.

Je n'ose pas admettre le lien qui vient de se faire dans mon esprit. Ce doit être une coïncidence. Nathan Detrick est un policier. Le soupçonner serait absolument ridicule. Il est au-dessus de tout soupçon.

Ou pas ?

Detrick fait partie de la poignée de gens ayant quitté Painters Mill au cours de la période des seize années. Je sais désormais qu'il a vécu en Alaska où trois meurtres similaires ont eu lieu. Je suis flic depuis assez longtemps pour savoir que ces éléments à eux seuls justifient une enquête plus approfondie.

Mes mains tremblent. Je dois me tromper. Les coïncidences, ça arrive. Et je suis folle d'enquêter sur Detrick. Pourtant, le shérif colle bien plus au profil que Jonas. Mon instinct m'incite à creuser.

Me rappelant la liste d'immatriculations des motoneiges que j'ai demandée à Pickles, je farfouille rapidement parmi les papiers étalés sur la table pour la trouver. Elle recense les noms des propriétaires de motoneiges bleues ou grises dans les comtés de Coshocton et Holmes. Celui de Detrick apparaît. Il possède une Yamaha bleue.

— Impossible, dis-je dans un murmure. C'est impossible.

Je retourne à l'ordinateur et commence à m'intéresser sérieusement à Detrick. Une demi-heure plus tard, j'ai découvert un article dans le *Dayton Daily News* de juin 1986 au sujet d'un jeune et brillant officier de police muté de Fairbanks, Alaska, pour rejoindre les forces de l'ordre de Dayton. Drapé de son uniforme complet, flanqué de sa femme, un jeune et séduisant Detrick sourit à l'objectif. L'article est daté de deux mois après le dernier meurtre en Alaska.

Je me mets à rechercher des crimes similaires à Dayton et dans ses environs pendant la période où Detrick y était. Je passe de site en site – journaux, télés, radios, quelques sites de la police à l'accès autorisé et même une association de lutte contre le crime : rien. J'étends alors ma recherche aux États voisins et trouve une piste. Un article des archives du *Kentucky Post* de mars 1989 attire mon regard.

Le corps retrouvé sur les rives du fleuve vient d'être identifié

Le corps nu d'une femme découvert la semaine dernière par un joggeur sur les berges de l'Ohio River a été identifié. Il s'agit de Jessie Watkins, vingt ans. Selon le médecin légiste du comté de Kenton, Jim Magnus, la jeune femme a eu la gorge tranchée. La police de Covington ainsi que le bureau du shérif du comté de Kenton « recherchent activement l'auteur de ce crime », nous a déclaré lundi une source anonyme au sein des services de police. Jessie Watkins, une prostituée notoire, a été vue pour la dernière fois quittant un bar de Cincinnati. Les enquêteurs n'ont aucun suspect pour l'instant.

Je cherche sur une carte les villes de Dayton dans l'Ohio et de Covington dans le Kentucky. Covington se situe à une heure de route de Dayton. Un trajet aller-retour largement faisable en une soirée.

Ensuite, je lance une recherche sur les crimes similaires dans le Michigan, mais sans résultat. Je ne me démonte pas et tente l'Indiana. Pendant une heure, je vais de site en site. Sur le point de laisser tomber, je tombe sur un article concernant le meurtre d'une jeune travailleuse saisonnière entre Indianapolis et Richmond en 1988.

Une saisonnière retrouvée assassinée

La police dispose de peu d'indices concernant le meurtre de Lucinda Ramos, trente et un ans, dont le cadavre a été découvert lundi dans un champ de maïs non loin de l'autoroute 70 près de New Castle. «Je n'ai jamais rien vu de tel de toute ma vie», a déclaré Dick Welbaum, le fermier qui a failli rouler sur le corps avec son tracteur. Selon une source anonyme du bureau du médecin légiste du comté de Henry, le corps comportait des «inscriptions rituelles». Interrogé sur une éventuelle pratique sacrificielle, Mick Barber, du bureau du shérif du comté de Henry, s'est refusé à tout commentaire. Il a assuré que son équipe travaillait conjointement avec la police de New Castle et la police d'État pour retrouver le ou les responsables.

Un coup d'œil à la carte m'apprend que New Castle se trouve à une heure vingt de Dayton. Je cherche le numéro de la police de l'Indiana et les appelle. Au bout de quelques minutes, je suis en communication avec Ronald Duff, de la brigade criminelle.

Je m'identifie en tant que chef de la police et vais droit au but.

— J'ai des questions au sujet d'un meurtre sur lequel vous avez enquêté en 1988. La victime s'appelait Lucinda Ramos.

— J'ai grillé quelques neurones depuis. Laissez-moi reprendre le dossier.

Voyant que j'appelle depuis mon domicile personnel, il pourrait refuser de me parler. Parfois, lorsqu'un officier de police n'est pas sûr de l'identité de son interlocuteur, il le rappelle au poste. J'imagine que c'est le fait que je m'intéresse à une affaire non résolue qui le pousse à me parler sans vérifier mes qualifications.

Il reprend la ligne quelques minutes plus tard.

— Vous pensez avoir une piste ? demande-t-il.

— Nous avons trois meurtres ici à Painters Mill. Je recherche les vieilles affaires présentant des similitudes dans les États voisins.

— Si je peux vous aider. De quoi avez-vous besoin ?

— Le document que j'ai sous les yeux mentionne des inscriptions rituelles sur la victime. J'aimerais que vous m'en parliez.

J'entends des papiers que l'on brasse.

— J'ai le rapport du médecin légiste. Il dit, je cite : « L'inscription sur la peau est superficielle et située huit centimètres au-dessous du nombril. »

— Que représente-t-elle ?

— Je ne trouve pas de notes, répond-il après avoir feuilleté le rapport. Mais j'ai une photo de la scène de crime. Attendez, je prends mes lunettes. On dirait un I et un V majuscules.

— Comme les chiffres romains ?

— Ça se pourrait.

Je n'en crois pas mes oreilles.

— Savez-vous pourquoi cette information n'a pas été entrée dans VICAP ?

— Nous n'avons commencé à utiliser VICAP qu'en 2001. Aucune archive n'a été entrée. Manque de budget et de personnel. Vous savez comment c'est.

— Pourriez-vous me scanner et m'envoyer cette photo par mail ?

— Sans problème. C'est quoi votre adresse ?

Après la lui avoir donnée, je raccroche. Ma première réaction est d'appeler John, mais j'hésite. Après tout, je n'ai que de vagues présomptions. Enquêter sur Detrick et l'envisager comme suspect pourrait être perçu comme la vengeance d'un ancien chef de la police aigri et mécontent envers celui qui lui a pris son affaire. J'ai besoin de plus d'éléments avant d'impliquer quelqu'un d'autre. Et si je bouge trop tôt, la situation pourrait m'exploser à la figure comme un bâton de dynamite.

Devant mon ordinateur, je crée un tableau et commence une chronologie à l'aide des infos glanées sur le Net et par téléphone. Detrick était guide de chasse en Alaska de février 1980 à décembre 1985. Les trois meurtres de Fairbanks sont survenus durant cette période. Début 1986, il a déménagé à Dayton, dans l'Ohio, où il a commencé sa carrière dans les forces de l'ordre en tant qu'officier de patrouille jusqu'en 1990. Les meurtres perpétrés dans l'Indiana et le

Kentucky sont survenus alors qu'il habitait Dayton. Si je ne me trompe pas, Lucinda Ramos était la victime numéro 4. Jessie Watkins, la numéro 5. En 1990, il a obtenu un poste d'adjoint au bureau du shérif du comté de Holmes et a emménagé à Millersburg, année où ont commencé les meurtres attribués au Boucher. Il a tué quatre femmes durant cette période, les victimes numéros 6 à 9. Il a vendu sa maison en 1994 et est parti pour Columbus où il est devenu inspecteur. Il y est resté jusqu'en 2005. À ma connaissance, aucun meurtre similaire n'est survenu au cours de cette période, mais je n'ai pas cherché en profondeur. Il est revenu à Painters Mill en 2006, s'est présenté comme shérif et a été élu haut la main. Le meurtre le plus récent est celui de la victime numéro 24. Il me manque douze victimes pendant la période où il habitait et travaillait à Columbus. En dehors de cette divergence, la chronologie colle encore mieux que son gant n'allait à O.J. Simpson.

La sonnerie du téléphone me fait sursauter.

— Oui ?

— Chef ? murmure Mona d'une voix insistante. Vous feriez bien de venir.

Il est presque minuit. À son ton, je devine que les nouvelles ne sont pas bonnes.

— Que se passe-t-il ?

— Jonas Hershberger vient d'essayer de se pendre.

32

Où le ver ne meurt point et où le feu ne s'éteint point.
Ou : la vision de l'enfer selon la Bible.

Si ces valeurs morales conservatrices ne m'avaient pas été inculquées alors que je n'étais qu'une enfant, j'aurais pu penser que Jonas Hershberger avait tenté de se suicider. Mais il n'en est rien. Les Amish croient en l'idée de vivre leur vie comme Jésus a vécu la sienne. Le pardon et l'humilité font partie de cet engagement. Il arrive que l'un d'eux se suicide, mais c'est extrêmement rare. Et c'est l'un des péchés pour lequel le pardon n'est pas garanti.

Mes essuie-glaces mènent un combat de tous les instants contre la neige tandis que je me gare à côté de l'Escort de Mona. Je repère la vieille Chrysler de Pickles ainsi qu'un véhicule de patrouille. La voiture de Glock brille par son absence. Je sors de la voiture et pars en courant vers le poste, où je pénètre dans un tourbillon de neige. Son casque téléphonique sur la tête, Mona se tient près du standard.

— Oh, chef ! Jonas a essayé de se pendre. Detrick et Pickles sont au sous-sol avec lui en ce moment.

— Il va bien ?

— Je crois. Il est conscient.

— Appelle une ambulance.

Je me précipite dans le couloir et descends deux par deux l'escalier qui mène au sous-sol. La prison, une pièce vétuste et minuscule, est composée de deux cellules de deux mètres sur deux et d'un espace confiné réservé au gardien. Detrick et Pickles entourent Jonas, qui est assis sur un banc.

— Que s'est-il passé ?

Les deux hommes font volte-face, visiblement surpris de ma présence.

— Vous n'êtes pas autorisée à venir ici, Burkholder.

Detrick a le visage rouge et son crâne chauve recouvert d'une fine couche de transpiration luit. Jonas a les mains menottées dans le dos. Les lacets de ses bottes pendent autour de son cou. Sous sa mâchoire, des écorchures rouge vif sont visibles.

— Cet imbécile a essayé de se pendre, explique Pickles. Le shérif est arrivé à temps pour l'arrêter.

Au regard de mes récentes découvertes sur Detrick, j'ai quelques doutes sur cette version des faits.

Le shérif s'avance vers moi.

— Qu'est-ce que vous fichez ici ?

Un étrange malaise m'envahit. Je devine qu'il va me jeter dehors. Je m'adresse à Jonas.

— Que s'est-il passé ? dis-je précipitamment en allemand pennsylvanien.

Jonas lève vers moi un regard à la fois bouleversé et effrayé.

— Je dormais et le policier english m'a attaqué, explique-t-il avec un geste en direction de Detrick. Il m'a étranglé avec les lacets de mes bottes.

Detrick arrive à ma hauteur, s'approchant de moi au plus près.

— Je vous ai posé une question.

— J'ai cru pouvoir vous être utile pour surmonter le barrage de la langue, dis-je en soutenant son regard.

— Si j'ai besoin de votre aide, je vous le ferai savoir.

Une seule pensée m'obsède : Jonas est en danger.

— Il doit aller à l'hôpital pour être examiné.

— Ça me va, répond Detrick.

Je perçois l'hypocrisie et la méfiance dans ses yeux. Il sait que je mens mais ignore pourquoi.

— Vous devez partir, Kate. Maintenant, fait-il avant de se pencher vers moi en me reniflant. Vous avez bu ?

— Non.

— Vous mentez. Je sens votre haleine, rétorque-t-il en décochant à Pickles un regard incrédule. Elle est ivre. À quoi vous pensez ? Prendre le volant par une nuit pareille alors que vous êtes soûle ? Vous pointer ici quand on en a déjà bien assez sur le dos ?

— Je n'ai pas bu.

C'est un mensonge, mais je n'ai aucune intention de le reconnaître. Detrick essaie de me discréditer devant Pickles.

— Burkholder, vous devriez rentrer chez vous, reprend-il. Et tout de suite.

— Assure-toi que Jonas aille à l'hôpital, dis-je à Pickles.

— Je vais vous raccompagner, lance Detrick en m'attrapant le bras.

Pickles sort de la cellule.

— Lâchez-la ! s'écrie-t-il.

— Ferme-la, vieux débris ! jappe Detrick en pointant un doigt menaçant sur lui.

— Veille à ce qu'il n'arrive rien…

Je n'ai pas le temps de finir ma phrase, Detrick m'agrippe fermement la nuque et me projette violemment contre les barreaux.

— Donnez-moi vos mains !
— Je m'en vais.
— Vous avez eu votre chance. Maintenant, présentez-moi vos putains de mains.

Chaque parcelle de mon corps me hurle de résister. Mais je ne ferais qu'empirer la situation. Je lui présente mes poignets.

— Je n'ai rien fait de mal.
— Vous êtes ivre et troublez l'ordre public.

Il attrape ses menottes sur sa ceinture. Ses paumes sont moites de sueur tandis qu'il tire violemment mes poignets en arrière pour me les passer dans le dos.

— Shérif, ce n'est pas nécessaire, intervient Pickles.

Detrick l'ignore et me fixe comme s'il voulait m'écharper à mains nues.

— Je ne sais pas ce que vous manigancez, mais vous venez de vous foutre dans un sacré pétrin.
— J'essayais d'aider, c'est tout, dis-je.
— Conneries. Vous êtes bourrée et vous êtes venue chercher des problèmes.

Mon cœur cogne si fort que j'ai du mal à reprendre ma respiration. J'essaye de ne pas penser aux meurtres que cet homme a peut-être commis. Je suis menottée et sans défense. S'il décide de dégainer son arme et de tous nous tuer, je ne pourrai rien faire pour l'arrêter.

— Je pensais que Jonas accepterait de répondre à quelqu'un parlant l'allemand pennsylvanien. C'est tout.
— En plein blizzard ? Au beau milieu de la nuit ? Vous êtes à moitié ivre et vous décidez de venir faire un petit tour par ici pour aider ? Burkholder, je ne suis pas né d'hier !

— Mona l'a appelée, admet Pickles, essayant visiblement de désamorcer la situation. C'est pour ça qu'elle est venue. Allez, quoi. Elle est flic. Lâchez-la un peu.

Detrick pointe un doigt sur Jonas tout en s'adressant à Pickles.

— Vous vous rendez compte qu'elle peut compromettre l'affaire en parlant au suspect ? Elle n'est pas flic ! Si un avocat a vent de ça, cette tête de nœud pourrait s'en sortir ! C'est ce que vous voulez ?

Pour la première fois, Pickles n'a plus l'air si sûr de lui.

— Laissez-moi partir ou je vous jure qu'on se retrouvera devant un tribunal ! m'écrié-je d'une voix que je voudrais ferme mais qui se révèle haletante et haut perchée.

— Vous n'êtes pas en position de me menacer.

Il m'attrape par le bras et me pousse vers l'escalier.

Quand nous arrivons à l'accueil, Mona me dévisage, bouche bée, comme si j'étais en route pour l'échafaud.

— Que se passe-t-il ?
— Ça va, dis-je.
— Mais est-ce qu'il a...
— Elle est soûle ! intervient Detrick.

Il me pousse jusqu'au bureau puis me retourne brutalement pour détacher mes menottes.

— Je ne suis pas soûle, dis-je à Mona.
— Je vais vous rendre un grand service, Burkholder, soupire Detrick, et vous libérer. Mais si vous vous repointez ici ivre, sobre ou même à bord d'un vaisseau spatial, je vous colle en prison. Vous m'avez compris ?

Les menottes s'ouvrent dans un claquement.

— J'ai compris.

— Chef, qu'est-ce qu'il se passe ? demande Mona.
— Je t'expliquerai plus tard, dis-je en me frottant les poignets.

Detrick pointe un doigt rageur vers la porte comme si je n'étais qu'un sale cabot errant qui s'était faufilé à l'intérieur.

— Foutez le camp avant que je change d'avis et allez finir de vous bourrer la gueule.
— Garde un œil sur Jonas, dis-je à Mona.
— J'ai appelé une ambulance, assure-t-elle.
— Annulez-la ! aboie Detrick. Ce salaud va bien.

Secouant la tête, Mona prend le téléphone et compose le numéro.

Detrick me fusille du regard, ses yeux étincelant d'un sentiment plus sombre encore que le simple mépris.

— Foutez le camp !

Je pars sans un regard en arrière.

Mona Kurtz s'était toujours félicitée de savoir garder son calme en situation de stress extrême. Surtout parce qu'elle était vraiment mordue de tous ces trucs de flic. Elle admirait la façon qu'avaient les policiers de garder leur sang-froid quand tout, autour d'eux, partait en vrille. Ce soir-là, elle devait bien admettre qu'elle ne se sentait pas calme du tout.

Elle aimait son travail au sein des forces de l'ordre. Oiseau de nuit par nature, assurer le service nocturne lui convenait parfaitement. Le téléphone et les appels radio étaient plutôt rares et elle avait le temps de lire ou d'étudier pour son cours de droit pénal par correspondance. De plus, les gars lui donnaient toujours la primeur des potins qui circulaient en ville.

Malheureusement, ce job n'était plus aussi sympa depuis que les meurtres avaient commencé. Tout le monde était sur les dents. Le téléphone sonnait sans relâche jusqu'aux petites heures du matin. Les gens devenaient carrément étranges. Et, cerise sur le gâteau, Nathan Detrick avait pris ses quartiers dans le bureau du chef. Le shérif possédait un certain charme – quand on aimait les vieux chauves en tout cas –, mais il y avait un truc chez lui qui donnait la chair de poule à Mona.

Son boulot avait vraiment commencé à craindre après le renvoi du chef. Mona ne connaissait toujours pas tous les détails, mais elle en savait plus que ne le croyaient les gens. Peu importe leur position hiérarchique, les standardistes devinaient tout en fonction de qui appelait qui et du message qu'ils laissaient. Pour ce qu'elle en savait, le chef Burkholder s'était fait entuber en beauté.

Mona n'arrivait pas à croire qu'elle avait failli se faire arrêter. Ce n'était pas le genre de Kate de créer des problèmes. Mona avait toujours mis le chef sur un piédestal. En fait, Kate était un peu son modèle. Bon, d'accord, le chef et Stéphanie Plum. Que Detrick la menotte et menace de la coffrer, c'était carrément flippant.

— Il se passe des drôles de choses, cette nuit.

Mona leva les yeux et regarda Pickles approcher.

— M'en parle pas.

Tendant le cou, elle scruta le couloir menant au sous-sol.

— Où est Monsieur Propre ?

— Dans le bureau du chef, répondit Pickles en s'appuyant contre le bureau.

— Elle était vraiment ivre ? demanda Mona en baissant d'un ton.

— Elle a subi beaucoup de stress avec ces meurtres, soupira-t-il. Ce serait pas la première fois qu'un flic se réfugie dans la bibine.

Mona se mit à gribouiller sur son bloc-notes.

— J'aimerais qu'elle soit encore le chef.

— Moi aussi.

— Je déteste cette situation. C'est trop bizarre. Ça craint de bosser pour Detrick.

Le standard s'anima. Éteignant sa radio, Mona glissa son casque de téléphone sur ses oreilles et répondit.

— Police de Painters Mill.

— Ici Ronald Duff, de la police d'État de l'Indiana. J'aimerais parler au chef Kate Burkholder.

— Le chef Burkholder n'est pas là pour le moment.

Mona ne pouvait se résoudre à dire aux gens qu'elle n'était plus chef de la police. Annoncer ce genre de nouvelles au public ne relevait pas de sa responsabilité. Sans doute espérait-elle que tout rentrerait dans l'ordre et que Kate reprendrait son poste. Après cette nuit, rien n'était moins sûr.

— Vous savez où je pourrais la joindre ? demanda l'homme.

— Le shérif Detrick est là. Voulez-vous que je vous le passe ?

C'étaient les instructions de Detrick : lui transférer toutes les communications du chef, et Mona faisait son travail.

— Oui, très bien. Merci.

— C'est à quel sujet ?

— J'ai trouvé une meilleure photo de la victime de l'Indiana et je voulais savoir s'il souhaitait que je la lui faxe.

Convaincu que Detrick était la personne à qui devait parler cet homme, Mona transféra l'appel.

Le vent et la neige me glacent tandis que je grimpe dans la Mustang et claque la portière. Je n'arrive pas à croire ce qui vient de se passer. Je tremble tellement que j'ai du mal à mettre la clé dans le démarreur. Je sais que ça peut paraître dément, mais je pense que Detrick est le tueur. Toutes les preuves le désignent, et après ce que m'a révélé Jonas… Detrick a sûrement placé lui-même les preuves retrouvées à la ferme Hershberger. Si l'opportunité se présente, il tuera Jonas pour couvrir ses traces.

Je dois l'admettre, la situation me dépasse, je ne peux pas gérer ça toute seule. Je ne suis plus flic, et mon intégrité a été mise en doute. Detrick a tout fait pour me discréditer, et avec succès. Si je commence à l'accuser, on me répondra que la perte de mon boulot m'a rendue amère.

Je ne voulais pas appeler John avant d'avoir des preuves solides contre Detrick, mais je n'ai plus le choix. Jonas est en danger. Ma théorie sera peut-être dure à vendre, mais j'ai besoin de l'aide de John. Je compose son numéro tandis que je sors de la ville.

Il a beau être plus de minuit, il décroche à la seconde sonnerie.

— Ça va ? demande-t-il.
— J'ai des problèmes.
— Comme c'est surprenant ! Que se passe-t-il ?

— Promets-moi de ne pas me traiter de folle avant de raccrocher.

— Tu sais bien que j'ai un faible pour les personnes mentalement dérangées.

Je laisse échapper un rire qui ressemble plus à un sanglot.

— Je crois savoir qui est le tueur.
— Je suis tout ouïe.
— Nathan Detrick.

Le silence qui suit mes paroles est si profond que pendant un instant je crois qu'on a été coupés. Puis il pousse un grand soupir.

— Et tu en es arrivée à cette étonnante conclusion comment?

Brièvement, je lui raconte les meurtres de Fairbanks survenus alors que Detrick était guide de chasse, du fait qu'il en a lui-même « découvert » un. Je lui parle des meurtres dans le Kentucky et l'Indiana, de leur proximité géographique avec Dayton, ville où Detrick travaillait comme policier. Je lui dis que Detrick possède une motoneige bleue. Enfin, je lui expose la chronologie que j'ai dressée.

— Je sais que ce ne sont que des preuves indirectes, pourtant tu dois reconnaître que, prises toutes ensemble, c'est indiscutable.

— Kate, merde.

Je ferme les yeux.

— John, écoute-moi. Je suis persuadée que Detrick a piégé Hershberger et qu'il va l'assassiner pour le faire taire.

Je lui retrace en deux mots les événements de la nuit.

— Detrick est flic. Il est marié, père de trois filles adolescentes. Il entraîne l'équipe de foot!

— Je sais qui il est ! Et je sais de quoi ça a l'air ! crié-je. Mais il est au beau milieu d'un divorce. C'est peut-être ça le déclencheur de la montée de violence.
— Kate...
— Ça ne me plaît pas plus qu'à toi, mais je ne peux pas ignorer ce que je viens de découvrir.

Il soupire et un mauvais pressentiment me tord l'estomac. Il faut qu'il me croie, car sans lui, je suis toute seule.

— Ça colle, dis-je en m'efforçant de paraître calme. Il a habité partout où ont eu lieu les meurtres. Les MO correspondent. Il a même « trouvé » un des corps. Toi comme moi savons que ce genre de psychopathe aime s'impliquer dans les enquêtes policières. Il est flic, alors il sait comment se couvrir. Ado, il a travaillé à l'abattoir. Il se rase le crâne, John. Tu ne t'es jamais demandé pourquoi on n'avait jamais trouvé un seul cheveu sur les scènes de crime ? Je te parie qu'il se rase tout le corps.
— Ça semble complètement parano.
— Alors aide-moi à prouver le contraire.
— Detrick sait que tu le soupçonnes ?
— Non.
— Bien, il faut que ça reste comme ça, dit-il avant de lâcher un juron. Donne-moi quelques heures et j'arrive.

Le trajet de Columbus à Painters Mill prend normalement deux heures mais, avec la tempête de neige, je sais qu'il ne sera pas là avant le matin.

— D'accord.
— Je veux que tu rentres chez toi. Mets de l'ordre dans tes informations. Je serai là aussi vite que possible.
— Merci.

— Quoi que tu fasses, ne laisse pas Detrick penser que tu le soupçonnes. Et, tu veux bien me rendre un service ?
— Ça dépend.
— Fais attention à toi.
Il raccroche sans dire au revoir.

La pointe de doute que j'ai entendue percer dans sa voix me peine. En tant qu'ancienne Amish et femme, j'ai dû travailler dur pour forger ma réputation. Et je tiens à ma crédibilité. Je n'aime pas que toutes deux soient remises en question.

Je fais demi-tour et prends la direction de la maison. La visibilité est quasi nulle, j'arrive à peine à distinguer les réverbères le long de Main Street. Le comté a détaché des chasse-neige supplémentaires mais ils ne suffisent pas à enrayer le déluge. Je suis à deux pâtés de maisons de chez moi quand je distingue le flash d'un gyrophare dans mon rétroviseur. Je pense d'abord qu'il s'agit de Pickles. Il veut sans doute discuter de ce qui s'est passé au poste.

Cette belle théorie est balayée lorsque je vois dans le rétro extérieur que le véhicule qui me suit appartient au bureau du shérif. Même sous l'abondante neige qui tombe, je reconnais la silhouette de Detrick quand il en descend. L'espace d'une seconde de folie, j'envisage d'appuyer sur l'accélérateur et de m'échapper. Mais fuir ne fera qu'aggraver mon cas. Tout ce que je dois faire, c'est rester calme. Après tout, il ignore que je le soupçonne.

J'ai dû rendre mon arme de service lorsque j'ai été remerciée, mais j'ai un permis de port d'armes et possède un petit Kimber .45. D'un geste rapide, je sors le pistolet de la boîte à gants et le glisse dans la poche de mon manteau.

Detrick frappe à la vitre. J'appuie sur le bouton d'ouverture.

— Quel est le problème ?
— Éteignez le moteur.
— Quoi ?
— Obéissez, Burkholder. Sortez immédiatement du véhicule.
— Je n'ai rien fait de mal.
— Vous avez bu. Je l'ai senti au poste et je le sens encore maintenant. Sortez de cette putain de voiture !

Mon cœur se met à cogner furieusement contre mes côtes. Je ne m'attendais pas à ça. Une dizaine de répliques tournent dans ma tête, mais aucune ne me semble appropriée.

— Ça m'embête de sortir, Detrick. Je vais vous suivre jusqu'au poste et je me soumettrai à un alcootest.
— Ça vous embête ? répète-t-il en me dévisageant à travers l'ouverture de quinze centimètres de la vitre. Ouvrez la portière. Maintenant.
— Faites venir un autre policier et j'obéirai, dis-je en m'efforçant d'adopter un ton calme et neutre.
— Sortez de cette putain de voiture ! éructe-t-il. Tout de suite !

Je pense à tous les actes horribles que cet homme a dû commettre. Je ne peux pas croire qu'il pense s'en tirer en s'attaquant à moi. Mais pas question que je sorte de voiture. J'appuie sur la fermeture automatique des portières.

— Ne rendez pas les choses plus difficiles, dit-il.
— Appelez Pickles et j'obtempérerai.

Par l'ouverture de la vitre, la neige entre en virevoltant.

Il se penche un peu en avant.

— Si vous m'obligez à le faire, je vous aligne pour un maximum d'infractions. Conduite en état d'ivresse. Résistance à agent et tout ce qui me passera par la tête. Je vous détruirai, Burkholder. Vous aurez de la chance si vous trouvez un boulot de gardien de parking après ça.

Je ne réponds rien.

— Comme vous voudrez, fait-il comme résigné avant de prendre sa radio. Ici 247…

La vitre vole en éclats. Des bris de verre m'inondent. J'aperçois le poing ganté de Detrick tout près de mon visage. Il tient un objet sombre dans la main. Je passe la première mais avant de pouvoir appuyer sur l'accélérateur, j'entends le craquement écœurant du pistolet électrique. Cinq cent mille volts jaillissent des électrodes pour m'atteindre au cou.

J'ai l'impression d'être frappée par une batte de base-ball. Je sens la secousse m'électriser jusque dans les os. J'ai conscience de la Mustang qui avance en roue libre mais je suis incapable de bouger les pieds pour appuyer sur les pédales. La décharge m'a paralysée. Mon esprit s'embrouille. Tandis que Detrick se penche à l'intérieur de la voiture pour éteindre le contact, je comprends l'erreur fatale que je viens de commettre.

33

John mit une heure à sortir de la ville. Les routes, rendues dangereuses par la tempête, étaient de plus bloquées par de nombreux accidents. Bien que concentré sur sa conduite, John commença à s'inquiéter pour Kate. Ses soupçons envers Detrick pouvaient sembler insensés, mais elle avait la tête sur les épaules et, surtout, elle était un bon flic. Si ses soupçons se révélaient exacts, cela signifiait qu'un tueur en série muni d'un badge de police rôdait à Painters Mill.

Pendant qu'il attendait que l'autoroute de Newark se dégage à la suite d'un accident, il essaya de la joindre sur son portable. Il n'obtint que son répondeur. Il lui laissa un message avant d'appeler chez elle. Une sombre inquiétude l'étreignit lorsqu'une fois encore il tomba sur le répondeur.

— Où es-tu, bon sang ? murmura-t-il avant de raccrocher.

Le numéro de Glock était toujours enregistré sur son portable, ce fut donc lui qu'il tenta de joindre en seconde option. À son grand soulagement, il décrocha.

— Vous avez vu Kate ?

— Pas depuis hier, dans l'après-midi. Qu'est-ce qu'il y a ?

John n'était pas sûr de ce qu'il pouvait dire.

— Je me demandais si vous pouviez aller faire un tour chez elle pour voir comment elle va.

— Je peux y aller tout de suite, fit Glock avant de marquer une pause. Vous allez me dire ce qu'il se passe ?

Le véhicule de John frôla un quinze tonnes plié en deux et une voiture complètement broyée de laquelle un ambulancier venait de sortir le conducteur.

— Je ne peux pas en parler, Glock.

— OK, Tomasetti, maintenant je m'inquiète officiellement.

— Allez la voir. Je vous mettrai au parfum quand j'arriverai.

Louchant entre les flocons de neige qui constellaient son pare-brise, il appuya sur l'accélérateur en espérant de toutes ses forces que Kate allait bien.

J'ai conscience d'être tirée de ma voiture. Je sens la neige sur mon visage, dans mes cheveux, s'engouffrant dans mon col. Je suis dans un putain de pétrin, mais je ne suis pas en état de faire quoi que ce soit.

Un autre craquement retentit.

La douleur secoue mon corps, brouille mon esprit. Mes muscles sont paralysés. Je suis face contre terre dans la neige. J'en ai dans la bouche, dans les yeux. Elle est froide contre mon visage. Je sens Detrick s'agenouiller près de moi. Mes mains sont violemment tirées dans mon dos. J'essaye de me débattre mais réussis à peine à remuer.

— Tu aurais dû laisser couler, Kate.

Je veux crier, mais ma bouche est pleine de neige et je ne parviens à émettre qu'un petit crachotement.

Je tente de recouvrer un peu de lucidité, en vain : j'ai l'impression d'être coincée en plein brouillard.

Il me lance une nouvelle décharge électrique. La douleur m'arrache un grognement. Mes muscles se raidissent, mes yeux tournent dans leurs orbites. L'inconscience me guette et le monde perd toute couleur. Je sens Detrick piétiner dans la neige, se déplacer autour de moi. Je suis trop dans les vapes pour comprendre ce qu'il fait. Je tire sur les liens qui attachent mes poignets, ils ne bougent pas, ils sont trop serrés. Roulant sur le dos, je lève la tête et regarde autour de moi. La neige tombe en vrilles d'un ciel noir d'encre. Je vois des phares. Et puis Detrick se tient au-dessus de moi.

— On fait moins la maligne, maintenant, hein ?

L'instant d'après, il passe ses mains sous mes bras et me tire. J'essaye de donner des coups de pied mais je me rends compte qu'eux aussi sont attachés. Il ouvre le coffre de ma Mustang, me soulève comme si je ne pesais pas plus lourd qu'un sac de sable et me jette à l'intérieur. J'atterris douloureusement sur l'épaule. Je sens ses mains sur mes chevilles qu'il lève et remonte derrière mon dos. Je comprends avec horreur qu'il est en train de m'attacher comme un cochon, en liant mes pieds et mes mains.

— À l'aide ! dis-je aussi fort que je peux. Au secours !

— La ferme !

— Aidez-moi, s'il vous plaît !

M'agrippant les cheveux, il me tire la tête en arrière et me fourre un morceau de tissu dans la bouche. Avant que je ne puisse le recracher, il enroule du Scotch autour de ma tête et sur ma bouche.

Plongeant la main dans le coffre, il arrache le câble d'ouverture d'urgence.

— Comme ça, l'idée de te sortir de là te prendra pas.

Le coffre se referme dans un claquement sec et je me retrouve enveloppée par l'obscurité. Je respire bruyamment par le nez. Mon pouls bat à mes oreilles. J'entends le moteur démarrer, celui de sa voiture, pas de la mienne. Un instant après, la Mustang se met en mouvement. Il est en train de remorquer ma voiture. À ce moment précis, je suis plus effrayée que je ne l'ai jamais été de ma vie. Detrick va me tuer. J'ai vu son travail sanglant. La panique me saisit et j'essaye machinalement de me débattre. Des grognements bestiaux montent dans ma gorge et meurent étouffés contre le bâillon. Je me tortille, je rue jusqu'à ce que mon corps entier soit pris de tremblements à cause de la fatigue et de l'adrénaline.

Après ce qui me semble une éternité, je m'oblige à me calmer. Je prends de profondes inspirations. Je me concentre pour me détendre, les bras d'abord, les jambes ensuite. Au bout de quelques instants, mon esprit s'éclaircit. Je peux à nouveau réfléchir. Il a débranché le câble d'ouverture d'urgence du coffre mais je sais qu'il y a un panneau mobile entre le coffre et la banquette arrière. Si je le trouve, je pourrai peut-être m'échapper.

Dans cet espace confiné, je bouge maladroitement et affreusement lentement. Je cherche à l'aide de mon visage le loquet du siège. Je le trouve finalement au bout de plusieurs minutes, sur le côté droit. J'ai besoin de mes dents mais ma bouche est bâillonnée. J'appuie mon visage contre le loquet et l'utilise pour décoller le Scotch. Le bord acéré du loquet m'entaille la lèvre mais je m'en fiche. Petit à petit, le Scotch se décolle. Je tire sur le loquet avec les dents, et le mécanisme cède. Je pousse le dossier de la banquette arrière d'un coup de tête. Un soupir de soulagement étouffé m'échappe lorsqu'il se rabat.

Je rassemble chaque parcelle de force qu'il me reste pour passer en me tortillant du coffre à la banquette arrière. À coups d'épaules, de hanches et de tête, je me pousse sur le sol avant de ramper et me faufiler entre les sièges avant. Je suis près du siège conducteur lorsque la voiture s'arrête.

La panique m'envahit. Je me tortille frénétiquement et réussis sans trop savoir comment à me retrouver sur la console centrale. Je roule sur le siège conducteur et, de la tête, appuie sur le bouton de fermeture automatique des portes. Du menton, j'appuie ensuite sur le klaxon. Une vague de soulagement monte en moi lorsque le signal sonore retentit. Je réfléchis à un moyen de récupérer le Kimber dans la poche de mon manteau quand je repère mon portable sur le siège passager. Instinctivement, je rampe jusqu'à lui et l'attrape avec les dents. Je n'arrive pas à le glisser dans ma poche, alors je le laisse tomber dans ma chemise.

Une main passe à travers la vitre brisée. Une seconde plus tard, la portière s'ouvre et, un sourire aux lèvres, Detrick pointe son pistolet électrique sur moi.

Une douleur vive explose dans mon corps. Mes muscles se bloquent. J'entrevois son visage tandis qu'il se penche vers moi. Je me jette de tout mon poids contre le klaxon, priant pour que quelqu'un l'entende. De grosses mains brutales me tirent du véhicule. Je m'étale dans la neige. Ensuite, il m'empoigne par les cheveux. La douleur irradie sur mon crâne tandis que des cheveux sont arrachés avec leur racine. La neige entre dans mon col. Je me tourne pour essayer de repérer où je suis. Nous nous trouvons dans une clairière entourée d'arbres. Devant, je distingue la forme d'une ferme. Derrière, un silo. Une grange affaissée.

Ma tête se vide alors que je suis tirée sur des marches. Je me débats, tentant désespérément de libérer mes mains et mes pieds. Ma tête cogne durement contre la dernière marche et une gerbe d'étoiles explose devant mes yeux. Detrick me lâche, ouvre la porte. Une odeur de moisi, de froid et de poussière s'échappe de l'intérieur. Detrick me traîne sur le seuil comme si j'étais un sac de grain. La claustrophobie menace quand la porte se referme. Voilà : le monstre m'a amenée dans son antre.

La terreur qui s'infiltre goutte à goutte dans mon esprit me paralyse. Je pense à Amanda Horner, à Ellen Augspurger et à Brenda Johnston. Je revois leurs corps brutalisés. Je me demande si cela fait partie de ce qu'elles ont enduré avant de mourir, et si je vais finir comme elles.

La porte s'ouvre et se referme. Je suis seule, mais je sais qu'il va revenir. Le plancher est froid et rugueux contre ma joue. Je suis étendue sur le côté, le souffle plus court que si je venais de courir deux kilomètres. Mon dos est douloureux dans cette position inconfortable mais je suis certaine que le pire est à venir.

Mon pouls bat trop vite. Je n'arrive pas à maîtriser les tremblements qui me secouent. Il faut que je réfléchisse. Que je me batte. Que je m'échappe. Que je bute ce fils de pute si l'occasion se présente. Je lève la tête et balaye la pièce du regard. Je suis dans une vieille maison. Il n'y a aucun meuble. Elle est probablement abandonnée. Dans un coin de ma tête, je me demande si elle est notée sur la liste et si elle a été vérifiée, puis je me rappelle que c'est à Detrick que j'avais demandé de s'occuper des propriétés abandonnées. Il ne l'a certainement jamais fait.

Il revient en transportant un radiateur à pétrole et une caisse à outils. Un frisson me parcourt lorsque je croise son regard.

— Je parie que tu voudrais bien savoir comment j'ai appris que tu avais découvert mon petit secret.

J'écarquille les yeux.

— Ton copain de la police de l'Indiana t'a appelée. Il voulait te parler d'une vieille affaire. Bizarrement, il croyait que tu étais toujours chef de la police. Tu ne saurais pas pourquoi, par hasard ?

Il installe le radiateur et s'agenouille à côté. Tandis qu'il l'allume, je tire sur mes liens pour essayer de les desserrer. J'ignore ce qu'il a utilisé pour m'attacher : c'est souple et difficile à défaire.

Une lueur jaune se propage dans la pièce lorsque le radiateur est allumé. Il se redresse et s'avance vers moi avant d'arracher ce qu'il reste de Scotch sur ma bouche. Je crache le bout de tissu et, pendant plusieurs secondes, tout ce que je peux faire, c'est aspirer de grandes goulées d'air et étrangler mes sanglots. Je remarque le couteau dans sa main. Un cri s'échappe de ma gorge au moment où il se penche vers moi, mais il se contente de couper la corde qui relie mes poignets et mes chevilles.

Je suis toujours pieds et poings liés, mais, au moins, je ne suis plus attachée comme un cochon. Je m'étire et roule sur le côté.

— Vous ne pensez quand même pas vous en tirer comme ça ?

Il pose sa main gauche sur mon épaule et me fouille de la droite.

— T'as planqué un copain, Kate ?

— Non.

Il trouve le Kimber dans la poche de mon manteau et le sort.

— Belle pièce, fait-il.

Tenant le pistolet par la crosse, il me sourit.

— Et chère, aussi, ajoute-t-il en se mettant en position de tir, le canon pointé sur mon front. Comment est le tir ? Précis ? Il y a beaucoup de recul ?

— Tomasetti est au courant de tout.

— Cet ivrogne ne sait absolument rien.

— Je lui ai tout raconté. Il est en route. C'est fini.

— Qu'est-ce que tu crois savoir, exactement ?

— Je sais pour les meurtres en Alaska, au Kentucky et en Indiana. Les quatre meurtres de Painters Mill, il y a seize ans.

— T'as découvert tout ça toute seule, hein ?

— Les gens du BCI sont au courant. C'est fini, Detrick. Vous pouvez soit laisser tomber, soit foutre le camp. Vous pourriez être au Canada demain matin en partant maintenant.

— Et après ? Je passerai le reste de ma vie à regarder par-dessus mon épaule ? C'est pas mon genre.

— Vous irez en prison si vous restez.

Son visage n'exprime que de l'arrogance. Il ne me croit pas, ne me prend pas au sérieux.

— Il y a un petit problème avec tes déclarations, Kate.

J'ai la gorge si serrée que je ne peux pas parler.

— Tu n'as aucune preuve. Pas d'ADN. Pas d'empreinte.

Il hausse les épaules avec la nonchalance d'un homme congédiant un enfant agaçant.

— Les preuves indirectes leur suffiront. Ils passeront tout au peigne fin et trouveront des preuves. Ce n'est qu'une question de temps et vous le savez.

Il se fend d'un large sourire.

— Tu oublies que j'ai déjà un suspect en cellule. Tu as une idée du nombre de preuves physiques que j'ai contre Jonas Hershberger ?

— Les preuves que vous avez placées, c'est ça ?

— J'ai du sang. Des fibres. Des cheveux. On parle d'ADN, Kate. Des effets personnels des victimes. Leurs vêtements sont enterrés dehors, près de la grange. Nos agents ne sont pas encore tombés dessus, c'est tout. Mais ils les trouveront. Hershberger va se faire griller.

— Tomasetti a obtenu un mandat de perquisition. Il est sûrement chez vous en ce moment.

Le mensonge s'envole de mes lèvres avec la véhémence brûlante dont ferait preuve un pasteur.

Son sourire vacille. L'expression qu'il affiche me fait frissonner au plus profond de mon être.

— Espèce de sale menteuse.

— Si vous me tuez, vous aurez tous les flics de l'État sur le dos.

Ses lèvres se durcissent. La transformation d'homme charmant en psychopathe est si rapide que je ne suis pas préparée. Il saute vers moi et me relève si brutalement que ma tête part en arrière.

— Tu crois pouvoir m'énerver avec tes mensonges. Tu me prends pour un con ?

— Vous êtes un misérable monstre.

— Laisse-moi t'expliquer comment tout ça va se terminer, dit-il, les dents serrées.

J'essaye de me dégager mais il m'agrippe fermement par les manches de mon manteau et me secoue violemment.

— Tu es tellement anéantie par la perte de ton travail et ton échec cuisant dans cette affaire que tu es au bout du rouleau. Alors tu te bourres la gueule. Tu roules jusqu'à cette ferme abandonnée. Tu t'enfiles quelques verres de plus. Tu t'assois, prends ce joli petit Kimber, te le colles dans la bouche et appuies sur la détente. C'est pas une super fin ?

— Personne n'avalera ça !

Dans ma tête, j'ai hurlé ces mots mais ils sortent posément.

— Tu serais pas le premier flic à te faire sauter le citron à cause de ce boulot.

— Voilà un petit rappel des faits pour vous, Detrick. Tomasetti sait ce que vous avez fait. Il vous fera tomber. Vos problèmes ne font que commencer.

À la vitesse d'un serpent qui attaque sa proie, il attrape mon visage à deux mains et m'attire à lui.

— Je vendrais mon âme pour pouvoir prendre mon pied avec toi, murmure-t-il.

Je reste stoïque face à son corps tout près du mien, face à la laideur, et lui lance un regard plein de haine, pour lui, pour ce qu'il est.

— Allez-y et les flics sauront que je ne me suis pas suicidée. Comment vous allez faire pour mettre des meurtres sur le dos de Jonas si on découvre un autre cadavre pendant qu'il est en prison ?

— Tu te crois très maligne, hein ? Laisse-moi te dire une chose. Il y a un paquet de trucs que je peux te faire sans que les flics le découvrent si cette bicoque s'enflamme avec toi dedans, dit-il avant d'indiquer d'un geste le radiateur. Tu mets ce truc trop près des rideaux et tout s'embrase comme pour le 4 Juillet.

Je frissonne lorsqu'il passe sa langue sur ma joue. Je sens son haleine aigre, la touche musquée de son eau de Cologne bon marché, la chaleur de sa respiration contre mon visage. L'humidité de ses postillons sur ma peau.

— Tant que je ne brise aucun os, toutes les preuves disparaîtront dans le feu. Je porte un préservatif, tu sais, dit-il en tapotant la poche de son manteau. J'en ai une pleine boîte rien que pour toi.

Je lui donne un coup de tête aussi fort que je peux. J'entends son nez craquer. Il me pousse en jurant avant de prendre son nez dans ses mains. J'aperçois un peu de sang qui filtre entre ses doigts avant de tomber durement sur les fesses. Je n'attends pas qu'il revienne vers moi, je roule vers le Kimber qu'il a laissé échapper, me tortille jusqu'à ce que ma main droite effleure la crosse. Si j'arrive à enrouler mes doigts autour…

D'un coup de pied, Detrick éloigne le pistolet. Je lève les yeux et le vois sortir le couteau de sa poche. Il se penche sur moi. En un geste désespéré, je roule sur le dos puis, les deux jambes levées, je le frappe comme un cheval ruant. Il recule en titubant, agitant les bras de chaque côté. Au bruit du verre qui se brise, je comprends que je l'ai envoyé à travers la fenêtre et bascule sur le côté à la recherche du pistolet. C'est ma dernière chance. Ma seule chance d'en sortir vivante.

Mais je ne vois le Kimber nulle part. Je rampe vers le coin où il a été envoyé. Les mains de Detrick s'abattent alors violemment sur mes épaules. Je pivote, tente de me remettre en position pour le frapper à nouveau et vois son bras foncer sur moi.

Cinq cent mille volts enflamment chaque cellule, chaque terminaison nerveuse de mon corps. La douleur m'arrache un cri. Mes muscles se contractent. Une lumière vive éclate dans ma tête. Je me retrouve face contre terre. Un autre craquement finit de raidir complètement mon corps. Mes yeux roulent dans leurs orbites. Ma mâchoire se ferme brutalement, faisant claquer mes dents. Le goût du sang envahit ma bouche. Ma vessie se relâche.

Nouveau craquement.

Le monde s'obscurcit.

34

Ça ne plaisait pas à LaShonda qu'il sorte alors que, dehors, la tempête faisait rage. À Glock non plus, d'ailleurs, mais il n'avait pas le choix. Il avait essayé de joindre Kate chez elle et sur son portable et n'avait à chaque fois obtenu que le répondeur. Compte tenu du temps et de l'appel cryptique de Tomasetti, il s'inquiétait.

Il savait que Kate était déprimée à cause de ces meurtres et de la perte de son travail. Dans le meilleur des cas, il la trouverait blottie chez elle à biberonner une bouteille d'un quelconque alcool fort. Ça ne serait pas la première fois qu'un flic se tournait vers la boisson pour trouver un peu de réconfort ou échapper à la réalité. Ce qui l'inquiétait, c'était les autres possibilités.

Il se gara dans la rue devant chez elle et, les yeux plissés, scruta le devant de sa maison à travers la neige virevoltante. D'habitude, elle se garait dans l'allée. Ce soir, celle-ci était déserte. Il eut beau tenter de se rassurer en se disant que, à cause de la tempête, la Mustang devait être dans le garage, Glock était dans la police depuis assez longtemps pour savoir quand il devait écouter son instinct. Et là, il devait clairement le suivre.

La neige et le vent lui tombèrent dessus tandis qu'il s'avançait vers le garage et regardait par la lucarne. Son malaise s'intensifia quand il vit qu'il était vide. Glock se rendit à la porte de derrière, tourna la poignée. Elle était verrouillée. De sa main gantée, il brisa un carreau et ouvrit la porte. Une odeur de café flottait dans la maison où régnait une douce chaleur. Il alluma.

— Chef ? C'est Glock. Vous êtes là ?

Le vent s'engouffrant sous l'avant-toit sembla se moquer de lui.

Glock posa la main sur la cafetière, elle était froide. Des papiers et des dossiers étaient éparpillés sur la table de la cuisine à côté d'un ordinateur portable. Il jeta un œil aux notes manuscrites : police de l'Indiana, ancien inspecteur en Alaska, articles de journaux.

Il inspecta rapidement le reste de la maison, mais Kate n'était nulle part. De retour dans la cuisine, il appela Tomasetti.

— Elle n'est pas chez elle, dit-il sans préambule.

— Je suis à vingt minutes de Painters Mill. On se retrouve au poste.

— Qu'est-ce qu'il se passe, bordel ? Où est Kate ?

— Je vous expliquerai quand je serai là. Rendez-moi service et essayez d'appeler Detrick pour savoir où il est, ce qu'il fait. Ne le laissez pas deviner que vous vous inquiétez de quoi que ce soit.

— Qu'est-ce que Detrick a à voir là-dedans ?

— Je crois qu'il est peut-être... impliqué.

— Impliqué dans quoi ?

— Dans les meurtres.

— Quoi ? C'est une blague ! Detrick ?

— Écoutez, je n'en suis pas sûr. Appelez-le, d'accord ?

— Et s'il est au poste ?

— S'il y est, ce sera la meilleure nouvelle de la journée. Sinon, ma main à couper que Kate est en danger.

Lentement, je reprends connaissance. La première chose dont j'ai conscience, c'est le hurlement du vent. J'entends la neige battre contre les fenêtres. Je suis allongée sur le côté, les genoux ramenés contre la poitrine. Mes poignets sont attachés dans mon dos. Le bras sur lequel je suis couchée est complètement ankylosé. Mes chevilles sont toujours attachées. Je tremble de froid. Mon entrejambe est humide et je me rappelle m'être fait pipi dessus quand Detrick m'a visée avec le pistolet électrique.

J'ouvre les yeux. Une lueur jaune diffusée par le radiateur danse au plafond. Je sens un air froid courir sur moi et je me souviens que la vitre de la fenêtre est cassée. Je parcours la pièce du regard. Mon cœur fait un bond lorsque je repère Detrick dans l'embrasure de la porte. Il a retiré son manteau et porte une chemise en jean par-dessus un col roulé et un pantalon à la coupe élégante.

— Tu m'as cassé le nez, dit-il.

Je remarque le sang sur le col roulé.

— Comment vous allez expliquer ça ?

— Les gens tombent sur les trottoirs verglacés, répond-il en me détaillant du regard, un sourire qui me fait frissonner aux lèvres. Tu trembles. Tu as froid ?

Je ne réponds pas.

— Tu n'aurais pas dû briser cette fenêtre. Il ferait bien chaud ici maintenant avec le radiateur.

Le caractère désespéré de cette situation est comme un trou noir dans lequel je suis sur le point d'être aspirée. Cet homme va me tuer. La question, c'est quand. Quand et comment. Le temps est de mon côté, mais je sais aussi qu'il file inexorablement.

— Tu vas te tenir tranquille si je te détache les pieds ?

— Sans doute pas.

Il s'esclaffe.

— Tu tentes quoi que ce soit et ça fera très mal, cette fois. Compris ?

Il me regarde comme un chien affamé contemple le morceau de viande qu'il va dévorer. Il va me violer. Je le vois dans ses yeux. Cette pensée me dégoûte mais je me rappelle que j'y ai déjà survécu une fois. Je survivrai encore. Je veux vivre. Cette volonté farouche vibre en moi à chaque battement précipité de mon cœur.

Il s'avance, le pistolet électrique à la main.

— Ne vous servez pas de ça, dis-je.

— Tu vas te montrer coopérative ?

Sauf si j'ai une chance de te tuer.

— Je ferai tout ce que vous voudrez.

Il s'agenouille à côté de moi. Le couteau étincelle de reflets argentés dans la lumière du radiateur à pétrole. Le morceau de tissu retenant mes chevilles se détache. Je sens ses yeux posés sur moi, mais je ne peux me résoudre à le regarder. Il verra ma peur, je le sais. Et je sais aussi que c'est de ça qu'il se nourrit.

Mon cœur s'emballe lorsqu'il se met à délacer ma botte gauche. Je regarde ses doigts, ses ongles manucurés. Les mains solides. Il semble tellement normal que j'arrive presque à me persuader que tout cela n'est qu'un rêve.

Cependant, l'homme en train de défaire le lacet de ma botte est incapable de ressentir autre chose que la force dévorante de sa faim sinistre. Ce soir, cette faim se concentre sur moi. Et elle n'est pas loin d'échapper à tout contrôle.

L'horloge du tableau de bord indiquait 3 heures du matin quand John arrêta la Tahoe sur le parking du poste de police de Painters Mill. Des flocons de neige s'engouffrèrent avec lui lorsqu'il poussa la porte. Mona était assise devant le standard, une sucette dans la bouche, les pieds posés à côté de son moniteur. Une mélodie des Red Hot Chili Peppers s'échappait d'un poste de radio posé sur la crédence. Elle leva les yeux de son livre à l'entrée de John. Ses pieds tombèrent au sol et elle se leva.

— Je croyais que vous étiez parti.
— Je suis revenu, répliqua-t-il en se dirigeant vers le bureau de Kate. Vous avez vu le chef?
— Pas depuis que Detrick a failli l'arrêter.
— Vous savez où elle est?
— Chez elle, j'imagine.
— Depuis combien de temps est-elle partie?
— Deux heures, je crois.
— Où est Detrick?
— J'imagine qu'il est rentré chez lui aussi, fit-elle avant de froncer les sourcils. Il se passe quelque chose?

La clochette de la porte d'entrée tinta. Glock s'engouffra dans le poste, l'air plus défait que jamais. Mona retira la sucette de sa bouche.

— Qu'est-ce qu'il se passe, les gars?

John l'ignora et se tourna vers Glock.

— Vous avez pu joindre Detrick ?

— J'ai essayé son portable, mais il ne répond pas.

— Essayez chez lui.

Il s'attendait à ce que l'ancien marine remette en question le bien-fondé d'un appel au shérif au beau milieu de la nuit, il se trompait. Glock sortit son portable de sa housse et appuya sur deux touches.

— Lora ? C'est Rupert Maddox. Oui, tout va bien. J'aurais juste voulu que vous me passiez Nathan deux minutes, demanda-t-il avant de hausser les sourcils. Il n'est pas là ? Vraiment ? Vous savez où il est ? Oui, effectivement, c'est de la dévotion. Bien, je vais le joindre par radio. Désolé de vous avoir dérangée.

Son expression grave s'abattit sur John avec le même poids que les mots qui suivirent.

— La gouvernante dit qu'il est en patrouille.

— Essayez le bureau du shérif, demanda John avant de se tourner vers Mona. Essayez de le joindre par radio.

Glissant son casque sur ses oreilles, elle appuya sur quelques touches avant de parler dans le micro.

— Ici le central pour 247. Shérif Detrick, vous êtes là ?

— Retentez le portable, demanda John à Glock.

Celui-ci baissa son téléphone.

— Répondeur, dit-il.

— Merde, lâcha John tandis que son esprit examinait les différentes possibilités. Est-ce que Detrick possède une autre propriété dans les environs ?

— Aucune idée, répondit Glock en secouant la tête.

— Bon, et les fermes abandonnées ou...

— J'ai une liste !

Les deux hommes se tournèrent vers Mona, excitée à l'idée d'aider.

— J'ai une copie de celle que j'ai donnée à Detrick.

Elle attrapa la souris de son ordinateur et cliqua dessus. L'imprimante cracha deux pages que Mona tendit à John.

— J'ai répertorié les maisons, fermes, commerces dans un rayon de quatre-vingts kilomètres.

— Il nous faut du renfort, dit John.

— Pickles ? proposa Glock.

— Il est de service cette nuit, intervint Mona. Il a reçu un appel il y a un quart d'heure. Un type a quitté la route près de Clark. Il essaye de faire venir une dépanneuse.

John étudia la liste.

— Appelez Pickles. Dites-lui que c'est urgent. Il doit commencer à inspecter ces endroits.

— Qu'est-ce qu'on cherche ? demanda Mona.

John hésita sur le genre et la quantité d'informations qu'il pouvait donner.

— Nous cherchons Kate. Sa voiture. Nous pensons qu'elle est peut-être en danger.

— De quel genre ? demanda-t-elle en regardant les deux hommes tour à tour.

— Demande à Pickles de ne pas utiliser la radio, ajouta Glock. Portable uniquement.

— Compris.

— Appelle Skid aussi. S'ils trouvent Kate, ils doivent nous appeler John ou moi.

John reporta son attention sur Glock.

—Je vais contacter la police de la route et leur demander de rechercher son véhicule et celui de Detrick.
—Compris.
John se dirigea vers la porte.
—Nous couvrirons un plus grand périmètre si on se sépare. Vous prenez les premières propriétés de la liste.
Glock le rattrapa.
—Où allez-vous ?
—Secouer la ruche pour voir ce qui en sort.

Detrick habitait une maison d'un étage au sud de Millersburg. John s'arrêta le long du trottoir et découvrit une bâtisse plongée dans l'obscurité. Il savait qu'il était sur le point de franchir une ligne, mais il n'avait pas d'autre moyen. Kate avait disparu. Si elle avait vu juste au sujet de Detrick, elle serait morte demain. On n'avait pas le temps de suivre le protocole. Sa carrière était de toute façon fichue. Autant finir en beauté.

Il avança tant bien que mal dans la neige jusqu'à la porte d'entrée et appuya une dizaine de fois sur la sonnette. Personne ne répondit, aussi se mit-il à cogner du poing sur la porte. Au bout de quelques minutes, une femme entre deux âges vêtue d'une robe de chambre rose et de pantoufles assorties vint ouvrir la porte après avoir glissé la chaîne de sécurité.

—Vous savez l'heure qu'il est ? aboya-t-elle.
—Madame Detrick ?
—Je suis Lora Faulkor, la gouvernante. Grace et les enfants sont partis il y a un mois.

— Le shérif est là, madame ? demanda John en montrant son badge.

— J'imagine qu'il est en patrouille, à enquêter sur ces meurtres, répondit-elle tandis que, sur son visage, l'agacement cédait à l'inquiétude. Il est arrivé quelque chose ?

— Rien n'indique qu'il ait des problèmes, madame. Je peux entrer ?

Elle referma la porte un instant pour retirer la chaîne puis la rouvrit.

— Que se passe-t-il ?

— Tout ce que nous savons, c'est qu'il a disparu.

— Disparu ? Oh Seigneur ! s'exclama-t-elle en se tordant les mains. Je lui avais dit de ne pas sortir par ce temps. Il a dû avoir un accident.

John pénétra dans un vaste salon décoré de meubles coloniaux en chêne, d'un canapé convertible et d'un fauteuil en tissu assorti. Dans l'air flottait encore l'odeur d'un feu de cheminée.

— Pourquoi madame Detrick est-elle partie ? demanda-t-il.

— À cause du divorce. Il y avait beaucoup de tension. Et comme M. Detrick travaillait énormément, il m'a gardée à son service pour m'occuper de la maison.

— Je vois, répliqua John à qui la chronologie de la situation maritale de Detrick n'avait pas échappé. Est-ce qu'il a un bureau, ici ?

Elle cligna des yeux, visiblement surprise par la question.

— Pourquoi diable voulez-vous voir son bureau ?

— J'ai besoin d'établir ses habitudes. Cela pourrait m'aider à déterminer où chercher. Il a peut-être un planning de ses patrouilles.

— Est-ce qu'il ne le garderait pas au bureau du shérif ?

— Le temps presse, madame. Si vous pouviez juste me montrer son bureau.

— Oh, très bien. Vous pouvez jeter un œil. Je ne vois pas en quoi ça va vous aider, c'est tout.

Une main posée sur son estomac, elle se dirigea vers le couloir.

— Tous ses adjoints sont à sa recherche ? reprit-elle.

— Chaque homme disponible.

— Depuis combien de temps a-t-il disparu ?

— Environ deux heures. Nous n'arrivons à le joindre ni par radio ni sur son portable.

— Oh non ! Mon Dieu ! Ce n'est pas bon signe.

Il la suivit le long d'un couloir dont les deux murs étaient parés de dizaines de photos encadrées. Les enfants de Detrick, pensa-t-il avant de se demander quel père, quel flic, pouvait mener une double vie si sordide.

Elle pénétra dans une chambre dont elle alluma la lumière. Le bureau, comprit John en remarquant la table de travail surmontée d'une lampe de banquier. Derrière, une bibliothèque était remplie de livres et de bibelots de pacotille contrastant avec le reste de la maison. Plusieurs plaques officielles ornaient les murs.

— Qu'est-ce que vous voulez voir exactement ? demanda Lora.

John l'ignora et se dirigea directement vers le bureau. Il était verrouillé. Il avait atteint le point de non-retour. Il décocha un regard dur à la gouvernante.

— Où est la clé ?

— Je ne comprends pas pourquoi vous devez fouiller dans son bureau. Ça n'a pas de sens. Pourquoi faites-vous ça ?

Il attrapa un coupe-papier et s'agenouilla à côté du bureau avant d'enfoncer la pointe dans la serrure pour la forcer.

— Qu'est-ce que vous faites ? hurla-t-elle.

Il explora le contenu des tiroirs. En quelques minutes, il avait fouillé tout le bureau, en vain.

— Y a-t-il un autre endroit où il garde des papiers ou des objets personnels ?

— Dites-moi ce qu'il se passe vraiment ! s'écria-t-elle. Qui êtes-vous ?

— Nous essayons de déterminer son emploi du temps, répéta John en balayant la pièce du regard, les mains sur les hanches. Où garde-t-il ses effets personnels ?

— Je crois que vous devriez partir.

— J'ai bien peur de ne pas pouvoir.

— J'appelle la police.

— La police recherche Detrick, madame.

Cette réplique l'arrêta net, mais John savait que l'effet ne serait que de courte durée.

— Je dois savoir où il garde ses effets personnels.

Devant son mutisme, il s'approcha d'elle, la saisit par les bras et la secoua.

— Où, bordel de merde ? hurla-t-il.

Elle le dévisagea, bouche bée, les lèvres tremblantes.

— Il garde des affaires dans le grenier.

Sans l'attendre, il grimpa quatre à quatre les marches menant à l'étage. Il ne pensait plus qu'à Kate. Au moment qu'ils avaient passé ensemble. À la certitude qui teintait sa voix quand elle lui avait fait part de ses soupçons sur Detrick.

Il trouva la porte du grenier au bout du couloir. Derrière lui, il entendit les pas de la gouvernante qui se rapprochaient.

— Je veux que vous me disiez tout de suite ce qu'il se passe ! cria-t-elle.

John gravit un étroit escalier, ouvrit une porte et alluma. Une ampoule nue pendait d'une poutre, illuminant un petit grenier bourré de cartons, de vieux classeurs à tiroirs métalliques, d'une demi-douzaine de chaises pliantes, d'un parasol cassé.

— J'appelle le shérif adjoint Jerry Hunnaker sur-le-champ, dit Lora.

John leva les yeux sur elle et la vit plantée dans l'embrasure de la porte, le téléphone à la main.

— Faites ce que vous avez à faire, répondit-il en repérant un classeur métallique déglingué dont il essaya sans y parvenir d'ouvrir les tiroirs. Où est la clé ?

— Je n'en sais rien, rétorqua-t-elle en enfonçant les touches du téléphone.

John scruta la pièce à la recherche d'un objet pour forcer la serrure. Il trouva un vieux parapluie dont il enfonça le bout en métal dans la serrure.

— Qu'est-ce que vous fichez ? hurla-t-elle.

Il frappa le verrou jusqu'à ce que le tiroir supérieur s'ouvre. Sur le devant, il y avait des dossiers. Au fond, il découvrit plusieurs boîtes en plastique et une boîte à chaussures. Il commença par les dossiers. Relevés de banque, factures, contrats et garanties. Rien d'intéressant. Il sortit la boîte à chaussures et découvrit des photos. Il sut immédiatement qu'il s'agissait de photos de rapports de police. Il y en avait des centaines. Des cadavres. Homicides. Suicides. Accidents mortels. Le point commun entre toutes, c'était la violence qui s'en dégageait.

John attrapa une des boîtes en plastique et l'ouvrit. Il trouva une culotte de femme. Dans la suivante, un soutien-gorge noir. Une *kapp* en tissu léger, du genre de celles portées par les Amish. Des trophées, comprit-il.

— Bon Dieu, murmura-t-il.

Mais ce qu'il ne trouva pas, c'était un indice menant à Kate.

Il se dirigea en courant presque vers la porte, vers Lora qui se tenait sur le seuil.

— J'ai appelé le bureau de Nathan, dit-elle. Ils ne sont pas au courant qu'il aurait disparu. Je les ai informés de ce que vous faisiez. Ils arrivent.

— Si Detrick avait des ennuis, où irait-il ?

— Je n'ai rien à vous dire.

Avant de pouvoir s'en empêcher, John l'attrapa par les épaules et la poussa violemment contre le mur.

— Si je ne le trouve pas, il va tuer quelqu'un ! Alors où est-il, bordel ?

— Tuer quelqu'un ? répéta-t-elle en le fixant, la bouche grande ouverte et tremblante. Vous êtes fou ! Nate ne ferait jamais de mal à qui que ce soit ! C'est un officier de police.

— Il l'a déjà fait ! hurla John. Y a-t-il un endroit privé où il se rend pour être seul ?

— Il n'a jamais rien mentionné.

— Est-ce qu'il possède un chalet ?

— Je n'en sais rien !

Luttant pour recouvrer son sang-froid, John la relâcha et recula en titubant. Pendant plusieurs secondes, ils se dévisagèrent, puis John pivota et descendit les marches deux par deux. Il passa la porte d'entrée et regagna la Tahoe. Il tremblait de tous ses membres lorsqu'il s'installa derrière le volant. Il attrapa son téléphone et appela Glock.

— Detrick est notre homme.

— Comment...

— Je sors de chez lui. J'ai fouillé son bureau. Il garde des trophées.

— Putain, Tomasetti.

— Où êtes-vous ?

— Au nord de Painters Mill. J'ai inspecté deux fermes, mais rien.

— Ils peuvent être n'importe où, soupira John en prenant la liste des propriétés abandonnées sur la console centrale. Il faut qu'on la trouve, Glock. Elle est en danger. Où je regarde ? demanda-t-il en démarrant.

— Il y a un motel abandonné sur la route 62. C'est là que je vais. Vous êtes plus près de Killbuck. Il y a une maison là-bas sur la liste.

John regretta amèrement de ne pas être plus familier du secteur.

— Bordel, il nous faut plus d'hommes.

— Pickles et Skid sont aussi en train de la chercher. Nous la trouverons.

John raccrocha et tourna sur la route 754 en direction de la commune de Killbuck. La neige rendait sa conduite désespérément lente. La visibilité avait encore baissé, il distinguait à peine la route. Même les poteaux téléphoniques et les panneaux de signalisation étaient invisibles. Dans quelques heures, tout trajet deviendrait impossible.

Les yeux plissés, il scruta le maelström qui s'étalait devant lui.

— Où es-tu, Kate ? murmura-t-il.

Pour toute réponse, il n'eut droit qu'au battement régulier des essuie-glaces, en écho à sa propre terreur.

35

Je le regarde me retirer mes bottes. Autour de moi, la vieille maison craque et gémit face à la tempête qui fait rage au-dehors. Malgré le radiateur poussé au maximum, la pièce reste froide. Mes jambes et mes bras sont secoués de tremblements incontrôlables. Je ne sais plus si c'est à cause du froid ou du courant de terreur qui me parcourt sans fin. Je me rappelle ma dernière conversation avec John et je me demande s'il m'a crue au sujet de Detrick. Est-ce qu'il me cherche ? Est-ce que quelqu'un, n'importe qui, me cherche ? Ou vais-je finir comme les autres ?

Detrick pose mes bottes sur le côté et m'observe. Malgré la faible lueur, je distingue la faim dévorante qui luit dans son regard. Le dégoût me retourne l'estomac.

— Tu trembles, dit-il. J'adore ça.

Je lui lance un regard sans ambiguïté, en y mettant autant de colère que je peux. Tout plutôt que cette peur qui me met à terre.

— C'était vous dans les bois cette nuit-là, pas vrai ?

— J'avais perdu sa culotte, elle était tombée de ma poche. Ça s'est joué à un cheveu, hein ?

— Pourquoi faites-vous ça ?

Ma question semble l'amuser.

—Ma maman ne me battait pas et mon papa ne m'a pas sodomisé, si c'est ce que tu veux savoir.

—Je veux juste comprendre pourquoi.

—J'aime ça. J'ai toujours aimé ça. Je suis l'exemple typique dont parlent les manuels. J'ai commencé avec les animaux quand j'étais petit. À huit ans, j'ai tué un chat et j'ai eu une trique comme jamais j'en avais eu.

Pendant qu'il parle, je fais le bilan mental de mon état physique. Mes orteils sont anesthésiés par le froid. Mes chevilles douloureuses à cause des liens. Mes mains sont toujours attachées, mais j'ai les jambes libres. Je peux me battre. Je peux courir.

—J'ai envie de t'ouvrir, dit-il. J'ai envie de t'entendre hurler et grogner. J'ai envie de voir tes yeux sortir de tes orbites.

À travers son pantalon, il prend son pénis et commence à se caresser avant de reprendre.

—Tu vois ce que je veux dire ? Je suis comme les putains de chiens de Pavlov. Je pense à te découper et il faut que je le fasse. Il faut que je te fasse souffrir, et ensuite, je suis tranquille. Ma queue ne retombe pas tant que c'est pas fait.

Je réprime un frisson.

—Si je meurs ce soir, les flics découvriront la vérité. Ils sauront que Jonas Hershberger n'est pas le meurtrier.

—Continue comme ça, Kate. J'aime le son de ta voix.

Ma respiration s'accélère. J'ai peur. J'ai tellement peur.

À genoux, il s'approche de moi. Je recule, mais il m'attrape par les cheveux et me tire vers lui.

—Je vais t'enlever ton pantalon et toi, tu vas te tenir tranquille comme une bonne petite salope et me laisser faire. Sinon, je me sers du pistolet électrique, c'est compris ?

Il me pousse sur le dos. Mes coudes et mes mains sont écrasés par mon poids mais je ne me débats pas. Pas encore. J'attends qu'il soit distrait, qu'il pense que je vais lui obéir.

J'ai un mouvement de recul lorsqu'il écarte mon manteau et déboutonne mon jean. Pour la première fois, ses mains tremblent. Sa respiration s'est accélérée. Malgré le froid, une fine couche de sueur couvre son front.

—Je vais te faire du mal. Beaucoup de mal, Kate. Ce sera pire que tout ce que tu as jamais imaginé. Tu vas hurler.

Il descend mon jean sur mes hanches, mes genoux, puis le tire de mes chevilles. Le froid me mord la peau. Je m'assois en essayant de me recouvrir. Le coup me prend par surprise. Une gifle sonore sur ma joue. Si violente que j'en vois des étoiles. Je tombe en arrière puis me tourne sur le côté pour soulager le poids sur mes bras.

Grommelant des paroles que je ne comprends pas, il me tire de nouveau par les cheveux. La douleur irradie dans mon cuir chevelu. Le second coup est comme un bâton de dynamite explosant dans ma tête. Je retombe et reste immobile. Ma mâchoire est douloureuse.

Au-dessus de moi, Detrick défait son pantalon et le laisse tomber sur ses genoux. Il m'observe, un rictus aux lèvres.

—Tu vas être la meilleure que j'aie jamais eue, murmure-t-il.

Son pénis en érection pointe devant lui. Plongeant la main dans sa poche de chemise, il en sort un préservatif dont il déchire l'emballage avant de l'enfiler. Au lieu de me choquer, la vue de son aine complètement imberbe m'apprend que j'avais raison : il se rase. C'est pour cela que le labo n'a jamais trouvé de poils. Sur le préservatif, le lubrifiant scintille et je pense aux femmes qui ont subi le sort qui m'attend.

La terreur pèse comme une pierre gelée sur ma poitrine. La nausée tangue dans mon estomac. Le viol sera brutal, mais je sais que ce ne sera pas le pire de ce qui m'attend ce soir. J'essaye de réfléchir en flic. Je dois monter à l'offensive, trouver son point faible. Mais pour l'instant, j'ai l'impression d'avoir à nouveau quatorze ans et je suis paralysée par la peur.

Fourrant l'emballage du préservatif dans sa poche de chemise, il se met à genoux devant moi. Il va encore me frapper, je le vois dans ses yeux. Les pensées les plus folles se bousculent dans ma tête. Un millier de hurlements s'entassent dans ma gorge. Son pantalon tombe sur ses chevilles. Il est vulnérable. Mes jambes sont libres de leur mouvement. Les quadriceps sont mes muscles les plus développés. Je n'ai qu'une seconde pour réagir.

Je ramène mes deux jambes avant de le frapper de toutes mes forces dans la poitrine. Un beuglement animal sort de sa bouche. Il titube en arrière, tombe lourdement sur le côté. Son dos cogne contre le radiateur, le renverse. L'espoir m'envahit à la vue du pétrole et des flammes se répandant sur le plancher.

Je suis debout. D'un coup de pied, j'envoie son manteau dans les flammes. À deux mètres de là, Detrick saute sur ses pieds et remonte son pantalon. Son visage n'est plus qu'un masque de fureur. Ses yeux passent rapidement du feu à moi. Je suis prise d'un rire hystérique à l'idée qu'il ne sait pas lequel des deux il doit craindre le plus.

Il bondit sur moi. Je me tourne pour courir en essayant de me rappeler où j'ai vu le Kimber pour la dernière fois. Par terre ? Sur la cheminée ? Pas le temps de le chercher. Je me rue sur la porte d'entrée, pivote, tourne le bouton de porte de mes mains attachées.

Un cri me déchire la gorge lorsque ses mains s'abattent sur mes épaules. Il me tire en arrière, me jette au sol. Une seule pensée tourne dans ma tête : j'aurais dû me jeter par la fenêtre.

Je lui lance des coups de pied à l'aveuglette, frénétiquement. Il hurle un juron et me bourre les jambes de coups de poing. Mais je ne sens pas la douleur. Si j'arrête de frapper, je suis morte.

Je me bats comme je ne me suis jamais battue. J'ai vaguement conscience du feu à quelques pas de moi. Je sens la fumée et le pétrole. Le sol est en train de prendre feu, les flammes s'élèvent à presque un mètre. Je prie pour que quelqu'un les aperçoive.

Tout espoir s'évanouit lorsqu'il me tombe dessus. Le premier coup ricoche contre ma mâchoire. J'essaye de me tourner, roule au loin. Mais je suis écrasée par son poids. Je tente un coup de la jambe droite quand un second choc m'atteint à la tempe gauche. Ma tête rebondit contre le sol, une lumière blanche éclate derrière mes yeux. Il me cogne une nouvelle fois et j'entends ma mâchoire craquer. La douleur remonte dans mes sinus. Ma vision s'obscurcit, je lutte pour ne pas perdre connaissance.

Reste consciente ! Bats-toi !

Dans ma tête, ces mots se répètent comme un mantra. J'essaye de le frapper avec ma tête, mais cette fois-ci il s'y attend. Sifflant une injure entre ses dents, il lance son poing dans mon plexus solaire. L'air quitte mes poumons. J'ai un haut-le-cœur et n'arrive plus à respirer.

Soudain, ses mains sont autour de mon cou. Il est incroyablement fort. La bouche ouverte, j'essaye sans résultat d'aspirer l'air. La panique s'empare de moi. Des étoiles devant les yeux, je me tortille comme un ver sous lui. Je sens ma langue gonfler et pousser contre mes dents, mes yeux sortir de leur orbite. Est-ce cela, mourir ?

Ma vision s'étrécit. Je l'entends à peine parler et ne comprends pas ce qu'il dit. La conscience s'éloigne. Dans ma tête, une seule pensée : je veux vivre. Je veux vivre ! Alors l'obscurité s'impose et m'attire dans ses abysses.

John n'aurait pas vu la maison si une lueur jaune n'avait brillé par la fenêtre. D'abord, il crut que son imagination lui jouait des tours, que c'était un effet des lumières du tableau de bord. Puis il vit de nouveau la lueur. Un faible vacillement à travers le mur de neige.

Des phares ? Une lampe torche ? Un feu ?

Éteignant ses propres phares, il arrêta la Tahoe au milieu de la route. Il sortit son Sig de son holster d'épaule, tira la culasse pour charger une balle dans la chambre. Le vent et la neige l'attaquèrent lorsqu'il ouvrit la portière. Il ne voyait rien à moins d'un mètre et avança péniblement jusqu'à la maison. À dix mètres devant, un autre éclair de lumière apparut. Il manqua se cogner contre le véhicule garé dans l'allée. La voiture de fonction de Detrick. Et, juste derrière, la Mustang de Kate, attachée au premier véhicule pour être tractée.

John sortit son portable et appela Glock.

—Je les ai trouvés, dit-il, entendant à peine sa propre voix dans le rugissement du vent. La maison abandonnée près de Killbuck.

—J'arrive.

John remit le téléphone dans sa poche. Il ne savait pas du tout à quoi s'attendre à l'intérieur, mais il avait deux atouts pour lui. D'abord, il savait que Detrick gardait ses victimes en vie un certain temps. Ensuite, la tempête qui faisait rage serait une couverture parfaite.

36

Je peux respirer. J'ai la langue pâteuse, la bouche grande ouverte, mais j'arrive à aspirer de grandes goulées d'air. Je sens les odeurs de fumée et de pétrole. Je suis étendue sur le dos, mes bras emprisonnés sous moi. J'entends le vent souffler au-dehors, faisant craquer la maison comme une bête saccageant tout sur son passage.

J'ouvre les yeux et découvre Detrick au-dessus de moi. Il y a du sang sous son nez et une tache sombre orne sa chemise. Les derniers événements me reviennent brusquement à l'esprit. La bagarre. L'incendie.

Levant un peu la tête, je remarque que le feu est éteint. Je sens le sol froid dans mon dos et me rends compte que je ne porte plus ma culotte. À quelques pas de moi, Detrick a ôté son pantalon, complètement cette fois.

— Hurle pour moi, Kate.

Il s'approche et, à genoux, se met sur moi.

— Hurle pour moi, répète-t-il.

Je lui crache au visage.

Il se raidit puis, d'un coup de langue, il lèche le crachat au bord de sa bouche. Sans ciller, je regarde son affreux visage. Un visage marqué par une cruauté insondable. Je ne peux pas croire que ma vie va se terminer ainsi. Je ne peux pas l'accepter. Je refuse. La volonté de vivre fait rage en moi. Trop puissante pour s'effacer. Trop brûlante pour s'apaiser. Je ne vais pas le laisser faire sans réagir.

Mais l'espoir disparaît rapidement. Je suis seule, sans aucune chance d'être secourue.

Fermant les yeux, je jette la tête en arrière et hurle.

Aveuglé par la neige et le vent, John trouva tant bien que mal l'arrière de la maison. Il avait trébuché et était tombé deux fois, mais jamais il n'avait laissé échapper le Sig ni perdu son sens de l'orientation. Le vent l'avait malmené pendant qu'il contournait le bâtiment. Il vit un porche et une porte moustiquaire battre dans le vent. Il se baissa et gravit les marches.

Une faible lueur perçait à travers la vitre crasseuse. John jeta un œil à l'intérieur et aperçut une cuisine délabrée. Il tourna la poignée. La porte s'ouvrit dans un craquement. Priant pour que Detrick ne l'entende pas, il se glissa à l'intérieur.

Le hurlement poussé par Kate lui hérissa les cheveux. Les battements de son cœur s'accélérèrent. Durant ses années de service, John avait vu bon nombre d'horreurs. Il avait vu ce qu'un homme dépourvu d'humanité pouvait infliger, il avait vu sa propre famille assassinée. Et pourtant, l'angoisse qui perçait dans ce cri le pénétra comme un cran d'arrêt.

Il avança sans bruit dans la cuisine puis, le dos collé au mur, jeta un œil dans la pièce voisine. Il découvrit Detrick agenouillé sur Kate. Le shérif était nu en dessous de la ceinture. John ne voyait pas le visage de Kate, il ne devinait que sa silhouette étendue sur le sol.

Un second hurlement fendit l'air. Son arme pointée devant lui, John s'avança. Detrick avait dû sentir sa présence, il tourna la tête. Ses yeux s'écarquillèrent. Il sauta sur ses pieds, jetant des regards affolés autour de lui.

—Les mains en l'air! cria John.

Detrick bondit vers la cheminée.

—Tire! hurla Kate en levant la tête.

John pressa la détente, deux fois, et toucha. La première balle atteignit Detrick au flanc, juste en dessous de l'aisselle. Son corps se raidit puis il tomba à genoux. La seconde balle pénétra sa joue droite, faisant faire un tour complet à sa tête comme s'il venait de recevoir un coup de poing. Il tomba sur le côté et s'immobilisa.

John ne se souvint pas avoir rangé son arme ni avoir couru vers Kate. Il vit l'anéantissement peint sur son visage. Ses jambes nues couvertes de gouttes de sang. Elle était blessée mais en vie.

Elle laissa échapper un sanglot lorsqu'il s'agenouilla à côté d'elle.

—Je suis là, dit-il d'une voix rauque. Tout va bien. Ça va aller.

—Il allait me tuer, gémit-elle.

—Je sais, chérie. Je sais. C'est fini. Ça va aller.

Elle était complètement nue sous la ceinture. Il se refusa à imaginer ce qui aurait pu se passer tandis qu'il retirait son manteau pour l'en recouvrir. Tout ce qui comptait, c'était qu'elle soit vivante. Il n'était pas arrivé trop tard. Pas cette fois.

—Tu es blessée? demanda-t-il.

Elle sanglotait, secouée de tremblements incontrôlables, incapable de parler.

— Je vais te détacher les mains, d'accord ?

Avec délicatesse, il l'aida à s'asseoir. Il se servit de son couteau de poche pour couper le tissu qui lui liait les poignets. Il prit ses mains libérées entre les siennes et les frictionna.

— Tu es blessée ?
— Ça va.
— Kate, est-ce qu'il...

Ses yeux étaient emplis de larmes quand elle les tourna vers lui.

— Non.

Le soulagement déferla en lui comme une vague. John sentait le barrage de ses propres émotions près de craquer.

— Viens là, murmura-t-il.

Elle s'approcha de lui.

— Tout ira bien, dit-il.
— Promets-le-moi.
— Je te le promets.

Lorsqu'il l'enveloppa de ses bras, elle fondit en larmes.

37

Sous le ciel lumineux de janvier, la neige étincelle. Autour de moi, les habitants de Painters Mill émergent de leur domicile ou de leur magasin avec la prudence des animaux sortant d'une longue hibernation. Les trottoirs sont déblayés et les pare-brise grattés. Un énorme chasse-neige fait place nette au rond-point. L'odeur des beignets de la boulangerie Butterhorn me chatouille les narines.

Trois voitures sont garées sur le parking devant le poste de police. Je les reconnais toutes. Ma place réservée est déserte, comme s'ils m'attendaient. Je me gare et coupe le moteur. Je reviens pour la première fois depuis ma réintégration en tant que chef de la police. Je suis plus que ravie d'être ici, pourtant j'éprouve des sentiments mitigés à la pensée de ce qui m'attend à l'intérieur.

Deux jours se sont écoulés depuis la terrible épreuve que m'a fait traverser Nathan Detrick dans cette vieille ferme. J'ai revécu l'horreur endurée un millier de fois déjà. Je sais cependant que ç'aurait pu être bien pire. Et que j'ai de la chance d'être en vie.

Nathan Detrick a survécu à ses blessures. Il a été transféré à l'hôpital de Columbus hier, où il a subi une opération. Ce matin, son état était stable. Les médecins assurent qu'il s'en sortira. Je devrais tirer une certaine consolation dans le fait qu'il va vivre et pouvoir assister à son procès, pourtant je ne peux m'empêcher de penser que le monde se porterait bien mieux sans lui.

Le FBI et le BCI ont décidé de s'intéresser à de vieilles affaires, à commencer par les meurtres survenus en Alaska. J'ai parlé à l'agent spécial du FBI ce matin, un vétéran du nom de Dave Davis, chargé désormais d'enquêter sur les crimes similaires et les rapports de disparition pendant la période où Detrick était officier de police à Dayton. Personne ne sait si c'est vrai mais, jusqu'à présent, Detrick a avoué les meurtres de trente femmes durant ces vingt-cinq dernières années.

En dehors de sérieuses contusions et de quelques lacérations, je n'ai aucune blessure grave, aussi l'interne des urgences m'a-t-il laissée sortir. Ce sont les blessures invisibles qui me font toujours souffrir. J'ai de terribles flash-back. Et les cauchemars sont pires encore. Le médecin m'a expliqué que c'était une réaction psychique normale pour surmonter le traumatisme que j'ai subi. Il m'a recommandé un thérapeute à Millersburg et m'a assuré que les cauchemars disparaîtraient avec le temps. J'espère qu'il a raison.

John Tomasetti est resté avec moi le premier jour. J'ai passé la plupart du temps sous sédatif à lutter contre le sommeil. Il me préparait de la soupe et du café, refusait de me donner la vodka que je réclamais et me parlait quand j'en avais besoin. Lorsque j'ai voulu le remercier de m'avoir sauvé la vie, il m'a dit que je ne faisais que traverser une phase de culte au héros et que je voudrais certainement le virer à coups de pied au cul dans quelques jours. J'ignore où va nous mener notre relation. La seule chose dont je suis sûre, c'est qu'il restera toujours un ami.

Devant la porte du poste de police, je marque une hésitation. Je ne suis pas spécialement coquette, mais les hématomes sur mon visage et mon cou n'ont rien de séduisant. J'ai fait de mon mieux pour les dissimuler mais, question maquillage, je suis plutôt nulle. Il a fallu trois points pour recoudre ma lèvre, qui a doublé de volume. J'essaye de chasser ces pensées de mon esprit tandis que je pousse la porte pour entrer.

Mona tient son poste au standard, le casque sur les oreilles, les yeux rivés sur l'écran devant elle. Elle lève la tête au tintement de la clochette et me gratifie d'un sourire radieux.

— Chef!

— Je ne te surprends pas en plein travail, n'est-ce pas?

Le rouge aux joues, elle se lève et contourne le bureau.

— Devoirs, j'avoue. Désolée.

J'essaye de ne pas me raidir lorsqu'elle jette ses bras autour de moi.

— Mince, ce qu'on est contents de vous voir. Bienvenue chez vous.

— La presse s'est manifestée?

— J'ai déjà eu quelques appels. La plupart veulent vous interviewer. Je leur ai dit que vous n'étiez pas autorisée à discuter de l'affaire.

— Bon boulot. Continue comme ça.

Par-dessus son épaule, je vois Glock émerger de son box. Il n'a pas le sourire facile mais je note le pétillement de ses yeux alors qu'il s'approche.

— Comment vous vous sentez, chef?

— Mieux, réussis-je à dire.

Pickles apparaît derrière lui.

— Que j'aille en enfer. Ça fait plaisir de vous voir. Et je parle pas de votre allure, hein !

— Ne me fais pas rire, dis-je. Ça tire sur mes points de suture !

— Ça doit pas être facile pour vous de voir à quel point tout le monde est content de votre retour.

Je serre la main des deux hommes puis celle de Mona.

— C'est bon d'être ici.

Cet univers familier me met du baume au cœur. Je profite de cet instant tout en croisant les doigts pour que l'émotion qui m'habite ne vienne pas me trahir.

— Nous avons entendu parler de ce qui s'est passé à la ferme, dit Glock.

— Si vous avez besoin de quoi que ce soit, ajoute Mona.

— Dites-le-nous, termine Pickles.

Je leur souris.

— Évitez juste de me traiter comme une invalide, d'accord ?

— Bon Dieu non ! s'esclaffe Pickles. Sûrement pas !

Glock amène finalement sur le tapis le sujet que personne n'ose aborder.

— Alors, comment vous avez su que c'était Detrick ?

— Je ne le savais pas au début. La seule chose dont j'étais convaincue, c'était de l'innocence de Jonas Hershberger.

— Comment saviez-vous que ce n'était pas lui le meurtrier ? demande Mona.

— À cause des chatons.

— Des chatons ?

Je leur parle alors de la portée que Jonas avait sauvée quand nous étions enfants. Un geste qui ne correspond pas à l'image du futur sociopathe.

— Detrick collait au profil de Tomasetti comme un calque, intervient Pickles.

— C'est vrai, dis-je.

— Si vous n'aviez pas été là…, commence Mona avant de s'interrompre.

— Inutile de trop m'encenser, dis-je en pensant aux ossements de Daniel Lapp dans le silo à grain. Je ne le mérite pas.

Un bip en provenance du standard me permet d'échapper à cette conversation. Mona se précipite à son poste pour répondre et je me rends dans mon bureau. Lorsque j'allume la lumière, je suis surprise de constater que ma table de travail est propre et bien rangée. La dernière fois que je l'ai vue, elle était recouverte de papiers tirés du dossier sur les meurtres du Boucher. J'imagine que Mona ou Lois l'ont nettoyée pour moi.

Je ne suis pas encore installée à mon bureau que le téléphone sonne. L'écran m'apprend que c'est Mona qui appelle. J'appuie sur la touche du haut-parleur.

— Chef, un type qui se trouve sur Dog Leg Road vient de me signaler qu'il y a des vaches qui se sont échappées sur la route.

Je songe à la dernière fois où nous avons reçu le même appel et j'esquisse un sourire.

— Envoie Skid, d'accord? Et dis-lui de verbaliser Stutz. Il a eu amplement le temps de réparer sa clôture.

— Compris.

Je raccroche et m'adosse à ma chaise. De mon poste, je peux entendre Glock et Pickles déblatérer sur les pour et les contre du profilage. Je perçois le ronronnement du standard, le grésillement de la radio de Mona. C'est bon d'être là, dans cet endroit. Je suis chez moi, ici. Avec mon équipe. Dans cette ville.

Je continuerai à vivre avec mes secrets. Je sais qu'il existe des destins bien pires que le mien. Je pense à mes neveux, Elam et James. Je pense à Sarah et au bébé qu'elle porte ; à Jacob et à la laideur de ce que nous avons partagé. Je pense à mon propre isolement, à mon incapacité à créer des liens et je comprends que le moment est venu de faire un pas en avant. Ils sont ma famille et je veux qu'ils fassent partie de ma vie.

Mon téléphone sonne de nouveau. Je baisse les yeux sur l'écran et vois qu'il s'agit d'un appel du BCI. Je décroche, anticipant le son de sa voix.

— Je me demandais quand tu appellerais, dis-je.

— J'ai entendu dire que tu avais été réintégrée.

— Ils sont venus me supplier hier.

— J'espère que tu ne t'es pas montrée trop coulante.

— J'ai demandé une augmentation.

— Tant mieux ! fait-il avant de marquer une pause. Dis-moi, je suis dans le coin et je me demandais si tu voudrais qu'on déjeune ensemble ?

— Columbus est à plus de cent cinquante kilomètres, Tomasetti. Comment peux-tu être dans le coin ?

— J'ai dit aux grands chefs que je devais assurer un peu de paperasse à Painters Mill.

— On ne cracherait pas sur un rapport ou deux.

—Je leur ai dit que c'était l'affaire de deux jours, fait-il avant de baisser la voix. Entre toi et moi, j'ai un méga béguin pour le chef de la police.

Mes lèvres me font mal, mais tant pis, je souris quand même.

—Il paraît que le grill fait un délicieux rôti.

—Dans ce cas, je viens te chercher au poste dans quinze minutes.

—J'y serai, dis-je avant de raccrocher.

REMERCIEMENTS

Bien que l'écriture d'un roman soit un acte solitaire, les recherches qu'effectuent les auteurs – et qui leur apparaissent souvent comme un processus sans fin – leur offrent la chance de rencontrer et de discuter avec de nombreuses personnes, professionnels ou non, aussi étonnantes qu'intéressantes et qui partagent leur expérience avec une grande générosité. Ceux que je dois remercier pour m'avoir aidée à concrétiser *Le Serment du silence* sont nombreux.

Avant tout, j'aimerais remercier mon fabuleux agent, Nancy Yost, qui a, dès le début, entrevu le potentiel de mon roman et n'a pas chancelé une seule fois sur le long chemin de sa réalisation. Mon merveilleux éditeur, Charlie Spicer, dont l'enthousiasme pour l'histoire et la direction éditoriale ont fait de ce roman un gagnant. Un grand merci également à toute l'équipe de St. Martin's/Minotaur à New York: Sally Richardson, Andrew Martin, Matthew Shear, Matthew Baldacci, Bob Podrasky, Hector DeJean, David Rotstein, Allison Caplin et Sarah Melnyk. La liste des personnes extraordinaires que j'aimerais remercier est encore longue et j'ai une chance incroyable de pouvoir écrire pour une équipe aussi dynamique et compétente.

En ce qui concerne les aspects techniques, un grand merci à Daniel Light, chef de la police d'Arcanum,

Ohio, pour avoir si généreusement partagé ses connaissances et son expérience du travail de la police d'une petite ville. Merci à A. C. pour m'avoir initiée à la culture amish et avoir partagé avec moi ces précieuses informations sur leur quotidien. À mon groupe de critiques : Jennifer Archer, Anita Howard, Marcy McKay et April Redmon, merci d'avoir accepté de veiller si tard les mercredis soir. À Kurt Shearer, du Bureau d'identification et d'investigation criminelles de l'Ohio, merci d'avoir répondu à mes questions les plus folles sans jamais ciller. J'ai pris de nombreuses libertés littéraires dans mes descriptions des services des forces de l'ordre, notamment pour le BCI. C'est une agence de premier ordre administrée par des professionnels doués et compétents. Les erreurs de procédure et les enjolivements sont de mon fait.

Composition : Soft Office (38320 Eybens)

Achevé d'imprimer par GGP Media GmbH, Pößneck
en Janvier 2010
pour le compte de France Loisirs,
Paris

N° d'éditeur : 58120
Dépôt légal : Février 2010

Imprimé en Allemagne